星星亮晶晶

天下尘埃 著

图书在版编目（CIP）数据

星星亮晶晶 / 天下尘埃著. -- 北京：新世界出版社，2018.12（2019.7 重印）
ISBN 978-7-5104-6604-5

Ⅰ.①星… Ⅱ.①天… Ⅲ.①长篇小说—中国—当代 Ⅳ.①I247.5

中国版本图书馆 CIP 数据核字 (2018) 第 221305 号

星星亮晶晶

作　　者：天下尘埃
责任编辑：周　帆
责任校对：宣　慧
责任印制：王宝根　苏爱玲
出版发行：新世界出版社
社　　址：北京西城区百万庄大街 24 号 (100037)
发行部：(010)6899 5968　(010)6899 8705（传真）
总编室：(010)6899 5424　(010)6832 6679（传真）
http://www.nwp.cn
http://www.nwp.com.cn
版权部：+8610 6899 6306
版权部电子信箱：nwpcd@sina.com
印　刷：天津中印联印务有限公司
经　销：新华书店
开　本：710mm×1000mm　1/16
字　数：270 千字　印张：16
版　次：2018 年 12 月第 1 版　2019 年 7 月第 2 次印刷
书　号：ISBN 978-7-5104-6604-5
定　价：39.80 元

版权所有，侵权必究
凡购本社图书，如有缺页、倒页、脱页等印装错误，可随时退换。
客服电话：(010)6899 8638

目 录

卷一　生活从此被颠覆 / 001

卷二　善意点亮希望 / 079

卷三　要坚持不放弃 / 157

题记：那些美好的希望，牵引着我们，一直向前……

卷一
生活从此被颠覆

郑芸正要穿过马路的时候，一个戴红帽的女孩走过来，热情地递给她一张宣传单，她顺手一捏就准备扔进路边的垃圾桶，可是就在伸手的那一刻，宣传单上红底白字一闪，她瞥见"志愿者"三个字，便收回了手，粗略地扫了一眼，原来是志愿者组织的介绍，想了想，将宣传单折好收进包里。再一瞥手表，已经是下午五点过五分了，她便加快脚步急匆匆地朝前赶去。

实验幼儿园门前聚满了家长，没到五点十分不会开门，郑芸便放慢了脚步，在人群后边站住。她习惯了悄然低调的姿态，在这个市区最好的幼儿园门前，有种自然而然的卑微。因为这是市政府机关幼儿园，只招收公务员子弟，像她这样身为国企双职工的家庭是费了九牛二虎之力，找了许多关系，才把儿子牛牛送进去，看见老师她只有毕恭毕敬的份，对待别的家长也是客客气气，毕竟这是别人的地盘，她只希望自己良好的表现能让儿子在幼儿园里不被看轻和为难。

守门的大爷背剪双手踱着方步出来了，仿佛旧社会大宅门里的管家，淡然扫视一眼家长们，一脸倨傲，还有开锁时的不紧不慢，无一不标榜着那种先天的、莫名其妙的优越感。他站定，提起手中的钥匙，从容不迫地晃了晃，不急不忙地捏起锁，仿佛故意似的，尽可能放缓动作，将钥匙徐徐套进锁眼，还要有意无意地抬头扫视周遭一眼，这才颤颤手动，只听"嗒"一声轻响，锁开了，人群有了小小的躁动，大爷抬头，威严地环顾一圈，逼得人群屏气，他长吁一口气，微微噘起嘴唇，仿佛这就满意了，然后抬手，慢而轻地把扣搭扳开，咔咔的声音之后，铁门开了，人潮涌上来，大爷低沉威喝一声，家长们停住，不消片刻，随着两扇铁门距离拉大，便一拥而入。

郑芸没有那么着急，等着人都进得差不多了，才在末尾随着稀稀拉拉的几个家长进了幼儿园。一路过去，嘈杂的声浪淹没了脚步声，每个教室门口都是簇拥的人群，穿得色彩斑斓的孩子，统一色调的书包，七嘴八舌的家长，顾不过来的老师，夹杂着孩子们奶声奶气的说话声和叫声。跟以往的每一次没有什么不同，郑芸根本无法近前，她便跟往常一样，走到窗户旁边，望向小四班的教室里。教室里还有十来个孩子，基本上都乖乖地坐在座位上，或者眼巴巴地望着门口，或者盯着电视机，还有些在聊天……儿子牛牛一个人，站在教室饮水机的旁边，手里捏捏摸摸，不知在弄些什么，一抬头，看见窗户玻璃后的妈妈，愣了一下，笑容立马绽开，郑芸看见儿子急切而欢喜地往门口跑，她赶紧拨开了家长，俯身抱住儿子，这才跟班主任点头笑笑。

班主任姓刘，是个漂亮的女孩子，看见郑芸要走，赶紧快嘴道："牛牛今天中午吃了一碗饭，不肯自己吃，是我喂的，午睡后起来水果吃得好，还拉了大便……"例行公事一般的说辞，郑芸大概也知道，这是幼儿园对老师的统一要求，在家长跟前说出孩子一天的情况，显得老师在关注着每一个孩子，她嗯嗯地应着，脸上始终挂着笑意，退了出来，用手指着走廊上的格子书包架，对儿子说："去拿你的书包。"

牛牛磨蹭着走到架子边，茫然地垂着两手。郑芸上前轻推他的背，低声催促："拿自己的书包呀。"

牛牛随手扯出一个书包，郑芸眼尖，提醒道："你是几号？"儿子迟疑着，扭头可怜巴巴地望着妈妈。

郑芸见他一脸懵懂，只好说："开学都一周了，还记不住呀，19号啊。"一边说一边抓着牛牛的手伸过去。牛牛这才扯出19号格子里的书包，正好一个女孩过来，亲热地攀住牛牛的肩头，奶声奶气地喊："牛牛——"牛牛看了女孩一眼，便转过头去，漠然的神情好像没听见一般。

这孩子，就是太内向了，郑芸叹口气。没办法，平时工作忙，自己带的时间少，基本上是公公婆婆在操劳，都说老人带的孩子比较内向，公公尤其不喜欢人扎堆的地方，很少带他凑热闹，也难怪牛牛在人群中总是显得有些无措的样子。如今刚上幼儿园，适应期还没过，孩子堆里难免显得儿子很不合群，到底是性格的原因，还是带养的原因，郑芸说不上什么，不过作为男孩子，还是要早些培养自立意识。郑芸想着蹲下来，给儿子背上书包，无意间一瞥，却看见牛牛左侧脸颊靠耳朵的位置有一条鲜红的血痕。她吃了一惊，仔细查看，伤口虽然只有橡皮筋的宽度，却有差不多2厘米长，一条暗红色结痂突兀在嫩白的小脸上，很是触目惊心。因为靠近耳侧，正面不是那么显眼，但侧着看就觉得心疼了，她一下对老师有了埋怨，还担心这会不会在儿子脸上留下永久的疤痕。

问牛牛痛不痛，他也不说话，好像害怕似的躲闪着眼神，又问是怎么回事，还是不说话，别过脑袋去。郑芸再次仔细查看了伤疤，猜测应该是其他小朋友用指甲抓的，她牵着儿子的手，在过道里迟疑了好一阵子，还是决定去问问班主任，总不能因为顾忌老师不高兴自己小题大做就当无事吧，如果第一次都忍了不吭声，那以后再有什么，老师便不当回事了。

大约过了二十分钟，家长们终于陆续离开了，老师跟前也消停了，郑芸这才靠上前去，放缓了语气，刻意保持着柔和，尊敬地喊道："刘老师。"女老师侧过身来："咦，不是早接出去了，怎么还没走啊？"郑芸慢慢地把儿子推到前头，轻声说："刘老师开始忙，没好意思打扰，我想问问，您看我牛牛脸上，是怎么回事呀？"刘老师稍稍弯腰，不以为然瞟了一眼，淡淡地说："可能是刚才接人的家长多，没注意，他又把脸弄脏了，我们在四点半的时候，统一给孩子洗过脸的呀。"

一听这话，郑芸有了点脾气，这脸可洗得真好，连伤疤都没发现！她强忍下不悦，依旧轻声点破："不是没洗干净呢。"刘老师愣了一下，蹲下身拨过了牛牛的脸朝向光亮的走廊外间，神色也随之一紧，讪讪道："为了培养孩子的自理能力，今天安排小朋友们自己洗脸，是生活老师检查的，我当时正好去院办了。"

郑芸故作淡然："一个班30多个孩子，老师肯定也管不了这么细的，我们家长都可以理解，只不过这疤痕不小，又伤在脸上，看样子抠得很深，所以想请老师查一查，是怎么回事？如果是小朋友好玩打闹，不小心弄的，还请老师提醒下次不要这样了。"

刘老师直起身来，点头说："我问一问，明天给你答复。"又从口袋里掏出一小袋饼干，交给牛牛，表扬着："牛牛真勇敢，受伤了没有哭，还没有跟老师告状。

不过，下次要记得跟老师说哦……"

牛牛头也没抬接过饼干。刘老师又蹲下来，揽住牛牛，亲昵地说："来，跟老师亲一下，赶快回家哦。"牛牛犹豫了一下，慢吞吞地挨了一下老师的脸，便挣脱了，靠过来抱住郑芸的腿。

看着这一幕，又听见这些话，郑芸已经明显地感觉到其中作秀的成分，心里颇不是滋味，大致能想象平时刘老师对儿子的态度，多说无益，便礼貌地跟刘老师告别。

走廊上家长都走光了，冷清安静，郑芸牵着儿子依次走过小班的四个教室，不由得又想起同事段宁的话，四个小班，小一班是公务员领导子弟班，小二班是普通公务员子弟班，小三班是重要关系户子弟班，小四班是所谓其他原因照顾进园的子弟班。当然老师的配备也是依次降低安排的，比如同时入园的三个孩子，虽然同龄又在同一个小区里居住，按说应该分在一个班，却不是。段宁丈夫是机关工会干事，普通公务员，所以她女儿在小二班。王素英的儿子在小三班，因为素英两口子虽然不是公务员，但她弟媳的爸爸是大干部，也算重要关系户。到了郑芸这里，托了教育局的关系，打点了不少人情，好歹塞进了小四班。而小四班的班主任刘老师，是个刚毕业的幼师，根本毫无经验，性格脾气没有经过磨炼，看上去还很有些心浮气躁，这个班的孩子基本上都属于她的工作经验试验品。

郑芸心里轻叹一声，侧头看看儿子，牛牛低头走着，手里拿着饼干并没有吃，似乎不开心，郑芸有些心酸，待走出了门口，看见推着单车卖棉花糖、挑担子卖豆腐脑的小贩还没走，便提高了声音问儿子："牛牛，你想吃什么，妈妈给你买！"

牛牛抬头一看，喜滋滋地撒开郑芸的手，跑到豆腐脑桶前，郑芸弯下腰，说："你想吃什么，必须开口说话。"牛牛看了妈妈一眼，不说话，只拿手指过去。

郑芸不语，心想要不是这么内向，何至于老师不待见，便铁了心要牛牛开腔："你不说话妈妈不买。"牛牛脸色顿时黯然，眼神闪烁着，扯住妈妈的衣角，却还是没有说话，过了一会，见郑芸要走，赶紧抓住郑芸的手，使劲朝摊子上推。郑芸终于让了一步，问："是不是想吃豆腐脑？"牛牛忙不迭点头，郑芸便逼："说话！吃不吃？"牛牛急了，好半天终于挤出一个字："吃。"

郑芸又问："买给谁吃？"牛牛低头下去，不出声了。

"给你吃呀。"郑芸说着，递钱过去，牛牛高兴地接过豆腐脑杯子，吸了起来。

郑芸摸摸儿子的头，心酸道："牛牛啊，你老这样不说话怎么行呢，幼儿园里谁欺负你了也不知道告状，你让妈妈怎么放心呢？"

第二天放学时候，郑芸仍旧领着儿子在一旁候着，等家长都走完了，才上前。

刘老师虽然年纪小，脸上却老成地挂着职业习惯性的笑容，话语里平淡："我问过了小朋友，是牛牛在玩耍时推了旁边的菁菁一下，菁菁就用手指抓了他的脸。"事情到了这里，似乎就应该结束了，但郑芸偏偏很较真，她缓声道："刘老师，我们家牛牛虽然是个男孩子，又好动，但是他从来不会去招惹人，在院子里玩耍的时候，别人来挑事，他一般都是躲，我从来没有见过他有主动挑事的行为，更别说动手打人，他不会打人的……"

刘老师脸色一沉，显然没有思想准备会碰到软钉子，停顿片刻，口气明显地不耐烦起来："当然，不管是谁先动手，把脸抓出血总是不对的，我已经批评菁菁了，她也保证以后不这样了。"看见郑芸还要开口，刘老师又赶紧一句话堵了过来："我跟班上所有小朋友都说了，再有这样的事情要告诉老师，不能抓小朋友的脸。"说完抿嘴一笑，她的轻笑当中有着与年纪极不相称的老奸巨猾，说完这句话之后，她便转过身去，开始清理旁边的玩具柜。

老师已经信守承诺给了答复了，该是要见好就收了，当然不收也不行，这举止里已经带上了不容置疑的逐客之意，按理说郑芸怎么都是要走了，但她就是没动，只说："让我见见菁菁吧，或者把她父母的联系方式给我，要不，刘老师您帮我联系一下，打个电话给她父母？"

眼见得装不下去了，刘老师只得回身过来，心里隐忍的不高兴清晰地显现在脸上："牛牛妈妈，小朋友打打闹闹受点小伤，其实也很正常，我认为没有必要这么小题大做。"这叫小题大做？郑芸压制着心头的火气，竭力保持着语调的平静："请刘老师帮忙联系一下菁菁的父母，如果老师忙，我们双方家长可以自己谈。"

刘老师认真而略带不满地看了郑芸一眼，说道："难道你一定要菁菁和她父母向牛牛道歉？至于吗？这是小事，我觉得这样处理就可以了，没有必要去联系她父母。"

"我要的不是道歉，小孩打闹受伤如您所说不算什么。"郑芸坚持着，"我告诉您，菁菁撒谎了。"

刘老师的脸僵住了，好半天才说："小孩子是不会撒谎的，尤其不会对老师撒谎，你不能因为自己对儿子一贯的了解，就推断菁菁撒谎。"

"我只是想请老师打个电话联系家长，如果老师觉得没必要，而我又坚持，这事可怎么解决呢？"郑芸说得很慢，并且一直盯着刘老师的脸。刘老师到底年轻，一气之下终于说出了郑芸想要的话语："那你去找园长吧。"

"一个电话的事情，用得着去找园长吗？"郑芸退了一步，"闹到园长那去，对老师您也不好。"

"没事，"刘老师极不耐烦地转过身去，快步离开，"你觉得我没经验，处理不好这个小事，那就让园长处理吧，最后只要你满意了，我也没什么好说的了。"

郑芸望着她的背影，几分钟之后，走向园长办公室。

两天之后，同样是在园长办公室这张沙发上，郑芸和刘老师听了园长说的调查结果：菁菁自己承认，是她看见牛牛在画画，便过去问牛牛要笔，牛牛不给，她就硬夺，牛牛躲向一旁，她又跟过去抢，就在争抢的过程中抓伤了牛牛的脸，牛牛当时疼得哭了一会儿，但没有老师过问。第二天刘老师问起，菁菁害怕老师处罚，就撒谎说是牛牛先动手推人。

园长批评刘老师有三处错误：一是对情况调查不够彻底；二是家长提出异议时没有进行再次验证；三是家长要求联系协商时不予支持。园长首先跟郑芸道歉，然后转向刘老师："你说几句吧。"刘老师满脸绯红，踌躇着好久都没有开腔。郑芸投鼠忌器，寻思着年轻人经验不足，又觉得她面子薄，身为老师一下拉不下架子来，也不愿意闹僵，便决定自己先开口对刘老师表示谅解，给一个台阶下，以免日后相见尴尬，这里刚启动嘴唇，那里刘老师就说话了："牛牛妈妈，我处理事情简单是有不对的地方，但是你们家牛牛，也不太像个正常的孩子……"

郑芸和园长同时愣住，话出突然，园长不知道该说什么才好，郑芸的脸色已经变了。但是刘老师仿佛已经横下了一条心，并不理会两人错愕的表情，强硬着一戳到底："每次我们上课的时候，别的孩子都在听讲，他却到处乱跑；生活老师挟着他坐，要么就是扭来扭去，要么就是两眼看天；平时不管问他什么，都不说话，叫他去干什么，也不知道做，好像根本不懂得我们的意思……"刘老师越说越急，也越说越直白："牛牛肯定是有什么毛病，他跟别的孩子不一样……"

"刘老师！"园长的语气已经夹带了愠怒，可是并没有阻止刘老师继续往下说。"他根本不适合待在我们班上，也不适合上幼儿园。"刘老师说。

郑芸怎么也没有想到，一次为儿子寻求公平的诉求竟然遭到了这位年轻老师恼羞成怒的抵制，她可以把这看成赤裸裸的报复，但是面对这样一个只对公务员子弟开放的幼儿园，作为关系户的她没有任何底气，尽管愕然和气愤，在短暂的权衡之后，郑芸还是异常坚定和现实地选择了沉默。

园长终于把刘老师带出了办公室，在走廊上谈了一阵之后，再次进来，跟郑芸道歉，承诺如果牛牛不愿意待在小四班，除了小一班，其他的两个班任选。

郑芸想了想，说："这样吧，园长，我先带牛牛去医院检查一下，如果医院证明孩子没有问题，只是性格内向，我们跟刘老师说清楚，再转班。"

校长点点头："我们尊重家长，也希望你们不要介意，作为年轻老师缺乏耐心和爱心，我们会好好教育慢慢引导，你放心，以后我们不会因此对牛牛有任何偏见，还是会跟从前一样，关心爱护他。"

从幼儿园出来，迎头遇上一阵大雨，但是因为只请了两个小时的假，郑芸不得不冒雨在路边拦车，赶回办公室。等到了单位，外套都湿透了，膝盖以下也没有一丁点干处，在办公桌前坐了一会儿，凉意渐渐从脚底漫上来，全身发冷，郑芸心里，忽然就有了森森寒意。

北协和南湘雅，这是一南一北最有名的医院，此刻郑芸和丈夫周会超就带着儿子在湘雅二医院的精神科排队。挂的是苏教授的号，据说她是行业内极负盛名的医生，一个上午只看五十个患者，好不容易等到十一点才轮上，进到诊室，苏教授看了郑芸一家三口一眼，就叫对面的实习生看。这个男医生先问牛牛一些简单的问题，诸如你多大了，你叫什么名字……牛牛一概不回答，眼光四下瞟，而脑袋则到处扭，坐不好好坐，站也不好好站。

男医生很有耐心地扶住牛牛的肩头，轻声道："小朋友，看叔叔的眼睛。"

牛牛依旧不肯合作，折腾了好几回之后，男医生抬头问郑芸："你们留意过他平时的眼神吗？"郑芸摇头，解释道："我们都很忙，一般是爷爷奶奶带着。"

男医生又问："他几岁开始叫爸爸妈妈的呀？"郑芸说："一岁多就会了，但是后来不知怎么回事，总是不肯说话，也不叫人。"

随后男医生又问了一些发育的情况，最后他从抽屉里拿出几个颜色不一的木头小方块，叫牛牛照着摆放，牛牛压根不理会，反而对抽屉里的小汽车有了兴趣，自顾自地打开抽屉，翻出汽车，用手去掰橡胶轮胎。郑芸觉得很失礼，摁住牛牛的手说："没有经过允许不能随便开人家抽屉，这是不礼貌的行为，你想玩，要跟叔叔说，叔叔答应了，你才能拿。"牛牛充耳不闻，还在执着地掰汽车轮胎。

"没有关系。"男医生笑了一下，在病历上写下了一行字：自闭症倾向？

郑芸看着那行字，心底一落，眼瞅着病历转到了苏教授手上，她还想详细问问自闭症到底是怎么回事，这个诊断后面的问号是怎么回事，苏教授已经签名结束，行云流水地开了两张检查单："先去隔壁行为测试室预约一下，定个时间做行为测试，再去CT室预约，做个核磁共振检查。"还没等郑芸开口，她就喊护士："叫下一个进来。"

一溜儿的预约，花掉近五千元，因为不能当天做检查，只得先回家。坐在车上，牛牛依旧不安静，到处折腾，郑芸一言不发，不停地制止儿子的多动。"只是花了点钱嘛，别这样不开心。"周会超说，"花多少钱买个安心都值得。"

郑芸摇摇头："我不是为这个心情不好，是……"迟疑了一下，她到底没有把自己最担心的事情说出口，只是顾左右而言他，"你看那个教授，一个号五十块钱，就跟我们说了一句话……还有，做测试是一天，核磁共振检查又是另一天，还要挂号再看结果，这又要来回折腾好几次，单位开口请假总是为难，真是麻烦，想想就心烦……"除了"心烦"两个字，倒也没有什么词语能形容她此刻的心情了。

周会超再也不吭声，只盯着前面的路。

郑芸知道，他的心情也不好，他们夫妻俩都在回避和担心并且心烦的，其实只有一个问题，牛牛到底是不是自闭症？

车内空间局促，气氛也很憋闷，牛牛依旧没有半点声响，却还是不停地扭来扭去，胖乎乎的小手在靠椅和车窗上到处摸，一会儿弹起身体，一会儿又翻倒在座椅上。郑芸看着儿子小小的身体，不由得想起他出生的时候……

"快来看这个宝宝啊，长得都撑起来了！"手术台上，主治医生兴奋的叫声伴随着一阵笑声，引起郑芸的身边一阵小小的轰动。麻醉医师凑近了郑芸耳边轻声说："是个大胖小子。"郑芸费力地抬起脑袋，急切地张望。麻醉医师轻轻地按住了她的脑袋说："别急。"

"九斤八两啊！"医生转过头来冲郑芸说，"这是我接生过的最重的宝宝！你还坚持要自己生,你说你怎么生得出?"尽管一个大口罩遮住了医生的大半张脸,但是她眼睛里满是晶亮的神采,将情绪毫无疏漏地传递给了郑芸。郑芸再次梗起了脖子,想看看儿子,麻醉医师再次按住了她的头说:"就来了。"

"来,让宝宝和妈妈第一次亲密接触……"护士把一个光溜溜、肉乎乎,粉红温热的小小身体托在手术巾上,小心翼翼地抱了过来,将他微微侧过来,贴上郑芸的脸。她侧脸看着儿子,黑亮的胎发湿湿地粘在脑门上,白白粉粉的皮肤,因为角度的问题,她无法看全,可是在皮肤触碰的一瞬间,儿子发出低低的一声"呀",那么稚嫩而微弱,郑芸的心底涌出一股莫名而强烈的暖流,她感觉到全身上下所有的汗毛孔都张开了看不见的触角,把所有的触觉都集中在和儿子相贴的那一小块皮肤上,那一侧小面积的脸庞,此刻正享受着全身皮肤和全体脏器的妒意,它怎么能这么幸福,幸福得让其他的所有没有在第一时间接触的部分充满了期待。

这是身体里潜伏的母性在苏醒吗?这股力量让她有了幸福的感觉,让她对生命充满了敬畏,她轻轻地闭上眼睛,正待用脸去触碰儿子,护士已经抱开了他。麻醉医师的手再次轻轻地覆了下来,天使一般的声音响起:"这下放心了吧,好好休息一下……"

郑芸缓缓地闭上眼睛,在心里叹了一口重重的气。如果这一次闭上眼睛,还跟牛牛刚到这个世界的时候一样,多好啊,也许生活就可以永远停留在那个初始的时刻,她的人生还是那么美好且充满希望,还可以重新来过。她曾经以为自己是那么幸运,闺密四人行,只有她一个人生了儿子,当那三个一起长大的小妮子毫不掩饰地表露羡慕嫉妒恨的情绪的时候,儿子牛牛带给她的幸福,总是能让她感动,可是这么快,这份幸福就瓦解得像秋天的银杏树叶,风一吹落了满地,再一吹,就席卷而去。

此时他们正行驶在她最喜欢的这条街上,道路两旁栽满了银杏树。记得跟周会超去领结婚证那天,从婚姻登记处出来,正好是中午,炫目的阳光在秋日的银杏树枝干间跳跃,她穿着高跟鞋调皮地追着落叶跑,飒飒的落叶声,细碎的脚步声和她轻盈的笑声,似乎完美了整个世界。一片金黄簇拥着她,而前头永远都是金灿灿充满希望的情景,仿佛她的未来金碧辉煌。她就在那个时候爱上了银杏树,爱上这条种满银杏树的街,每次驶过都会刻意放慢车速,为的,只是回味当年的隐秘的虚荣。

可是今天的她,已经没有了任何心情,她甚至不想再看见这漫天落下的黄叶。

"你睡一下吧,堵车了,没那么快到家。"会超看见后视镜里的郑芸满脸疲惫。

郑芸想摇头，冷不丁牛牛的手就摸了过来，在郑芸的脸、下巴、耳朵上捏捏拍拍，然后自顾自地大声笑了起来，脑袋不停地晃动。

"坐好，别动了。"郑芸按了按牛牛的肩膀。

牛牛就跟没听见一样，身子一躬弹出去，撞到了驾驶座的椅背又摔回来，依旧再弹出去，反反复复，弄得这台小小的两厢车如同海浪里的船，颠簸起来。

因为陷在车流中，旁边的车也发现了这车的古怪，纷纷摇下车窗，朝这边张望。

"你坐好，不要乱动了。"郑芸加重语气再次制止，抓住牛牛的手，抱住他的身体，暗暗用力箍紧了他。

"嗯！嗯！嗯——"牛牛发出重重的抗议声，开始拍打郑芸。只听"啪"的一声，重重的一记耳光就打在了脸上，麻麻地疼，郑芸摸了摸脸，吸了口凉气，用胳膊夹住了儿子："牛牛，你要听话，不要动了，妈妈要生气了。"

话音未落，牛牛一拳打中了郑芸的鼻子，郑芸的脸顷刻间缩成一团……

就在她放手的瞬间，牛牛又亢奋地活动起来。

"叫你别动了，听见没有？"郑芸气急败坏地吼着，但更多的是恼怒和忍无可忍。

声音许是太过尖利了，连会超都诧异地回过头来看，目光中充满了难以置信。牛牛显然吓住了，身体一下硬了，郑芸俯身，用手臂围住儿子，更用体重压制住了他，想强行将他的多动禁锢。牛牛奋力反抗，使劲蹬腿，急切而又无助地把脑袋扭来扭去。

郑芸忽然觉得不忍心，他不过是个两岁多的孩子，根本不懂事，自己不该这么粗暴，更不该将不良情绪转嫁给他。这么想着，她有些内疚地松开了手，没想到牛牛逮住这个空子，一下就蹿了起来，连鞋也没脱就站到了车座上，狂笑着蹦了起来，他不停地翻滚着，手舞足蹈。

郑芸忽地火了，用力拽住他的外套，一把将他拖下来，顺手就在他屁股上使劲拍了几下："叫你乱动！"

牛牛号哭起来。

会超侧过身，想说什么，这时候，前头的车动了，他迟疑了一下，没有说话，扳动挡位器，跟了上去。

牛牛还在哭，哭声小了许多，郑芸默默地看着儿子的眼泪流满了整张脸，心里泛起一阵酸涩，她想哄哄儿子，抱住他给他擦眼泪，但最终，她什么也没做，默默地从牛牛身边挪开,靠近另一侧车门坐着,疲惫地把脑袋抵靠在车窗上。

"下雨了。"会超说。

她抬头望向车窗,星星点点的雨水打在玻璃上,也洒在路旁的落叶上,风还在刮,但沾了雨水的落叶已经沉重起来,偶有翻飞,也变得有气无力。她轻轻地捂住脸,把头埋了下去。

"明天上午做核磁共振,我要开会,不能请假,你一个人带不住牛牛,让爸妈一起来吧。"车又一次被堵住了,会超跟郑芸商量,但后座上没有响动。

"你没听医生说吗,要喂药让孩子睡着了才能做,牛牛肯不肯吃药还是个问题,万一不愿意,闹腾起来你怎么抓得住?万一要灌药,你连个帮手都没有……"会超见郑芸还是不答话,探身过来伸手推了推她的膝盖。

"我不想做了。"郑芸忽然说,"牛牛没问题。"

"有没有问题不是你说了算的。"会超黯然道,"要看医生的诊断。"

"医生会诊断什么?还不是开一大堆检查!"郑芸情绪激动起来,"每次跑医院,挂号、看病、检查、开药、交钱……排队排队!烦都烦死了。"

"你不能因为手续麻烦就不看病了呀。"会超以为郑芸还沉浸在刚才牛牛吵闹的焦躁中,并没有体察到妻子内心真正的排斥和抗拒。

"我不想再去医院了,"郑芸强硬起来,"我自己的儿子我自己知道,牛牛没病。"

"没病检查一下也安心嘛,再说钱都交了,退起来麻烦,要再想做,又得重新预约,更加耽误时间。"会超迟疑了片刻,又说,"明天我还是请假吧,我们一起来。"

郑芸咬住嘴唇,不说话了。

车里安静得有些怪异,她一扭头,却发现儿子不知什么时候已经睡着了。细细的身子斜躺着,缩在座位小小的角落里,脸上还有光亮的泪痕,嘴巴微微张开,露出细小的乳牙,鼻息里竟然还发出轻轻的鼾声。神情是那么可爱又无辜,可是又显得那么孤单和可怜,郑芸握住儿子软软的小手,鼻子一酸,眼泪就滑了下来。

他睡得这么沉、这么香,完全不知道父母的心思,也完全不知道自己今后的路,不知道世界将会怎样对待他,小孩子就是这么纯粹,想闹就闹,想睡就睡,根本不管其他。

会超的声音淡淡地飘了过来:"他刚才是在吵瞌睡呢,小孩子睡前都是要闹腾一阵子的。"

这话加深了郑芸心底的愧疚，为了今天看病，牛牛早上七点不到就被拖起了床，这都下午四点了才往家赶，中午就吃了一个面包，在医院上上下下地跑，吃喝都不安心，别说大人焦灼，小孩子也受罪，大家都疲惫不堪。回想着自己揍牛牛的一幕，郑芸自责不已，她默默地脱下外套，盖在牛牛身上，又轻轻地把儿子抱起来，小心地揽进怀里。

牛牛，你不会是个有问题的孩子，上天不会对你这么不公平，也不会对妈妈这么不公平，等诊断出来了，你好好的，这事就过去了，妈妈给你转学，我们去个收费高的私立幼儿园，哪怕全家再省吃俭用，也一定不再让你受委屈。

郑芸想着，低头温柔地在儿子脸上亲了一下。

雨淅淅沥沥下了一夜，到早晨也没有要停的意思。

会超洗漱完毕，看见郑芸还站在蒙了一层淡雾的玻璃窗前，抱着双臂，默默地望着窗外模糊的景物发呆。再扭头，牛牛还在床上呼呼大睡，他不由得抬高了声调："怎么还不叫牛牛起床啊，也不看看几点了，说好了你先换衣服，还不快点就赶不及了！"

郑芸深吸一口气，慢吞吞地挨着床沿坐下来，目光依旧虚无地盯着水蒙蒙的玻璃窗："又降温了，太冷了……让牛牛睡吧，别叫他了……"

会超缓缓地蹲下来，按住妻子的膝盖，看着她虽然有些木然，却隐忍了太多情绪的脸："爸爸妈妈都准备好了，在客厅等着呢，你赶紧换衣服，让妈妈来照顾牛牛起床。"

郑芸一下抓住了会超的手，声音凉凉的："我们不去医院了吧，牛牛没事的。"

"这才刚开始呢，"会超当机立断起身，拍拍郑芸的肩膀，转身拿起外套，"上午做核磁共振的时候，我再去测试室问问护士，看我们的情况能不能今天提前把行为测试做了，这样明天就不用再跑一趟了。"

郑芸有气无力地说："怎么明天就不用去了？那还要挂号，找医生看结果。"

"测试早点做完，就能今天看结果啊，只要护士说今天能做测试，我就中午排队挂下午的号。"会超已经半个身子探出了卧室，"妈，你来弄一下牛牛，时间来不及了。"回头一看郑芸，依旧一副蔫蔫的样子如同大病初愈，连打开衣柜的动作都是有气无力，便折身回来，顺手抓了一件毛衣出来，扒下妻子的棉睡衣，再给套上毛衣，将她推进卫生间说："赶紧洗漱。"

跟郑芸的拖拉截然相反的，是婆婆刘心美的利落，十分钟不到就收拾好了牛牛，穿衣洗漱加下楼，风风火火地就把裹得严严实实的牛牛给抱到了楼梯口，会超正好热车完毕开出来，就看见像三个棉球一般的父母和儿子，刘心美拿着一个大提袋得意地说："知道你们顾不上吃，我把蒸好的玉米都带上了，还有几个面包，牛牛的豆浆也加热了。"

这时，郑芸下来了，棉袄还敞着没扣上，头发也还披着仿佛枯草一堆，脸白白的没生气。看见公婆抱着瞌睡尚未全醒的儿子上车，她一声不吭地坐在了副驾驶的位置上，木然地闭上了眼睛。开车之前，会超伸手帮她把棉袄拢了拢，眼光从妻子脸上滑过，发丝凌乱潦倒地散落在侧脸，青黑的眼袋明显，嘴唇发干，他知道，跟自己昨夜辗转反侧一样，郑芸也几乎一夜无眠。盯着前挡风玻璃，雨刮器规律地划过，他的喉头有些发紧，她可不要先垮了。

医院还是一如既往的拥挤，嘈杂的人声就像不停嗡嗡着的蜂鸣器，让人莫名焦躁。穿过熙攘的人群，郑芸突然就有了生气，脚步熟练飞快地到了核磁共振检查大厅里，安排公婆和孩子坐下，去找护士，没一会儿，就拿了一杯糊糊样的药出来，说是要牛牛吃下去，半小时后睡着了就进检查室。这时候，会超还在停车，但他预料的情况毫无意外地出现了。

"啊——"尖利的叫声响起来，牛牛被放倒在椅子上，强直着身躯和双臂被爷爷的胳膊制住，奶奶则捧住他左右摆动的脑袋，这边郑芸一手端着塑料杯子，一边捏着他的腮帮子，眼见他脸憋得通红，可就是死活不张开嘴巴……老的小的年轻的，都憋出来一身汗，三个大人六只手还是没能灌进去半点药，倒出去的糊糊全在牛牛嘴边被吹成了汩汩的泡泡，糊了郑芸一手和公婆一身。

动静闹得太大，上楼的会超一眼就看见了，匆忙过来，此时牛牛的脸已经成了酱紫色，围绕着他的是束手无策的父母和气急败坏的妻子。这怎么能行，会超七手八脚地扒拉开一干人，牛牛哭着爬了起来，脸上挂着泪水、鼻涕和药糊。会超掏出湿纸巾，细细地擦着，护士凑近了问："喝完了吗？"

郑芸气急败坏而又无奈地摇摇头："都洒了。"

"小孩子都这样呢，你再来拿一杯吧，"护士说，"抓紧时间，半个小时他要是没睡着，那就只能让别人先做了，你们又得再等一个多小时了。"

会超抱起牛牛，慢慢地抚摸他的背。郑芸蹲下来，低声退缩："要不，还是不做了，我们回去吧……"

会超瞪了妻子一眼，叫母亲："妈，等会就这样坐着喂，我用腿夹住他的脚，用胳膊圈住他的手和身体。"

"坐着喂也一样会呛着他的。"郑芸细细的声音弱了下去。

"那也必须喂下去，"会超口气硬了，"再耽误时间，只怕今天拿不到结果，明天又要耽误。"

刘心美已经把药糊端过来了，郑芸叹口气，想了想，蹲下身，从口袋里掏出一颗牛奶糖来，逗儿子："牛牛想不想吃？"

牛牛的手伸了过来，郑芸把手一晃，说："喝了糊糊才能吃糖。"牛牛不听，又去抓糖。

郑芸把糖握在手心里，说："喝了糊糊妈妈给糖吃。"

牛牛低头下，不说话。

郑芸把糖纸撕开，白白长长的圆柱形奶糖躺在手心里，然后她端起糊糊凑近嘴边小抿了一口，再用舌头舔舔奶糖，对牛牛说："看，喝一口糊糊，我们就可以吃糖啦。"牛牛的眼睛盯着奶糖，郑芸尝试着把杯子靠过去，牛牛别了一下脑袋，眼光又转回到奶糖上。她把奶糖放在牛牛嘴边，等他张嘴时灌了一口糊糊进去，牛牛发觉不对，正要吐，郑芸把奶糖塞了半截进去，听见牛牛喉头咕咚一声响，她立马又把奶糖扯了出来。牛牛发觉上当，撇撇嘴要哭，郑芸赶紧让他舔了一下奶糖，然后又哄又骗，如法炮制，硬是把大半杯糊糊给灌了进去。

为了防止儿子再乱动，郑芸给他左手里放了个山楂卷，右手里放了块饼干，看着药力发作。不一会儿牛牛就在爷爷怀里呼呼睡着了。

检查很顺利，十一点不到就做完了，医院通知下午四点以后拿结果。这边会超也过来了，说测评老师答应调整到下午两点半，上班就给牛牛做自闭症专项测评。一家人在医院附近找了个小饭店，随便吃了点东西，就重新回到了医院。

还没到上班时间，走廊两侧已经坐满了人，全家合计了一下，测评过后正好去拿核磁共振的结果，应该在下午五点半下班前，还能把所有结果交给医生做个诊断，怕主治医师的下午号被挂完，决定先去挂个号。会超下楼去挂号了，婆婆靠在过道内侧的墙壁上打盹，公公跟着牛牛四下里走动，郑芸给儿子喂了点水过来，位置也被人占去了，好不容易找了个不碍路又可以落脚的地方，只有大门边上的墙根了。人来人往，大塑料长条的挡风帘子一下被掀起，一下被撩开，只觉得寒风阵阵往里涌，雨的味道飘散在消毒剂的气息里，湿气像雾一样，包围了身体，透过厚厚的棉袄渗进骨头里，跟心底的凉意连成一片，她忍不住打了个寒战，嘟囔着抱怨道，这个寒冷的冬天，怎么就没有个完呢？

她摸了摸脸，冰冷，想抬脚往里走，躲开门边，大厅里的暖气应该会让自己感觉好点，可是望着诊室的门，她却感到一股没有来由的恐惧，不愿进到更里面，仿佛有个声音在告诉她，你进去了就再也出不来了……进医院时好不容易鼓足的勇气，给自己打下的强心针，竟然就在这阵阵从身体周遭袭过来的寒意里，消失殆尽了。

医生来了——

会超带着牛牛进去了，过了一会，婆婆又被叫进去了，郑芸木然地盯着前方，目光虚无，身边一切人和事仿佛都不存在了，诊室的门就像一个巨大的黑洞，把所有的一切席卷了进去，而她亦将被吞噬。

"郑芸……"令她恐惧的声音到底还是响起来了，郑芸拖起僵硬的腿，走了过去。

护士站在门边："妈妈是最了解情况的，还是她来，你们都出去吧。"

身后的门被关上了，牛牛难得专注地站在医生办公桌前玩着恐龙蛋，一个年轻的女医生抬头看了郑芸一眼，微微一笑。郑芸回应一个笑脸，却感觉因为僵硬嘴角扯得发抖，心底冒起一股令人窒息的无助，她惶然地抓住了桌子角，强迫自己镇定着，慢慢地坐下去，诊室里空调温暖，她却禁不住浑身发颤。

女医生按住郑芸的肩头，示意她蹲到桌子后面去藏起来，过了好一会儿，见牛牛无知无觉，医生便抬高了声音问道："妈妈呢？"可是牛牛头也没抬。医生走近牛牛，弯下腰来拉住他的胳膊，又问："妈妈呢？"牛牛不以为然地摆了一下脑袋，并没有过多的表示。

一直在桌子后面偷偷观察的郑芸感到惊异，她从未想过，儿子对自己的存在会是这么漠然……不自觉间，缓缓地立直了身体，疑惑地捏紧了双手。她艰难地搜索着脑海中的画面，儿子从未在她上班的时候跟在门边哭闹，是跟别的孩子有点不一样，当时她并未觉得有什么不妥，可是今天医生这样做，让她意识到，这不是个小问题。

医生沉默片刻之后，说："看着阿姨的眼睛。"牛牛没有动作。

医生便用双手扳起牛牛的脸，托起他的下巴，发出了更清晰的指令："看我的眼睛！"

牛牛的脑袋不安分地扭动起来，郑芸急了，快步过去，扳住儿子的脸朝向医生："你用眼睛看着医生阿姨呀……"

也许是她疏忽了，从来没有留意过，这次却分明地看见，儿子的脸虽然被固定了朝着医生，眼睛却没有依照指令看着医生，反而向旁边瞥开。医生将两个手掌放在牛牛的左右脸侧，试图缩小他的视野范围，逼迫他收拢视线，望向自己。他却梗直了脖子拼命想扭开脑袋，黑眼珠则挤向一侧，露出大半眼白，奋力逃避与医生对视。任凭郑芸怎么劝，他依旧故我不睬。

郑芸斜着脑袋，努嘴示意，试图让儿子照着做，就在她急得满头大汗的关口，医生轻拍着她的手，低声说："你先出去吧。"

郑芸默默地退了出来。护士递给她一张卷子，正反两面，字小，内容很多，写满了诸如多大年纪会翻身等发育情况的问题。郑芸仔细地做着一道道选择题，不知不觉就过了差不多一个小时，好不容易做完了，有些头晕的她仰仰脑袋，手刚摸上颈椎，就看见会超拿着一个薄薄的大塑料袋过来了，想是核磁共振的结果出来了，再一看丈夫的脸色，难得地挂上了如释重负的微笑，未待郑芸开口问，就说："脑部发育正常，没有问题。"

郑芸心上的石头落了地，喜滋滋地交了卷子，便跟会超嘀咕："卷子上的发育测评，也基本都是正常，我看今天打道回府，往后都不用来了。"

话音刚落，护士就叫领走孩子，几分钟后又叫拿结果。会超拿了单子看看，脸上的笑便淡了，郑芸紧张地接过来，细细地看，生怕遗漏了半点，上面几大项都只有分数，最后一项总和，看说明分数居于自闭症分值和正常值之间，至于诊断，还是一个"自闭症倾向？"。

郑芸有些蒙了，不晓得该如何判断，三步两步就跨进了诊室，小心翼翼地跟那个年轻女医生求证。

"你的孩子只有两岁三个月，确实不是很好判断，我们只是按照标准来打分，具体的结果你还是要去跟专科医生谈。"女医生很温和地说，"像你孩子这种中间分值的情况，有几种可能，根据个体的不同，有些孩子只是发育迟缓，长大了就慢慢好了，有些孩子是因为不配合检查，出现误判的情况也有，还有些孩子确实是自闭症，但因为年纪小，发现早，适合早期介入，也能够很大程度地减少跟正常儿童的差距。"

郑芸一听，下意识地将儿子的情况跟最乐观的对号入座，心想，不是都说男孩比女孩发育迟嘛，咱家牛牛也应该没什么问题，这么一暗示自己，感觉放松了很多，试探着问："那我是不是就可以回家了，以后多观察他的发育情况就行了？"

医生笑笑，偏头想了想，说："我建议你还是要挂号请专科医生看看，这样你们能够问到更详细的情况，他也会给你们更专业的意见。"

"不用了，不用了，"郑芸连声说，"我们以后定期检查他的发育情况就行了。"

"话是这么说，可你孩子这种居中的分值，还是要引起重视啊。"医生放慢了语速，"我在测试报告上写了的，请专科门诊综合诊断。"

郑芸还想推辞，身后传来会超的声音："谢谢医生，我们提早挂了专科号了，马上就去看。"

身体里满满的劲头仿佛是被吸管吸空了的饮料瓶，顿时变成了虚张声势，郑芸有些不满地斜了丈夫一眼。尽管内心里一百个不情愿，还是被会超拖着去了门诊，她希望人多排不上，上天偏不如愿，在这快下班前的半小时，走廊居然空了，排号的护士直接安排他们进医生办公室。

一家五口全进来了，把诊室挤得满满的，关注的焦点只有一个——牛牛。

还是一个女医生，有些年纪了，面容慈祥，镜片后却有一道犀利的光。她仔细地看着各种检查结果，大约有十分钟都没有开口。然后她拉过牛牛，仔细端详，轻言细语地问了几个问题，可是牛牛反应淡漠，要牛牛转圈，他倒是张开双臂呼啦啦地转个不停。

"可以了。"医生笑吟吟地摸了摸牛牛的头，要老人带孩子先出去。她翻开病历，提起笔，却没有写字，悠悠地呼了口气，抬头望着郑芸微微一笑。郑芸的腿忽地软了，身子不听话地往地上倒去，会超夹起她的腋下，将她搁在凳子上。

"医生，我儿子没问题的，是不是？"郑芸一句话起始，便不顾一切地说了起来，她说自己怎么会三十岁才生孩子，产前筛查没有遗漏，如何做的剖腹产，孩子又是怎么发育的，预防针一针没落，各种营养辅食完全注意，一切的一切，都是那么正常……她说得很慢，咬文嚼字，不是要卖弄自己的文采或显摆自己是个思维清晰的白领，她只想医生听清楚一切，不要做出错误的判断。她一直说，一点一滴都不放过，可是她说出来的每一个字，她都会马上就忘记，她不但忘记了自己述说的内容，也忘记了述说的时间……

她口若悬河地说着自己的儿子，医生耐心地听着，没有阻止的意思，不知道过去了多长时间，医生伸手过来，轻轻地按住了郑芸的手。温暖从手背上覆盖下来，郑芸忽然停住了，眼泪倏地冒了出来，片刻之后，似乎还有很多情况要陈述，但她再也无法开口，喉头一次困难的吞咽动作之后，从喉咙里发出不可抑制的哭声。

温暖的手掌中多了些力道，医生缓缓加力，握住了她不停颤抖的手，由着她哭泣。

也不知过了多久，看着郑芸情绪慢慢平复，医生递过纸巾，拿起测评单，用沉缓的声音逐一给夫妻俩解释，初步诊断为自闭症倾向，因为孩子只有两岁多，即便是真有自闭症，也是发病初始阶段，还要后续观察，而且根据测评评分，分值又处于正常和非正常的临界，所以暂时还不能下结论。但是根据她多年的经验，情况不见得乐观，为了保险起见，她建议夫妻俩尽早给孩子治疗，干涉得越早，孩子康复得越好。

"现在这个年纪是治疗的黄金时期啊，"医生说，"多少孩子都因为家长没有察觉而耽误了，你们能够这么早就发现和重视，是非常难得的。"

会超还在问自闭症的发生原因，但是郑芸一个字也听不下去了，医生嘴里那些专业术语对她来说仿佛没有任何意义，她大脑空白得只剩下一个声音在回旋，情况不乐观，情况不乐观——这句话像个棒槌，一下又一下，重重地捶打着她的脑袋，震得全身的骨头嗡嗡作响。她仿佛得了严重的脑震荡，直接进入抽搐呆傻模式，毫无行为能力。

医生又问了家庭状况和夫妻俩的学历，听说会超是博士，便叹口气道："医学报告显示，这种孩子多发生在高知家庭……你们知识水平不低，多上网查看资料，家长学习配合得好，孩子才能好，这个病得长期治疗，你们要做好心理准备……"

病历本就在眼前，写着医生的记录，郑芸拿过来，满页的字，脑袋有些发懵，不知该从哪里看起，也全然看不进去。郑芸两只眼一字一句盯着，好半天，才冷不丁说："诊断还是自闭症倾向呢，那还不是自闭症呢，是不是他长大一点，就有可能排除？"

"这下面，你没看见，医生都写了要尽早做干预治疗呢。"会超点着最下面一行字，看过去，"咦"一声，狐疑着问，"医生，咋没开药呢？"

医生摇摇头，摘下眼镜："没有特效药，"停顿了一下，又说："没有治疗自闭症的药。"

会超顿时傻了。

"医生,我儿子不是自闭症,是不是?"郑芸猛地站了起来,直愣愣地说,"这个病,还可以去哪里看?广州?上海?北京?……"

医生愣了一会,眨了眨眼睛,沉默着把笔收进盒子里,站起身来,轻轻地拍了拍郑芸的肩膀,低声说:"回家去吧,好好休息一下。"

郑芸直直地盯着医生的脸,她想要个答案,可是医生给她的,不是她想要的答案,她想要医生重新给个答案,尽管她知道,医生不会把她想要的答案给她,这一刻她有些恨医生,为什么医生不能选最乐观的说呢?

"如果你觉得这是我的误诊,也可以再去别的医院看,"医生慢慢地收拾着桌子,很小心地选择着字句,"但是你一定要听我的建议,赶紧治疗,哪怕将来有一天,真有个医院确诊孩子没有自闭症,在确诊之前,为防万一,没病也得当成有病治,因为各种康复强化训练对孩子来说,哪怕是对正常的孩子来说,也只有好处,没有坏处。"

郑芸彻底无话可说了,会超拉了一下她的胳膊,连声感谢医生:"谢谢,对不起,耽误您下班了。"郑芸这才看见墙上的钟,已经过了下午六点,窗外天色都黑了。她涩涩地看了丈夫一眼,周会超神色倒是平静,但是郑芸知道,此刻他心里的狂澜只怕已经没顶。

出了诊室,郑芸有种崩溃的虚脱,她慢慢地扶着墙走着,看着前方是公婆和儿子在走廊上晃动的身影,再前方,是黑暗的天地,是风雨交加,是她失去了希望的人生。身后,隐约地传来医生的轻语,还在交代会超什么,但她已经一个字都听不进去了,此时此刻,她身上的器官功能全部退化,不只是耳朵、眼睛、嘴巴,还有肺和心脏——肺停止了扩张,她已无法呼吸,而心脏平静得出奇,仿佛都没在跳动。

最不想发生的事情还是发生了,哪怕她那样抗拒,医生还是没有给她编造一个谎言,早先心里隐隐的不祥的预感,到底还是被残酷地印证了。她曾经那么希望,这个沉重的诊断只是虚惊一场,然后呵呵一笑全体回家,但她怎么也没有想到,从这个诊室出来之后,自己的人生从此就再也不是自己想象的那个样子,而是一条更为艰辛的路。

她的未来在哪里?儿子的未来在哪里?她想不通,这世间那么多家庭,那么多孩子,为什么独独她的儿子有自闭症,独独要她的家庭、要她来承受这么多?此时此刻,郑芸的心在滴血,她拖着沉重的双腿艰难地走向公婆和儿子,然后,她还要带着他们走进无边无际的黑暗，那里没什么可以给她支撑……

现在，墙壁是她唯一的依托，长长的过道里，白炽灯发出凄冷的光，婆婆朝这边望过来，浑身无力的郑芸终于瘫倒在地，地板虽然冰凉，却踏实。她终于踏实了，在浓烈的消毒水气味中，郑芸无力地闭上了眼睛。

我累了，可不可以睡一下，这不是真的，只是个梦，醒来就过去了……

到底是怎么上的车，郑芸不记得了。当她浑浑噩噩地躺在副驾驶座上，仿佛气息奄奄的危重病人一般，会超还在担心要怎么疏导她的情绪，可谁知，车子到家，车门一开，她就如同打了鸡血一样，大步迈出去，笔直地站了起来，拎包噔噔上楼，急火火地打开了电脑。看着她手忙脚乱地敲打键盘，会超凑近了一看，全是医院预约挂号的页面。

"设有精神专科的医院好多家，凡是专家号，我们都挂一个，轮着看，"郑芸说得认真而轻松，"这边也算不上确诊，末尾总要写上倾向，往差也是倾向，往好也是倾向，要是碰上经验丰富的专家，保守一点判断，那就不是自闭症。"说到这里，她竟然呵呵地笑了起来："好多专家的诊断都是截然不同的，有些甚至是全盘推翻……"

会超沉默了片刻，顺着她的话说："是啊，我们只去过了湘雅附二，还有附一、附三可以看，要是结果还不是你想要的，我们还可以去市一医院、二医院、三医院、四医院、脑科医院……如果你还不满意，我们还可以去广州、深圳、上海、北京……"

听见丈夫这么支持自己，郑芸的心里明亮温暖起来，她顿时像个战士般地振奋起来，嘴唇坚毅地抿着，脸上也有了昂扬的微笑。这一丝笑荡漾在会超的眼里，却让他不可抑制地心痛。

他用手臂揽住妻子的肩膀，艰难地咽了口唾沫。医生选择了他，最后说了那样一番话，医生知道他是家庭的顶梁柱，他的性别、身份、学历，都注定了他必须承担起一切。如果可以回避，他也愿意回避，但他没有选择，对郑芸，不是他想残忍，而是，生活残忍的手，以他们最不想面对的方式揭开了血淋淋的面孔。在医生最后的交代中，他已经百般无奈地接受了现实，他可以在诊室里理智，可以在妻子虚脱的时刻冷静，却在这一刻迟疑了，因为他不能无视妻子脸上那因为梦幻式的希望而浮现的不切实际的笑容，他不忍去戳破妻子拼尽了全力吹起来的七彩的肥皂泡，如此美丽，美丽得叫人心酸。

他的手在妻子的肩膀上揉啊揉，揉啊揉，就好像在抚摸自己的心脏，好像这样揉着，心就不会那么痛了。

"要是所有的专家都是一个诊断呢？"他说得很慢很低沉，小心翼翼却又凌厉万分，挑明了瘆人的结局。

"不会的。"郑芸握住丈夫的手，斜过头来，轻声说，"我们不会运气那么差的。"

会超沉默许久，才说："那你有没有想过，医生这个诊断已经是最保守的了？"

"医生总是拣最坏的情况说，只有这样，患者和家属才会有足够的心理承受准备。"郑芸故作轻松地转开话题，"廖英也是这么说的……"

"廖英？"会超诧然，"谁呀？"

"我堂妹啊，堂姑的大女儿，在医院做高护的。你见过的呀，我们给牛牛办百日酒时，她来了，就坐我边上，当时说到剖腹产，还说了手术可能出现的几种情况，居然还有大出血甚至导致死亡，你当时不也吓住了？"

"她在哪个医院做高护？"会超没理会郑芸的絮叨，冷不丁抓住了主题。

呀！郑芸一拍手，跳了起来："我怎么把她给忘了！她就在省儿童医院呀，去儿童医院看精神科，那才是最正确的！"

这才是真正的兴奋剂，郑芸立马拿起电话开始行动，和堂妹已经许久没联系了，好在亲戚找起来并不难，先通过父亲找到堂姑，许久没有走动，开口就是求帮忙，还是有些赧然，好在堂姑很客气，一下就联系上了堂妹，谁知她又去新加坡学习了，最后找到堂妹廖英的男朋友——在儿童医院当外科医生的陈知行身上。

虽然拐了几个弯，事情到底还是安排好了，郑芸跟陈知行敲定了第二天的行程，正好婆婆喊全家吃饭。

回家本就晚了，早过了平时吃饭的时间，折腾一天都没有好好吃饭，牛牛看见饭桌上有自己最爱吃的西红柿炒蛋，就将大半个身子趴上了桌子，不等奶奶喂饭，伸手就去抓菜，红红黄黄塞了满嘴。瞧着他狼狈的吃相，会超忍不住笑起来："难道还不让你吃饱饭呀，急什么呀。"

郑芸看见婆婆的勺子伸向儿子的嘴巴，不悦道："妈，都这么大了，让他自己吃吧，别老是喂。"

"再喂也就是这么几年，大了自然不喂了，"刘心美并没有把儿媳的话放在心上，不以为然道，"他饿了也不喊，饱了也不说，要吃什么也不讲，慢了半步直接用手抓，弄得浑身脏死了，还不如喂来得省事。"

郑芸无奈地撇撇嘴，不说话了。夹一筷子菜进嘴，冬笋炒腊肉的香味顷刻间布满味蕾，也瞬间苏醒了她的胃，味道是从未有过的好，肚子也真的是饿了，她连着扒了好几大口饭，也没觉得肚子充实了多少，狼吞虎咽地扫光了两碗米饭，这才感觉空空的胃里头有了垫底。第三碗饭盛上了，郑芸开腔道："爸，妈，明天联系好了，去儿童医院做检查。"

刘心美"啊——"一声出来："还去呢？不是都检查完了吗？"

"小孩子嘛，看病还是去儿童医院更专业些，再说了，有熟人，都安排好了，没今天这么麻烦，我们速战速决，就是求个安心。"郑芸夹一筷子青菜塞进嘴里，咀嚼着含糊出声，"看儿童精神专家怎么说，说不定我们牛牛就是好好的……"

会超心情复杂地看了母亲一眼，刘心美愣了一下，忽地说："那核磁共振的结果，不同的医院认可不？不然再一检查，又是三千多……"

"到时候问问，这是个关系社会，有本院的医生带去，该不会那么强求吧，"郑芸几口扒完了饭，冲会超说，"你明天最好再请一天假。"一伸手，接过婆婆手中的碗："妈你赶紧吃，菜都凉了，我来喂牛牛。"

勺子伸过去，牛牛似乎也饱了，将郑芸的手一推，滑下凳子，就跑到客厅里，赖在地上玩起跳跳球来。

"牛牛，妈妈怎么教你的，下桌的时候，要跟大家说'你们慢吃……'教了多少回，总是一声不吭。"郑芸拍着凳子，高一声低一声地喊，"牛牛，过来！"

牛牛在那头充耳不闻，郑芸连着喊了几声，也是无趣，便起身走了过去，一把抢过跳跳球，牛牛也不争，干脆不要球了，抬起胳膊，自顾自地转起圈来。

"妈妈跟你说话呢，你听见没有？"郑芸一把提溜起牛牛的衣领，牛牛扭了几下，挣脱开，迅速跑到客厅角落里的挂衣架下，掩进了长长的外套当中。

算了，算了，郑芸嘟囔着，真是叫人不省心。

会超一边注视着客厅这头母子俩的举动，一边心不在焉地吃着饭，刘心美看儿子只晓得扒饭，不记得夹菜，知道他心思重，忍不住给他连着夹了几筷子菜，淡淡道："别急，有病咱就治。"

会超喉头一紧，压低了声音说："你知道牛牛？"

"牛牛一岁半的时候，我不是带回老家去带了半年吗，那时候就觉得有些不对劲，别人孩子坐在推车里，到处东张西望，指这里点那里，可牛牛就是静静地靠着，也不咿咿呀呀地叫，别人逗他，也没什么反应……"刘心美低头下去，不说了。

"那你早不说呢？"会超叹口气。

"哪能所有的孩子都是一样的呢，亏你还是当老师的。"公公周建设这时候插话进来，"就你多心！"

"今天医生……"会超话说了一半，赶紧岔开，又转向母亲，"那你跟郑芸说过这些不对劲没？"

"说了，带回来的时候就跟郑芸说了，她说，生下来是巨大儿，前头长狠劲了，兴许后头就比别人长得慢……"刘心美用筷子拨弄着饭，幽幽道，"再说了，每次去做发育评定，我也都跟去了，什么指标都正常啊，谁会往这上面想……"

"别说了！"周建设板起脸，低吼道，"好的不灵坏的灵，呸呸呸，铁定没这事。"

会超瞥了父亲一眼，不吭声了。

"有些医生也是瞎说，明天去儿童医院，熟人才会说实话。"周建设将碗一搁，愤愤地走了。

"那医生最后拉住你，说了些什么呀？"刘心美殷切地问。

会超眼里闪过一丝复杂的情绪，正要开口，刘心美看着郑芸走过来，赶紧在桌子下踢了儿子一下，说："明天我和你爸也去，如果要跑东跑西，多个人也方便些。"抬头望向郑芸正把病历从包里掏出来，便问："拿出来干吗？明天还要用的哟。"

"明天买本新病历，"郑芸摇头，"这个不带去，怕医生看了之前的诊断，影响判断。"

刘心美赶紧起身，接过病历本，郑芸说："扔了吧。"

刘心美捏着病历朝厨房走，作势要往垃圾桶里扔，却在背转身的一刻，将病历从棉袄下摆塞了进去，再哗啦啦扯得塑料垃圾袋一阵响，扎好了，说："等会我下楼就去扔了。"

第二天早上，又是全家出动，依约在儿童医院挂号大厅见到了陈知行，以为可以直接去窗口拿号，没想到人太多，挤都挤不进去。本是休息一身便装的陈知行看情形赶紧回科室换了白大褂出来，带着郑芸一行呼啦啦直奔儿童保健中心，路上跟一家人解释:"现在就是看病难,每天的专家号提前预约都要提早半个月,网络预订的改不了,内部人员都不能随便插队要号,病人也精明警惕,看见白大褂往挂号窗口去就开骂,算了,我还是直接带你们走后门,在本院当个医生也就这点特权了。"

儿童医院很大,如果不是知行带路,郑芸只怕会转晕。儿童保健中心有三层楼,汪教授的诊室在一楼最里头,想必是出于让她安静看病的考虑,估计没想到最后一整条走廊都成了候诊室,孩子和家长都排满了走廊两侧,或坐或站,只剩下中间断断续续的空间,叫号的护士在队伍中间穿来穿去维持秩序,细碎的嘈杂声嗡嗡不息,夹杂着护士的高声。伴随着诊室的门一开,总是会激起一阵小小的骚动,走廊上会有片刻的静默,然后蜜蜂一般翘首过去,看护士把被叫到号的人带进去,便又重新回到自己的位置,继续等待。

知行在护士跟前嘀咕了一阵,护士边点头边打量着郑芸,回头跟另一个护士交代了一下,便带着一大家子往诊室里走。穿过走廊比想象中困难,人多,护士不停地喊:"让让,让让……"人们在避让的同时也用略带敌意的眼光注视着他们,隐隐中的敢怒不敢言令郑芸有些心虚,低头耷拉着眼皮紧跟着护士的脚步走,眼光不经意地扫过那些坐着的人,并非她刻意,却带着强迫症似的去关注那些孩子。

他们有的睡着了,有的神情木然,有些忙着做各种各样的鬼脸,另一些则呈现出活动着的形态各异的造型,郑芸的眼睛精准地捕捉着他们的脸,继而下意识地停留在他们的眼睛上。通过这几天看病的经历,还有对网络上相关医学知识的突击学习,她或多或少地有些心得,眼神、目光是一个重要的判定指标,自闭症的孩子不同于脑瘫和智障儿童,不是那么容易地被目测出来,但总体来说,眼睛不够亮,眼神飘移涣散,是能够看出端倪的。每看一个孩子,她都能迅速地做出初步判断,每一次判断都让她心生欢喜——因为这些孩子看起来都跟牛牛不一样,牛牛眼睛亮,表情正常,不管怎么比较,牛牛都要强过他们,换句话说,牛牛是没有自闭症的!

郑芸在走廊磕磕碰碰行走的过程中,一边头顶着诸多目光里复杂的压力,一边快速而欢愉地在心里完成了甄别比较,并下了结论,她几乎是怀着雀跃的心情,把自己的诊断当成无比坚定的信念。

"干吗不排队?"快到诊室门口了,一个气势汹汹的男声不合时宜地响了起来。

护士也起了高腔:"你还不让了呢?!"

"我早上四点就来排队挂号了,他们电脑预约的在我前头,也就几个,我没话说,这眼看就快轮到我了,你来插队,这是什么道理,说说!"男的说着把夹克撸了撸,露出一身胸前起球的暗蓝色毛衣,涨红的脸上满是凶气。话一挑起,后面马上有几个人附和喊道:"后边排队,排队去!"

护士迟疑了一下,知行赶紧靠上去,低声道:"我们是汪曼萍教授的亲戚……我是她侄子,这是我姐姐……"

男子眼皮抬了一下,没吭声,从夹克上放下的手顺带提了提皮带。

"我们昨天就约好了,本是早上八点前就看的,也不想影响大家,但是我姐姐过来远,路上塞车,才耽误到现在。"知行还在解释,诊室的门开了,汪教授探头喊:"知行!"

随着知行应一声,刚才还愤懑的人群瞬间泄了气,男子也让开了道,讪讪地退到一旁坐下,偏过了脑袋。在他的旁边,一个女人抱着个跟牛牛一般大小的男孩,正在喝着一瓶果粒橙,瓶子已经见底了,他却还在死命地吸。

郑芸心底一刺,默默地从口袋里掏出一小盒牛奶,换下了孩子手中的空瓶子,这时候女人抬头看了她一眼,神情僵硬,嘴角抽搐了一下,似乎想挤出一丝笑容,却又仿佛被沉重禁锢着全身,只剩下一双呆滞的眼睛,转了转,虚无地落在郑芸脸上。

这表情说不出地熟悉,郑芸陡然间想到了自己,那种无法言状、凭空而来,让她百般抗拒的恐惧,忽然就侵入了她毛孔,极其顽固地纠缠过来。她在令人窒息却又不能言说的心悸中,逃也似的进了诊室。

汪教授寒暄了几句,问候了自己的同学——知行的父亲,就转入正题,仔细地看了看孩子,问了一些情况,安排先去做检查。还好其他医院的检查结果都认可,只是测试要重新做,因为评价体系不同。按理测试室也要预约,好在知行有先见之明,昨夜提前联系好了,等了十分钟不到,孩子和大人都进了测试室。

到底是儿童医院,针对儿童的各种设置,让检查的整体流程都显得非常严谨和专业,不由得人不信服。流程大体相同,不同的是,在牛牛单独做测试的时候,郑芸夫妇和公婆分别在单独的隔断间里电脑答题,夫妻可以商量,两组之间却不能通气。

半个小时四个大人都交卷了,没过多久护士把牛牛带出来,摸着他的头,笑吟吟地说:"宝贝表现很好哦。"

郑芸一听，全身都轻松了，仿佛心上的石头就此卸下了，她忙不迭地道谢，感觉离自己想要的结果又近了一步。她开心地抱起儿子，就地转了个圈，喜滋滋地说："牛牛，再去医生奶奶那里打个招呼，我们就可以回家了！"

"儿子你太壮了，妈妈腰不好，爸爸抱。"会超将测试结果往口袋里一揣，伸手接过牛牛，牛牛就势趴在会超肩膀上，探手拍郑芸的头。

"别淘，才表扬你乖呢，总是手不停脚不住的。"郑芸拨开牛牛的手，不到一会儿，胖乎乎的小手又伸了过来，无非就是好玩呗，郑芸没有放在心上，由着儿子去。没想到这下小手伸过来再也不是小闹腾，冷不丁对着郑芸的头重重地"啪啪啪"几下，然后抓住郑芸的头发用力揪扯起来，小手力道此刻不知为何出奇地大，猝及不防的郑芸大脑发蒙，乍地感到天地晃动，头皮发麻，然后天灵盖一阵眩晕，仿佛头皮被揭了去，痛得她眼泪都快掉出来了，她下意识地护住脑袋，往一边躲。

一切都发生得太突然，一家人都呆住了，过了一会儿才反应过来，会超将牛牛重重地往地上一放，教训道："你怎么可以打妈妈？"扬手就要给他屁股一下，郑芸揉着脑袋赶紧拦住："算了，等会儿还要去汪教授那里，别弄得他情绪不好，到时候不合作，更麻烦。"

周建设赶紧抱起孙子，连声道："回去再教，慢慢教。"

牛牛懵懂着，蜷缩进爷爷怀里。

护士轻轻地拉了拉知行的胳膊，靠近叮嘱了片刻。

汪教授平静地翻看着检查结果，一家子都屏息静气，等待着她开腔。

"基本可以确诊，"汪教授的话没有留半点余地，"你们应该稍微松口气……"

郑芸一喜，笑容未及展开，就听见了晴天霹雳一般的下文："孩子的情况比较乐观，但是需要马上治疗，通过长期的训练，是能够有效地缩小跟正常孩子的差距的……"

怎么回事？怎么是这样的？郑芸不可抑制地叫起来："他怎么能是自闭症？"

"你觉得他什么都正常，就是有些小小的不正常，你也会觉得，那是孩子的个体差异。"汪教授显然见多了质疑，不恼不急道，"自闭症是这几年才引起重视的，从前多数家庭都认为孩子是性格内向或者发育迟缓……"

"我知道，我查过，自闭症是一种以严重孤独、缺乏情感反应、语言发育障碍、刻板重复动作等表现为特征的发育障碍疾病。可我们家牛牛，一岁半就会叫爸妈，他经常跟爷爷一起玩,他不是呆呆的,而是很活泼,甚至还好动,"郑芸急切地说着,转向公婆,"你们说是不是?"

"你能自主地去了解自闭症,很好啊,"汪教授和蔼地说,"但是你可能了解得还不太全面,自闭症的儿童一般都伴有多动症,这都是大脑皮层发育的原因。"

"你说,他一岁半就会叫爸妈,但是现在他会主动开口叫吗?他不会主动叫,他会回避任何需要开口说话的机会,他理解不了你的指令,也无法发出寻求帮助的语言,甚至都不会主动去寻求帮助,比如说,平时他要拿什么东西,拿不到,他不会叫你们,会自己想办法去拿,或者爬桌子上,或者拿小板凳来踩上去,再拿不到,就会抓住你们的手,朝东西晃动,让你们去理解他的意思,然后拿给他。"汪教授耐心地解释,"你好好想想,回家再仔细观察一下,很多情况,要么就是你们疏忽了,要么就是你们知道却没有放在心上。再比如,把他放在小朋友中间,他会主动去跟小朋友玩,会打招呼吗?"

"他看见小朋友就躲开。"周建设悻悻地插话,"我不喜欢人多,以前一看见人多,就抱着他走开,后来他也这样,人多就走开,一个人玩。"

"还有,他会逃避一切需要用语言表达的事情,这是沟通的障碍。有时候,他还会显得不听指挥,在你们眼里喊不动啊,置若罔闻啊,包括谁离开他都可以,看着最亲近的人出门都不跟脚,也不哭闹,其实都是缺乏情感反应的表现。"汪教授说,"一般两岁多的孩子,都黏人,妈妈出门上班,必然要跟在门口哭闹一阵,你的孩子肯定没有这种情况。"

"是没有。"刘心美叹口气,"谁走了他都好像无所谓。"

"还有刚才,你们没有把他抱在手上的时候,他往大人的两腿中间缩,在家里,他肯定也是很喜欢一些逼仄的空间,越是小小的、拥挤的,他越是喜欢蜷缩在里头,睡觉喜欢拱在被子里、枕头下,只有在局促的空间里,他才有安全感。"汪教授一点点地提示,"不会玩玩具,偏好圆的东西,比如球、汽车轮子,还喜欢把自己的身体当成玩具,转圈,转个不停……"

郑芸哑了,自己曾经在牛牛放肆转圈的时候,还得意地表扬牛牛平衡能力好过。

"他的东西,一定要放在同一个地方,每天要做的事情,都必须做到,你仔细想想他那些刻板的行为,要排除你教育养成习惯的想法,因为一个两岁多的孩子,还不会出现习惯……"汪教授的话，勾起了郑芸记忆里的细节，教牛牛漱口杯放在哪里，牙刷插在杯子里，是牙刷头朝上，以后牛牛的杯子一定要放到那个位置，有几次牙刷是她随意放了，自己都没在意，牛牛出了洗漱间，还要折回来，非得把牙刷换过来，牙刷头朝上才作罢。郑芸表扬儿子细心，正如汪教授说的，她认为是儿子习惯好，却没有想到……

汪教授拿出测试单："孩子的确是在正常和非正常的中间值，但是，要排除家长评分时候的不实成分，因为用非专业的眼光来看，他们在幼儿阶段几乎跟同龄孩子没有很大不同，除非程度特别严重，一般的家长是不可能察觉到他们的反常的。"

"我要给出的保守诊断，就是自闭症倾向，但是因为是熟人，我也不想这个诊断给你们什么侥幸，因而耽误孩子的治疗，所以，我只能如实告诉你们，孩子基本可以确诊为自闭症。"汪教授没有任何的回避，直白地说，"不过根据测评和我的观察，孩子程度比较高，通俗点说，就是自闭程度比较轻，完全可以通过后续的康复治疗缩小他和正常孩子的差距，预后好的话，他可以实现正常人80%的生活功能。"

仿佛是当头一棒，郑芸浑身一抖，心碎了。会超不由自主地摸了摸鼻子和嘴巴，刘心美手里拿着的大杂物包滑落地上，周建设的手下意识地插进棉袄口袋里，腿也神经质地抖动起来。知行两手握住，紧张地看看这个，望望那个，不吭声。

一家人此刻都失魂落魄，诊室里安静，忽然响起牛牛没来由的笑声，他拉起会超的手圈紧自己的脖子，踢着腿，吊儿郎当地跳起来。会超默默地注视着疯癫般狂笑的儿子，脑袋无力地耷拉下去。

汪教授显然见多了，面对这情景没有丝毫的意外，很宽容地任他们站在办公桌边，柔声说："赶紧联系治疗机构吧。现在自闭症发病率比从前大幅增高，也可能是大家都比较重视了，每个康复中心都人满为患，许多孩子排队至少大半年时间，还不知轮不轮得上，主要是治疗时间长，要不间断治疗，所以轮上了的很少退出来……"

"这样的孩子啊，要舍得治，真要花不少钱呢，"她说，"还有数不清的时间和精力，千万不要性急，慢慢来。"

郑芸张了张嘴，却发不出一丁点儿声音。

也不知过了多久，会超艰难地发声了："医生，你们这里做康复治疗吗？"

"儿保中心就有康复治疗，我们医院相对还是很专业的，并且治疗条件比其他医院还好一些,但是应该都排满了。"汪教授喊一声知行,"你赶紧去康复科找人,治疗越早越好,这就是真正的跟时间赛跑。"

知行带着这一队人马出了诊室,又浩浩荡荡奔赴康复科,走到二楼转角,郑芸不动了。知行会意地停住脚步,看郑芸一眼,踌躇着问会超:"要不再考虑考虑?"

会超坚决地摇头:"争取今天落实。"几步过来,拽住郑芸的胳膊,拖着就上楼去了。郑芸还挣扎了几下,始终拗不过会超,就这样一声不吭地被丈夫挟带着上了楼。一路走过,不停有护士过来阻拦他们,知行拿着工作牌,过每个关口都要跟医护人员通融,他们就这样走走停停,好一会儿才到康复科。

入眼的情景把郑芸震住了,康复科不是她想象中的一个小科室,而是一个大厅。大厅里,密密麻麻地坐满了人,熙熙攘攘的程度丝毫也不亚于汪教授门外,大人们带着孩子,都在等待。

知行说:"我先去找找人,你们等一会儿。"

他前脚一走,郑芸就闭上眼睛,靠在了墙壁上。会超凑近前,低声道:"郑芸,现在不是任性的时候,你要好好想想汪教授的话,那都是些实在话。"

郑芸把脑袋别过去,会超挪过身子,又转向她脑袋这边,换了个话题:"就算你心里还有什么想法,我们回去再说。可是你看看知行,只是你堂妹的男朋友,还算不上真正的亲戚,这一上午从早上开始,忙上忙下,到处找人,为了不刺激你,他只跟我说了,从测评室一出来,护士就跟他说,要尽早落实康复训练,他姨妈正好是康复科护士长,但她今天休息,我们拿到测试结果时他就打电话了,请他姨妈专程来一趟。你想想,人家容易吗?这些就该是人家要为我们做的?"

"我们不能这样感情用事,不能因为自己心情不好,就无视别人的付出,"会超说,"你可以保留你的想法,我们回去商量,但现在,就听我的,按照知行的安排去做。"

"就算你想放弃,排上了康复训练的名额,我们可以不做,但是你睁开眼看看这里的情况,你觉得弄到名额会是那么容易的事情吗?"会超也靠在了墙壁上,黯然道,"我现在只希望能有一个名额。"

郑芸睁开眼,正好看见知行远远地从走廊那头过来,走得很急,白大褂的下摆带着风都扬起了。她心里忽地一紧,愧疚排山倒海地袭来,丈夫说得对,知行确实不容易,这个人情,真是欠得太大了。思绪还来不及飘得太远,知行就到了跟前,憨憨一笑说:

"走吧，姨妈已经到护士站了。"

"谢谢你，知行，你看我光顾着自己的情绪，都没顾及你的难处……"郑芸涩涩的话语被知行温和地堵了回去："不说这些见外的话，我们先办正事。"

毕竟到了谈婚论嫁的地步，马上就是真正的亲戚了，姨妈护士长很给力，一路带着上上下下奔波，手续很顺利，没有挂号直接复诊，等前头的孩子做完等级评定，下一个就是牛牛。在开测试单的时候，郑芸充满祈祷意味地自我安慰了一句："复诊没事我们就不用再来了。"

护士长深深地望了她一眼，轻轻地笑了一下，宽和道："复诊以后再说吧。"

"还是麻烦姨妈留个治疗的空位吧。"会超马上接过话头递话过去。郑芸忍不住瞪了丈夫一眼，什么都要往乐观的方向想，他倒好，还没确诊先灭了自己的志气，那万一牛牛没病呢？！会超默然地迎着妻子的眼光，瞳仁里盈满了复杂的空洞。

等会超去交费的时候，郑芸的目光又不由自主地在人满为患的大厅里游走起来，这些等待程度评定的孩子跟汪教授诊室门前的孩子有太大的区别的，不是一眼看上去就能判断的智力障碍者，就是有些呆滞的模样。她再一次想起牛牛清澈的眼睛，甜甜的笑容。

怎么就到了等级评定了呢？牛牛还不是自闭症啊……她忽然对会超有了些恨意，为什么他非要把自闭症的标签往儿子身上贴？！我不在外面跟他为难，回家再好好理论，我就不信说服不了他。郑芸暗暗拿定了主意，捏紧拳头插进棉衣口袋里，用力抿住嘴唇，脸上呈现出一种固执的凛然来。

牛牛不是自闭！最多也就是发育迟缓！等过一段时间长大些了，就会好了，等正常起来了，就能证明给所有人看，他没有问题！她一遍又一遍地对自己说着，把脸转向窗外。

太阳老高了，阳光耀眼，透过走廊的窗户正好投射到郑芸的脚上，平底短靴上还有昨天下雨的泥点和水渍的痕迹，脏兮兮的样子，她忽然想起自己曾经最爱穿高跟鞋，细细的鞋跟，黑色的鞋面，擦得铮亮，她喜欢在这样的太阳天里，在阳台上，给自己的高跟鞋刷鞋油，一双双干干净净地摆着，精致而优雅……

有多久没有穿过高跟鞋了？从怀孕时开始的吧……

怀孕是一件很幸福的事情，尽管她不到一米六的身高，在临产时已经达到了一百六十多斤的体重，跟一个胖冬瓜几无二致，可那时候她每天都很开心，因为活在对未来美好的憧憬中。她买了许多的育儿书，跟办公室的同事宣言，要如何如何教育和培养孩子，她想象过孩子的样子，想象在同一条路上，怎么抱着、牵着、拉着，孩子就大了。她也想过会有因为孩子一趟趟跑医院的时候，可是那些场景，都不是今天的样子……

为什么会是这个样子？

怎么就成了这个样子？

她慢慢地低下头，两侧的头发垂下来，她又忽然发现自己的头发乱糟糟的，两个月前烫起的波浪不成型也就算了，发尾部分竟然还打结了，乱成一团。她怎么也没有想到，一贯整洁的自己竟然这样邋遢地忙乎了好几天而浑然不觉……

早上没梳头？不对，是刚才牛牛揪的，也不对，早上确实没梳头。她吃了一惊，惶然地站直了身体，拉住头发看起来，蓬草一般地枯。面前没有镜子，但是她不难想象自己此刻的样子，眼前陡然浮现起电影里经常演的那些精神萎靡、胡子拉碴的男人，走路没精打采地拖着两条腿，两个字毫无征兆地从脑海里蹦了出来——潦倒。

我怎么成了这副模样？！她黯然地抬起双手，蒙住了自己的脸。

就在郑芸暗自伤怀的时候，一个怯怯的声音凑了过来："请问……"

郑芸侧脸一看，是个三十岁左右的女人，穿件灰色羊毛大衣，后脑盘个发髻，眉毛修得整齐，看上去精干利索，家境似乎不错，此刻正笑着问："你也是来给孩子做康复治疗的吧？"郑芸点头。

"我们在这里等了三天了，这几天看了些熟面孔，就是你还是头一次见。"那女人说话声音低软，普通话虽然不是很标准，带着点外地口音，但也还得体熨帖。郑芸脸上浮起礼貌性的微笑，心思却转开了，对方该是有些身份的人吧，这贸然搭讪只是为了打发等待中的无聊？不由得又四下张望了一通，恍然有些释然，看这大厅里多数的人，穿着、打扮、举止，能跟面前这个女人搭话的确实没几个。看个病，套个近乎，难道还要物以类聚？！郑芸心下又琢磨开了，这女人是做什么的？想起去汪教授那里看病遭遇过患者的刁难，直觉便有些忐忑，暗暗提高了警惕。

果然，女人问到了重点："你们预约了吧？网上预约的？"

郑芸想起她刚才的话，庆幸自己多留了个心眼，马上含糊地回答了一个字——嗯。

"提前多久预约的呀？"女人递过一张纸巾，示意郑芸擦擦耳廓，郑芸狐疑地接过来按她的所指一擦，纸巾上便有了一道淡淡的红色血渍，应该是刚才牛牛抓头发的时候，指甲刮破的。郑芸说声谢谢，顺手把头发捋在耳后，就势低下头去，这个时候，她委实没有心情寒暄，只想尽快结束话题，盼着女人识趣，赶紧走开。

那个女人并没有要走的意思，反而从挎包里拿出一把小梳子来："要不要梳梳头？"

这话再一次刺中了郑芸，她倏地想到了自己乱草一般蓬散的头发，本来早上就忘记梳头了，刚才被牛牛揪扯，现在还不知道是个什么样子——大约是一副穷途末路的潦倒相吧，她又一次把自己定义为潦倒，不禁感伤地撇了下嘴："谢谢，我有梳子。"伸手在包里一顿乱掏，可算把自己的梳子拿了出来，捏在手上，却又半天不动，心思散散的，不知在想些什么。

"没有心思收拾自己？"女人笑声中带着凉意，"把自己打扮一下，心情也会好一点。我以前也是你这样，活得窝糟，后来慢慢想通了，生活越是不如意，就越是要有积极乐观的心态，不能指望天照应，只能自己给自己信心。"

郑芸看了看不远处到处乱跑的牛牛和像赶鸭子一样的两个老人，轻叹口气，不想继续这个话题，岔开道："我们上周预约的。"

女人不笑了，愁容漫上来，话语也变得忧心忡忡："你们本地的约了一周都不行，也还要找熟人医生带进来呀……"

郑芸心里"咯噔"一下，吃了一惊，旋即释然。这女人看样子一直在观察他们，不过，知行穿着白大褂，再带这么一大家子，还抱着孩子，想不显眼都不行，明眼人一看就知道是怎么回事。只是，她到现在，还不知道这女人葫芦里到底卖的什么药。

"我们上个月就预约了，说了本周安排，我们提前一天从外地来的，在酒店住了六天了，想着能排上，租的房子也交了定金，说是明天可以搬……"女人讪讪道，"昨天才拿到号，因为做评级的多，又调整到今天，结果今天上午都快过完了，才进去五个，我前头还有四个，不知道下午能不能做，说是一天只能做八个……"

听到这里，郑芸意识到自己插进了一个，耽误了别人的时间，脸陡然之间开始微微泛红，为了不让女人发现自己的赧然，赶紧低下头去，假装看自己的鞋。

女人又靠近了些，声音压得更低："带你们进去的护士长，就是这里可以说了算的领导……我看她对你们好客气，你们的事，她都是亲自在办，昨天有个人拿了副院长的条子，她也就是叫护士带着办的。你们……"

不得不承认，这是个见过世面的女人，说话很乖巧，她既没有声讨郑芸插队，也没有挑明郑芸是个关系户，试探着来，试图揭开什么。郑芸心里拐了个弯，大约猜到了她想打探什么，不如索性拿个大帽子压下来，让女人无话可说，于是顺着她的话头避重就轻地撒了个谎："我们是院长家的亲戚。"随即站直了身体，摆出一副拒人千里之外的倨傲来，寻思着找个由头赶紧闪人才是上上之策。

"哦，那你们肯定能排上，我们大概希望不大，"女人很失落，话语里满是无助，"我们从汀州过来，路上都要一天时间，我公公托了好多关系，才拐弯抹角地在医院找了个熟人，这里是省城，不是地方上，又没有人情往来，都是我们求着人家，人家可没什么求着我们，托付的人也没把我们当回事……"

汀州？郑芸愣了一下，脱口而出："我是汀州商专毕业的。"

女人也愣了一下："我婆婆原来在汀州商专教书。"

这一说，两人居然还有些渊源，尽管时间久远，郑芸还是回忆起了女人的婆婆，那个曾经教过他们商业法规课程的老太太，也记得她丈夫是当地法院的院长。记忆中的老师是个有爱心的人，当年为了郑芸那届一个学生的偷盗事件，老师还动用过丈夫的影响，最终学生只判了缓刑，得以完成学业。

得知老师如今身体不好，郑芸有些唏嘘，想安慰女人又不知该说些什么，女人嗫嚅着，到底还是鼓起了勇气："如果不为难的话，你能帮帮我吗？"

郑芸咬着嘴唇，不说话，她不知道该怎么回答。

"只要今天能做评级就行……我儿子五岁时发现的，在汀州已经治疗两年多了，那边说没办法提高，会耽误孩子，要我们到省城来，"女人唯唯诺诺地说着，伸手一指，"那是我儿子敬靖宇。"

顺着她的手指看过去，郑芸看见了一个上半身挂在老人身上，下半身赖在地上，老人拖了几回硬是不动的孩子，瘦高的个子，嘴里含着棒棒糖，眼睛斜着不知道在看什么。

"他已经七岁了，医生说黄金治疗时间是八岁以前，如果有专业的治疗，他会比现在好一些的……"女人的声音渐渐低下去。郑芸心里一颤，她看看那女人，轻声道："我试试吧。"

女人一喜，眼眶瞬间红了，不由自主地抓住了郑芸的手。可以感觉到她皮肤细腻，但指头冰凉，郑芸怔怔地望着她，骤然心脏一紧，她的现在，会是我的将来吗？

评级的结果很快出来了，护士长飞快地扫了一眼，说："符合我们的收治条件，根据我的经验来看，治疗效果应该会不错。"

"谢谢姨妈。"郑芸乖巧地说着，话却接不下去了，拿不定主意地看着会超。

护士长察言观色，体贴地说："我挺能理解你们，未必一下就能接受，心里可能还有其他想法，治疗到底做不做，随便你们……"

"我知道，大厅里那么多孩子，别说进来做治疗，就是要做个评级，都不知要排多久的队……"郑芸磕磕巴巴地说着，又拿眼瞟向会超。

会超并没有多少迟疑，马上接过话头："请姨妈尽快安排治疗吧，越快越好。"护士长点点头，进了医生办公室嘀咕一阵出来，说："退了一个孩子，把牛牛安排了，下周一直接进入治疗，是最好的治疗师。"

安排妥当了，护士长就要离开，郑芸为难地拦住她："姨妈，我刚才在走廊上碰到一个熟人，是我老师的儿媳妇，她的孩子请你关照一下……"护士长一听有些急了："治疗再也插不进人了呢！你知不知道，给牛牛的治疗名额，也是退了一个医生的关系，才给腾出来的指标。"她探头往护士站外看了看，压低声音说，"好在关系不是很硬，所以评级都推到了今天，本来安排那孩子昨天做评级，下周一开始做治疗。"

郑芸吃了一惊，陡然之间觉得自己太过幸运了，忙不迭地点头，补充解释道："她想在今天做完评级。"

护士长脸色缓和了些，郑芸连忙报："孩子叫敬靖宇"。听到名字，护士长脸色发紧，道出实情："牛牛占的就是他的指标。"郑芸更是大吃了一惊，心里顿时五味杂陈。

那头护士长又说："他们家也是托了好多关系，才排上号，外地来确实不容易，可名额有限，我们只能说，优先本地孩子……"想到大厅里那个女人，还有自己当年的老师，郑芸心里的愧疚更多，却再也不敢多话了，会超斜斜地瞪了她一眼。

"马上安排她做评级吧。"护士长沉吟着，吩咐排号护士，"下一个直接叫敬靖宇。"护士一叫名字，那女人牵着儿子过来了，两个老人，想是外公外婆也过来了，孩子棒棒糖拿在手里到处甩，走路东倒西歪，脑袋始终歪向一边，眼睛也不看人，嘴里不知嘟囔什么，一个字也听不清，女人拉扯着，孩子一副很不情愿的样子，母亲的动作稍微用力或者快了点,他就发出刺耳的尖叫声。女人手忙脚乱地照顾着儿子,一抬头看见郑芸便感激地点头笑笑,脸上有着明显的泪痕,睫毛还是湿的。

"怎么了?"郑芸冲口而出。女人回答:"刚才治疗医生告诉我,治疗名额出不来,评级完了还是必须回去等着,有了空指标出来再通知……租好的房子还不知道要怎么弄……"说着眼泪又要下来了,却被护士一催,赶紧抹泪进了评级室。郑芸杵立着,心里越发难受起来。

"你可别再多事了,我先去地下车库开车,你们过五分钟下来。"会超对郑芸使着眼色,先下去了。牛牛还在低头玩着手里的小汽车,郑芸叹口气,犹豫片刻,还是去了护士站。

护士长将治疗本翻来覆去看了好几遍,最后才下决心:"把那个脑瘫的孩子退掉吧,他不是自闭症,而且还伴有肌无力,治疗了两年都没什么效果,我们还是倾向于自闭症治疗,这个名额让出来给其他康复希望大点的孩子。"

那头护士在说,那人家未必肯。护士长口气硬了:"去跟他们家谈,动员转去理疗科,下周不再排他的治疗时间了,把敬靖宇调进去。"

一扭头,女人正站在护士站门口,想是因为评级时大人要在外等候,便特意来了护士站想找护士求情,还想马上治疗,正好听见这样的结果,不由得大松了一口气,赶紧进来道谢,等到郑芸出去,又跟出来感谢。事情这样解决,郑芸心里好受多了,她并没有同女人多说什么,就匆匆告辞。

护士长正好要去院办,一起下楼,忍不住感慨道:"你还真是心善。"郑芸不答,问姨妈家地址,说要去坐坐。护士长哪里不懂她的意思,只是摇头:"你别来,有那工夫多照料孩子,也别乱花钱,这孩子的开销不会小,以后你就知道了……"

郑芸傻傻地望着护士长,感觉到凉意渐渐地从脚底漫上来,心事那么重,身体却那么轻,她就这样,迷糊着飘出去。

回家之后,郑芸直接把自己摔在了床上,既没有吃中饭,也不起身吃晚饭。

刘心美吃完最后一口饭,把碗筷一收,就听见天气预报熟悉的前奏音乐,一看周建设正背对着电视在教牛牛玩弹玻璃球,赶紧喊一嗓子:"老头子,看天气预报!"

"明天又不洗被子又不出门,哪那么惦记天气预报,"周建设身体转了过去,嘴里却忍不住嘀咕,"天气预报不准了啊,说今天有暴雨,大晴了一天,现在外头都黑了,也没下下来。"

"今天还没过完呢。"刘心美说，"叫你用心看，你不用心，我记得天气预报说是夜间有暴雨，夜间懂不懂？这才几点，夜间才开始呢。"

"哎呀怕了你了，刘老师！"周建设嘟囔道，"教语文的职业病又来了。"

刘心美不屑地摆摆手，看见儿子从里间出来，伸手从架子上取外套，便问："要出去？"

会超点头，刘心美又端起那碗没动的饭，冲里间努努嘴。会超摇摇头，示意母亲收桌子。刘心美默默地把那碗未动的饭倒进电饭煲里，眼见得儿子又进了里间，不由得停下手，怔怔地坐了下去。

"郑芸，躺了一下午了，出去散散步。"会超将郑芸的外套搁在床头柜上，轻拍着，把妻子蒙在头上的被子挪开。

被子里的身体舒展了一下，却没有起身的意思，胳膊拱起了被子，她试图再次缩进去。

"我有话和你说，我们出去说。"会超拨开被子，扒拉到郑芸下巴处。郑芸到底赖不掉了，只好起身，胡乱套上毛衣，穿好外套，跟着会超出门了。

两人一直走到平时散步的水上公园，公园尚未完全建好，只完成了主体工程就没有继续开发下去，似乎在等待周围的待建楼盘竣工。不过人工大湖和环湖公路已经全部交付，绿化、亭台等都施工到位，只有高耸的路灯没有通电，到了晚间黑漆漆一片，独自散步难免瘆得慌。夏天湖边凉快，人们也不嫌黑，赶老远来散步的人不少，但一到冬天，湖的优势即变成劣势，水边更冷还挟带湿气，散步的人自然而然就少了。

散步是会超和郑芸的习惯，也是两人出现分歧寻求解决的暗语，因为和老人同住，他们不能有太多太过的情绪表达，更多时候，他们需要一些自由的空间以抛开老人的影响，完成夫妻之间的沟通。

绕湖走来，一路无语，在亲水平台上站定，带着湿气的寒风吹散了郑芸的头发，她望着幽黑的水面，只晃了晃脑袋，连手都没从口袋里拿出来。

"你还打算继续找专家看吗？"会超看着妻子的背影，他知道她喜欢钻牛角尖，不会这么轻易就放弃。

"明天我要去上班了，已经请了四天假了，再不去就要扣月奖了。以后牛牛那里支出不会少,我们要好好计划,医院治疗费用十天交一次,每次一千多,训练时间是周一到周五的每个上午,四个项目,三个小时。"会超说,"跟爸妈商量好了,他们去陪上课,我早上送,尽量中午也接,如果上班走不开,那他们只能自己解决,天气好就坐公交,天气不好就打的,所以说交通也是一笔费用。另外还有教材和辅助器具,需要购买。"

郑芸一直不吭声,也不回头,会超便一直往下说:"教牛牛的治疗师沈老师有个比牛牛大两岁的女儿,妈妈明天会去超市买箱牛奶,第一天上课就给她送过去。你觉得怎么样?"

"你都安排好了还问我干什么!"郑芸冷声道。

"我说我的安排,你也可以说你的想法,大家商量。"会超耐着性子说道。

"商量是吧?我的想法就是,不再去看专家,也不去做治疗!因为牛牛没病!"郑芸猛地转身,骤然发声,突兀尖利,引得路两头甚至是远处湖对面的两三对路人驻足张望过来。

会超沉默片刻,低缓道:"郑芸,你理智点。"

"不理智的人是你!"郑芸压抑着低吼道,"总有一天,我会证明你是错的,你今天所有的决定都是错的!"

"错了也要治!你没听医生说,这样的治疗对正常的孩子都有好处。"会超毫不退让,"你不要任性,要接受现实,不能让自己的情绪主导所有的判断,不能像鸵鸟一样,遇事就只会把脑袋埋进沙堆里。难道你坚持相信牛牛没问题,他就会没问题了?固执和逃避都解决不了问题,你要相信科学,相信专家。"

郑芸讥笑:"专家还是砖家呢,怎么就拍晕了你,连独立思考都不会了?"

"牛牛有病是经过测评了的,那些专家难道还不如你?"会超反诘,"你这就是主观臆想,否定科学。"

"你这就是典型的有罪推定,先认定他有病,然后一切行为,正常的不正常的,统统都往有病这个筐里装。"郑芸梗直了脖子,"我是他妈妈,谁也不会比我更了解他。"

"是,你了解他,正因为你自以为了解他,所以你对他所有不正常的表现都能找到合理的解释,你这不是了解,是强求,是牵强附会!"会超恼了。

"闭嘴!"郑芸忍无可忍,怒声道,"哪一个真理不是经历这样的过程,提出论点——论证——推翻——再论证……我怎么就不可以否定专家的话,我就要用我对我儿子不能被别人替代的了解来推翻诊断!我不但了解我儿子,我还了解我自己,牛牛从怀孕到出生,每个月都去做产检,所有要注意的事项我都遵守了,补叶酸、补维生素,该吃的我都吃了,不能吃的,都忌口了,不缺营养多运动,孕后期还吸氧,胎心监测从没有不好过,生下来他什么都是正常的。你记不记得,产科护士还说,新生儿里头就他有拥抱反应,长得大就是发育好些。还有每次发育体检,他都是正常的,好多指标都略高于同龄幼儿,这些也都是医生说的,都是经过科学检测的!你现在告诉我,专家说他不正常,你让我怎么相信?"

会超长吁一口气,幽幽道:"医生说了,自闭症是精神类疾病,产检是查不出的。"

"那之后呢?"郑芸追问,"妇幼站的发育检查,都是白花钱?"

"教授也说了,发育监测,都是检查生理反应,也很难发现。"会超闷声道,"我知道你当时蒙了,什么都没听进去。"

"我就是不听!"郑芸愤而转过身去,"这就是他们的科学!设备检出来就是病,没检出来就不是他们的责任。"

"你这样说医生也不对,"会超无奈地说,"那天,教授也说了,自闭症的病因到现在也没有明确,最新医学论点是染色体变异,也就是说,牛牛的自闭症是受孕的时候就有了。"

郑芸沉默了,过了一会,她转过身,快步朝前走着,会超跟上去。

"牛牛不是自闭症,"郑芸这话,更像是在诘问上天,"一定要说他是,也必须告诉我一个原因,为什么他会是自闭症?"她不断地重复着,越走越快,越走越快。

一大滴水落在额头上,会超抬头望天,下雨了。不多的人纷纷跑起来,一会就不见了影子。郑芸还在放肆往前冲,会超小跑上去,一把拖住了她的胳膊:"我们该回去了。"

郑芸甩动胳膊,想挣脱开来,会超用力往回拉,她扭过身子,忽然挥舞着双手,歇斯底里地大喊起来:"你告诉我为什么呀?为什么?就算他是,你也告诉我到底是为什么?!那么多的人家,那么多的孩子,为什么就是我的儿子?为什么?"

"我也不知道为什么,"会超摇头,心酸难耐,"没有为什么。"

"怎么会没有为什么?"郑芸压抑许久的情绪终于爆发,她凄厉地号哭起来,"总有一个原因啊……"

哗——

暴雨说来就来了，劈头盖脸地泼下来。

会超紧紧地抱住了哭泣的妻子，仰起头，满脸的水，不知道是雨还是泪。

洗过热水澡，喝了姜汤，郑芸缩在被子里，还是禁不住发抖，她觉得浑身无力发软，却又感觉一身肌肉绷紧酸痛，眼皮沉重，脑袋里却无比清晰，往事一幕幕像电影一般从脑子里滤过……她依然没能找出一个原因来，到现在，她还无法相信、不能接受牛牛患有自闭症。

夜已经深了，窗外雨声哗哗不停。

郑芸悄然看了看电子钟，刚过零点，竖起耳朵，隔壁没有动静，想是牛牛已经睡了。这孩子打生下来就睡眠不好，月子里睡倒觉，每天晚上都要折腾到凌晨两三点，下午则睡得雷打不醒。本以为如老人所说，出了月子就好了，结果直到现在，还是差不多，只是整个睡眠时间减少了，下午不怎么睡，但晚上还是要折腾到差不多半夜，才会筋疲力尽地睡去。医院里也检查不出个所以然来，所有微量元素都不缺，铅含量不超标，郑芸自己找出的原因就是怀孕时喝茶多了，茶多酚摄入太多，通过胎盘摄入，也就会影响牛牛的睡眠。但是没办法，那时候她就是不能喝白开水，一喝就反胃，心里巴巴地就只想喝浓茶，结果喝得母子俩的睡眠都有了问题，早知今日，那就得捏住鼻子天天灌白开水，省了后续这折磨人的麻烦。

郑芸叹口气，又去看钟，蓝莹莹的微光显示已经一点多，她凝神细听，却感觉有些不对劲。往日里从不间断的那熟悉的鼾声呢？公公鼾声大，别说婆婆受不了要分开睡，隔着两道紧闭的门郑芸都能听见依稀的声音，今天怎么就没声了？

郑芸一惊，快速而轻巧地下了床，蹑手蹑脚打开房门，俯耳贴近儿子房门，却发现门并没有关紧，只是虚掩着，里面没有响动。她的手触着门板，迟疑着，要不要推门进去看看。产假休完后，郑芸还坚持喂奶，但上班后母乳锐减，工作压力加上奔波，晚上又睡不好，那奶水就跟白汤似的，眼见就快没了，这时候公公提出来，要带牛牛睡。刚开始还担心鼾声吵着牛牛，一家人都会因此白天晚上不消停，结果出乎意料，牛牛能在爷爷鼾声如雷中安然而眠，自然皆大欢喜，这带孩子睡觉的差事从此就归爷爷了。

有鼾声是正常的，没鼾声可就让人担心了。这当口，家里都乱了，可别老人家再出什么事，郑芸想到这里，不禁有些头皮发炸。她抬手轻推，指尖用力，门开了一点，就在这时候，阳台那边传来了细碎的声响……

那是什么声音？沉重的、压抑的、低低的呜咽声……郑芸心一颤，下意识地捂住了嘴巴，眼泪不自觉地涌了出来。公公周建设其实本姓为陈，是周家无子，从表姐家过继来的孩子，小名就叫培根，中华民族的子嗣观念在其间已经体现得淋漓尽致。

就郑芸所知，这不是公公第一次哭，她从产房出来的时候，母亲告诉她，当医生在手术室门口宣布生了个大胖小子的时候，公公喜极而泣，用母亲的原话说："一大把年纪的老头，一边嘴里笑着，一边哭得眼泪鼻涕一把抓，搞得人家跟看猴把戏似的……"

出身城市的母亲无法理解，这在农村的大户人家里意味着什么，可是郑芸知道，儿子牛牛的身上，寄托了整个周氏家族的期望。当她接过九十多岁的瞎眼奶奶亲手缝制的小毛巾帽子时，奶奶说："就叫牛牛吧，长得像牛一样壮实，忠厚本分……"。当她带着周岁的儿子回到老家，奶奶给去世的爷爷上香时说："老头子，你可以瞑目了。"如今，牛牛就长得如他们希望的那样，像牛一样壮实，可是，你要公公怎么开口告诉自己年已古稀以为得偿所愿的瞎母亲，您的曾孙子，我们周家三代单传的男孩，他可能是个傻子……

"爷爷……爷爷……"就在郑芸不知所措的时候，牛牛迷迷糊糊的声音传来，阳台上条件反射般地听见凳子一响，郑芸赶紧退后几步，回到自己的房间。走廊上，传来公公鼻音浓重的低声："牛牛，爷爷在呢，爷爷上厕所去了，已经回来了……"

回到床上刚躺下，会超的手摸了过来："明天下午我请假，去幼儿园一趟。"

"我去吧，"郑芸说，"你再请假就要扣工资了，一天扣200元，不划算，我请一天只扣100元。"

"那你预备怎么跟幼儿园说？"会超问。

"还没想，到时候再说吧。"郑芸沉吟道，"要不，先还是保留牛牛的指标，交点管理费给幼儿园，等他治好了，还可以回去继续读。"

会超想说妻子不肯接受现实，还存有幻想，但真话一说，势必又会起小小的争执，犹豫片刻，他还是放弃了，只说："睡吧，明天还要去上班的。"

一进办公室，同事满书就关切地问："牛牛的病没事吧？"

"没什么大问题。"郑芸含糊地回答着,坐到了自己的位置上。还不到两分钟,王科长进来了,看了看她没说话,直接宣布说,人事科要求严整劳动纪律,以后各部门批假要从严,请假按小时计算累计天数。这似乎是冲自己来的,郑芸预感有些不对路,貌似这规定宣布后,还有下文。王科长虽然只年长她几岁,却视她为眼中钉,这人平素就有些鬼里鬼气,属于那种看上去冠冕堂皇,实际上腹黑奸诈的类型。在这个小型国企里,人员素质普遍不高,王科长虽然是个财务科长,却连个会计职称都没有,勉强混了个高级财务管理师的职业资格证,而郑芸已经考取了助理会计师,今年还要考会计师,这就是王科长嫉妒恨的缘由了,怕的还是郑芸抢她的位置。

　　担心不是多余的,果然,人事科的电话就来了,叫郑芸过去谈话。无非是,口头请假不规范,必须补上请假条。人事科长还好心提醒她,一个月请假最多3天,超过3天不但要扣工资还要扣奖金,奖金包括月奖和年终奖,七七八八一加,每天也超过200元了。最后人事科长还说,全年请假不得超过15天,否则年终奖取消。那可是大几千的收入啊,郑芸猜想请假这事王科长肯定报告领导了,在工作表现上,她算是整了自己一下,在收入上,估计也不会手下留情。她有些愤愤,平时的加班呢,不能抵假吗?我每个月的月初月末都要加班的几个晚上,就这么奉献了?等到有需要的时候,也不能作为调休?

　　从小隔间谈话出来,郑芸的心情委实不好,闷闷地回到座位上,忽然想到自己下午又要请假去幼儿园,不由得叹口气,无奈自语道:"扣吧扣吧,屋漏偏逢连夜雨,老天要整死你,你还能咋整?"

　　"芸姐,怎么了?"满书凑近了问,还悄悄递过来两块巧克力,"吃点甜食心情就好了。"

　　郑芸把刚才谈话的内容说了一遍,又说自己下午还要请假,满书左右瞥瞥,低声道:"下午我要去税务局领发票,我说肚子疼,让你替吧,正好你借了由头去办事。"

　　郑芸眨眨眼,感激地笑笑。

　　站在幼儿园门口,给会超打了个电话。到底是休学还是退学,夫妻俩依旧没有达成共识。

　　在幼儿园交涉的结果很不理想,因为从周一到周五的每个上午牛牛都必须去做康复治疗,下午虽然可以上幼儿园,但幼儿园要求下午2点半以后才能送孩子去,主要是避免吵着其他孩子午睡。

"我知道你们是关系户进来的，不会为难你们，如果你们还要找领导来打招呼，结果也是一样的，我们幼儿园是公立的，管理很规范，为了你的孩子，这样的托管方式已经是开特例了。"园长的话也合情合理，"你看我们园里，为了安全考虑，一般都不开大门，不允许随便进出，但同意了你们孩子这样，那每天中午都得为他单独开门，其实给保安和老师都增加了麻烦。"

郑芸寻思着，上午治疗回家，老人孩子都累，下午还送幼儿园，实际上只在幼儿园里待三个小时不到，也是够折腾的了，交的还是全额学费和伙食费，未免太不划算。一瞬间，又想到上次和小刘老师闹得不愉快，心里更是堵得慌，不过，再回来读，应该也不会还在刘老师班上了，这么想着，稍稍有点安慰。

她想了想，提出了保留指标的想法，毕竟，当初把牛牛弄进这个幼儿园也花了好几千块钱，总不能就这样把钱白白扔了，何况她心里，还残留着儿子恢复了可以继续来读的那点希望。

园长考虑片刻，点头同意："那我给财务室打电话，你过去交400元管理费，我们为牛牛保留一个学期的入读名额。"

出了园长办公室，在楼梯拐角，郑芸停住了脚步。

400元对她来说不是一笔可忽略不计的数目，该去财务室吗？上午会超已经在QQ上给她发了个链接，那所学校叫以琳自闭症康复中心，是全国最好的几所自闭症治疗中心之一，虽然远在山东青岛，但是会超已经决定了要把牛牛送过去，并且填交了电子报名表。报名的孩子很多，要轮上至少需要半年时间，那就意味着，牛牛在儿童医院的治疗结束后紧接着就会去青岛。

郑芸的耳边又响起医生的话："这个病，治疗是长期的，你们要做好心理准备，为了孩子，要坚持下去，不要放弃……"雾气渐渐覆盖上眼眸，郑芸心底再次漫上那无法排遣的隐痛，儿子也许再也不会回到这个幼儿园。她吸吸鼻子，走下楼梯，迈向大门。

途中正好经过会议室，大约是老师们散会，一拥而出。郑芸低头匆匆而过，却听见有人喊牛牛妈妈，回头一看正是牛牛的班主任刘老师，她问："你是来找我的吗？"

郑芸摇摇头，她并没有跟刘老师交谈的欲望。

刘老师却没想就此收场，抬头看看楼上："你是去找园长了吧？"

"已经谈好了。"郑芸抬脚想走，"牛牛暂时不会上幼儿园了。"

"哦。"刘老师淡淡地说，仿佛悟到了什么，换上了一副似笑非笑的神情，冲郑芸说，"我说牛牛有毛病吧，你还不信，都说了他不适合上幼儿园……"

郑芸盯着刘老师那张姣好的脸，眼睛里渐渐地有了憎恶，她只觉得浑身的血都往头上涌，愤怒在胸腔里膨胀，此刻她恨不得自己就是奥特曼，可以把刘老师当怪兽一样痛揍并撕碎。她竭力压制着怒火，冷冷地问："你还是老师吗？"

"当然是老师呀，"刘老师神色竟然还有些无奈和自得，"所以我才发现牛牛有毛病，这样的孩子就不应该进幼儿园。"

身边三三两两的老师走过，有些觉得情形不对，停下了脚步，慢慢地围了过来。郑芸沉着脸，穿过了老师们，站到了刘老师跟前，一字一顿地说："你根本就不配做老师，你是我见过的最没有耐心、最没有爱心、最没有师德的老师，叫你老师简直就是玷污了这两个字！"

"你！"刘老师气急，脸都红了。

"什么样的孩子不应该进幼儿园？这是一个老师应该说的话吗？什么叫应该，什么叫不应该？教育法有规定吗？你找出来给我看看！我只知道，教育法规定，每个孩子都有平等受教育的权利，不管他是个什么样的孩子！你连这点常识都不知道，还当什么老师？你这么说话，我只能说，你不但没有一点职业道德，你还缺乏最起码的家教，你父母都是怎么教你的？"横竖到了这份上，忍无可忍则无须再忍，郑芸索性教训道，"你根本没有资格当老师！"

刘老师被抢白得脸色发青，她愤然道："你凭什么说我没资格当老师？"

"你还当老师呢，你甚至连个人都算不上，你都不是个东西！"事到如今，郑芸也无须掩饰怒气，憋屈得太久，此刻只想爆发。她根本没有给刘老师回嘴的机会，张口就说了下去，"别说你是老师应该对孩子一视同仁，好好关心和爱护，就说你不是老师，你也应该有最起码的人性，你告诉我，你的善良、爱心都在哪里？不服气我说你不是个东西是吧？我告诉你，你要想自己算个东西，那也该是拿人家的钱，就给人家办事。"

刘老师铁青的脸再次涨红。

"你拿了我的钱,给我办事了吗?我要你办多难的事了吗?"郑芸愤声道,"开学前,新生家访,我不是给你封了两百块钱的红包,你接了怎么就没点反应呢?那是钱不是纸!你还收了谁的我不管,我们家也不是没钱,不是送不起这两百块钱,你要是对孩子好,送两千块也就这么回事,但是你这样说话做人,我告诉你,送二十块我都不甘心,你给我把那两百块钱退回来!"

刘老师的脸瞬间红成了酱紫色,她愕然而尴尬地瞪着郑芸,半天说不出话来。

"退钱。"郑芸毫不客气地逼过去,向前一步,站到了刘老师跟前,离她的鼻子尖只差二十厘米不到。刘老师的个子不及郑芸的高,正好被郑芸俯视。

"把我封给你的钱还给我!"低吼声像闷炮一样从郑芸胸腔里喷出,此刻她感到自己的头发都如同狮子的鬃毛,在怒火下悉数竖立了起来。如果她真是一头狮子,这一下,她就会把面前的人咬碎了吞下去,连骨头渣子都不剩一点。

所有的老师都看着这一幕,面面相觑。好半天之后,刘老师窘迫地从口袋里掏出钱递过来。郑芸接了,用鄙视的眼神看着刘老师,然后拖长声音,提高声调,说了这样一句话:"听说刘老师快要结婚了,我送你一个祝福,希望你生一个健康聪明、没有任何毛病的孩子!还有,以后再收家长红包的时候,记得拿人钱财替人办事,积点德对后代有福报!也免得人家诅咒你!"

这话说得很凌厉,对于郑芸来说,平生也是第一次这样说话,她所有的恶毒和诅咒都像刺一样包含其中,只不过换了一个貌似美好的外壳。是的,她愤恨,不单单是因为刘老师小小年纪的阴森和叵测,还因为儿子的自闭症,让她对这个世界产生了愤懑和怨艾。这么多的孩子,为什么只有我的儿子是这样?还没有确诊,为什么幼儿园就不能通融?即便真的有问题,牛牛为什么就不能接受正常的教育?

她不能接受的事情太多,她不甘心的事情也太多,但是在强大的现实面前,她是无力的,甚至连一个幼儿园老师都能因为儿子尚未确诊的病而公然被歧视,不能给儿子一个容身之地,这个世界如此冷酷和逼仄,她如何能不恨?

走在寒冷的街头,郑芸的心情比天气还要阴沉,刚才对刘老师的恶毒攻击并没有缓解她内心的愤懑,却平添了对全世界的怨恨。走到公交车站,等了半天公交车不来,一个路过的老人告诉她,城南要修地铁,这条路马上就要封闭了,公交绕道,这个站已经取消,老人手指那头要她继续走。冰凉的空气中,好不容易到达另一个公交站,可巧公交车才开过去，她踩着半高跟的皮鞋追了半站路硬是没赶上，扬手呼喊着"等等啊——"，却眼睁睁看司机漠然而视，就这样把自己甩得老远。

郑芸恼了，无名火起，抓起挎包就朝车站旁的树没头没脑地砸过去，一边愤愤地骂道："这是个什么世道！都是些什么东西！一个比一个更不是玩意儿！"她骂着刘老师，骂着公交司机，也骂着横挑鼻子竖挑眼的王科长，还骂修地铁，骂公交车换个这么远的站，骂自闭症……总之这个世界上，所有一切跟她有关的事情，都在刻意地跟她过不去，她就是要骂！

回到办公室，王科长阴阴阳阳又来了："你这一周就请了三天假，今天下午虽然是公事，也去得太久了点，反正你自己的事呢，也不好分配同事们替你，下周一就要开始出报表了，这两天周末，你必须加班把费用凭证给做了，账登完。"

"科长，加了班是不是可以抵假呀？"满书笑嘻嘻地说，"我觉得加班就应该抵假，比如加两个小时班，就可以抵两个小时假，这才是公平的。"

王科长不满地瞪了满书一眼，说："公司有制度，你说了不算，我说了也不算。"

"那下回开职代会，我就要提建议，应该允许抵假。"满书不依不饶地追过来，"再说了，制度是死的，人是活的，你是科长，在你的职权内，你可以灵活运用制度呀。"

王科长声音高起来了："你这意思，是说我为难郑芸了？"

"没有，我哪敢呀，"满书扭过身子，嘟囔道，"你是领导，对她从严要求是对的，我们从旁受教了。"

王科长无声地翻了个白眼，拿了账本出去了。

"你不要跟她顶嘴。"郑芸说，"我会把自己的事情做好，不拖科室后腿。"

"没事，我叔叔虽然退休了，但也是她的老领导，她当年若不是我叔叔，根本招不上工。还有，公司抵税的事情，还要找我老公帮忙呢，她不敢把我咋样。"满书探手过来，"下班前，我帮你弄两本凭证，这样你就可以早点回家了。"

说话间，几个同事也起身过来，都无言地从郑芸桌上拿走了一些凭证册子，郑芸感激地望着他们的身影，默默地红了眼圈。

因为有同事的帮忙，郑芸的加班时间缩短了不少，原本估计周六还要来的，到晚上十点，竟然差不多做完了。她想周一早些过来扫尾，周末就不用加班了，这一个星期她的心情经历了过山车的速度落差，好不容易盼到一个周末，不单是她，整个家庭都需要休整和放松，何况，他们还需要为下周即将开始的治疗做准备。

走出办公大楼，郑芸在呼啸的北风中长吁一口气。站在高高的台阶上往四周望去，夜色中霓虹闪烁，五颜六色的灯光传递着快乐的元素，而那些远远近近如小火柴盒般的房间里透出的橘黄灯光，又充满了温暖的气息。郑芸拢了拢棉袄，走进了夜风中。

这条路，到底会是怎样的艰辛，她无从得知，但从此刻开始，已经注定了不容易，她必须要走下去，因为没有其他选择。

站在门口，郑芸听见门里传来各样的声音，好几样玩具的音乐，电视的声音，公婆说话的声音，就是没有牛牛的声音。

郑芸敲门，喊道："牛牛，开门。"

听见婆婆的声音："妈妈回来了，赶快去开门。"

门一开，婆婆扯着儿子站在门口，看见郑芸，牛牛笑了一下，扭头就想跑。郑芸一把拉住他："叫我。"牛牛不响。郑芸换了种说法，"叫妈妈。"牛牛这才喊了一声妈妈，趁她撒手换鞋的当口，跑了。

刘心美呱呱不停地汇报着牛牛今天的表现，郑芸草草扒了一碗饭，就坐到了电脑跟前，停顿片刻之后，她在搜索引擎的框框里，输入了"自闭症"三个字。下拉出一长串的字符，自闭症原因、自闭症治疗等，她点开了自闭症原因。

会超无声地注视着妻子的举动，敏感地意识到，她已经跟从前不同了，就在几天前，她关注的还是自闭症测试，那是关乎对牛牛是否患有自闭症的判断界定，可是现在，她在固执地寻找病因。昨夜她在水上公园凄厉的喊声再次回响在他脑海里，"谁能告诉我这是为什么？总有一个原因啊……"此刻，看着网页在鼠标点击下慢慢滑动，跳页，一行行字移动：

……

虽然自闭症的病因还不完全清楚，但目前的研究表明，某些危险因素可能同自闭症的发病相关。引起自闭症的危险因素可以归纳为：遗传、感染与免疫和孕期理化因子刺激。

……

有充分证据显示，自闭症孩子与家庭背景和父母教养的态度无关，亦不是因后天环境造成，自闭症可能是由生理因素形成，如神经机能发展，生化机能发展，遗传因素或脑部受损所致，可能导致自闭症的成因包括……

……

郑芸面无表情地盯着电脑，眼睛一眨不眨。

会超转身出房间，跟母亲说了一声，出门散步。刘心美狐疑着，却不敢多问。会超噌噌地下楼，忽地脚下一滑，顺势就坐到了台阶上，他就这样坐了许久之后，突然感觉脸上凉凉的，还有些紧绷，一摸，满脸的泪痕，不知什么时候，竟已干了。

这座城市的冬天，总是阴雨绵绵，又湿又冷。

周一大清早，暴雨如注，郑芸只怕婆婆出门忘带东西，一一询问，水壶、零食、汗巾、备用内衣……是否都带齐，一家人手忙脚乱的时候，电话响了。来电是党委赵委员，说是省委领导临时来视察，董事长要求会超马上赶到单位做好准备工作，赵委员也住在院子里，要会超坐他的车立刻出发。郑芸一听就知道送老小指望不上会超了，赶紧拿了车钥匙，自己给单位请假。

路程长，大雨，又是早间上班高峰，车速缓慢，到达儿童医院已经八点多，顾不上其他，她只能在儿保大楼下放下公婆和牛牛，折头就往单位赶。进到办公室，郑芸是一头雨，一脚水，冷不丁就看见王科长眼瞪瞪地望着自己，面有愠色："你自己看看几点了？全科室的人都等着你的凭证出报表，要你周末完成的工作呢？"

时针的指向已经超过了九点半，郑芸有些发蒙，过了好一会儿，才想起自己还有些扫尾工作没有完成，赶紧道歉："对不起，我老公有急事，临时才决定由我送孩子去医院……我马上就弄好……"王科长斜了她一眼，不吭声了。

好在扫尾工作不多，十点多就完成了，郑芸心不在焉地翻着账本，眼睛频频望向挂钟，还有一个小时牛牛就要结束上午的治疗，她现在就应该请假出门，可是看科长的脸色，今天无论如何也开不了口了。虽然郑芸心里焦灼，但面上可不敢表现出来，只拿了笔，神经质地抖动着腿，不知该如何是好。

对面的同事递过来一张条子，问她怎么了？郑芸写着：我要走了，去医院接孩子。

同事把条子揉了，喊道："科长，我要到区税务局去查几张增值税发票，对一下数据，你看下这么大雨，郑芸开了车，让她送我去吧。"不等科长回答，又转向郑芸："帮个忙怎么样？"

"非得现在去？"王科长皱皱眉头。

"不查明白怎么出报表，不然下个月又要调账，麻烦死了。"同事说着，起身拿包，对郑芸使了个眼色。

"谢谢你小江，等会儿你可怎么打发时间呢？"出得门来，郑芸低声致谢。

"我没事，你把我送到税务局，我对完账就在附近逛逛，中午在外头吃点东西再回来。"小江说，"其实你平时加班多，很少请假，也就这段时间孩子病着时间紧张点，大伙帮你顶着，放心。"

郑芸听着，心里不由得犯难了，暂且不说医生都认为这是长期抗战，就是这头一遭十天的治疗，早上送中午接，别说自己时间没法配合，就是会超也不可能做到，这的确是个问题。望着雨刮器均匀地刮动，挡风玻璃上的雨水合股流下，她再次焦灼起来，这些已经出现的状况，加上还未出现的状况，一定会把目前的生活弄得一团糟，想要捋清了，让它们变得有条理，顺顺畅畅地各有去处，也是个庞大的工程。

紧赶慢赶，基本上准时到了医院，老少三个人已经在前檐坪里等着，上车就走。周建设本想坐副驾驶位置，刘心美忙不迭地叫："你来你来，一起坐后头，我要给牛牛换衣服，一个人搞不定。"

"哎呀，坐车上又没风吹，捂一下不就到家了，等会直接洗澡，热乎乎就不会感冒了。"周建设说着，还是坐到了后排。

"你就不能配合点？！"刘心美不高兴地数落，"小孩子抵抗力差，说病就病了，又要耽误课。宁可我们麻烦点，也要保证他好好的。"

"牛牛体质好着呢。"周建设说，"不像有些孩子病快快的样子……"

"这都是妈照顾得好。"郑芸乖巧地插话，"医生也说这样的孩子偏食，养得牛牛这样壮实不容易。"

刘心美脸上泛起受用的笑意，手忙脚乱地翻背包，给牛牛换衣服："体能课牛牛出了汗，就隔了一条汗巾，最后这节感统课，又出了好多汗，估计内衣都湿了，我怕你车来了医院不让在通道久停，就搂着他下来了……"说着将手里的衣服朝周建设一扔，"你看看都湿成什么样子了？牛牛本来就爱出汗。照你说的回家换，那准得感冒！"眼睛斜了一下老公。

周建设被抢白得一句话也不说，收拾了衣服给牛牛喂水。

郑芸赶紧岔开话题："妈，今天上课的情况怎么样啊？"

"蛮好呢,"刘心美说,"上午四节课,个训、精细、体能、感统。个训就是老师一对一上课,精细是训练小动作,体能就是训练身体机能,比如跳跃、跑步什么的,感统就是玩游戏……半小时一节课,中间休息十分钟,除了个训不让家长进去,其余的项目家长都要参与。"说起这些,刘心美话长,郑芸一边听着,一边频繁地瞥向后视镜,想看看儿子经过一上午的训练状态如何,瞟着瞟着,忽然"嘭"一声响,人往前头一栽又朝后一弹——追尾了。

前头的车停住,下来一个男人,骂骂咧咧地走过来。

郑芸也赶紧下车,明知挡不了几滴雨,还是用手罩在头上,点头哈腰赔笑脸:"对不起,对不起,都是我的错,我光留心后座上孩子去了,没看前面……"

男的高声大气地教训着郑芸,郑芸一声不吭地耷拉着脑袋,任他数落,心里则盘算着,要如何是好。好不容易男人歇口气,郑芸赶紧给会超打电话,只听见手机里传来"您所拨叫的用户无法接通……"她才想起,会超该是在开会,作为单位党委秘书,他的时间通常不属于自己。

看着两个车子不动,引起了后面的塞车,几步开外,医院门口的保安过来干涉:"你们俩赶紧处理了,搞得我们这里出不来进不去的,不是个事。"

"又不是我的错!"男人一听,又来火了,"我带孩子来看个病,才出门,就让她给撞屁股了!我哪知道怎么处理,那也得她说怎么处理!"

"是我的错,是我的错,"郑芸感觉此人有些难缠,不得不一再放软语气,"大哥,我也是带孩子来看病的,保安也说得在理,要不,我们报保险公司?"

"保险公司快赔都要一个小时呢,你还得等他们派人来看现场……"保安说着,两头被堵住的车已经开始狂按喇叭了,嘈杂声一片。

无形的压力逼迫过来,郑芸想着保险还有四百元的免赔额,报了保险也未必能让保险公司出钱,于是讪讪道:"大哥,这我们老堵着路也不是个事,还在雨里站着,不然我赔你现金吧,你说个数?"

男子看看四周,张口道:"八百。"

郑芸一听禁不住肉疼,没踩油门滑行时速,绝对不超过20公里,能撞得多重?刚才看了,别说没划掉漆,印痕都几乎没有,居然要赔八百!她心里嘀咕着,也就是两百的样子吧,开口这么大,你也未免太贪了。低头不语的当口,保安说话了:"老兄你看人家一女的，开价也秀气点吧，你再看看你俩的车，嘿，还真是一个娘家出来的，都是兄弟姊妹，折腾个啥哟。"

男子听到这话，再一看两车的标志，真是一样，自家的途观，女的开波罗，都是一个圆圈里v和v叠加，想想保安的话也是有趣，脸色也缓和下来，说："那就六百。"

"四百行不？"郑芸涩涩地还价。

"就四百，四百吧。"保安和稀泥。

男的不吭声，郑芸赶紧塞了钱过去，开车走人。

"赔了多少钱啊？"刘心美扒着座椅背问。

郑芸淡淡地回答："一百。"

刘心美还想问什么，周建设赶紧制止道："你什么都别说了，让她专心开车。"

车子刚出街口，到达红绿灯处，迎面一个交警过来，打着手势示意郑芸靠边。

摇下车窗，郑芸茫然地望着交警。

"知道为什么吗？"交警眼神犀利地朝车厢里扫了一眼。郑芸有些紧张地回答："我带了驾照，不是无证驾驶，也没有闯红灯，没有违章变道……"

"怎么不系安全带？"交警皱着眉头指了指她身上，"你知道要怎么处罚的？"

郑芸一惊，看见交警从口袋里掏出罚单来，赶紧打开车门下去，解释道："刚才在医院门口我追尾了，上车后就没注意系安全带，我这不是孩子有病嘛，心不在焉的……"

"正是因为带着孩子，你才更要注意安全。"交警的话语虽然是教训，却明显地温和了不少，但手上，还是翻开了罚单本。

郑芸一看急了，也顾不上许多，一下就用手盖住了罚单，可怜巴巴地哀求道："警察叔叔，我真的知错了……刚才追尾已经赔了四百，这下又要罚一百，我不是不愿意挨罚，而是没有时间去交罚款，我每天都要接送孩子做治疗，还要上班，单位请假已经是个问题，还要请假去交罚款，我真的转不开……"说着说着，想起自己这一上午的遭遇，各种忙乱和意外的状况，在切切的无助中，愈见愈深的惶然和绝望如泰山压顶，郑芸的眼泪不自觉地夺眶而出，声音也在雨滴中抖动，"你都看见了，车上老人和孩子还等着，我认罚的，交现金好不好？我还赶着要去单位，再也不能请假了，求求你高抬贵手，但凡我有一点办法，也不会这样，我真的受不了了……"

没有言语可以形容她此刻的悲从中来，郑芸就这样捂着脸，在雨中恸哭起来。

"别哭了，"交警的声音软了下去，"你让老人看见会担心的。"

郑芸连忙左右开弓，把脸连着抹了几把。

"这次就算了，回车上去吧。"交警说着，还走过去，替她拉开了车门，等郑芸上了车，摇下车窗致谢，交警还不忘提醒，"系上安全带，赶时间也千万不能闯红灯啊。"

回到家已经快下午一点，婆婆忙着做中饭，公公则给牛牛洗澡，郑芸胡乱擦了擦头发，换下湿衣服就回办公室了。幸好没有迟到，但王科长的脸色还是不好看，到了下班时间，郑芸自觉留下来加班，很晚才回家，牛牛和爷爷都上床了，只有刘心美还在客厅里守着电视看。

会超收拾东西，看郑芸狼吞虎咽地吃饭，忍不住说："到点你就在办公室叫个盒饭吧，总这样，会得胃病的。"

"盒饭不干净。"郑芸头也没抬。

"不干净还天天有人吃呢，先填饱了肚子再说，不然落个胃病更麻烦。"会超说。

郑芸放下碗，一字一顿地说："盒饭要钱。"

妻子出乎意料的认真态度，让会超觉得好笑："我们家什么时候吃不起十块钱一个的盒饭了？"

"就快吃不上了。"郑芸把筷子朝桌上一扔。

"怎么了？"会超的笑容散去，明显地感觉到妻子的不快，便转个话题说，"明天早上九点的飞机，我要跟领导去出差……"话没说完，郑芸就呛了过来："你全天候待单位上好了，还回家干吗？反正什么事都指望不上你！"

会超警觉地看了内室一眼，压低声音道："你是怎么了？"

"明天你又不能去送牛牛了吧？"郑芸愠怒道，"你说要做康复训练，你说要接送，你倒是自己做呀，别什么事拿了主意，到头来都扔给我！"

"这不是意外情况嘛。"会超闷声闷气道。

"你天天意外才是常态，没有意外反而是稀罕事了。"郑芸说，"你要指望着我天天请假接送，就等着我停职吧。停了职每个月领八百块生活费，看你还怎么送儿子去做治疗！"

"接送的事情，刚开始我是想得太简单了点。"会超说，"以后还是我上班把他们捎过去，尽量不请假，那样他们就得早点起，七点动身……"

"牛牛本来就睡得晚，还要起那么早，这么点大的孩子，天天折腾，怎么受得了？睡都睡不足，难道不更加影响发育？"郑芸咬牙切齿道，"都是你整出来的事，花钱买罪受！"

"那怎么办？去出租公司包车接送？"会超说，"要不我明天上网查一下，费用是多少，不管多少，我们都要花。"

"花！花！花！你是千万富翁，还是亿万富翁，你有多少钱一个月，你花得起吗？"郑芸低吼道，"本来每个月的工资就没什么结余，牛牛看病花了好几千，治疗每个月又是三千，你还想包车，别说一千包不起，就是五百你都掏不出来了！"尽管他们的谈话压制着声音，但还是惊动了客厅里看电视的刘心美，她慢慢地靠近了过来。

"你以为我不会到点吃盒饭？我告诉你，吃一个超支的盒饭，我都有负罪感！如鲠在喉！"郑芸数落道，"你看看这个家的开销，两个老人又没拿钱过来，只有两个人的工资，要养五口人，水电气样样花钱，就是坐在家里不动，物业费每个月还要交一百多，电话费省得了吗？养车一千块，伙食费两千块，再把人情钱摊上，如今再算上牛牛的治疗费，你给我从九千块的工资里再抠点钱出来，我算你有本事！"

刘心美默默地听着，耷拉下脑袋，回到了沙发上。

会超沉默了许久，才问："明天牛牛怎么送？"

郑芸使劲捏了一下拳头，再松开，面无表情地收拾了桌子，起身径直回房间："我请假。"她不能不送，七点半动身，牛牛睡眼蒙眬的样子都让她心酸，要是让他们坐公交，别说倒三趟车，光时间都要多花费半个多小时，那可不是会超捎带提早到七点动身的概念，六点半动身，还不知八点半能否到达。

会超无语地坐在餐桌前，望着桌面发呆。

刘心美涩涩地靠了过来："会超，对不住了。"

会超抬头看了母亲一眼，没有说话，也回房去了。

刘心美怅然地望着他的背影，黯然神伤。这事怪不得别人，只能怪会超的妹妹会丹，在外赌博欠下许多债，多数是跟亲戚借的，结果后来还不上便跑了，亲戚一窝蜂上周家来要，刘心美老两口只好把两本退休工资存折都交给亲戚们，让他们轮换着自己去取钱兑债。这几年,没有生活来源的夫妇俩就住儿子家里,原本经济过得去,还算相安无事,如今牛牛这一病,拮据起来,自然也就回避不了了。

第二天早上,郑芸送了牛牛去医院,下车的时候,刘心美说:"今天没下雨,下课我们自己坐公交车回家,你就不要请假来接了。"

郑芸没吭声。刘心美便嘀咕:"你请假也不方便,我们自己走……"话还没说完,郑芸插进来说:"妈,等你们坐公交车回家,到家最早都一点多了,再等你做了饭吃,两点多了,再让牛牛午睡一小时,醒来四点了,那他晚上还睡得着?!医生说他有睡眠障碍,尽量作息规律,要按你说的,牛牛的正常作息都打乱了,那样更得不偿失!"

她其实心里还有其他的担心,怕说了婆婆生气,话都到了嘴边还是咽了下去。牛牛喜欢乱跑,手脚又快,经常是一眨眼就不见了,老人家手脚慢,万一在公交车站人多的时候丢了牛牛,那可就无法想象了。

"那不然我们在医院旁边找个馆子,随便吃点再回家。"周建设说,"不用自己做饭,还省事一些。"

刘心美忽地想到昨夜郑芸那一番关于盒饭的话,生怕激起儿媳的反感和脾气,连忙跳出来反对:"满大街饮食店都是地沟油,有什么好吃的!"

郑芸没接话,又说:"我尽量安排时间来接你们,万一有事,你们打的回去。"

打的?刘心美盘算着,那得将近五十元一趟呢,可不便宜。再一算,小饭馆吃了回去,三个人节省着也要花这么多钱,一样的。到底还是钱呐,什么都可以没有,就是不能没有钱啊,她这么想着,就愣神了。

王科长的脸色一天比一天差了,郑芸只当没看见。她知道,王科长在给她累假,到时候日子总数到了,就会跟她一起算账。年终奖肯定是没指望了,那就想想如何去找钱吧。

人事科的约谈又来了,刚谈完,母亲的电话打了过来,问郑芸这段时间忙什么,郑芸这才想起,好久没有回家看父母了。

中午一个小时的休息,插空回去看了看父母,顺带也把牛牛的病说了,父母亲从未遭遇过这样的情况,有些发蒙,郑芸倒是惊异自己叙述的平静。回公司的时候,郑芸在宣传栏里看到一张通知,细细地看过每一个字之后,她有了决定。

公司为了搞好宣传,鼓励员工写宣传稿件,只要是对公司形象建设有好处的文章,投稿被系统内部刊物采用的，一律实行等额奖励，就是稿费双倍。许多年没有写过文章了，想当年风华正茂的时候，她也是个文学爱好者，如今这个爱好还可以给她带来点收益，是始料未及的。

她一边上楼，一边在脑子里计划，新闻稿、散文、工作论文轮番上，一个月一篇，等额稿费可以达到四百元每月，也是一笔不小的收入了。

正有点小兴奋的时候，一抬头，看见同事小范过来，忽地想起什么，疾声叫住："小范，你哥哥不是开了个小塑胶厂吗，他们请会计了吗？"小范回答，厂太小，不会请一个坐班的会计。郑芸一喜，"能不能让我去做兼职啊？"小范马上打电话问，那边回复说，正好要请人，但报酬不高，一个月只有一千二百块，因为业务量比较小。

此时的郑芸哪里还会嫌钱少，一口应承下来，想到今天好事成双，算有收获，心情灿烂着哼起小曲来，这才哼了两句，手机响了，是会超，一会儿说妈在医院，一会又说回家了，再问，却又在那头支支吾吾。郑芸右眼皮没来由地跳了一下，心里惴惴不安起来。

到晚上，会超小心翼翼地把郑芸带进房间，告之，刘心美自己感觉不太舒服，下午去医院看了，医生跟周建设一说，周建设慌了神，又打电话把会超叫去了。

"宫颈癌？！"郑芸大吃一惊。

"嘘！"会超使劲摆手。郑芸白了他一眼，门关得严实，自己声音又不大，难道还能让婆婆听见。

"要马上住院，进行子宫全切。"

会超的话激得郑芸立马跳了起来："要准备多少钱？"

"社保可以报一点，但自费部分，可能也要两万。"会超盯着郑芸的脸，察言观色，声音压得很低，"住院先交一万，手术前交两万，然后再看结算情况。"

郑芸又差点跳起来："我们哪里还有钱？"

会超默然，家里的房子刚刚还清贷款，才喘口气，家里人多负担重，也没有结余的存款，手头吃紧，一时半会儿也拿不出这么多现金。他迟疑了一下，说："要不，把你的首饰当掉？"

看见郑芸的眼睛一下瞪大了，会超再也开不了口。那些黄金首饰是她的陪嫁，结婚的时候，会超不但没买个钻戒，就连个白金戒指都没买给郑芸，现在为了给母亲治病，要她当掉首饰，无须郑芸抗议，他都觉得自己有些过分。快到午餐时间了，郑芸接到母亲的电话，叫她中午过去吃饭。好在母亲家离单位不远，十分钟路程，郑芸一路走一路狐疑，母亲知道睡眠不好的她有午休的习惯，一般中午没事不会叫她去吃饭，因为吃完饭一说话整个中午就过去了，到下午上班郑芸就犯晕。

直到上电梯的时候，郑芸还有些担心，叫吃饭只是个由头，有事是肯定的，就是不知道是什么事。

进了屋，很平常，吃饭时，母亲连着瞥了郑芸几眼，忽然问："你这段时间，怎么都不收拾自己了？"郑芸说："忙呢。"母亲便问："忙什么呢？"郑芸回答："工作忙，牛牛做治疗要接送，会超老是赶不上趟，靠他不如靠自己。"

"他的工作要紧，那你老是请假，你就不要前途了？"父亲的话含着不满，也带着压力。

郑芸说："那也没办法，他每个月工资比我多一千，请假又比我扣得多，只能保那头。"

母亲默然片刻，慢悠悠地剥开了真相："你到陈轩涛珠宝店去了？"

郑芸一下子哑了。她和轩涛是发小，母亲和轩涛妈贾姨也是发小，轩涛不是读书的材料，早早地就辍学经商，如今已经是同伴中间的大老板了，涉足几个行当，开了几家商铺。她当首饰之所以想到轩涛，是因为考虑熟人靠得住，而轩涛的收购价确实也高过其他所有金店。本以为这事做得完美，恰恰忘记叮嘱轩涛一句，别告诉他妈，结果，出状况了。

放下筷子，郑芸也懒得遮掩，索性把事情兜底抖了个干净。

"啥？他俩老住你家，这几年一分钱没给，都是你们负担的？"母亲一听就跳脚了，"这牛牛治病也没钱补贴？他妈住院要你当首饰？"一急，手指头就忍不住戳上了郑芸的额头："你也有这么蠢啊！真的当首饰啊！"

"你咋不问问我呢？我还是不是你妈？你还瞒着我，防贼一样！你的那些首饰，都是我给你陪嫁的！"母亲越说越气，"嫁汉嫁汉，穿衣吃饭，这可好，他们都来吃你了！"

郑芸一声不吭。父亲摇摇头，起身收拾碗筷，到厨房去了。

"你看电视没，电视上都说了，凤凰男嫁不得，当初叫你不要找他！"母亲怒气冲冲地说，"他想过一点你的感受没有？凭什么这钱就得你出？凭什么这孩子就得你请假接送？凭什么做牺牲的事就得你来？"

"我就说，你怎么那么舍不得，一年到头，衣服不买几件，人家满世界旅游到处潇洒，你就坐家里，还哄我说，存钱还房贷，除了买了个二手车，我没看见你还哪里用钱了，我就嘀咕，你这钱都到哪去了？！原来都倒贴了，你可真能啊，瞒你妈你爸跟铁桶似的！"母亲数落了十来分钟，一屁股坐下来喝茶，气鼓鼓地消停了几分钟，瞥一眼郑芸，见她耷拉着脑袋不说话，估摸着她心里还是有自己的主意，不禁又火起，"你总是这样，死不吭气，阳奉阴违，吃亏吃死你！"

郑芸默然道："我还能怎样？叫他妈不动手术？"

这下轮到母亲哑了，呛住了半天没话，过了许久，才说："我从轩涛那里把首饰赎回来了，你就算当给我了，以后有钱了再来赎。"

郑芸看着母亲，从喉咙里"嗯"了一声。

刘心美住院了，牛牛的治疗也不能落下，眼看着会超的党委秘书已经进入了提拔副处的关键节点，郑芸不得不力保丈夫的工作表现。一家人都陷入了忙乱中，每天早晨七点多，郑芸和公公带着牛牛去儿童医院，下午一点郑芸赶去上班，公公则带着牛牛在家或者去肿瘤医院陪婆婆，晚上郑芸五点再去接公公和牛牛回家。

艰难的日子总是过得很慢，而郑芸唯一的休息时间是在牛牛上个训课的时候。

她就这么静静地坐在旁边，看着治疗师教儿子。有时候，她的眼睛在，心不在；有时候，她心不在，眼睛也不在。她只觉得自己身心疲惫，在现实中身不由己，却又无能为力，只能由着命运推着走，却丝毫也感觉不到轻松。

"牛牛妈妈……"朱老师叫了几声，郑芸才缓过神来。

朱老师微笑道："你很累的样子。"

郑芸笑笑，下意识地抬手摸摸脸。

朱老师问："你是全职妈妈吗？"

"不是，我要上班的，这段时间是奶奶住院了，所以我才请假来陪。"郑芸解释。

"是啊，我看以前都是奶奶来的。"朱老师问了问奶奶的情况，又说，"带这样的孩子很辛苦，还要上班就更累了……"她迟疑了一下，欲言又止。

郑芸看着她，试探道："您有什么话，想说就说吧，我没什么的……"话是这么说，心里又难免忐忑起来。

朱老师犹豫着，说："我看奶奶带着挺好，如果以后还是奶奶带着听课，你不用现在这么累的话，是不是可以晚上自己也在家里上个训课？"郑芸吃了一惊，慌忙说："我们是护士长家的亲戚……是谁要替名额吗？"

"不是要劝退呢，你误会了。"朱老师赶紧说，"是这样的，牛牛在我们这里是程度很高的孩子，康复希望很大，但是我们现在这样按部就班的课程安排，对他来说，强化程度不够，我个人认为，可以提高强度，所以，我建议你们家长，有时间和精力，要学习一下，争取配合我们的教程，每天晚上在家里也给他上个训课，这样他的进步会很明显。"

"我们这的孩子上课，如果是老人，多数都是两个人陪课，年轻点的父母，基本上只来一个人，你们家挺好，你来陪课，爷爷也来了。"朱老师收拾着教具，感叹，"带这样的孩子，对精力、体力和经济都是极大的考验，能坚持下来的都很不容易。"

"我生孩子时手术麻醉没弄好，腰椎受了伤，孩子多动，我一个人制不住，主要是怕他跑丢……爷爷呢，他们家三代单传，也是看得重。"郑芸说着，难免想到钱，"什么都好说，就经济这个问题不好解决。我们两口子九千多一个月，还不晓得撑不撑得住。"

朱老师低头想了想，提醒道："如果定好了要去青岛以琳，建议你做个八万元左右的预算哦。"

八万元？郑芸倒吸一口凉气，怔怔地望着朱老师，不知道该如何接话了。

朱老师眼见郑芸神色有变，便转了个话题："我看过牛牛的家长资料，知道你们是高知家庭，还问过奶奶，说以前是当小学老师的，其实这样的家庭很适合孩子康复配合训练，早先就有打算叫你们全力配合，想着你们上了还不到十天的课，准备看看再说，我们有想法还要你们家长也赞成才行……"朱老师笑了一下，郑芸却忍不住在心里长叹一声，难道孩子真的是选择了这样的家庭来的吗？上天觉得你们会照顾好这样的孩子，才把他给你们……

"牛牛妈妈，你上班累不？"朱老师问。

哪里会不累，郑芸想说累，临出口又变成了还好。

"哦，"朱老师貌似也松了口气，"等过了这段时间，奶奶恢复好了，能来陪上课了，她每天回去把课程内容告诉你,我把教案复印了给你,你自己在家晚上补一堂课,给牛牛强化。"朱老师和蔼地说,"所以,牛牛妈妈要认真看我上个训课,掌握好方法,有什么不懂的就问。"

郑芸用力地点点头,知道自己肩头的压力又添了一道。她的确很累,但只要不垮,就可以继续往上面压,一直压,直到她扛不住。

从这天起,郑芸超乎寻常地认真了,她带了个笔记本,把每天上课的内容都记下,课间休息,公公给牛牛喝水吃东西,她则抽空考虑制订回家给牛牛强化的计划,时间是这么宝贵,她一分钟都不能浪费。

朱老师的个训课看似很简单,却单调乏味得很。半个小时的课程,真真看下来,可把郑芸急得不行,可朱老师就是不温不火,慢慢的,轻柔的。朱老师说这个月的内容都是训练眼神集中、大声说话、知道应答。听上去很不可思议,这是正常孩子早就能够灵活运用的技能,甚至是本能,可是搁这儿却需要训练,而且是举一反三,甚至是需要重复千万次的训练。

牛牛坐在小课桌后面,朱老师将他的双手轻轻扣着,像小学生那样坐好,然后喊:"牛牛。"牛牛脑袋扭来扭去,不合作。朱老师说:"牛牛看我。"牛牛当然是不听指挥的,几个回合之后,不但脑袋不听话,屁股也坐不住了。于是朱老师拿出薯片筒来,轻轻晃动,薯片在里面发出细碎的响动,一下就吸引了牛牛的注意力。

朱老师把薯片拿一片出来,放在盒盖上,一手依旧扣住牛牛的双手,另一只手端着盒盖,在牛牛鼻子底下晃动一下,看着牛牛的眼光盯住了薯片,然后就这样牵引着他的目光,一直把薯片移到自己鼻梁上、两眼中间,面带笑意地望着牛牛:"就是这样,看着朱老师的眼睛哦。"

牛牛的眼睛看着朱老师,迸发出对薯片的向往。几秒钟之后,朱老师放下薯片,掰掉一小块放进了牛牛嘴巴里。牛牛咯吱咯吱吃得很香甜,但显然没有过瘾,伸手要来抓。朱老师按住他的手,轻声说:"要看朱老师的眼睛才有吃哦。"

她再一次拿起一小块薯片,竖立到自己两眼之间,发出指令:"看朱老师。"这一次,牛牛看过来了。朱老师笑着把薯片递过去:"这就对了,就是这样的。"然后,转头对郑芸说:"强化逐步进行,先用薯片等进行诱惑教导,然后是去掉薯片刺激物,只用手指着两眼之间,最后是不用刺激物和手,只用语言指令,他能听从并遵守,就是很好了,这就可以进行下阶段训练。"

"下阶段?"郑芸纳闷地问。

"下阶段,就是要训练他,只要你说话,不需要发出'看我'的指令,他都会下意识地看你的眼睛,然后再泛化,要做到不论是谁跟他说话,他都能第一时间看对方的眼睛,这才算训练达标。"

这是牛牛的第五次课,之前他的对视要靠老师用手扳着脸,几乎是鼻子对着鼻子完成,如今算进步快的,无法想象,那些程度低的孩子,就这样一个眼神对视,要重复多少个回合。郑芸终于明白,这条路为何要称之为漫长了……这才刚刚开始,或者说,还没有完全开始。

"来,牛牛。"朱老师已经拉开了限制牛牛活动的课桌,招呼牛牛过来。

牛牛哪里肯听,一下就跑到了柜子前,想伸手拿里面的玩具。朱老师起身,拿出小汽车,牛牛就要抓,朱老师一下抬高了手,喊道:"牛牛。"

牛牛不吭声,只伸手要抓汽车。

如果在家里,大人便给牛牛了,但朱老师的手就是不放下来,继续喊:"牛牛。"

牛牛抓住了朱老师的衣服,往下拉。

朱老师蹲下来,把小汽车放在自己脸旁,另一只手却将牛牛推开顶住。一只手臂的距离,牛牛终于朝朱老师的眼睛看来,但是目光很迟疑,也很飘忽,有些胆怯。

"想不想玩啊?"朱老师问,然后加重了语气说,"想!"

牛牛并没有听,想是没有理解朱老师的意思,除了徒劳地拨弄朱老师阻拦的手臂,别无他法。

朱老师重复地问道:"想不想玩啊?"隔一会儿,自己大声回答,"想!"

牛牛无动于衷。

朱老师继续重复,一大一小僵持着。

终于,在第五次重复之后,朱老师问话结束,牛牛蚊子哼哼般地答:"想……"

"对了,真好!"朱老师马上把小汽车递过去,回头跟郑芸说,"不要轻易满足他,你们不要去揣摩他的意思,就替他完成某件事,而要他说出来,自己付出努力。"

牛牛摆弄着小汽车,也不过一分钟,朱老师不动声色地把小汽车拿走了,坐在凳子上,喊:"牛牛。"

牛牛有些茫然地看看朱老师，又开始漫无目的地东张西望。

朱老师把牛牛拉过来，抓住他的两只胳膊，慢慢地说："牛牛，朱老师喊你的名字，你就要答应，像这样：牛牛……"朱老师自己马上提高了声音："唉！"

侧身，朱老师拿起了薯片："牛牛！"牛牛不应。朱老师再次把薯片举到牛牛跟前，然后喊，"牛牛！"牛牛看着薯片，瞬间移开眼神。朱老师又用薯片把他的眼神吸引过来，复喊一声牛牛，自己应着，薯片放进自己嘴里。咯吱咯吱的声音响起，香味从朱老师嘴巴里透出来，眼巴巴望着的薯片被朱老师吃了，牛牛撇撇嘴，想哭。

朱老师马上又拿起一小块薯片，这次转到郑芸跟前，轻轻用脚踢一下郑芸，喊牛牛，郑芸会意，赶紧回答："唉。"薯片送到了郑芸嘴里。牛牛脸上写满了失落。

"牛牛，你看着朱老师，朱老师喊你，你应了，薯片就给你吃。"朱老师拿着薯片在牛牛跟前比画，喊一声牛牛，自己应一声，薯片作势就要放进自己嘴里。反复几次之后，牛牛忽然在朱老师的喊声之后细细地应了一句。朱老师飞快地把薯片放进了牛牛嘴里，发出舒心的大笑："就是这样，好棒！"

郑芸也笑起来，说："好像训练小狗狗一样。"

朱老师愣了一下，点头道："是差不多的原理。"随即问："你看懂了没有？要反复示范，反复强化，直到他习惯成自然，变成潜意识中的默认规则。"

郑芸点头，感叹道："我真是佩服你，这么有耐心。"

"这是工作，对这样的孩子必须有耐心和爱心。"朱老师说，"我更佩服你们这样的家长，我们只是上班时间面对他们，而你们是一整天一整年，整个一生都要面对他们，太不容易了。"

"也是没有办法的事，有时候淘起来，还是忍不住要揍他的，"郑芸说，"这几天晚上都在网上看资料，原来这样的孩子也是需要惩罚手段的，不过大多是用来制止不当行为。"

"尽量不打，除非到了很严重的地步，"朱老师认真地说明，"他们虽然模仿能力欠缺，但是粗暴的教育方法很容易让他们产生暴力倾向，所以我们不推崇体罚这种惩罚手段。"

郑芸陡然间想起看病时，牛牛揪扯自己头发和拍自己脑袋的事情，便同朱老师说了。朱老师指出，自闭症的孩子多数伴有暴力行为，牛牛当时的表现是内心无措的折射，这个时候,要教他说出表达内心情绪的话语,对他已经出现的不当行为,要及时纠正,这个时候是可以用体罚的,比如先抓住他,让他安静下来,再用力打他手板,要打疼他,边打边告诉他,不可以这样,不可以扯妈妈头发和拍妈妈脑袋,这样做就会挨打。

"以后他还会出现类似的情况,或者更严重,或者轻微,比如会打小朋友、丢砖头砸人之类的,主要还是想引起关注或者发泄情绪,所以要经常关注他。"朱老师说,"根据我的观察,牛牛属于性情温和的孩子,这样的情况应该不会很多,只要制止得当,掌握好方法,他不会有危害行为出现的。"

出教室的时候,朱老师还特意鼓励郑芸:"你要努力,孩子程度高,只要你们配合得好,他的进步一定超乎想象,全家都要有信心。"

因为朱老师的话,半个多月来郑芸灰暗的心情稍稍出现了一些灿烂,下课之后,她简短地跟公公说着情况,难得地展现了笑容。

"牛牛妈妈!"郑芸循声一看,正是敬靖宇妈妈,一脸热乎劲,"好巧啊,还以为碰不到你了,上次电话也没留。"一时间,两人忙着把电话、姓名交换了,才互通情况。原来敬靖宇的妈妈徐丽芳在汀州税务局上班,也没有时间过来照顾孩子,平时都是外公外婆照顾,早些时候安顿好他们就回去上班了,这几天放心不下,又请了假过来看,可巧,碰上郑芸。

"早两天看见牛牛还是爷爷奶奶带着,你怎么有时间了?"徐丽芳说,"还是你们在同城的方便,说来就来了,我过来一趟好为难。"

"我也是请假很难,这不是奶奶住院了,没办法。"郑芸说,"还不知道工资怎么个扣法,先顾了家里这头再说。"

"跟领导说说真实情况,别藏着掖着,"徐丽芳好心道,"我也是过来人,其实人都是有同情心的,说不定,领导照顾你,不会扣那么多呢。像我们单位领导,知道我家情况后,每个月准许我几天假,说是调休,也从来没扣过工资……"

"不能跟你们公务员比,你们领导人性化,每个单位不一样。"郑芸说着,看见牛牛又滑到地板上去了,赶紧过去拉他起来,没曾想孩子虽然不重,但往下力大,不知怎的一下就闪了她原本有伤的腰,仿佛被施了定身法,郑芸动不了了,直了嗓子喊,"爸!爸!"

周建设过来,赶紧搀扶郑芸在走廊凳子上坐下,两人才松了口气,猛一醒神,牛牛不见了！

郑芸脑袋里"轰"一声响，心都提到嗓子眼了，就在这时，朱老师在那头叫："牛牛妈妈，牛牛在这里呢。"

一扭头，朱老师牵着牛牛过来了："看把你们急的，一眨眼就不见了吧。牛牛想拿我柜子里的小汽车呢。"

周建设蹲身一把抱住牛牛，仿佛劫后余生："我的个祖宗啊，爷爷都快吓死了。"

郑芸摸摸胸口，再摸摸额头，竟是潮湿的一片汗意，心脏扑扑地都快跳出嗓子眼了，好半天才平复下来，就听见铃声响起，精细课又要开始了。

"这节课我一个人带牛牛上，你休息一下，慢慢活动开，不然等会儿车都不能开了。"公公说着抱起牛牛过去了，这边徐丽芳也急急地告辞去了另一个教室。郑芸梗着背直挺挺地坐在椅子上，想起这状态开车也会困难，不由得心里着急，可是急也没有用，她只能尝试着一点点地放松，机器人一样慢慢地扭动腰椎，好不容易缓过劲来，上半身不受限制了，她长长地吁了口气，这才发现背心已经湿透，不知是急的，还是吓的，抑或是痛的……

匆忙赶到办公室，经过上午的折腾，郑芸头昏脑涨、背发酸、腰隐痛，心里暗叫不好，这时候老的病了，小的不省心，自己可千万不能躺下。心乱如麻间，满书靠了过来，低声道："今天上午领导来查岗，王科长可没护着你……人事科说，你下午来了就去谈个话。"

郑芸心底一沉，想想无非也就是扣工资，因为请假都履行了手续，人事也该没什么话说。

"你的请假时间已经累计达到八天了，还有两天就要扣掉全年奖了。"胖胖的人事科长叫吴长卫，戴副眼镜，很斯文，但话语不像面相看上去那么和蔼，"今天领导问了你的情况，最近请假频繁，已经影响了工作，几个领导碰了一下头，决定撤销你的主管职务，降级为主办。"

郑芸的脸唰地一下白了。

爬了七年，才从主办升到主管，天知道她有多勤勉，生孩子的前一夜还在加班，如今眼看会计师职称通过考试，就有可能进副科，到手的职位说丢就丢了。郑芸的心里刺痛，却也无可奈何。她知道，为了儿子，晚上要在家强化个训练习，会计师的培训没有时间去上课，就连自学备考都未必有时间看书，最终的结果是她不得不弃考。就算升迁无望，可是这本来属于自己的东西，辛苦那么多年才挣来的主管，竟然就这样被降职了。她心头酸涩，欲哭无泪。但她根本没有心情悲切，就被满腹的焦虑取代。年终奖去掉好几千，降级后每个月工资少六百，现在可是算细账的时候，每一分钱都那么宝贵。

吴科长自顾自地忙着，她蠕动着嘴唇，想说什么，到底还是没有开口，枯坐一阵，讪讪地走了。请假太多影响了工作是事实，在国企里，太多人浮于事，这本都不是要紧事，发生在别人身上也并非一定会公事公办，但是对人不对事的惯例，她在这里待了十多年了，心里比谁都清楚，自己没背景，又没科长包容，倒霉是一定的。

沉默地出了人事科，游魂般地晃荡进办公室，坐下，发怔。不经意间，同事们都下班了，所有的格子里都只剩下空空的椅子，大办公室里灯也灭了，黑暗萦绕，不知是谁，体贴地留下了她头顶的光亮，郑芸就像坐在舞台中间的表演者，木然的雕像。

为什么要降我的职呢？为什么要扣我的钱呢？为什么要让我的儿子得自闭症呢？为什么婆婆要生病呢？为什么家里要有经济问题呢？我是犯了什么错作了什么孽吗？为什么要这么对待我呢？

我这么这么努力……

她喃喃地念叨着："我这么这么地努力……"我周末去做兼职会计，晚上要上个训强化，等孩子睡了，我还要写稿子，为了那等额奖励的稿费，我每个月拼命挣的额外收入，只能补工资的缺口，可我能不请假吗……

眼泪缓缓地顺着鼻梁流下来，她捂着脸，肆无忌惮地放声大哭。

也不知哭了多久，她忽然一个激灵清醒过来，天都黑了，该回家了，不能耽误牛牛上个训强化啊。飞快地收拾着桌子，一不留神，把桌角的塑料插笔筒给甩了出去，她忙不迭地弯腰去捡，却发现笔筒已裂开。真是人倒霉起来，连喝凉水都塞牙缝。

双膝缓缓落地，郑芸一手按在炸开的笔筒上，一手无力地俯在地板上，心头越发郁结，愣神间，一双黑亮的女式皮鞋踱到了跟前，停在手边。

抬头一看，声音有些变调："夏总……"面前站立的正是公司常务副总，第三把手，分管行政科、人事科和采购科。

"现在是下班时间了，你不用叫我夏总，可以叫我夏姐。"夏总慢慢地坐下，轻声说,"我一直在门口看着你,知道吗,你哭了半个多小时。"

"降职有这么难过吗？"夏总的眼光带着深厚的精明扫视过郑芸的脸,问道,"你真是为这个哭吗？我虽然不是财务分管副总,可是我了解的郑芸,是个很坚强的人,不应该这么哭。"

也许是黑夜营造了释放情绪的氛围,也许是夏总的温和让郑芸有了求助的冲动,也许是背负得太多,郑芸需要倾诉,她一字一句地述说着,让眼泪恣意地在脸上流淌。

许久之后,夏总说话了:"即便是人事科找你谈了,你还是可以去领导那里申诉啊。"

"算了,请假多是事实,领导都决定了,也没什么好说的了。"郑芸摇摇头,无奈道,"反正不管领导怎么处理,我还是要继续请假,婆婆要动手术,儿子要治疗,降职以后还要怎么处罚,也只能听天由命了……"

夏总沉吟良久,提议道:"要不这样吧,马上要调整岗位了,你如果愿意去行政科做文员,我接收。"

"我以前看过你在集团内刊上写的几篇文章,文笔很不错,倒也适合当文员,文员跟会计主办是一个级别。虽然这次降职已成定局,没有办法改变,但是你可以换个部门,不在财务科没有人针对你,可能日子会好过点,文员做得好呢,还可以升到秘书岗位,说不定用不了多久,你就能坐回主管的位置。"

郑芸白白的脸上,漫上一层浅笑:"我愿意。"

"不做会计,丢了专业,你不觉得可惜吗？"夏总又问了一句,"我知道你会计师考试已经过了两门……"

郑芸感叹一声:"有些事,其实是没有选择的。"

"我尽量让你不后悔,"夏总意味深长地笑着,转身走了,"早点回去吧。"

郑芸默默地注视着她的背影,眼泪再一次布满了眼眶。

下午上班第一件事,又是去请假。假请得太多,郑芸感觉自己的脸皮变得厚实了,从最开始的不好意思、瑟瑟缩缩,到如今,竟然请得理直气壮起来。就如同小姑子赌博欠下的赌债,负债十万的时候惶惶不可终日,负债一百万的时候倒坦然了,因为横竖还不起,要杀要剐就随便你们了,反正死了也还不起,随便你们怎么办好了。一贯面子薄的郑芸居然也有了这样无赖的心态,她都不知道该如何看待自己了。可见,人都是逼出来的,底线也是在不得已中被一步步逼退的,就好像她的承受力,每次觉得已经到了最后一根稻草，无法承受的时候，到底还是承受住了，就这样一次次，底线无数次被突破，便练成了强大的抗压力。

假条递过去，吴长卫从眼镜后面看了郑芸一眼，那眼光，竟然有些出乎意料的友善，郑芸狐疑着，他怎么这样看我？

"放这里吧。"吴长卫接过假条，并没有像往常一样签字返还给她。

郑芸迟疑着，问道："这假，到底是批了，还是没批？"按说，要签个字交给王科长备案的。

吴长卫说："领导交代了，从今天起，你的假，从公休假里面抵，你一共有十五天公休假，可以折成三十个半天休，并且只算工作日，周末不算在内。也就是说，你每天请一个上午的假，可以连续，也可以累计请一个半月。"

啊？郑芸的下巴不由自主地掉了下来，半天没合拢。她简直不能相信自己的耳朵，这种算法，前所未有，这是法外开恩的照顾，这天大的好事，这天上的馅饼，是怎么掉下来的，怎么就砸中了自己的？！

"傻了？"吴长卫见郑芸如此表情，忍不住笑了，"你不会傻到一直在这里站到明天吧？"

郑芸回过神来，倏地大笑："我大概是中头奖了，今天我买彩票去！"她难得如此心情好，也难得放松，逗乐道："吴科长，你知道不，上个星期有天晚上，我还做梦来着，梦见自己中了彩票，哇！一千万呐……一千万呐……我喜得都快变神经了，这下所有的问题都解决了……"

在她当首饰的前夜，那梦里的狂喜和梦醒的心酸，她都不愿意再去想，此刻她哈哈笑着，有些忘情，猛地发现吴科长正认真地看着自己，陡然间意识到自己失态了，于是赶紧打住，告辞出去。

"哎，"吴长卫叫住她，没头没脑地说了一句，"我小舅子在美国，每年回来一次，你有什么东西要带吗？他们带回来就不用邮费，不然航空费很贵啊。"

郑芸莫名其妙地听着，如坠云雾中，这都哪跟哪呀！但她可没心情想这些，她首先想到的是，公休假的特例给自己，一定是夏总的安排。她三步并作两步，去了夏总办公室。

推开门，夏总正戴着老花镜在看文件，招手叫她进来，一听郑芸要去家里拜访，就笑了:"别整这些啊,我家住哪里就是不告诉你,这跟你昨天晚上告诉我的家事一样,保密,大家相互保密。"

刘心美是早上第一台手术,先一天就说好了,郑芸和周建设还是带牛牛去做治疗,只有会超请假在肿瘤医院。手术很顺利,预计五六天就可以出院,一家人总算松了口气。

牛牛已经上床了,但还能听见他在床上折腾的声音,不过晚上十二点,他是不会睡的。

"牛牛这个睡眠,是个老大难的问题。"郑芸念叨着,翻开记录本,琢磨朱老师的教学方法。

会超说:"我在网上查了,有解决的办法。"

郑芸一听来了精神,催促着会超继续往下说。会超说,美国有个自闭症儿童研究中心,专门为这类儿童研究各种药物,其中就有治疗睡眠障碍的药,还有各种天然的微量元素类保健药。他还做了一些调查,发现国内有些家庭在服用,效果都还不错,主要用于辅助治疗。在自闭症QQ群里,也有推荐使用。会超甚至还联系到了美国药品公司,可以直接购买,但是航空邮寄费很贵,超过了药费。

"药费已经不便宜了,还要付更多的邮寄费,不划算。我一直没找到好办法,打算联系一下同学,看有没有在美国生活的,请他们代为购买,再带回国,这样就可以节省一大笔开支,又可以多买一些药,"会超摊开两手,"打听了一大圈下来,加拿大、澳大利亚、英国、西班牙、意大利,都有同学,真是不巧,就美国没有,原来在美国的都离开了……"

"我继续找吧,"会超说,"先把药单拟好,找到了人代买就发过去。"

郑芸静静地听着,忽然想起吴长卫来,他最后叫住自己说的那番话,原来是有深意的。

吴长卫拿着郑芸递过来的单子,看了又看,然后提笔刷刷地写下一溜数字,说:"我马上跟我小舅子打电话,你可以自己联系他,QQ咨询一下。"

郑芸虽然觉得有些贸然,但是既然吴长卫坚持要采取这种方式,她也只能照办。等到QQ一连线,她才意识到自己有多迟钝……吴长卫说的是"咨询"而不是"接洽"。

"您好,我是吴长卫的同事,请问他同您说了吗?我们想托您在美国带点药回来,不知方便否?"

"您好。长卫说了,方便带药的,我们正好打算圣诞节回国。"

"那我把药单发给您,可能需要您在美国邮购,收到后再带回国。"

"没有问题。"

……

"您好,药单我看了,建议您调整一下。"

"?"

"长卫没有跟您说吗?我在哈佛大学医学院上班,我的孩子也有自闭症。"

郑芸就这么在电脑前懵了。她看见屏幕上的字条不停地下移,那边提出的建议,推荐的药品,各种情况的比对……她的眼泪无声无息地流满了脸庞,大洋彼岸的陌生人以刷屏的方式给了她久违的支持和温暖。

"太多了吧?短时间内可能消化不了,我会把所有的资料都打包发送给您,阅读可能需要您花费许多时间,但是对孩子总是好的。另外,药品如果您接受我的建议,我会代购一年的用量给您带回国。"

"谢谢!"郑芸还能说什么呢,她抑制着内心的澎湃,真诚地在屏幕上再次敲下四个字:非常感谢!

再次来到人事科,正好办公室里没有其他人,吴长卫一个人在写什么。郑芸轻手轻脚靠近了,低声喊:"吴科长。"

吴长卫抬起头来,看见是郑芸,微微一笑。

"谢谢你。"郑芸细细的声音里带着颤音。

吴长卫点点头,把食指竖在嘴前,嘘了一声。他说:"大门口贴了通知,下周开始岗位调整,部门和员工双向选择,你记得去 OA 系统下载选岗表,规定时间内报送人事科。"

郑芸默默地退出来,鼻子发酸,连忙深吸一口气,对自己说,会好起来的,已经好起来了,你不应该再哭,应该笑!这么想着,她咧开嘴,由衷地笑了起来。

回到办公室,打开 OA 办公系统下载选岗表,冷不丁,右下角跳出邮件通知,市财政局会计师考前辅导班开课通知,她踌躇片刻,还是点开草草地瞄了几行字,上课分为晚上和周末两种方式,培训时间两个月,费用两千。无论怎样她都抽不出时间,两千的学费也不少啊,郑芸怔怔地望着那些字,不甘心地拨弄了几下鼠标,有些难过地点击了文档右上角的"×"。

填着选岗表,老公会超的QQ头像闪动起来,发过来一个文档,打开一看,是青岛以琳自闭症康复中心的报名表,说是他马上要开会,没有时间,表格要赶紧填了发送过去。郑芸紧张地看完说明,又按上面标注的电话打过去问了问,现在肯定没有名额,要等学期结束,才有名额出来,排队的孩子很多,得按先后顺序轮,如果现在交报名表,预计过去治疗的时间也到明年年底了。郑芸松了口气,不是怕耽误牛牛治疗,而是现在她根本拿不出钱来。

一下午,就是搞定了两个表格,手头的工作一样没做,郑芸拿眼偷偷瞄着王科长,这几天王科长似乎有些不对劲,以前虽然总是一副别人欠了她的米还了她的糠的模样,但也只是面色难看,不像这几天,拧着眉头,回答什么都不耐烦,很焦躁的样子,让人发怵。郑芸小心地将几本会计凭证塞进包里,想着今天夜里悄然做完,明天把账本神不知鬼不觉地放回原地,王科长也就没什么好挑剔的了,心里不由得庆幸,真得谢谢夏总,换个环境总是好的。

下班刷卡,在按指纹考勤机的时候,小江凑过来告诉郑芸:"你明天不用太赶,听说王科长请假一天。"

"只有你才会这么不把工作当回事,动不动就请假,孩子生个病有什么了不起,家里那么多人,少了你就不行?你看看我,天大的事都没有请过假!"王科长的话还历历在耳,郑芸一肚子狐疑,没有吭声。

晚上去肿瘤医院看了婆婆,医生说她老吵着要出院,伤口情况不错,预备第二天拆了线就出院。郑芸听了便说:"正好,明天我们王科长也请假一天,下午我可以接你出院。"

回家路上,趁着难得的轻松气氛,郑芸轻描淡写地对会超说:"我被降职了,从主管降到主办,可能还会调整部门。"

会超一个字不说,全程沉默。

刘心美住院花了三万多,医保报销一万多,自费承担两万多,稍微超出了一点预算,但好在还在可控范围内。到家后,郑芸趴在书桌上,点着计算器,把家里各项费用一算,发现这个月出现了负数,不禁叹一声:"竟然连月光族都不如了呢。"

再看过明细,本月还没降工资,加上会计兼职和稿费,总收入一万一千元,支出车辆及油费一千五百元，伙食费两千元，水、电、气、物业、电话费一千元，人情送礼等费用一千五百元，牛牛治疗费三千元，其他包括追尾的理赔等五百元，婆婆住院抵去首饰钱超支三千多元……郑芸看着一排数字，感觉自己就像老家油坊里那被压榨过后的油茶残渣，一丁点儿油星都没有了。再想到去青岛的开销，不由得愁肠百结，朱老师说要准备八万元，就这情形，我如何在一年时间里存够八万元？

她转头朝向会超："得想办法弄钱啊。"

会超抬头看了她一眼，眼神让她觉得陌生。她终于察觉不对劲了："你怎么了？"

"你现在怎么变得一天到晚都是钱呀钱的了？"会超瓮声瓮气道。

郑芸怔了一下："说钱怎么了？这不是合计要怎么样才能挣到钱吗？家里开销这么大……"

"你知不知道，你这样老是钱呀钱的，给别人压力有多大？"会超猛地提高了声调。

郑芸咬住嘴唇不吭声了，她反思着，我哪里错了？

"医生本来还要妈多住几天院，但妈就是死活不肯，她这么大年纪，还帮我们带小孩，住个院，多花点钱怎么了？"会超显然是憋了许久，这番话说出来，脸都涨红了。

"我可没叫你妈出院，是她自己要求出院的，就算她要求，如果医生觉得不合适，也会坚决不同意的，但是医生同意了，就说明她是可以出院的。"郑芸觉得会超有些胡搅蛮缠。

会超凌厉道："那都是因为你！"

郑芸也恼了："我怎么了？我是说了什么不该说的，还是做了什么不该做的？"

"你是什么都没说，什么都没做，就是因为这样，才都是你的原因。"会超把手中的书一扔，气呼呼地说。

郑芸也生气了："周会超，你给我说清楚，什么叫因为我？！"

"妈住院，你也就去过三次，每次都是接人，总共待了不到一个小时，问情况也是冷淡得紧，你当我妈没长眼睛，不会看脸色啊。"会超说着，把书房的门一关。

"我问情况，那是礼节性的，我承认我的心思不在你妈身上，因为医生说她没有大碍，我觉得有你关心就行了，不需要我再操心。我全部的心思都用在怎么挣钱、怎么请假、怎么给牛牛上个训课上面，没有多余的精力考虑你妈。但是这并不能证明我嫌弃她或者其他，因为她住院我没说一个字，你要我当首饰我也当了，交住院费我也没多说一个字，超支了我也没埋怨一句，你还要我怎样？"郑芸愤然起身，将椅子一甩。

"你嘴里没说，你心里想了，你行动上也表现出来了。"会超指责道，"不然你为什么总是不去看她？"

"你也要我有时间去看她是不是？！"积蓄多日的憋屈令郑芸冲口而出，"我一天天地请假，上午去陪牛牛做治疗，下午上班，晚上还要给牛牛强化，你们都睡了，我还要加班，不是赶账就是赶稿，周末到别人厂里去做会计，我就是头牛，也任劳任怨做到头了，没你说的那些闲工夫，去想你想的这些闲事！"

"你居然说这些是闲事？！"会超也愤而起身，把凳子一甩，"因为她不是你妈，就成了闲事了？"

"你讲点道理好不好？"郑芸都快被气疯了，"就算我没顾忌她的感受，那也不是我故意的，让我操心的事多了，这个家事情还不够多吗？大家都各自管好自己就行了，不要横挑鼻子竖挑眼，净做些没用的争论，浪费时间和精力。"

"我好好地跟你沟通，你说是没用的争论，浪费时间是吧？！"会超咆哮起来。

"沟通能解决什么问题，争论一顿就挣钱了是吧？"郑芸也尖利地叫起来，"你有用，你去挣钱回家啊！"

"你说我无能？"会超急红了眼。

郑芸歇斯底里地叫起来："难道你不是无能？那你去拿钱回来，不要让我这么辛苦这么累，不要让我搜肠刮肚想办法挣收入！别正事不干一天到晚挑刺，你顾及你妈的感受，你自己的感受也是感受，那我呢？你在乎过我的感受吗？你知道我怎么想的吗？你体谅过我，心疼过我吗？你还是个男人吗？"

"嘭"的一声门开了，刘心美佝偻着身体，捂着腹部的伤口站在门口，低沉道："别吵了……"

片刻寂静之后，会超一把抄起衣架上的外套："出去说。"

"我不去！"郑芸气呼呼地拒绝道，一屁股坐下来，翻开账本，"我还要做账，没空！"

"难道我一天到晚都有空？"会超愤愤地将穿了一半的外套撸下来，朝地上重重一摔，"牛牛在家的测试，各种评估表，辅助治疗方法，不都是我在弄？"

"难道我闲着？自打他治疗，你去接送过几次？不是今天有事，就是明天出差，后天还要开会，总之就是有事，你请假跟领导开不了口，我呢？我就厚脸皮，一趟一趟请假，被扣工资、被谈话、被降职，我承担的只会比你多，不会比你少！相反，你才是这个家里受影响最小的人，工作不受影响，生活不受影响，你妈不病，你妈做饭，你妈病了，不是我做饭就是你爸做饭，你十指不沾阳春水，到现在还不会用洗衣机……就是上班时间，你还要指使我做这做那，你以为我上班在玩？"

"我是不是要道歉，影响了你的心情？"郑芸愤愤然，"那我呢，你没看见你老婆连轴转，已经累成什么样子了？你当自己找了个带工资的保姆，还要任劳任怨不得有任何微词，还要负责安抚你们每一个人脆弱的心灵是吧？"

"没对你要求这么高，你只要不要那么俗，一天到晚把钱挂嘴上就成！"会超吼道，"别把你说得跟怨妇似的，我也不过就是要你当首饰！"

"你没给我，反而问我要，我嫁给你真是瞎了眼！"郑芸尖叫起来，"你不俗，你可以不谈钱、不要钱，你有本事不吃饭！不带钱给我出门去试试！"

牛牛出现在阳台边的另一扇门口，惊恐不安地注视着屋里。周建设神情复杂地站在牛牛身后，有点不知所措。

恼怒到了极点的会超一脚踢开椅子，气冲冲地从母亲身边越过，大踏步穿出客厅，摔门出去了。

"啊——"牛牛猛地发出刺耳的尖叫声，一声一声，不停地尖叫起来。

郑芸缓缓地走向儿子，抱住他，抚摸着他的脑袋和背，轻声安抚道："没事了，别怕，牛牛乖，妈妈在这里。"但是牛牛忽地挣脱，一下藏进了书桌和电脑主机的空隙里，抱着脑袋缩成一团。郑芸心酸而无奈地看着牛牛，跪在地上，一遍一遍地抚摸着，柔声安慰，也不知道过了多久，牛牛被握住的小手终于不再往回缩，她慢慢地将儿子带出那狭小的空间，抱在怀里，继续轻声安抚。

刘心美沉默地注视着这一切，缓缓地坐到了地上，眼泪止不住流了下来，周建设过来拉她，她费力地起身，躺回到床上，大颗大颗的眼泪从眼角流下，将枕巾湿润了大片。

对面书房里，传来了郑芸的声音："牛牛，跟妈妈拿薯片，我们上个训课，好不好？"

她听见了郑芸如往常一样，不断重复的指令，而牛牛偶尔的发声，总是伴随着郑芸愉悦的表扬："对了，牛牛真棒！"

上完课后，卫生间里传来哗哗的水声，周建设在给牛牛洗澡，准备上床睡觉了。

刘心美小心翼翼地侧身，慢慢下地，顺着墙壁摸到书房，门虚掩着，推开一点点，看见郑芸跟前一堆摊开的凭证。她想了想，慢慢摸到厨房里。

身后轻轻的脚步声响起，郑芸埋头登记账本全然没有发觉，惊动她的是案头放上了一杯热气腾腾的牛奶。她抬起头，看着刘心美，眼神里的光彩很淡，也没有叫妈。

刘心美嗫嚅着嘴巴，艰难地吐露出一句："我什么都没有跟会超说……"

郑芸低头说："算了。"

刘心美慢慢地坐回到自己的床上，想起什么，拿出小灵通来拨通了会超的电话："你在哪里？"

"外面。"会超回答。电话那头是很空旷的回音，想来也是在外面。

"你回来。"刘心美的语气是命令式的。

会超没有应答。

刘心美忽然提高声音道："你老婆为了挣钱累得跟狗一样，你还有脸发脾气离家出走？！你给我滚回来！"说完就摁下了通话结束键。她慢慢地蜷缩回床上，叹了一口又长又深的气。

公布栏里贴出了通告，一批员工进行了岗位轮换，郑芸的岗位调整为行政科文员。按照单位规定，她找王科长办交接，但奇怪的是，王科长连着两天都没来，最后的交接是委托会计主管完成的，分管副总经理监交。

行政科在四楼，跟领导一层楼，是单独办公室，不像财务部在二楼大办公区的隔断，消息相对闭塞些。一直到第四天下午，郑芸才听说，王科长十一岁的女儿进了重症监护室，情况不妙。

"起先只是感冒，高烧不退，烧了差不多一个星期，后来转了两次院，还是找不到原因，高烧还是不退，最后是从北京请了专家过来，市里的专家也一同会诊，才确诊是巨噬细胞活化综合征，就是变异的巨噬细胞吞噬正常细胞，而且正常细胞也有一部分在变异，整个就是无法阻止正常细胞消亡，速度还在加快……"满书已经去过医院几次，比较清楚情况，郑芸听得胆战心惊的。

没过多久，公司里就号召募捐，说王科长家为了孩子的病已经用了好几万，重症监护室一天的费用就是五六千，希望大家支持一下。各部门统一收捐款然后交给工会，行政科的捐款由刘科长收。郑芸看着部门同事都是红票子几张交过去，快下班了，捐款也近尾声，她逮住一个没人的当口，轻声问刘科长："大家都捐多少呀？"

"这个自愿呢，"刘科长说，"一百到三百的都有，一般捐两百，我是中层干部，捐得多些，四百。"

郑芸掏出票子，递过来。

刘科长看着她手里四张百元大钞，没有接的意思，反而说："你不用比照最高捐啊，捐款自愿，不捐也行。"

郑芸摇头道："毕竟曾经是一个部门的同事呢。"

"要不你捐两百？"刘科长犹豫一下说。见郑芸不动，只好接了钱。

郑芸又问："可以匿名捐，不写名字吗？"

"那怎么行，人家工会也不干呀。"刘科长说，"再说了，大家都有名字，你不写，弄个匿名多惹眼，人家一琢磨就知道是你，要多心的还以为你跟王科长咋地，或者说你矫情呢。"

郑芸想想也是，也就作罢了。

下班回家，正是小朋友们在院子里集合的时候，多数的老人带着孩子集中在院门口的小花园里，郑芸远远地看见牛牛坐在遥控小汽车上，公公跟在后面遥控，慢悠悠地兜圈子。

别的小朋友说笑打闹，喧嚣得很，牛牛安静或可说是木然地坐在车里，甚至不会操作方向盘，全凭公公摆弄。从前郑芸从未想过儿子跟其他孩子有什么不同，可是一旦知道不同了，再来看，便是越看越心酸，她努力不去想将来，提醒自己只要过好当前这一刻就好。

"牛牛，你看谁回来了——"公公解开牛牛身上的安全带，指向郑芸。

牛牛笑嘻嘻地跑过来，扯着郑芸的裤腿往外拉，郑芸明知道他想去门口的小卖部买糖吃，就是不顺着他的意，蹲下来，先用手指着自己的鼻子："看我。"牛牛看过来，小眼珠有些发抖，眼神也在偏移中尽量集中，郑芸又说："叫我。"牛牛喊了一声妈妈。

郑芸问："你想要妈妈带你去做什么？"牛牛支支吾吾着乱扭起来。

这是不懂问话的意思，这样的题目对现阶段的牛牛来说，难度太大了。郑芸想了想，指着院子外，说："走，去外面。"带牛牛出院门，又说："走，去小卖部。"

走到小卖部，郑芸又说："干什么？"

牛牛不说话，伸手扯冰柜旁挂着的长条糖包。郑芸抓住他的手，说："妈妈买糖。"

牛牛还是不说话。郑芸就一直蹲着，抓着他的手，不断地重复："妈妈买糖，妈妈买糖……"

在连番的机械刺激下，牛牛终于说了："买糖。"尽管只有两个字，郑芸如释重负，掏钱买了一包瑞士水果糖。看着笨乎乎的小手扯不开包装袋，郑芸说："请妈妈帮忙开。"

牛牛低头，可怜巴巴地拎着糖袋子，无措又无助，就是不说话。

"请妈妈帮忙开。"郑芸又说了一次，牛牛忽然大声喊："开——"

郑芸闻言，接过袋子撕开口子，交给牛牛。旁边一直看着的老板娘忽然说："牛牛比以前好多了呢。"

以前……

郑芸都快记不得以前的事情了，她的脑袋里装满了现在的事情，乱糟糟的，再也没有回忆从前的空间。可是老板娘的话还是提醒了她，以前，她也曾经幸福过呀。

那时候，牛牛还是个婴儿。每天，公公都会带他在院子前转悠，等着郑芸下班，虽然牛牛不会很主动地叫妈妈，可是郑芸叫他，他还是会很高兴地张开双臂，像燕子一样扑腾。大一点会走了，被学步带牵着，也是在小卖部这里跌跌撞撞，望着大孩子手里的零食流口水。再大一点，会自己跑到小卖部来，在老板娘挂得低低的糖包条上扯一包走，咬得满嘴的包装袋塑料屑，吃得满嘴满手都是黏黏的糖。

"又吃糖啊，等下还吃得进饭呀？"公公的声音传来。郑芸赶紧直起身，猛地一起，腰似乎有些不对劲，她站着，扭动了一下，还好。牛牛已经进了院子，公公坐在木凳上，把他夹在两腿之间，认真地剥糖纸。郑芸要公公再带牛牛玩半小时，天黑前回家，自己就先回去做饭了。

上楼的时候，感觉腰间咔咔作响，停下来左右舒张一下，又好了，郑芸没太在意，匆匆进门，看见婆婆在切菜。

"妈，你怎么起来了，我来吧。"她连忙洗手，接过菜刀。

刘心美坐下。"没事，伤口已经好多了，我也不能老躺着，也要起来活动活动。"一看郑芸弓着身子，肚皮顶在橱柜边沿上，刘心美便问，"腰使不上劲了？"

"有点不舒服，"郑芸说，"上次在医院闪了之后，一直有些不太利索，最近每天弄得晚,也许是坐久了的缘故吧,今天早点上床休息。"

"要不你教会超,让他给牛牛上个训课,"刘心美说,"他读那么多书,总得做点用吧。"

这一提议实施了一天,就把家里闹了个鸡飞狗跳。

听见书房里牛牛的哭声,郑芸顿觉不妙,还没来得及进去,会超就气急败坏地冲了出来:"这怎么教得下去!怎么教得下去!"

郑芸进去一看,色板丢了一桌子,牛牛哇哇大哭。

"好了,牛牛,妈妈来了。"郑芸抱着牛牛,转移儿子的注意力,"呀,你看,妈妈拿什么好东西来给牛牛吃呀?"把手摊开,一颗葡萄干。

牛牛来抓,郑芸把手握住,轻声说:"坐好,妈妈就给你吃。"

牛牛坐好了。

郑芸把桌上的色板再次乱拨一气,一边说:"弄乱了——"然后拿着牛牛的手,一顿乱拨,再喊:"弄乱了!"牛牛觉得好玩,咯咯地笑起来。郑芸松开手,牛牛自己乱拨,郑芸则在一旁说:"弄乱了。"

等牛牛开心了,郑芸像朱老师那样按住他的手,把色板收好,只拿出一个红色色板,放在桌上,说:"这是红色。"但是牛牛的眼光并没有在色板上停留。

郑芸说:"看妈妈。"牛牛的眼睛望过来了,郑芸拿起色板,放在自己两眼中间偏下的位置,以便能清晰地捕捉到牛牛的眼神,再说,"这是红色。"

重复了几次之后,拿出一块黑色的色板,跟红色并排放在桌面上,发出指令:"牛牛,哪块是红色?用手指给妈妈看。"

牛牛迟疑了一下,指中了黑色。郑芸说:"错了,这是黑色。"用手点红色:"这才是红色。"

牛牛心不在焉地转动身体,脑袋也别开了。

"看,这是什么?"郑芸把一颗葡萄干摆在小塑料盖里,将牛牛的眼光吸引过来,"牛牛,要认真看,点对了才可以吃哦。"

再一次重复之前的动作,牛牛还是点错,就算是偶尔点对,也是迟疑许久,看着他手指头的游离,郑芸知道,颜色的认识,对牛牛来说,是特别困难的事情。

半个小时过去后,牛牛也没有了兴趣,哈欠连连,郑芸知道,今天晚上没有效果。

睡在床上，她想，要怎么样才能有所突破呢？

第二天晚饭，郑芸做了个西红柿炒蛋，这是牛牛爱吃的菜。上桌之后，郑芸按住了牛牛的勺子，一字一顿地指着勺子里的西红柿说："这是红色的西红柿。"牛牛昏蛋，她也按住勺子说："炒熟的鸡蛋是黄色的，黄色。"儿子吃每一口，她都如是，特意强调颜色。

桌上还有红辣椒炒肉，郑芸夹一块红辣椒，便对牛牛说："红色的辣椒，好辣，呼呼……"边说边把舌头伸出来，做出一副呵气的样子，表示好辣。妈妈夸张的表情逗得牛牛使劲笑。趁这当口，她拿出一个青辣椒，又摆出一个红辣椒，告诉儿子："绿色的辣椒，红色的辣椒。"然后把青辣椒拿走，留下红辣椒，放到牛牛手心里，慢慢地强调："红色的辣椒，红色的……"

用了整整一周的时间，牛牛才学会分辨红色，郑芸又用了一周时间，给予强化。牛牛不但能在两种颜色中选出红色，还能在三种、多种颜色中准确地选出红色，最后，郑芸把所有的色板都堆在桌上，故意让红色埋没在其他色板中，牛牛也能扒拉出来。泛化练习，则是在许多颜色中找一个红色，和在许多颜色中找出所有的红色，牛牛终于过关了。

接下来的颜色，因为有了方法，牛牛认识得比较顺利。虽然相对于正常的孩子，牛牛的进度很慢，每一个同龄的孩子可以轻而易举做到的事情，对于牛牛来说，都特别艰难。这是一场特殊的龟兔赛跑，没有孩子会像兔子打盹让牛牛超过，没有奇迹会出现，但是，不管怎么艰难，郑芸都不会放弃，她决意陪着儿子，缓慢地前行。

牛牛已经认识十余种颜色了，郑芸很有成就感，这种成就感将她深深的疲惫压制了下去，但这种欣喜并没有维持多久，郑芸的心头总有一块大石头压着。人无远虑必有近忧，而她，不但有远虑还有近忧，生活予她，是不会有轻松的。

感统失调的问题一直有，朱老师的分析报告一长串，基本可以归纳为前庭感觉功能问题：特别爱玩旋转的凳椅或游乐设施，而不会晕；喜欢旋转或绕圈子跑，而不晕不累；虽看到了仍常碰撞桌椅、旁人；爬上爬下，跑进跑出，不听劝阻；不安地乱动，东摸西扯，不听劝阻，处罚无效；组织力不佳，经常弄乱东西，不喜欢整理自己的环境；分不清左右方向，鞋子衣服常常穿反……

为了配合治疗，郑芸读了大量的自闭症治疗书籍，跟朱老师合计如何提高孩子的能力，在每天晚上的个训课之后，还给牛牛做感统体能训练，她就像拉到了极限的橡皮筋，在疲于奔命的学习状态中拉扯着儿子，有时候难免心有余而力不足，却还是拼命硬撑着。

牛牛的进步的确很明显，目光注视改善许多，大声说话已经达标，接下来的教程，是教他基础常识，形状、大小、多少、长短、曲直……只有在认识了固定物品，会区分之后，才能进入泛化，再进入抽象教学。同时，对他的指令也要在生活中不停地训练，随着治疗的深入，郑芸对未来再次充满了恐惧，这条漫长的路到底有多艰辛，实在是超出她的想象许多许多……

买了那么多教具，各种各样的卡片，郑芸见缝插针地学习，看教育碟片，剩下的时间里，要把所有的知识消化，再根据儿子的情况制订自己的教学计划，跟朱老师商量，再确定方案，而到了实际操作中，还要时刻调整。

床下本是空的，现在已经放上了几个大整理箱，分别是牛牛的口腔训练器、精细训练用品、有声阅读教材、动画碟片、国内国外多种训练教材……

最开始的时候，连郑芸都惊异，儿子竟然有这么多是不知道的，通过仔细的观察和判断，她明白，牛牛不说话，不是因为内向，是他不懂，理解能力的缺乏直接导致了他语言能力的发展。

她估摸着儿子同正常孩子的差异，真如汪教授说的那样，越小，差异越小，越大，差异越大。两岁多的孩子，多数都已经话语说得流畅了，可是牛牛还不会开口。郑芸一筹莫展地认识到，牛牛是如此不同。她不敢想象，牛牛长大后，到底会跟同龄孩子有多大差距，但是此刻，她恨不得一夜之间缩小所有的差距，为了这个，她急得无法入睡。可是，孩子依旧是孩子，模样依旧是老模样，根本急不来。

从最简单的指令开始训练，坐下，起立，都教了一个星期。她把儿子从凳子上拉起来，嘴里喊着起立；按着儿子坐下去，嘴里喊着坐下。就这样不断地重复，重复上百遍……做对了，就奖励薯片，做错了，薯片就自己吃掉。在那些日子里，郑芸吃掉的薯片已经足够令自己反胃。最后，她换了许多花样，把饼干弄成小块，把QQ糖切成小块，一切一切的奖励零食，都是一小点一小点，包括酸奶，都是一小勺小半勺……

每次看到牛牛眼神里对零食的渴盼，郑芸都会觉得无比的心酸，她何尝愿意这样克扣儿子，可是现实摆在眼前，她只能如此。

这些先放一放吧，只要在治疗，便也急不来，可是去青岛治疗的费用无处筹措，才是郑芸最为焦躁的。会超总是一副淡定的样子，不跟郑芸谈钱，郑芸对他的态度丈二和尚摸不着头脑，也没有精力去揣摩，但要郑芸想办法，那就是任凭脑袋想破，也无计可施。

　　好在夏总也介绍了一家小公司让郑芸周末做会计，有了两家兼职，郑芸尽管降职每月减少了不少工资，但总的来说，多了一千四百元的收入，加上每个月稿费收入，增收基本可达两千。郑芸节省了一切开支，每月存三千元，但要一年凑够八万元，显然不足。工资显然不是海绵，挤一挤总会有的，工资更不是时间，挤一挤总会有的，而郑芸的时间，再也挤不出一点属于自己了。

　　周一到周五，上午铁定在医院，下午上班，晚上担负牛牛的个训和感统体能训练，周末两天，每个公司一个上午，剩下的两个下午，做家务，带牛牛逛超市。还能挤时间出来吗？能的，写稿子投稿，一切以儿子为中心，向钱看，就是郑芸全部的生活。

　　她已经不记得自己从什么时候起，再也没在晚上十二点之前睡觉，她每天都如此忙碌，上蹿下跳折腾不休，但是真要问她忙了些什么名堂，她又说不出来……

　　这天汀州那边打电话来说，公婆的房子面临拆迁，通知回去开会，顺利的话就能签了合同。刘心美高兴了，说拆迁款正好可以给牛牛去青岛做治疗。老两口连夜收拾东西，第二天就走了。可谁知，他们想赶快拆迁，但人家不着急，更多的人还想拖着再协商更高的价格，事情就这样拖了下来，老两口说看看情况，好些天都耗在汀州了。

　　会超想开口说话，一阵剧烈的咳嗽袭来，他喘息了许久，才说："我明天要出差去新疆，可能要一周后才能回来。"

　　"啊？"郑芸犯难了，"我一个人怎么带牛牛？"

卷二

善意点亮希望

"上午做治疗，下午要不你送他去你父母家？晚上或者你接回来，也可以你去你父母家住，"会超说，"爸妈这阵子估计还回不来。"

郑芸打电话过去，父母同意每天来家里带牛牛，上午过来，晚上回去。这样也好，郑芸想，带牛牛过去，要收拾很多东西，搬来搬去麻烦，这倒是个最省事的办法。

一个人带孩子做治疗自然比不得两个人带，没几天，郑芸不但感觉到了体力明显不支，而且心理的承受也几乎达到了极限。她咬牙坚持着，想着熬到会超回来，就会好些，但是意外还是出现了——

第三节音乐课，她坐着大凳子，前面是牛牛坐着小凳子，要随着韵律节奏提溜着他的小手拍打，俯身下去尚好，等到要直起身来的时候，郑芸忽然发现自己僵硬了。刺骨的痛从脊柱传来，她不敢再动，叫唤起来。

老师过来，抱走牛牛，将郑芸搀到教室外的凳子上休息，接下来还有一堂体能课，按说也要家长辅助，老师体贴地带走牛牛，说下课再送过来。

这也算是片刻难得的轻松时光，可是郑芸却心急如焚，五十分钟后就放学回家了，儿子怎么带，车子还怎么开？她双手撑住膝盖，一点点地扭动上半身，试图活动开，可是痛感并没有丝毫的减少，她的额头上开始渗出细密的汗珠。

忽然，背上有了轻柔的抚摸，她回头一看，是徐丽芳。"我帮你按摩一下。"徐丽芳说。

"我婆婆也是腰疼的老毛病，我手法不错的。"徐丽芳温和地笑着，手上徐徐用力，感觉还有些章法。

两个女人一前一后，一声不吭，就这样捣鼓了一阵，徐丽芳说："你试一下。"

郑芸试着一扭，咦！能动了！忽然一下心头就轻松了，喜滋滋道："你可真行啊！"

"这只能缓解一下，应应急，撑着开车回家基本没问题，但是你回家要赶紧卧床，"徐丽芳强调说，"要绝对卧床，先不急着去上班。不然再发作起来，可不是好玩的。"

郑芸苦笑一下，心想，走一步看一步吧，回家情况好，就不能卧床，同事们已经默许稀里糊涂溜号一上午了，这请了儿子治疗的假，还要请自己的病假，如何说得过去？抬头，正好看见徐丽芳望着自己，眼神有些伤感，她抓住徐丽芳的手，用力捏了一下，似乎这样就给她给自己打足了气，又可以开始新的征程了。

牛牛和敬靖宇同时出来了。在外公的拉扯下，敬靖宇还是东倒西歪的样子。郑芸缓缓起身，正要去牵牛牛，徐丽芳紧走几步，抱住牛牛，轻声说："牛牛乖啊，妈妈不舒服，你要听话，牵好妈妈，不要到处乱跑，跑丢了就再也看不到妈妈了。"

一扭头，看见郑芸拎着杂物袋靠过来，赶紧接过她的大包，拉住牛牛："还是我送你们去停车场吧。"

路上走得极慢，但是有了徐丽芳的援手，郑芸觉得轻松多了，上了车道别，扣下儿童锁，郑芸回头跟儿子说："牛牛不可以乱动啊，妈妈就带你回家了，外公外婆一定做了好吃的等着牛牛呢。"

后座没有声响，郑芸觉得有些异样，平时牛牛上车就没个安生的时候，今天这是咋了？探头去看，儿子靠在椅背上，望着窗外，着实安静。郑芸心里涌起淡淡的酸涩，难道这是儿子听懂了徐丽芳的话，懂事了？知道妈妈不舒服，也不给妈妈找麻烦了？她拿出饼干递过去："牛牛这么乖呀，妈妈奖励一下。"牛牛飞快地从她手里拿过饼干，咯吱咯吱吃起来。

到了楼下，郑芸终于松了口气，背上包牵好牛牛，上楼来。牛牛低着头，默默地走着，平时郑芸都会不停地跟他说这说那，刺激他的语言中枢，但今天实在是感觉太疲惫，她也就没有了开口的力气。母子俩沉默地上着楼，郑芸走得慢，牛牛小小的个头，摸着墙壁也走得慢，两人倒是难得的步调一致，可是郑芸低头看着儿子，却抑制不住地有些难过。

他是这么的小，这么的小，小得如此可怜……

她真是想抱着他上楼的，真是想……

在拐角处，忽然，牛牛站住了，抬头可怜巴巴地看了郑芸一眼，然后靠过来，抱住了郑芸的腿。

郑芸缓缓地蹲下去，抱住儿子："牛牛，想妈妈抱了吗？妈妈腰疼，不能抱牛牛啊。"

牛牛不吭声，再一次抱住郑芸，钻进妈妈的怀里。

一瞬间，郑芸的眼泪都快下来了，她跪下来，柔声道："你说话，要妈妈抱，妈妈就抱你。"

"抱……"牛牛说话了。

郑芸迟疑了一下，抱住了儿子柔软的身体，不到三岁的孩子身上还有娇嫩的奶味，牛牛如此单薄小巧，可是此刻他的二十来斤的重量对郑芸来说，如同千斤。她咬牙站了起来，腰椎马上就有了抗议的刺痛，不能让孩子失望啊，既然他都要求了，抱一下也是抱，一步一顿地走了几步，不行了，放下来，歉疚地说："牛牛，妈妈腰疼，听话，自己走好不好，妈妈腰好了，一定抱牛牛。"手从儿子黑缎般柔顺的头发上抚过，郑芸心里再次充满了歉疚。

牛牛看了郑芸一眼，眼神中竟然透出了些忧郁来。郑芸忽然产生一种抑制不住的冲动，想不顾一切地抱起儿子，可是牛牛默默地低头，又扶着墙壁走起来。

郑芸克制着心底千百思绪，也扶着墙壁，一步一挪地上了楼。

"牛牛！"母亲开门，笑意吟吟地抱起牛牛，习惯地伸手一摸他衣服里头，便嗔怪道，"怎么也没放条隔汗巾呀？"

郑芸一怔，不由得拍了一下额头，只顾着腰疼着急，竟然都忘了照顾儿子。

"赶紧洗澡，不然寒气进去了，容易生病。"母亲一折身进去了，父亲招呼郑芸先吃饭。匆匆一碗饭下去，也不知道什么味道，最后一口还在嘴里，郑芸就上了床，腰椎已经报警，能歇就歇。

笔直地仰面躺下，望着白白的天花顶，想着音乐课结束时朱老师的话："我观察几天了，牛牛是有韵律感的，这是个好现象，你要慢慢开发他这方面的机能，一来可以促进他的平衡发育，二来也可以通过这种感知带动他其他功能的协调进步。"

是的，郑芸细细想来，牛牛虽然看不懂动画片，却喜欢听动画片的歌，会超买了好些儿童歌曲碟片，牛牛有时候能安静地坐下听几分钟，这种安静对他来说，是非常难得的。而且，他有自己喜欢的歌曲，不喜欢的时候，他就会按快进键，到了自己喜欢的歌曲，他会高兴得不停地跳，然后站着看，认真听。虽然他学习各种技能很慢，但唯独，对放DVD似乎无师自通，也没有谁教他，以前他要听歌，一般是拿了碟片找到大人，不停地敲打大人，示意自己要看碟。于是大人去放碟片，他站在旁边看。忽然有一天，电视里传来小孩子欢快的歌声，大家都吃了一惊，跑过去一看，竟然是牛牛自己在摆弄。他就这样学会了开电视、开DVD，也很快就会使用快进键和快退键了。

兴趣是最好的老师，会超老是这么说，可是她却忽视了儿子对音乐的兴趣。她其实早该发现的，在音乐课上，别的孩子都是没点正形，手被家长抓着拍节奏，但是脑袋、身体、神情都跟当下的情境风马牛不相及，一切都验证着，他们身处的世界和内心的世界根本就是两回事。牛牛虽然也被郑芸抓着手，但有时候，他能自主地拍，能带动郑芸，还能合上节拍。

郑芸不知道自己为什么会忽视，但她知道，好些时候，她虽然在陪着上课，心却不在课堂上，想着家里的事，想着工作的事，想着钱的事……这样注意力不集中的妈妈，怎么能带出注意力集中的孩子呢，她批评着自己，又庆幸，还好，朱老师提醒了。

那么接下来，该如何做呢？朱老师说，教他唱歌，不愿意开口说话，就先唱歌，不会唱，就哼，只要发声就是好的。

忽然厨房里一声响动，闭眼假寐的郑芸立马睁开眼睛，随后听见母亲的脚步声过去，紧张的神经才松懈下来，瞥一眼床头的闹钟，快一点了。她赶紧翻身下床，跟父母道别，往办公室去。半个小时还是比较充裕的，因为刚才躺了一下，虽然腰肢还是有些发硬，但到底缓和了些，郑芸难得松口气，看见路上车不多，便放下车窗，打开了车载电台，电台里正传来一首老歌——苏芮的《牵手》，忧绵的曲调，令郑芸也不由自主地降下了车速。

难得的暖阳天气已经持续了三天，似乎是天公不想在郑芸一个人承担所有的时候再给她增加负担，在这个应该是寒风冻雨的冬天，却不合时宜地赏了一个小阳春。天气预报说气温上升到了19℃，正午时分已经和煦如春，车窗外还有些微凉的风拂面，怎一个惬意了得。

如果什么都不用去想，就这样，拥有一段闲适的时光，是件多么美妙的事情。郑芸想着，长长地吁了口气。

可是生活还要继续，牛牛始终是她心里解不开的结、放下不的担子，郑芸低声对自己说："努力，坚持住！"

歌声飘散了，车子在长长的公路上，朝着前方，疾驰而去。

下午在办公室，郑芸格外注意，每隔半小时就起身扭动腰肢，不能请假但是可以活动一下，现在家里的情况，可是再也不能出状况了。

"大家都来搭把手！"刘科长在门口喊了一声，科室里三个同事都出去了，郑芸也跟着跑下楼。

原来是行政科进了大批招待酒水，找人下去搬，统一弄到四楼库房里。一看那商务车里满满的纸箱，郑芸有些傻眼，一箱酒的重量对普通人来说根本不算回事，可是此刻的她却降服不了，但她也不能抄着两手就这样站在一旁瞪眼看着呀，这算什么呀？！

咬咬牙，郑芸俯身抱住了一个白箱子，这是装葡萄酒的，略小，也略轻，用力一下起来，才退一步，她就再也使不上劲，连人带箱子重重地往商务车尾厢里一摔，半截身子挂在车厢里，屈膝跪在地上，动弹不得。

听见身侧"嘭"的一声闷响，随即纸箱里细细的玻璃碰撞声响起，身旁一个人影摔下去了，刘科长下意识伸手去抓，扑了个空，眼睁睁地看着郑芸倒下去，于是俯身查看："你怎么了？"

郑芸窘得一脸通红，如今也顾不得形象问题，横竖就这么僵着，但腰痛却无法排遣，脊柱剧烈的疼痛袭来，她禁不住眼泪冒了出来。

刘科长托起她的肩膀，喊道："快来两个人，夹住她，肯定是腰痛，先弄上去再说……"

正好有个副总出差去了，打开那间办公室，把郑芸安顿在沙发上，刘科长说："你好好休息，别胡思乱想。"

"对不起，科长，"郑芸赧然道，"没帮上忙，反而还给你们添麻烦了。"

"没事，我也有腰疼的毛病，不发作还好，一发作那个难受劲，我是知道的，你开始就不该逞强，说一声，同事们都会理解的，别什么事都自己死扛……"刘科长说着说着，又有了些其他意味，"有什么事说出来，同事一场，一个部门的，能担待大家都会替你担待……"末了大咧咧一挥手："你躺着，休息好了再出来，"临到带上门的时候，还不忘回头嘱咐一句："再别硬撑了。"

看着门被带上，屋里重新归于安静，郑芸把双手搁在胸前，轻轻地闭上了眼睛。她想睡，可是睡不着，她不知道自己的神经为什么紧绷，虽然她也知道，这个世界上别人并不比她过得轻松，但是她就是无法释怀地放松，而且潜意识当中，她认为放松于她而言就是一种罪过，她不应该也没有理由更没有资格放松。

缓步走进办公室的时候，已经快下班了，同事都在收拾东西，她默默地坐下，却蓦地一呆。桌面上，应该是下午要上报的两张表格已经填好，还有张便笺"电子档已经发送到指定邮箱"，她记得，空白表格是在她下去搬酒前才收到的，除了交表时间，她连内容都还没来得及看。

环顾周遭一眼，同事们神情无异，郑芸问："是哪位帮我弄好了表格？"同事们相互看看，笑着指了下刘科长的座位，说："科长去机场接人了。"

管基建的阮工凑上来："下班了呢，要不要我扶你下去？"

郑芸说："谢谢了，我还要收拾一会儿，休息了一下午，已经恢复得差不多了。"

打开电脑，点击集团公司内网，在员工刊物公告栏里，看见自己的工作论文已经被选用刊发，郑芸情不自禁地笑了一下。

员工刊物是集团组宣部办的，虽然是内部刊物，但作为整个集团的企业文化建设重地，集团给予了很大的支持，为了鼓励基层员工投稿，规定五分钱每字的稿费，虽然一篇正文限定字数不超过五千，但各个分公司还有相应的鼓励投稿政策，像郑芸单位就实行等额奖励，即从集团拿了多少稿费，单位对等奖励多少，因此总体算下来稿费也是相当可观了。

郑芸做过计划，一年十二期内刊，至少上九期，不是工作论文就是散文，散文相对好写一些，花费时间短，字数也较少，稿费也较低，工作论文被采用的概率高，文章长，稿费也多，唯一的就是写作投入时间太长，有时候一个论文需要花费大半个月时间，但无论怎样，都是值得的。

投稿是郑芸除了会计专业之外，唯一的创收途径了。她望着屏幕上的采用公告，心里合计着又是六百多块钱到手了，不禁咧开嘴傻笑起来。

回到家里心情难得地好，吃饭的时候话也多了起来，当然跟父母省去了在单位腰疼发作的事情，兴致勃勃地说起了工作论文。一会儿，看见牛牛饭没吃完就想跑，于是拉住儿子："土豆丝是你喜欢吃的菜呀，外婆做得这么辛苦，怎么一碗饭都不吃完？"

"中午也是这样，喂都喂不下去，算了呢，昨天还吃得好，今天不怎么吃，倒也饿不着，小孩子吃饭跟大人一样，有时候胃口好，有时候胃口差，正常的。"母亲将牛牛的碗筷一收，自己盛饭吃了起来。

"妈，你们老人家就是这样惯孩子，跟我婆婆一样，牛牛都快三岁了，还在喂饭，医生都说了，要让他自己吃，训练用勺子，用好了就要用筷子，这也是康复训练的课程，锻炼他的手指小肌肉，练习精细动作……"郑芸忍不住数落了两句。

母亲不太高兴，翻了个白眼："他自己吃，吃了一地的饭粒，要蹲下去收拾半天，我还不如喂来得省事。"

"要是正常的孩子，喂几年也就喂几年，可是牛牛不同，要抓住一切机会，甚至还要创造一切机会，训练他。"郑芸的话没讲完，父亲就插嘴进来："什么正常不正常，我看你们就是瞎折腾，一个好好的孩子非说有毛病，没病当有病治。我小时候在乡下，也见过这样的孩子，无非性格内向点，不爱说话。不说就不说吧，检查过了，喉咙舌头都没毛病，那迟早都会说话的，急什么急，非要揠苗助长，搞得一大家子都不得安生。"

郑芸诧然道："你们也觉得牛牛没毛病？"

她问得忐忑，这么长时间以来，不论是会超、公婆，还是医生，都说牛牛是自闭症，可是郑芸就是不愿意相信，既然他们都坚持要给孩子治疗，那就治吧。就在她以为满世界只有她不信邪，却必须得屈服的时候，忽然之间，父亲的话毫无征兆地蹦了出来，仿佛被打了兴奋剂，郑芸心里久藏的希望和侥幸又拱动起来。父亲见多识广，年纪大，经历的人事复杂，她迫不及待想验证。

"乡下也有这样的孩子，叫门闩伢。就是老也不说话，一直要等长到门闩那么高的个子，大约八岁了，忽然开口说话，一说就是一长串儿，这样的孩子通常还很聪明，"父亲比画了一下门闩的高度，"你还记得奶奶家堂屋里那种老式双开木门不？门闩像个井字形，高度过腰了。"

"是啊，村里原来有个叫狗皮的男孩子，好像就是门闩伢，我听你奶奶说过，后来人家去当兵了，还提干了呢，现在安家广州，"母亲补充一句，"具体你叔叔知道，他们从小一起玩大的。"

郑芸认真地听着，忽地呵呵一笑。

"每个小孩子都有个体差异嘛，不要一惊一乍的，"父亲说，"你要学会从容，焦虑是解决不了问题的。"

"就是，"母亲接口道，"你姨妈和小薇每次打电话来，都说你太紧张了，小薇还说，她儿子三岁的时候也是很怪异，出门去吃饭，在酒店里就背对着一桌子人，死活不肯回头，不叫人，也不说话，搞了整整一年，到现在，五岁了，正常了，好了。她要我告诉你，小孩子都有些臭毛病，不用管他，到时候，他长大了，懂事了，自然而然就好了。"

"哦，"郑芸不确定地问，"真是这样的？"

"你自己给小薇打电话呀，她还说了好多她儿子当年的怪毛病，我都记不全了，反正我看牛牛，那还比她儿子当年强，"母亲看一眼那边站着看碟听歌的牛牛，说，"你看牛牛都会自己放碟片了，他还跟着音乐跳舞呢，你们谁教过他跳舞？都是他自己自学的吧，这就证明他聪明。"

"每个小孩子都是不一样的，你小时候就特别爱说，小薇就不爱说话，现在你们院子里的孩子，对门的瓜瓜，嘴巴倒是能说，可三天两头生病，深更半夜跑医院的时候还少啊？基本上吊针打大的，我那时候还担心这样动不动就吊水还不把孩子打坏，现在看上去也挺好……"母亲絮絮叨叨，"每个人不都是这样？这项强的那项就弱，小孩子更是，能睡的不一定能吃，能说的不一定身体好，你看牛牛，能吃，身体又好，虽然睡眠不太好，可也没影响发育，每次去检查，身体指标都是中等偏上。小孩子哪里那么容易长大，总得有一样让人操心的，就操心他说话呗，照我说，大了就好了。"

听了这话，郑芸大感安慰，她倒不需要去跟表妹小薇求证，母亲也没必要骗她，但她由此知道，小孩子总是各式各样的，牛牛这样也不算出格。她的疑虑再一次死灰复燃，照父母的说法，照小薇的举例，牛牛应该不是自闭症呢。

她头一次，觉得心里真的轻松了些，甚至还满怀希望地想着，等会超回来了，不用拆迁款到位，借钱也要去更好的医院看看，只要牛牛不是自闭症，这事就算结了。

美好的生活重新开始，多么诱人的未来啊——

如果这也算声援，郑芸就是得到了父母的声援，于是这天晚上，她睡得前所未有地踏实。

夜里忽然醒来，无比清醒，她打开床头灯，看见儿子趴在身边，小小的手捏成拳头，后脑勺黑黑的。一般睡觉之前总是折腾不休，昨夜仿佛知道妈妈不舒服，上床后安静地睡去。

郑芸不知道这是不是可以称为母子心灵相通，探身过去，爱怜地伸手，抚摸着牛牛的额头，不摸不打紧，一摸便吓住了——额头烫热！她赶紧从床头柜里拿出体温计，夹紧在牛牛腋下，等结果的过程里心乱如麻。

呀，我怎么这么粗心！

想是会超出差前的重感冒已经传染给了牛牛，她自己没有被传染，而牛牛平时抵抗力强，又很少生病，便没上心。但也许，是她一个人照顾不周，没有及时给牛牛放隔汗巾，像母亲说的那样，汗湿了内衣，再焐干，所以生病。其实她早该觉察，牛牛今天是有些不对劲的，平时他一般不会伸手让郑芸抱，虽然只是个小小的人儿，却也知道选人挑人，知道郑芸不会抱他，便也没指望过。今天牛牛还有些沉默，吃饭的时候，她就该留意，听歌他只是笑，没有同往常那样跳个不停，饭吃得也少了，感冒了才会胃口不好，睡觉也不闹腾了，原来是没精神了……

郑芸不停地责怪着自己，但是她最担心的，还是儿子的高烧，希望不要上40℃，如果这个时候要抱着他往医院奔，就凭郑芸一个人，死活搞不定。再看钟，凌晨两点，这个时候打电话给父母也不合适，他们住在城郊，坐公交车不方便，当然这个时间点也没有公交车，要打的就更不方便了，指不定父母摸黑出了门，站在路边等上一个小时都未必能拦上出租车。

母子俩，只能走一步看一步了，这会郑芸才真正体会到什么叫孤立无援，内心里也颇有了些孤儿寡母的凄凉滋味。

时间到了，拿出体温计来看，38.6℃，加上0.5℃的误差，刚超过39℃，还好。

胡乱拿起棉袄披上，郑芸匆忙到卫生间放水，准备先采取物理降温，给牛牛泡热水澡，放了一大勺盐进去，打开浴霸，关上门，别让热气跑了，尽量保证儿子暖和。打开冰箱，拿出退烧药美林，以备不时之需。

翻出小柴胡颗粒冲剂，一提水壶，真好，到底是父母细心，开水都是现成的，不像她和会超两人在的时候，总是要到临时喝水时才手忙脚乱烧开水。冲好的冲剂是浓浓的棕色，感冒该是要多喝水，郑芸想了想，加满了一杯水。又找出藿香正气液，这是儿子爱喝的药，细心地倒了些开水放进碗里，加点凉水，把藿香正气液放进去烫了一下，保证儿子喝下去是温的，不至于冰凉。

做完这一切，热水也放好了。折身回到卧室，轻声唤牛牛，儿子睁开迷蒙的眼，无精打采地看着妈妈。郑芸小心地用毛巾被裹住儿子，抱进卫生间，低声说："牛牛病了，感冒了，发高烧，妈妈给牛牛洗个澡，身上就不会那么烫，一下子就舒服了。"牛牛无力地靠在郑芸身上，耷拉着脑袋，一声不吭。郑芸心底叹一声，如果是非要生病才会这么乖，她宁可牛牛还是那么多动，至少健康。

考虑到自己的腰椎，郑芸提前放了个小凳子，坐下去先捞起温度计看看，水温在泡澡温度区间，一手搂住牛牛，另一只手帮他脱衣服，先托着他把脚放进去，再用热水拍拍牛牛的胸口和后背，让他慢慢坐入澡盆中。她轻柔地给儿子擦着脸、耳朵、胳膊，用水瓢舀水冲他胸口、背心淋下来。牛牛靠在澡盆边坐着，偶尔也会用手撩撩水。看着他精神还好，郑芸的心慢慢地放下了。

泡了大约十分钟，估摸着冲剂也该凉了，郑芸起身端了药进来，一勺一勺地喂给儿子喝，许是烧了一阵子口渴，许是洗澡加速了新陈代谢，牛牛喝得很快，郑芸还多喂了几口温水，这才将牛牛抱到浴巾上擦干身体，穿上衣服。

因为小凳子的缘故，给儿子洗澡不费力，这一关郑芸算是过去了。只是起身的时候，多多少少有些为难，但好在只是一会儿的工夫，攒够了劲猛一下起身，一手抱住儿子，另一只手撑住墙壁，郑芸还能坚持。

回到被窝里，一摸牛牛的额头，没有出汗的迹象，郑芸有些着急，拿了干毛巾给儿子擦头发，又用电吹风替他吹干头发，再准备好汗湿了要换的内衣在床边，便斜靠在床上陪伴儿子，心里想着，要不要给他喂退烧药。纠结了一阵子，想想即便没有出汗，才喂下去的药，药效也没有那么快，还是先观察一阵子，一个小时后量体温。

忽地想起藿香正气液还温着呢，取了来唤儿子喝："牛牛，看，这是什么？小瓶子的，液！"这是牛牛爱吃的药，是郑芸最不喜欢吃的药，却是跟他们家最对症的药，当然，号称"东方神水"的藿香正气液也不仅仅只是他们家的"御用仙药"，也是全国人民的药箱常备，尤其适合南方湿热气候。

郑芸记得，牛牛看不懂电视也不爱看电视，却对广告有极大的兴趣，用朱老师的话说，广告对视觉的冲击力，适合这样的孩子的思维方式，很容易吸引他们的注意力，但同时，广告短暂而分散的特性，又对这样的孩子没有太多好处，她的建议是尽量少看。但是家里不能关电视，公婆就有电视依赖症，总不能因为牛牛让他们也不看电视了吧？

一般情况下，郑芸在家就会把牛牛从电视机前带开，或者上课或者做其他活动，尽量离电视远点，而公公有时间也是带着牛牛在院子里活动，牛牛看电视的机会并不多。但是每天晚上八点多，郑芸辅导课课间休息的时候，牛牛吃点零食就会站在电视机前，等待这个"液"的广告。

一个全国知名的东北男笑星，戴着标志性的毡帽，报出商品品牌，在"藿香正气"四个字后停顿片刻，打出胜利的"V"形手势，一本正经地偏着脑袋说："液！"每次看到这里，牛牛就跳起来，把两只手放在耳朵边甩个不停，咯咯地放声大笑。全家人对他这样的举动早就见怪不怪了，郑芸却似乎逮住了一个契机，守着电视教他认字，广告完了，还要拿一瓶藿香正气液出来，点着学，不管他听不听得懂，就填鸭子般地灌："藿香正气液可以治很多病，感冒了可以吃，拉肚子可以吃，呕的时候可以吃，天气热中暑了可以吃，湿气寒气重了可以吃……"

牛牛看了一眼药瓶，乖乖吸了，又喝了几口温水，躺下。郑芸轻轻地拍着他，说："睡吧，妈妈陪着你。"手里保持着既定的节奏，一下一下地拍，思绪瞬间又飘远了。

牛牛老是学不会吞药丸，郑芸也不知道该如何教，只能改变方式，中成药一律买冲剂，丸子和药片就要敲碎了化在水里，胶囊就是打开了，要么就和在酸奶和鱼肝油中让他喝下去，要么把药粉冲到水里，每次郑芸都要自己尝尝，自然冲入水中喝掉是最痛苦的事情，那些药粉往往苦得令人发颤。每回看见儿子吃药郑芸总是不忍心，却又不得不狠心，好在牛牛也还配合，越是强灌越是抗拒，反是好言好语他却出乎意料地顺从，有时候药水喝下去，张嘴吐舌显得很痛苦，几次都苦得全身发抖，忍不住用手去抓舌头……

不过牛牛很少生病,吃药也就那么几样,通常是应付感冒和扁桃体发炎,有了小柴胡冲剂、阿莫西林颗粒,再加个藿香正气液,就完备了。

他如何开始喝藿香正气液也是件很有意思的事情。夏天时,偶然一次在外公家里,外公觉得有些不舒服,就拿了一支药吸起来,牛牛看见了,就跟在外公腿边一直转,伸手要,外公想想,给他喝点也无妨,去除湿气预防中暑,便开了一瓶让他自己插小吸管,没想到吸管一插进去,牛牛就以迅雷不及掩耳之势把管子衔到了嘴里,一口气喝了个底朝天。外公吓了一跳,担心量多了些,再去看牛牛,偏着脑袋,吧唧着嘴,仿佛在说味道真怪,不一会儿,又伸出舌头来舔嘴唇,竟是一副有滋有味的样子。

打那之后,牛牛不但不抗拒藿香正气液,还很受用。吃之前必然要看看药瓶,一个字一个字地点着,念出来,把"液"字拖得老长,心满意足地喝下去。郑芸觉得奇怪,毕竟自己小时候喝过,又呛又辣,本来是肠胃型感冒,为了止呕才喝,但每次喝下去都恶心得立马又吐出来,那个难受劲,不到万不得已,郑芸是绝对不碰这个药的。

可是看见牛牛这么有兴趣,她好奇,鼓起勇气喝了一瓶,这才恍然,原来现在的配方改进了,去除了原来的酒精成分,入口没有辣味,微苦却不致人反感,末了喉咙里还有淡淡的甜味上来,确实很好入口。有了这一发现,郑芸松了口气,牛牛有限的药谱上又多了一个选择,这是件好事。

所以这次感冒,郑芸也寄希望于"液",半个小时不行,那就一个小时,高烧快快退吧。

一个小时后,测量牛牛的体温,略有下降,不管怎么说也是个好的征兆,郑芸稍微安心,脱了衣服进被窝,抓紧时间休息一下。

迷迷糊糊中,又伸手去摸儿子,发烫的皮肤惊得她瞬间瞌睡全无。开灯一看,已经凌晨三点,牛牛的脸庞红红的,郑芸急得手指发抖,体温计飙升到了39.4℃。

这是怎么回事?怎么会这样?郑芸掐住虎口,竭力让自己镇定,还没到四十度呢,只要一过40℃,无论多难都要立马去医院,可别烧坏了脑袋。

能不吃药就不吃药,能不打针就不打针,能不吊水就不吊水,这是郑芸一贯信奉的治疗法则,也是她在汀州当医生的干妈传授的。现在怎么办,片刻工夫,郑芸拿定了主意,还是物理降温——泡澡。

放水的时候，郑芸再次冲泡了小柴胡颗粒，先喂了牛牛吃，稍后洗澡，洗完澡后再吃消炎的阿莫西林颗粒，她怎么就把消炎药给忘记了呢，发烧是身体应激反应，多数伴有炎症。

再一次从卫生间把牛牛抱回床上，郑芸明显感觉腰力不支，中药最少要间隔半小时才能喂西药，这当口，郑芸想拿酒精帮牛牛擦身，又觉得太凉而放弃，从冰箱里搜出退热贴，额头、腹股沟、脖子，重要部位和大动脉处统统贴上，喂了消炎药，她已经累得快瘫成一团泥了。不敢脱衣服，随时准备往医院奔，郑芸在揪心的担忧中，感觉眼皮越来越沉重，越来越沉重……

再一次惊醒，凌晨四点了，她不过打了一个盹，手里还握着儿子的小手，似乎没有那么烫了。体温计显示，已经降到了38℃。

郑芸平躺下，让腰椎贴住床板，感觉自己的身体在微微地颤抖，这是腰椎在抗议，要闹罢工了。事情一件件摆在跟前，而她此刻是如此无力又无助，莫名地，心头涌起一股辛酸，直至喉间，只一瞬间，大股大股的泪水顺着眼角哗哗地流了下来，郑芸捂着胸口的被子，撇着嘴巴，呜呜地哭了起来。

五点半，再一次醒来，牛牛的烧又反弹了，即便知道小孩的高烧一般在下午和晚间反复与加重，但牛牛从小都未出现过这样的状况，也从未在人手稀缺的时候赶趟添乱，各种手段用尽，已经技穷的郑芸都要崩溃了。

再一次泡澡，抱牛牛回到床上，郑芸趴在被子上半天缓不过劲来，好不容易缓过来了，赶紧喂药贴退热贴，这次她再也不敢侥幸，终于把粉红色的退烧药美林给喂了进去，物理退烧纵有千般万般好，还要再如此反复折腾哪怕一次，她都会直接崩盘……

看钟，早上六点半，估计父母该是起床了，老人家一般都睡眠少，醒得早。郑芸也顾不上许多，一个电话拨过去："妈，尽快过来，我不好了，牛牛也感冒了……"她知道母亲性急，不敢说牛牛正在高烧，自己也几乎瘫倒，母亲一听这情况，指不定就会高血压发作，真要那样，这一家子可就真要乱成一锅粥了。

尽管尽量平静着说，但是母亲那头还有些睡意的声音明显急了："哦，你别急啊，我和你爸马上就过来！"

放下电话，郑芸连衣服都没脱，扯了被子盖身上，直挺挺地躺着，意识就模糊了。

也不知睡了多久，一个激灵醒过来，时针已经指向九点，父母竟然还没过来，她扭头去看儿子，伸手上下摩挲，还好，体温似乎正常，一颗心才放下，马上又悬了起来。不对呀，母亲说马上过来，这都两个多小时了，怎么还没到？！该不会出什么事了吧？郑芸想到这里，不由得头皮发炸，正手足无措间，猛地听见门响，梗着腰就往门口跑，一抬眼，看见父母站在门边，喊一声："爸妈，你们可来了……"身子就往地上一坠，竟是再也起不来了。

父亲连忙过来扶她，她却看见母亲一瘸一拐地挪过来："妈，你怎么了？"

"别提了，"母亲摆摆手，"牛牛呢？"

"喂了退烧药，现在没事了，不知道药劲过去后，会不会又烧起来。"父亲把郑芸扶到沙发上，郑芸都没腰劲坐，只得软软地伏在沙发上。

"我就说了她肯定会喂退烧药，撑一阵子没问题，你非那么急。"父亲说，"本来好好的，出租车没等到，早班公交车来了，又没什么人，她那个急呀，一脚踏空，就崴了脚，幸亏社区医院有个值班的医生，看了看，说是脱臼了，复位弄了一个多小时，这才过来。"

"还好没出什么大事，年纪大了骨头脆，要是骨折了怎么办？脱臼了你都喊啊叫啊，痛成什么样子了，"父亲嘀咕道，"欲速则不达，说一万遍就是做不到。"

"哎呀，这不是没事了吗，"母亲轰郑芸，"你赶紧回床上躺着去，我做早饭，等会你爸去买菜。"

郑芸支起身体，说："我要给办公室打个电话。"

电话接通了，郑芸没有说孩子发烧一整晚的事情，这毕竟是家事，拿出来请假理由也不正当，但是自己已经动不了，那只能如实反映，刘科长语气很温和："看见你没来上班，估计也是腰疼发作了，没事，你安心休息。"

休息那是必须的，可郑芸最关心的还是工资，踌躇片刻，涩涩道："那……科长，请问，我这个病假是从公休假里抵扣，还是另外补假条？医院的证明我可能拿不出，如果一定要，那也只能等我能走了，再去医院补……"

"不用，你昨天搬东西伤了腰，大家都看见了，按说这该算工伤，不但要给你假，还要报销点药费，可是腰疾又是慢性病、职业病，还不好定性，所以只能委屈你了，费用单位就不好给你报销了，多给几天假，你调养好了再来上班，千万不要着急。"刘科长说，"我马上去跟夏总汇报，然后去人事科协调，这事你就不用挂心了。"

除了连声说谢谢，郑芸还能说什么呢，她只有惭愧并默默领受的份。什么工伤，不过是个借口，刘科长摆明了就是照顾她，瞎子都看得出来。她不知道刘科长为什么这样做，现在她反而开始担心同事们会有意见。

儿童医院的治疗停了两天，头天中午牛牛退了烧，父亲喂了些青菜白米粥，下午高烧反复了一次，到晚上也还一直烧，徘徊在38℃以下，父母没有回家，陪了一整晚。第二天上午，烧退了，郑芸躺在床上，心里盘算着，如果下午还是持续低烧，那就得送医院看看了。

母亲瘸着腿进来送早餐，端起碗，郑芸看着母亲发黑的眼圈，很是过意不去："妈，辛苦你们了。"

"再难也就这几天，不像你……"母亲的话没有继续下去，抬手从她头上抚过，带着心酸和心疼。

"习惯了就好了，"郑芸的语气满是无奈，"只是希望腰争气点，不要耽误牛牛治疗。"

母亲缓缓地挨着床边坐下，摸着牛牛身上的被子，轻声说："牛啊，妈妈好累的，你要赶快好起来，不要再折磨妈妈了啊。"她把脸扭向窗外，不让女儿看见自己发红的眼眶，怨声道："你公公婆婆也真是，哪有拆迁一下就能搞定的，既然搞不定，就应该早点回来，把孩子丢给你一个人……"说着说着又扯远了："都说了凤凰男不能找，你非要死心眼，现在好了，百无一用是书生……"

"妈，"郑芸一听母亲提起从前就头皮发紧，赶紧岔开，"你和爸吃早饭没有？"

"吃了，你爸买菜去了，说给牛牛弄点猪肝汤吃，增强点抵抗力好得快。"母亲也转了话头，不唠叨了，又问，"真打算明天就带牛牛去做治疗？"

"是啊，我休养到明天开车肯定没问题，但是上课就要我爸陪着去了，你在家做饭，行吗？"郑芸移动了一下脑袋，"希望牛牛下午不要再发烧，过了今晚应该就没事了。"

"照我说，明天还是别去了，就算牛牛下午不烧了，明天也再休息一天，小孩子也需要恢复体力呀。"母亲还想劝，听见电话铃响。出去接完电话，回来告诉郑芸，"你们科长说，和几个同事一起来看你……"

郑芸一听慌了神，这家里自公婆走后，连个收拾的人都没有，也挤不出收拾的时间，同事上门来，看见一屋子乱七八糟的，像什么样子呀。她翻身就要下床，母亲按住她：

"现在收拾也来不及了,他们就快到了,我先去准备茶水,你慢慢下床。"

话音刚落,门铃就响了,母亲嘀咕一句:"肯定是你爸买菜回来了,他怕我们俩一个起不来,一个走不动,也不敢走远,估计就在院门口小卖部买的菜吧。"

门开了,接着听见母亲的声音:"哎哟,郑芸,你们领导来了!"

郑芸连忙起身,因为腰没好全,屁股微微朝后撅着,模样有些滑稽,她也顾不上了,撑着腰往客厅去。

"郑芸,你赶紧坐,赶紧坐,"刘科长说着,先迎上来,后面跟着几个办公室同事。郑芸招呼大家坐,这才发现沙发上、椅子上、茶几上,都堆满了东西,哪里有让人家落屁股的地方?她赧然地站着,脸都红了。

母亲麻利地把沙发上和凳子上凌乱的东西收起来,一瘸一拐地送到房内,又来端茶送水。

刘科长和同事们环顾室内,半晌没有说话,郑芸有些窘迫,手脚都不知该怎么放了。正尴尬间,门又开了,父亲提着菜进门来,低头一边急急地换鞋一边嘟囔:"忘记给牛牛测体温了,看看还在烧吗?"一转头,看见一屋子人,有些懵了。

"郑芸单位的领导来看看,"母亲说着,跟大伙介绍,"这是我老头子。"

父亲反应过来,匆忙把菜放进厨房,顺手拿了条毛巾,擦着额头上的汗,也跟大伙寒暄起来。一堆人有一句没一句地说着,倒也没有冷场,父亲到底也是做过领导的,很会把握气氛,反倒是身为主人的郑芸沉默着,只有赔笑的份。

"这是孩子也病了?"刘科长顺手拿起茶几上的药,问道。

母亲嘴快:"高烧好几天了,我们只盼着今天不再反复,就踏实了。"

"你爱人上班去了?"刘科长又问。

"出差去了,要去十来天,还得差不多一个礼拜才能回,"父亲说,"等她爱人回来,我们也就不过来了,这几天看她一个人带小孩,才过来帮忙。"

母亲这时候拿出装饼干和糖的盒子,端手里,热情地招呼大家吃。

"哦!"刘科长点点头,再次四下打量一番。

郑芸有些不好意思地说:"家里挺乱的,没时间收拾。"

一位同事拿了一块饼干,接口说:"哪个带孩子的家里利索过呀,都是这样,天上一天,地上一地,中间满墙壁。"

大家都笑了起来。

忽然，一个小小的白色身影出现在众人面前，直接跑到那个正咬了半块饼干的同事跟前，一把从他嘴里抢过剩下的半块饼干，飞快地塞进嘴里，咔咔地吃了起来……

一瞬间，众人都呆住了。郑芸急切地喊了一声："牛牛！"

"哎呀，小祖宗哦，怎么这么不懂礼貌呀！"母亲扯过牛牛，还不及伸手去抢，那饼干早就在他嘴里不见影子了，再去看，还光着脚，不由得叫道，"你还想发烧啊？"正要去搂他，牛牛忽然跳起来，一边嘴里大声叫着："哦！哦！哦！"一边双手不停地拍打着肩膀和耳朵，像个皮球一样蹦着。

看着儿子突如其来的癫狂模样，郑芸傻了，眼睁睁看着父亲把他抱进去，再转头看看同事，嘴唇嗫嚅着，不知该如何开口。这一刻，她窘得恨不得找个地缝钻进去。还是同事开口解了围："小孩子，都是这样……要是都能按牌理出牌，那也不是小孩子了。"又说："我那儿子小时候，有一次我喝啤酒，他趁我去厨房的一会儿工夫，就尿我那大杯子里了，回来我猛喝一口，听见我老婆使劲叫……"

一屋子人都笑起来，另一个同事说："啤酒和小孩子尿是一个颜色，看不出来正常，你说你还喝不出来吗？"

"谁知道呀，一口下去才觉得味道不太对劲……"同事挠挠脑袋，"然后听见我老婆叫……"

"没事，童子尿，喝了强身健体，"刘科长说，"我们老家的偏方，专治跌打损伤和筋骨痛，非童子尿不可。"

屋子里又是一阵大笑。

"这样吧，时候不早了，也别耽误郑芸休息了，我们就先告辞吧。"刘科长站起来，示意众人也起身。

郑芸应着，赶紧站起来，担心自己行动不利索，正要张口叫父母也出来送客，刘科长已经出言制止了："老人家在应付孩子，肯定手忙脚乱的，我们知道你的意思，在礼节上随意一些，别增加你们的负担就好，要是太讲究，倒显得我们不识趣，故意来给你添乱了。"

郑芸讪讪地应着，送到门口，同事们都下楼了，刘科长一个人慢悠悠地落在后头，在门口稍站片刻，回头对郑芸说："跟人事协调了十天病假，不含周末，你安心养着，要是还没恢复好，就打电话给我，我请示了夏副总再去延假。"

心里荡过一阵暖流，郑芸又一次感觉喉头像被什么堵住了，说不出话来，只愣愣地望着刘科长的背影，他似乎有什么心事，走得特别慢，而郑芸就一直开着门，目送着他。才走到楼梯拐角，刘科长忽然又停住了脚步，回头看了郑芸一眼，欲言又止。郑芸等着他开口，他却又什么都不说，笑笑，掉头走了。

关上门，撑着腰折身就回房，牛牛安静地躺在床上，母亲坐在床边，看郑芸进来便说："估摸着是饿醒了，自己跑了出去找东西吃。"

郑芸找了体温计出来，母亲又说："小孩子是装不得假的，晓得饿，还能自己下床翻东西吃了，估计也好得差不多了。"一量体温，果然，恢复正常了。

"要不，给他穿了衣服，下来活动一下，"郑芸说，"活动开了，新陈代谢加快，身体也恢复得快，这样看来，明天去上课没有问题。"

"要不缓两天吧，等好全了再去。"母亲又一次提议。

郑芸摇头："已经耽误一天了，不拖了，明天我和爸爸一块带他去，我腰还是经不起折腾，只能让爸爸陪他上课，我还要找朱老师咨询几个问题呢。"一抬头，看见母亲忧心的眼神，便又说："你放心，我不会那么马虎了，一定时刻关注他，及时放隔汗巾换衣服，不会再让他感冒了。"

母亲终于放弃了："感冒的、消炎的药还要再吃三天，巩固一下。"

父亲已经端了青菜汤面条进来，正好牛牛也穿好衣服了，一家人又回到饭厅里，守着牛牛吃面条。高烧了几天，基本没有进食，牛牛真是饿了，吃得狼吞虎咽的，郑芸看着好笑，不停地拿纸巾擦着儿子下巴上流下的汤汁，转眼一瞥，看见对面的父亲一脸疲惫的神情，陡然想起母亲一再提出要再休息两天再送牛牛去做治疗的提议，忽然明白了。

她思考着，说："爸，我想了一下，明天还是我一个人带牛牛去，请老师帮帮忙带上课，你和妈还是待在家里吧。"

父亲迟疑道："你又要开车，又要陪上课，还要带孩子，搞得定？"

"搞得定呢。"郑芸故作轻松地说。

父亲拧起了眉头，忧心忡忡道："这样的日子，不晓得还能撑多久？"他似乎在问郑芸，又似乎在问自己。

不到最后垮的那刻,你是不会知道自己的承受能力究竟有多大的。郑芸避开父亲的眼神,假装去擦桌子上儿子掉下的面条。

"唉,"父亲叹口气,"是不是非要做治疗不可啊?"

"必须要做治疗,"郑芸拖长了声音,"而且还要坚持下去。就算牛牛没事,做了也没坏处,万一真的有病,治得早总是好的……"

"花了钱是小,费了精神,"母亲看着郑芸,"你看你的脸色,就没好过。"

"这不是凑巧了吗?况且我也一直腰疼着没利索过。"郑芸只怕母亲刨根问底,带出那一大溜经济问题来,保不定她经不起母亲几番敲打,前言不搭后语,露出破绽,就会把家里捉襟见肘的状况给兜了出来,那可得又让母亲好生着急一阵子了。

"小孩子怎么着都会长大的,学着放放手,先把自己休养好了再说吧。"母亲的话语里满是嗔怪。

"嗯嗯,"郑芸敷衍着,不动声色地岔开话题,"今天中午我们吃什么菜?"

父亲做饭,菜式简单,也没花多长时间,但吃完也差不多一点了,母亲催着郑芸去休息。想着明天开始又是周而复始的累,郑芸也不说二话,上了床躺着。

客厅里传来牛牛的叫声,吃饱睡足了,现在正是他精神好,舒张筋骨折腾的时候。郑芸闭上眼睛,心底一直盘桓的那股酸涩,渐渐地浓了。

只是一个这样的孩子,把全家上下都折磨得疲惫不堪,希望,断又未断,倘使牛牛是个脑瘫儿,根本没有半点智力,她也就彻底放弃了,可是偏偏又有康复的希望,还是高程度患儿,如果放弃治疗郑芸死活不甘心,她一直都坚信,有一天,事实会告诉所有人,牛牛没有自闭症,她会有扬眉吐气的一天,那么现在所有的辛苦,都可以忽略。

可是想到父母,她没办法不愧疚。按说,老人家操劳一辈子,该是颐养天年的时候了,可她非但没有尽到照顾父母之责,反而还要父母为自己担心,为自己操劳。之前,她还能每周去看父母一次,牛牛确诊后,她深陷绝望和痛苦,一个月都没有给父母打过电话,即便后来去了父母家,那也从没报过一个好消息,总是让父母无穷无尽地担忧。公婆离开,隔三岔五还是父母过来照应;会超出差,照顾牛牛就更成了父母的任务了。要不是她催得急,母亲不至于崴到脚,可以想见当时父亲急成了啥样……

这些天,不但自己是超负荷运转,年迈的父母也是。每天早出晚归,路上就要花一个多小时,父亲买菜做饭,下午她把牛牛一丢去上班,家里又全是父母的事情。这么大冷的天,父亲常常忙得额头出汗……

几天时间,本来就精瘦的父亲一脸胡子拉碴,眼圈泛青,郑芸都不敢直视。母亲期期艾艾一些话,不好说出口,也还是怕增加郑芸的心理负担。

郑芸一横心,再也不能增加父母的负担了,还是自己来扛吧,老天若是有眼,就让她扛下来,老天若是真要她瘫痪了,那一切都是命,她也认了。

迷迷糊糊醒来,已经是下午三点,外间很安静。走出去,母亲正在折衣服,原先乱糟糟的客厅已经收拾得很干净了,衣服叠得方方正正放在茶几上,看见郑芸过来,说:"你爸带牛牛下去玩了,牛牛在家里憋了几天,去透透气,你爸说他横竖不会睡,就增加些活动量,让他晚上早些睡。"

"量了体温下去的,不烧了。"母亲说,"今晚我们都不回家,睡你这里。"

郑芸缓缓地坐下。母亲问:"牛牛做治疗,费用不低,你哪来的钱啊?"

"我兼职做会计。"郑芸说。

"这样他父母都不拿些钱来贴补你们?"母亲一说起这个,就有些愤愤。

"跟你说了呢,他们工资存折都被亲戚拿走了,"郑芸有些恼,却也不敢大声,只怕母亲以为她有气,实际上她不是生气,而是想起这些烦恼,"那边债还没还完呢。"

"没钱拿回家,那就好好做事啊,一到关键时刻就躲得远远的,算什么呀!"母亲忽地一下提高了声调,"说回去谈拆迁,一去这么久,不知道牛牛要人带?不知道会超出差?躲回老家享清福去了吧,临走还跟你们要的路费、生活费吧?"

情势不对,赶紧闭嘴。郑芸知道母亲这一开口数落,前尘往事都会扯出来,总之就是对这门亲事不满意,对会超不满意,对他父母不满意,找着了机会一定狠狠教训。

还好,母亲没有翻旧账,只说:"我看呐,他们这次拖这么久不回来,就是故意的,不是自己的女儿不知道心疼,就是想整你……"

母亲的话成见明显,郑芸从来都不以为然,但是听着听着,她心里也开始嘀咕起来,是啊,有些不对劲呢。公婆留下探听拆迁的情况,似乎真是一个借口,他们到底被什么事情耽误了,为什么不赶紧回来呢?

说心里话,郑芸不相信公婆是为了整自己,非逼着她一个人带孩子。一定是有什么事情发生,耽误了他们的回程。

尽管郑芸买了面包，准备大人随便应付一下，但父亲还是很早就做了早饭。牛牛没胃口，只能带了食盒走，准备第一节课的课间给他喂面条，大大的妈咪包里装上衣服、汗巾、牛奶、豆奶、暖水壶、零食、保暖食盒、水果、湿纸巾、卷筒纸，鼓鼓囊囊一大袋。

一手牵着牛牛，一手挽着妈咪包，就要出门，父亲也换鞋跟了出来，来拿妈咪包，郑芸说："说了不用你去呢。"

"我去，我去。"父亲连声说，"不仅担心你弄丢了他，还担心你的腰，我去放心些。"

父亲去并不只是为了放心，有他在，郑芸就轻松多了。父母在，是福气；父母健，是万幸。直到此时，郑芸才真正体会这句话的含义。父亲在家不但包揽了所有的家务，陪着上课也是尽量多做，课堂上、课间，郑芸几乎只是个提包的主。

直到回家的路上，父亲给牛牛换下了汗衣，就在牛牛吃饼干的咯吱声中，郑芸问了一句："朱老师给的那些饮食疗法资料，爸，你收好了没有？"

父亲没有回答。回头一看，他已经睡着了，眉头永远都那么拧着，灰白的头发很是扎眼。郑芸扭过头来，专心开车，却在不经意间，眼泪流满了脸庞。

周六，郑芸出去了一趟，把小工厂的账簿拿回来做，母亲在边上问："会超也想法子挣钱了没有？"

郑芸摇头，一下子想到摇头母亲又会误会，马上解释道："他加班也多，没时间搞第二职业，再说他那专业一大堆博士呢，谁会请他去讲课？"

母亲默然片刻："那还花那么多钱读什么博士！"

"多读点书总是好事，"郑芸说，"他们单位就他一个博士，将来升职总要照顾一下。升职了不就涨工资了，意思是一样的。"

母亲瞪着眼望着她，忽然说："你被降职了？"

郑芸吓了一跳："你咋知道的？"母亲真是神通啊，东一榔头西一棒槌还是敲中了要害。

母亲不答，却说了一番意味深长的话："女人要对自己好一点，你牺牲自己为了这个家，为了成就他，他知道吗？他领情吗？他体谅你吗？"

"你熬了多久才得到的升职，妈知道你一直想读书，没有读大学是你的心结，最后做了会计，眼看你就快熬出头了，可是说放弃就放弃了。妈觉得不甘心，"母亲说着，眼圈红了，"人家都说，做了缺德事才遭报应，可你没做什么坏事呀，我们家也没做什么坏事啊，可为什么就会是这样呢？"

郑芸放下笔，幽幽地叹口气："说这些有什么意思啊。"

"我还就看不惯，他周会超动不动就对你指手画脚，学历比你高就了不起了？你承担的这些，他未必承担得起！妈跟你说，等他出差回来，你爸会跟他谈，该他做的事，他就必须尽义务，"母亲一抹脸，"还有你，好好地活，要知道爱惜自己，别什么事都自己扛，这个家又不是你一个人的。"

郑芸看母亲一眼，不说话，低头做账。

母亲起身："我去做饭了。"

"明天我们去大菜场买菜，买足一周的，这样爸爸就不用每天去买，早上也不要煮面条或者做饭了，就吃牛奶和面包吧，别弄得那么辛苦。"郑芸说，"下午我也不做账了，带牛牛去超市，让爸爸休息一下。"

"你这么快就做完了？"母亲奇怪地问道。

"哪能呢，早着呢，"郑芸说，"晚上、明天都还要做的。"

逛超市是每个周末的必修课，看似轻松，是个休息机会，实则不然。从牛牛确诊患上自闭症那刻开始，郑芸的生活就没有了轻松，一切的一切，都是以矫正牛牛的行为方式为基准，逛超市也不例外。

选择每个星期都带牛牛去逛超市，也是老师的建议。色彩缤纷是为了最大限度地刺激牛牛的感官，也是寓教于乐的方式。好在家离超市近，走路也不过二十来分钟的路程，以前每天晚上吃完饭，公婆都会带牛牛去。郑芸会把要训练的科目告诉婆婆，要她有目的地引导。公婆走后，有时候会超不加班也带了去，但是郑芸知道，要指望牛牛跟着会超能学到什么，逛一趟有一些收效回家，基本不可能。只是郑芸单独带牛牛的这些天，实在没有时间和精力，不然也该天天去。

到超市入口处，郑芸站住，看牛牛怎么做。牛牛走到推车前，拉推车，拉不动，回头看了郑芸一眼，郑芸等着他说话，但是牛牛一扭头，想跑。郑芸拖住他："说话。"

牛牛手指推车，不看郑芸也不说话。

郑芸蹲下身，一字一顿地说："拿推车。"

牛牛还是不说话。

郑芸说："你说话，等会儿妈妈就给你买个果冻吃，现在，跟妈妈说话——拿推车。"

牛牛低头下去，就是不说话。

郑芸一直坚持，抓着牛牛的胳膊，让他面对着自己，不说这三个字，就不让他动。

牛牛终于说了，郑芸便把着他的手，教他如何取用推车，把推车推到空旷点的地方，再次松开，看儿子的表现。牛牛想往推车上爬，想像往常一样坐到推车里去，但是郑芸并不援手，等着他开口求援。牛牛试验了几次，终究上不去，折回身到郑芸跟前，抬头看郑芸，眼神集中了一秒钟不到，就飘开了："上去。"

这是个进步，郑芸并没有指导他要怎么说，他自己说了出来，而且说话之前，有了眼神对视，这是个非常良好的开端。按照要求，郑芸必须马上及时做出回应，于是她抱起儿子放到推车上，说："牛牛好样的，就是这样说话，要跟妈妈提要求。"然后她微笑地注视着儿子，把他的脸掰过来，对着自己，慢慢地说："牛牛应该这样说，妈妈请你帮我坐到推车里去。"

这个阶段的牛牛必然是说不出这么复杂和完整的一句话，但是朱老师也说了，简单自发语言之后，是复杂的泛化，不管儿子听不听得懂，能不能做到，郑芸都要按最高标准示范。

进超市第一件事，先到日用品区，郑芸说："现在我们去借用坐垫。"

走到坐垫货架前停下推车，牛牛飞快地起身，自己拿了一个套着薄膜的厚坐垫，放在推车后方，然后坐下去，双手抓住推车边框。郑芸对他的举动很满意，忍不住笑了一下。

训练这样的孩子，有时候真的就跟训练小狗狗一样，建立条件反射，强化条件反射，都是必需的程序。这个条件反射的建立相对而言还是很顺利的，她第一次就是要牛牛直接坐推车，尽管穿着厚棉裤，推车底板上的铁丝格子还是硌得牛牛很不舒服，他没坐一会就站了起来，然后蹲在推车里。郑芸这时就取了一个坐垫放在推车里，再让他坐。起先牛牛有些抗拒，因为不知道坐垫隔了之后就舒服了，郑芸硬压着他坐下，他这才感觉到坐垫的好处，便安生了。到第二次，郑芸把推车推到坐垫货架前，在牛牛跟前慢慢地做取坐垫、垫坐垫的动作，牛牛一屁股就坐下去了，毫不迟疑。第三次的时候，郑芸只把推车推到坐垫货架前，让牛牛自己取坐垫，他犹豫，郑芸在说"我们借用坐垫"的同时，手把手教了一次。到第四次的时候，她发出指令，牛牛可以独立完成。

现在，这个举动的强化已经完成，下一步，该是要泛化了，那就是让牛牛站在推车里，然后她问："我们要去干什么？"只要牛牛能指向坐垫货架的方向，就算达标，如果牛牛能手指坐垫货架方向说"去"或者说出"坐垫"二字，那对于牛牛自身来说，就是很优秀的成绩了。

每一次在超市的训练课程，都比在家里要来得容易些，诸多小目标的实现，带来的小小的成就感也给了郑芸不小的鼓励。但是今天和朱老师的交流，还是给她增加了一些压力。因为当她兴致勃勃地汇报学习情况的时候，顺带表扬了一下儿子，逛超市对任何物品都不强求，不管他拿了多少物品进推车，也不管是郑芸拿出去他又捡回来多少次的物品，只要郑芸坚持几次，或嘟嘴恐吓一下，他就作罢。这本是郑芸得意炫耀的事，可是朱老师说，这样不好，他应该学会普通孩子同样的情绪，坚持索要，对任何物品的不在乎在某程度上说，就是对自身情感的不在乎，这不但不是好现象，而且是必须要引起重视的。

怎么样训练呢？郑芸推着车，陷入久久的思索中。

牛牛此刻，正在东摸摸西拍拍，好奇心是鉴定自闭症孩子的程度的重要衡量指标，不同于其他自闭症孩子对大多的物品不感兴趣，牛牛对许多东西感兴趣。超市最大的好处，就是物资丰富，可以不停地吸引牛牛分散的注意力，每当他对一样东西开始注意力涣散，必然会被另一样东西吸引，这样他就会安静许多。郑芸带他走过超市的各个分区，观察儿子的喜好，在他对某样物品最有兴趣的时候，进行强化训练。

就像专业老师说的，这样的孩子，一定要给予物化的刺激，从人的本能，从最原始的物化开始，一步步深入。最初始的，就是从吃开始。

认识各种食品，感知各种食品，从糖开始，有水果糖、牛奶糖、夹心糖、硬糖、软糖、QQ糖、瑞士糖……还有各种品牌，都是教学内容。

牛牛的学习过程始终如一地漫长，但所幸他对吃还是保有相当的兴趣，而且机械记忆非常好。比如他爱吃的薯片，郑芸教几次，他就能分清什么是青柠薯片，什么是番茄薯片，当郑芸发出指令，他能准确无误地从货架上取了放在推车里。再复杂一点，就是认品牌，也没用多久，牛牛就能飞快地找到自己的最爱，并且能用手指着一字一顿地告诉妈妈，克奇——青柠——薯片。

于是郑芸告诉他，作为奖励，他能得到这桶薯片。在这个过程中，他要强化学习"奖励"这个词语，理解其中的意义，要学会遵守精细指令"只拿一桶"，而不是两桶，或者更多。更进一步的，就是还要学会，手中这桶是"这"，其他的都是"那"。

每一道指令，都必须由浅入深，要通过他的种种举动，来判断他是否已经懂得指令的含义，准确无误地执行。在这一过程中，郑芸还要密切关注儿子的情绪，一旦牛牛出现抗拒，她就必须及时停止并改用其他方法，以防儿子倔强起来出现过激的哭闹。

尽管牛牛与同龄的孩子相比还有很大的差距，但郑芸仍然坚持着，像对待正常孩子一样对待他，鼓励牛牛自己去拿吃的，进行选择训练，然后告诉牛牛，这个不能吃，因为是不好的东西，油炸的会上火，碳酸饮料影响发育……不管牛牛是否能听懂，她都要不停地灌输，像填鸭教育。因为只有大量的语言刺激，才能逐步地改善孩子的语言障碍。她需要用最简单的语言，试图给牛牛最明白的解释，力争让他理解，尽管这到最后可能是徒劳，但是她坚信，做了总比没做好，说一万句话，儿子能听进去并理解一句，都是值得她无数次努力的。

在玩具区逗留了一阵子，牛牛对一只毛绒小白兔有了极大的兴趣。郑芸看了一下标价，居然要四十元，也真是贵。她迟疑了一下，对儿子说："牛牛，不买这个小白兔，把它放回去。"牛牛放回了货架，迟疑一阵，又拿了出来。郑芸有些不忍心，但是一想到家里已经有很多毛绒玩具了，她坚定地命令道："放回去，听话。"

牛牛依依不舍地放下小白兔，低头不语了。一看这模样，郑芸就知道他情绪不高了，便说："妈妈给你买包小熊糖吃，好不好？"

一拐弯，马上就到食品区了，牛牛还回头看了一眼小白兔。郑芸心想，有个办法可以一试，让牛牛学会权衡和选择。她将推车停在糖架前，让儿子自己选了一包糖，然后，再次来到小白兔跟前，一边比画，一边解释："糖和小白兔，牛牛只能选一样，拿了小白兔，就不能拿糖，拿了糖，就不能拿小白兔……"

反复几次后，牛牛还是无法抉择，最后，他一手抓着糖，一手抓着小白兔，不撒手了。郑芸知道，他没有理解自己的意思，不知道二选一。怎么办呢？郑芸想了想，就把两样东西都放进推车里，继续转悠起来。

到柜台结账的时候，郑芸再次问："牛牛，你是要糖，还是要小白兔？"牛牛仍旧抓着两样东西不放手，郑芸伸手来夺，先扯糖包，捏得紧，郑芸放弃，再扯小白兔，捏得没那么紧，她把小白兔放到收银员回收的篮子里，然后把糖交过去结账。

"牛牛，你看，姐姐扫了食品袋上的条码，妈妈就付钱，这包糖就归你了，可以吃了，小白兔姐姐要送回去。"郑芸低头盯着儿子的表情，没有什么变化，她心里叹口气，这堂课是无效的。也许是自己太心急了，她想，牛牛连很多名词都不能掌握，怎么会懂得选择呢。

闷闷地出了超市，看见一大群小朋友集中在广场一端，牛牛专心地吃糖，他一贯对人多不感兴趣，本来郑芸也是个烦人多的性格，可是有了牛牛这样的孩子，不得不学会并带领他往人堆里钻，要学会交往必须先学会习惯在人群中待着。

她毫不犹豫地牵着牛牛过去，哈，竟然是在卖兔子！走近了，看清楚了，原来不是兔子，是小豚鼠，也叫荷兰猪。一群大大小小的孩子围着，郑芸好不容易扒拉开，把牛牛推到地摊最前头，他马上弯腰，伸出手指头插进笼子间隙，去触碰豚鼠细细软软的毛，一忽儿，便笑起来。郑芸不知道他为什么发笑，但是她知道，这样的孩子触觉是失调的，为了调动他的感觉，郑芸常常要强化他的触觉感知，比如打盆水，让他感受水的细腻柔滑，感受水的温度，什么叫凉，什么叫烫，什么叫温……最常用的就是挠痒痒，胳肢窝和腰肢、脚板心，按住了他挠，一边挠一边说"痒"。

豚鼠有着细密柔软的毛，难道这就是牛牛发笑的原因？郑芸猜测着，牛牛该是把这只白白的豚鼠当成了小白兔，他对超市的小白兔有记忆，有感知，这个感知是极其宝贵的，需要及时建立起区别的记忆，唤醒牛牛脑部的相应功能。

一瞬间，她有了主意，问道："这豚鼠多少钱一只？"

"连笼子二十块。"

郑芸叫儿子："牛牛选一只，我们带回家。"

牛牛选了一只雪白的豚鼠，郑芸再一次验证了自己的猜想，他把豚鼠当成了小兔子。

回到家里，母亲一见郑芸提着的笼子，就大呼小叫起来："哎呀，自己都快养不活了，还养宠物。"

"你别把它当宠物看，要当教具看，这是牛牛学习的教具。"郑芸说着，拿出家里最大的塑料脸盆，把豚鼠从笼子里拿出来，放进盆子里。

牛牛蹲在边上，想伸手去摸，又畏手畏脚的，郑芸在旁边使劲说："它不咬人的。"牛牛还是不敢摸。

那就只能循序渐进了，郑芸又把豚鼠放进笼子里，牛牛伸出一个手指头，穿过笼子挠它的毛,小豚鼠一动不动,只是肚皮微微抖动。牛牛开始发笑,手指在毛里搅来搅去。

郑芸打开笼子,豚鼠不肯出来,她把豚鼠抓出来,用手一下一下抚摸着它的背,豚鼠温顺地缩在盆中,一动不动。

"来,牛牛,像妈妈这样摸它。"郑芸伸手去拉牛牛,牛牛的手试探着才过来,豚鼠忽地移动了一步,牛牛吓得飞快地缩回了手。

"不怕。你看,它不咬人。"郑芸拿手轻轻地在豚鼠鼻子底下晃动,摸它,轻轻拍打它,那细密的白毛柔顺,稍微按一下,就能感受它皮肤的温暖,它呼吸的频率顺着毛发传递到掌心,真是一种非常奇妙的感觉。是温度,是生命,是脉动,这是除了亲人之外,跟其他生命最亲近的接触了,牛牛的发笑除了开心,更多的,该是新鲜好玩。郑芸想着,她可以像对待普通孩子那样,从这只豚鼠开始,训练孩子对动物的兴趣,刺激牛牛的中枢神经发育。

这么想着,她便手把手地抓了牛牛的手去摸豚鼠,牛牛又开心大笑起来,从不拒绝被妈妈抓住手去抚摸豚鼠,渐渐地开始主动去抚摸豚鼠。他一直蹲在地上,完全没有意识到,妈妈一直在观察自己。郑芸的眼睛越过牛牛的脑袋,看到电视机上的闹钟,牛牛对豚鼠的注意力已经超过了五分钟,这简直就是奇迹!

"牛牛,你看,这是豚鼠,豚鼠是短短的耳朵,兔子是长长的耳朵,"郑芸说,"豚鼠不是兔子。"

牛牛满脸木然。

郑芸想了想,走到书房里,打开电脑,搜出两者的图片,再把牛牛带过来,点着图片,仔细地讲解。牛牛的脑袋左扭右扭,心思基本不在这里,郑芸还是坚持着说了两遍,一松手,牛牛就跑了。

"你觉得有用吗?"母亲站在门口幽幽地问。

"多少有点用吧……"郑芸说,"老师说,只要出现了令他感兴趣的东西,都要趁热打铁地跟进。"

母亲摇摇头:"我看你都要走火入魔了。"

郑芸呵呵笑了一下。

母亲问:"今天晚上还给他上个训课吗?"

买了只豚鼠，注意力一分散，最重要的事情差点忘了，郑芸连忙关上电脑，摆好桌子，找出教具，叫母亲去带牛牛过来。

长和短都认识了，宽和窄也都认识了，这个星期，郑芸教牛牛认识形状。从正方形开始，跟其他形状都能区别，就是长方形老是混淆，连带着其他形状也都掌握不牢。郑芸不得不调整策略，从三角形和圆形开始，给牛牛信心。

按说三角形和圆形已经认识得滚瓜烂熟了，但在一开始的复习当中，牛牛十次错了四次，显得有些心不在焉。郑芸只好加重表扬的分量，拿出牛牛最爱吃的美国杏仁来聚集他的注意力，错了，不批评，只微微嘟起嘴说："不对哦，没有杏仁吃了呢。"若是对了，就奖给一整颗，平时可是只有半颗。在不断的刻意表扬中，牛牛终于有了点积极性，当然他不懂得表扬这类情绪肯定，但是他知道对了就等于表扬，就等于有东西吃。

可是，今天的个训课依旧上得异常艰难，郑芸觉得累，甚至想匆匆结束。看到牛牛一直神不守舍的样子，她猛地想到，会是豚鼠的原因吗？

端盆子过来，牛牛的眼睛一下直了。

郑芸收拾了教具，把豚鼠放在桌子上，抓住了儿子的手，慢慢地说："这是豚鼠，豚鼠是短短的耳朵，个头永远这么大……"再拿出兔子的图片："小兔子是长长的耳朵，小兔子会长大，长成这么大……"她比画了一下，发现儿子根本没有听。

郑芸沉默了，课已经没法再继续了。她不知道，买只豚鼠回家，到底是错还是对。

转身回到书桌，继续登账，她回头看看儿子，依旧是手指在捋毛，发出阵阵笑声。她不禁黯然，也许，只有儿子这样傻傻的，才会有真正纯粹的快乐吧。

周日的早上，跟母亲一块儿带了牛牛，开车去大菜场买菜。菜场一角，正好有人在卖兔子。

就像被施了定身法，牛牛不肯动了，一直站在那里看。郑芸怔怔地望着兔子，忽然发现儿子在做奇怪的举动，他抬起手，用一个手的食指和拇指比画短短的样子，然后两个手的食指拉开距离，比画长长的样子，脸上若有所思的神情。

仿佛灵光乍现，郑芸忽然一下明白了，他在模仿自己的动作，他大概是想表达，豚鼠耳朵短，兔子耳朵长！郑芸激动起来，她一直以为儿子对自己的絮絮叨叨根本没上心，没想到，他其实是听了进去的，不管多么艰难，他试图在理解，可是，他表达不出来。

站在牛牛的身后,郑芸觉得一切都静止了,儿子是那么专注地比画着,全然不是平时吊儿郎当的样子。

她蹲下去,急切却尽力缓和着声调:"牛牛,跟妈妈说,什么是短短的,什么是长长的?"

儿子的嘴巴蠕动着,眼光躲闪。他依旧怯弱。郑芸立马换了种方式,改问:"短短的是什么?"

牛牛的眼光闪了一下,瞥开了。

郑芸有些失望,却还是不想放弃,又鼓励儿子:"牛牛,长长的是什么?"她指着兔子,希望在提示下,儿子能回答出来,于是她说:"我们把长长的买回家,长长的是什么?"

牛牛一扭头,躲到外婆腿后边去了。母亲叫起来:"你可不是真的还要买个兔子吧?没时间收拾可会臭死!你再买我可跟你急!"

郑芸垂着两手,无奈地看了母亲一眼。

一进家门,牛牛把鞋一脱,撒腿就往阳台上跑。郑芸放下菜,跟过去,他果然是在看豚鼠,郑芸想叫他回去把鞋摆好,正要开口,牛牛忽然跳着大声叫起来:"短的!短的!"

他说对了,他懂了,可是,懂他的,只有妈妈郑芸。

这天晚上的个训课,郑芸改变了内容,她想应该放弃那些机械的教育方法,而是像朱老师说的那样"乘胜追击"。她把兔子的图片和真实的豚鼠做比较,再一次巩固牛牛对长和短的概念,然后拿出一个毛刷,让牛牛触摸毛刷的硬毛和豚鼠的软毛,毛刷黑色的毛对比豚鼠白色的毛,记号笔写出粗粗的黑色的字对比豚鼠白色的毛,这些似乎都比较顺利,但是当她拿出毛绒玩具和豚鼠对比,试图告诉牛牛,有体温和没有体温,有生命和没有生命的时候,卡壳了。

牛牛无法理解,他焦躁地拍打着桌子,拒绝再学下去。

郑芸见状,知道是自己心急了,赶紧把豚鼠递给牛牛,结束了训练。一看钟,居然整了一个小时,想是牛牛不耐烦了。她暗自检讨着,在上课笔记上注明:今天一小时,训练内容太多,超时引起牛牛情绪烦躁,以后一定注意,状态再好最多也不能超过四十分钟。

洗完澡，牛牛上床了，母亲把汽车书放在床头，郑芸默默地换成了动物书。

"牛牛，你看，这是兔子，这是它的耳朵，长长的。"郑芸靠在床边，指着书上的兔子的耳朵，认真地看着儿子的眼睛。牛牛的眼睛，专注地盯着她的手指，她移动着指头："这是小兔的嘴巴，就跟豚鼠的嘴巴是一样，软软的，湿湿的，温温的……"她顺手拿过床头柜上的水杯，抓着儿子的手触碰杯壁："温温的，就是不烫手。"再拿闹钟过来，让牛牛触碰铁皮，"凉凉的。"重复一次，水杯，温温的，闹钟，凉凉的。

"这是小兔的嘴巴，就跟豚鼠的嘴巴是一样，软软的，湿湿的，温温的……"她的手再次指向图片上兔子的嘴巴，对牛牛这样的孩子，重复再重复，尽可能地重复，就是真理。

牛牛的表情没有改变，郑芸沉吟着，拿起儿子的手，放在自己的嘴唇前，轻轻地吹气，让他感受到温温的，然后，伸出一小点舌头，开始舔牛牛的手指，让他感受软软的和湿湿的。牛牛有些愕然，顷刻间手指往回缩，仿佛被挠了痒痒一般抑制不住地大笑起来。郑芸抓住他的手指，继续轻轻地舔指腹，牛牛咯咯地笑个不停。

"小兔子的嘴巴和妈妈的嘴巴一样，牛牛去摸，就会舔你，不会咬你，豚鼠也是这样。"郑芸停止舔，松开牛牛的手，问，"好不好玩？"

牛牛不回答，过了一会，又把手指伸到郑芸的嘴边。

"手指放在嘴巴前面，就是这样的感觉，软软的，湿湿的，温温的……"郑芸说着，先是呼呼地吹气，然后开始舔，牛牛再次笑起来。看着儿子无邪的笑容，郑芸也受了感染，嘴角也不由自主地漫起笑意。这时候的牛牛，多像个正常的孩子啊，可是一旦这样的时刻结束，他依旧是那么让人揪心，虽然郑芸一直坚信，有一天，牛牛会让所有人知道，他是个正常的孩子，没有任何毛病。

尽管牛牛今晚兴致很高，但郑芸还是要适可而止，让他在睡前过度兴奋不是件好事，这会让他更加难以入睡，并且在睡眠过程中也会很不安稳。

母亲已经过来了，准备上床陪睡，郑芸说："妈，今天我带他睡，你几个晚上都没休息好了，今天晚上你安心睡吧。"

"那怎么行，你晚上睡不好，明天怎么带他去上课呢？"母亲说，"我晚上睡不好，白天在家里可以补睡。"

"今天我带他睡。反正这些天都在家里病休,也没那么累。"话是这么说,其实郑芸真是感觉很累,但父母也不轻松,她心里很明白,照顾牛牛不是父母的责任,而是自己的责任,她必须尽可能地多承担。身上有些酸痛,估计是受了凉,也不知是不是被牛牛感冒传染了,人一累抵抗力就弱。总之为了明天有个良好的状态出门,她还是把手头没做完的账先放放,毕竟不用上班,明天下午还有时间,各种驱寒和消炎的药吃了一堆,准备早点睡下。

母亲没有坚持,关了灯带上门,就出去了。

看着母亲的背影在光影里闪动,随着门缝里的光瘦下去直至不见,郑芸心头各种滋味翻滚,还来不及五味杂陈,儿子的手就摸了过来,一下搂紧了自己的脖子。

"牛牛,怕黑吧,妈妈在这里,妈妈保护你。"郑芸说着,搂紧了儿子。谁知儿子越搂越紧,勒得她都快透不过气来了,郑芸扒开他的手,说:"你挨着妈妈,就知道妈妈在这里,不用搂这么紧啊,妈妈怎么呼吸呀?"

牛牛放松了片刻,扭动着屁股,又贴近了过来,再次伸手搂住郑芸的脖子。郑芸耐着性子说:"别搂妈妈脖子。"牛牛哪里肯听,越发使劲了,郑芸恼了,在被子里照着他屁股就是一下,牛牛憋在枕头下发出"呜"一声低鸣,哭了起来。

"嘭"的一声,门开了,母亲站在门口:"怎么了?"

郑芸数落了牛牛一顿。母亲说:"我带得好好的,你一带就不对了。"

"他爷爷带的时候,也是说搂脖子,难受死了,早几天他病着,挨着我睡还挺老实,病一好,就开始了。哪有这样睡觉的,就得纠正过来。"郑芸说,"妈,你去睡你自己的,别管了。"

"治治也行,那还不是爷爷惯的,我带他睡几次,也没这样。小孩子贼精呢,谁好说话欺负谁。"母亲说,"你这样,在被子里给他摸摸背,拍拍屁股,舒服了他就不闹腾,一会就睡了。"

看谁好说话就欺负谁?普通的孩子可能有这样的精明,郑芸倒不相信牛牛会有这样的能力。她分析着,也不过是跟外婆没那么熟,所以生疏些拘谨些,不敢那么闹腾。孩子都缺乏安全感,尤其是这样的孩子,更加怕黑,更加担心身边没有大人,只是不会表达而已。

牛牛从小就有睡眠障碍,晚上十点一过就来了精神。为了他的睡眠问题,也看过不少医生，微量元素都不缺，就是找不到原因。如今自闭症患上了，好像什么都到了这个筐里，教授说，自闭症儿童的典型症状就是多动和睡眠障碍，也算找到病因了，连带着吴长卫的美国小舅子也都是这么说的，郑芸也不得不信了。托了那边从美国买了大批的药还没带回来，说是有一种改善睡眠的，可惜现在还没到手。

作为妈妈，郑芸也曾狠心，在下午带牛牛出去疯，或者在他瞌睡时使劲摇他，甚至用洗澡来提神，逼着他把睡觉时间挪到晚上，但没坚持几天，爷爷奶奶就要先行放弃。用刘心美的话说，每个小孩都有不省心的地方，我们家牛牛吃饭好、不生病，那就睡觉磨磨人，也是应该的……话已至此，郑芸还能说什么呢，只能由着老人家去了。

可越是这样，就越不能娇惯。这些日子，趁着自己休息，耗得起，而时常因为心软打退堂鼓的爷爷奶奶又不在家，郑芸心想，就从今天晚上开始，训练一个良好的习惯吧。她扭开床头灯，斜靠在枕头上，安抚牛牛："好好睡觉，妈妈陪着你，但是你不能再搂妈妈脖子。"半个身体套上棉袄，拍着牛牛的被子，可是过去了许久，牛牛还睁着眼睛。

这招看来无效，那就换一招吧。郑芸灵机一动："牛牛，妈妈跟你讲个故事，龟兔赛跑的故事，就是乌龟和小白兔比赛跑步的故事。"换了别的孩子，这该是最乐意的事情了，可是牛牛没半点反应，故事对他来说，没有任何概念，他听不懂，理解不了，也没这个需要。

郑芸不管不顾，张口就说了起来，她说得很慢，一边说一边观察儿子的反应，儿子眨着两眼，既不显得兴奋，也没睡意。

郑芸自顾自地说了四遍，牛牛还是瞪着两眼望着天花板，她忽然想起实验幼儿园那个小刘老师的话："你们家牛牛，有时候上课，就呆坐在椅子上，两眼翻白，像个傻子一样……"心里一阵揪痛，她默默地拍打着被子，再也不说话了。

拍打的节奏越放越慢，可是牛牛还是睡意全无的样子。

"牛牛，闭上眼睛啊……"郑芸说着，牛牛不动。郑芸叹口气，知道儿子没听懂，她伸手抚下儿子的眼皮："这就是闭眼睛。"可是等她的手一拿开，牛牛的眼睛又睁开了。

"闭眼睛啊，牛牛，你不闭眼睛怎么睡觉呢？"郑芸又抚上牛牛的眼睛，这次，她不挪开手掌了，就这么一直盖在牛牛眼睛上。感觉小眼珠在眼皮子底下不安分地转动,郑芸想了想,还是松开了手,牛牛的眼睛弹簧一样又睁开了。

她俯身下去,盯着儿子的眼睛,黑黑的瞳仁,那么大,那么亮,映照着她的脸,可是这只是她的所见,儿子根本就没有看她,他依然在回避跟人直视的机会,包括跟自己最亲近的妈妈。

郑芸心底掠过一丝难过,她想,不能要求牛牛怎样,就只能改变自己。今天晚上,要如何做呢?一步一步来吧,让他慢慢习惯,让他慢慢懂得,再学会接受。对于他来说,再简单的事情也是一个漫长的过程,她必须习惯这个过程,也必须养成时刻为了牛牛而思考的习惯。

"现在已经是晚上了,你看,窗外的天都黑了。晚上所有的人都是要睡觉的,关上灯,闭上眼睛,妈妈陪你睡觉。"郑芸说着,"现在,我们关了灯了哦。"接着,熄灭了灯。牛牛马上靠了过来,伸出胳膊探向郑芸的脖子,郑芸轻轻地把儿子的手拿开,放进被子里,自己侧身,一手抚摸着儿子的额头,一手拍打着他身上的被子,嘴里发出哄睡的长音:"哦——哦——哦——睡——觉——觉——"

半个小时过去了,牛牛还在被子里翻滚不停。

郑芸抑制不住有开灯的冲动,但忍住了,睡觉首先要给孩子一个氛围,她要是坚持不了第一个晚上,估计结果也跟爷爷奶奶带是一样的。可是现在肯定过了十一点了,这都在床上折腾一个多小时了,再这样下去,还是依旧要到十二点,牛牛才会睡。

不能这样,得想个办法。郑芸在心里计算着,睡不好是因为运动量没达标吗?平时一堂课三十分钟运动量,晚上做感统练习还有半个小时,今天去了菜场,只是走路,运动量不大,周日晚上一般休息,没上感统练习,往日里晚饭后也要带出去散步,今天还没有散步呢。

郑芸似乎找到原因了,运动量是不够的,牛牛的精力还没宣泄掉,怎么会入睡呢,必须把他整疲惫了才行。可是现在要把他整下床又去做感统练习,翻跟头、单脚跳什么的,也不现实,那就……郑芸一想出办法,忍不住偷偷地笑了,就这么办吧。

靠近牛牛,不动声色地把他压住,然后,左右开弓开始挠痒痒,脖子、胳肢窝、腰肢、大腿侧,牛牛放肆大笑,使劲扭动着身体,两手乱舞,四下躲藏,可惜他身体太小,被郑芸一压就动弹不得了。挠一会,郑芸就停一下,再挠,牛牛的手拍打过来,郑芸脑门上结实地挨了一下,她没躲,加快了动作,牛牛已经笑得没有了反抗的力气。

"别挠了！"郑芸说着，停下来。牛牛只顾着喘息，似乎还没有明白这句指令的所指。

郑芸再挠，到牛牛笑得抽气的时候，她说："别挠了。"然后停下。牛牛的笑和挣扎还未完全过去，她一直等儿子平静下来，再次继续。

也不知过了多久，也不知多少次停顿之后，牛牛尖叫起来："别挠了——"

郑芸停下了。

牛牛说话了，难得的三个字。朱老师说得对，既然他不是器质性的障碍，那就要逼着说话，他总是能开口的。对他的要求，就是开口发声，到明确的一个字、两个字、三个字……

排除器质性的障碍，其实没有花多少时间，儿童医院的门诊就解决了，医生只是说牛牛说话的肌肉需要锻炼，其他没有毛病。于是会超从青岛以琳邮购了一套口腔训练器，各种各样的小玩意装满了一个大盒子，有些器具就是玩具，比如哨子、喇叭，还有笛子，还有些是特制的，专门训练孩子的各种口腔动作。

大部分器具都是公公在辅助锻炼，牛牛最喜欢的还是那个小喇叭，像个吸管，末端是个卷起来的纸圈圈，吹气进去，发出"呜"的声音，如同蛇一样卷着的纸圈圈便被管子里的气给吹直了，一停下，又卷起来。小时候郑芸似乎也玩过，挺有意思的，但是再有意思的东西，一旦变成任务，就痛苦了。牛牛每天要各样器具练习二十次，有时候郑芸听见他吹哨子，公公喊："用力！"他猛一下，猛几下，到最后终究没有了力气，那哨音颤抖无力，郑芸在另外的房间里听了，都觉出牛牛的可怜……

当然，也有他喜欢的训练，比如舔糖、舔蜂蜜，那是锻炼舌头的。通常是会超扳住牛牛的脑袋，郑芸用腿夹住他的身体和手，用勺子把沾了蜂蜜先让他舔，然后挨着嘴巴附近移动勺子，让牛牛的舌头跟着去舔，或者把蜂蜜点在他嘴巴附近，只准他伸长了舌头去够。吃糖就更有趣了，捉了他的手，把糖放在茶几上，只准他用嘴巴去够，用舌头搅进嘴里。按照教学碟片里的方法，就在他的舌头舔到糖，已经尝到了甜味，却还没有把整个的糖衔进嘴里的时候，就要用筷子悄悄地把糖拨开，增加难度，让他的舌头一直转动。

郑芸在边上看着，经常忍不住发笑，真的跟调教小狗一样，牛牛其实就是属狗的。后来她自己也试过一次，感觉并不是那么好，坚持个十分钟下来，整条舌头都硬了。

虽然牛牛不用一次坚持训练那么久,但这样切实体会一次,当个小孩真挺累的,尤其是这样的孩子,比其他的孩子更辛苦,因为他们要达到同等标准,得比普通孩子付出十倍甚至百倍、千倍的努力。

牛牛还在喘息,郑芸又感觉到自己的腰有些隐隐作痛,牛牛虽然小,但是死命挣扎起来所迸发的力气,还是不可忽视的。

今夜就此作罢?郑芸犹豫了一下,想想,不能半途而废,翻身压住牛牛,又一轮痒痒袭击。

"别挠了……"牛牛笑得要岔气了,却没有力气挣扎,"妈妈……"

郑芸缓缓地挪开身体,伸手从枕头边扯过汗巾,给牛牛擦汗,另一只手则拍打着他。

静默不多时,牛牛发出细碎均匀的呼吸声,他累极了,睡去了。

郑芸浑身一瘫,手里还握着汗巾,就这么睡着了。

星期一的早上又是忙乱,郑芸已经洗完了水果装入保鲜袋,还没见父亲起床,倒是母亲起来了。

"你爸爸等会儿就起来。"母亲越是说得轻描淡写,郑芸越是觉得不对劲。她走到客房中,父亲正用手撑着额头,准备起床。

"爸,"郑芸叫了一声,父亲抬起头来,脸色有些苍白,郑芸问,"你哪里不舒服?"

父亲见躲不过去了,便说:"头痛,可能是感冒了。"

"这段时间是流感,先是会超,然后牛牛,现在到你了。"昨天我也感觉不舒服,都流清鼻涕了,这话都到了嘴边上,郑芸还是没说,把父亲按进被子里,"你吃药休息,我一个人去,有老师在不用担心,再说我的腰好多了。"

父亲想来是很不舒服,没有再坚持,躺下并闭上眼睛。

回到厨房,母亲正在一瘸一拐地洗青菜煮面条。

"这么冷的天,你怎么还用冷水洗菜呀?省这点气干吗呀,寒气都到骨头里了,难怪感冒……"郑芸一见抱怨道,"爸爸也是,我每次叫他调成温水洗,都不听。这么大年纪了,还节约个啥呀!"

母亲不说话。郑芸看着她额上细碎的头发落下来,精神不济的样子,想是这几天她的脚疼难受,晚上又睡得不好,便说:"你也去休息,我这就叫牛牛起床,我们走了。"

"还早呢,吃了饭走,暖和,也比外头的干净。"母亲手上加快了动作。

郑芸拦着她："你别煮了，休息去，等会我们走了，你们想睡到啥时候起来就睡到啥时候起来，冰箱里有牛奶和面包，用微波炉加热了就可以吃，简单点。"一转身，拿了面包往微波炉一塞，热好了朝大大的妈咪包一放，说："这多省事。"

母亲只好作罢，跟着她进睡房去帮牛牛收拾。

"我昨天有点感冒迹象，睡前吃了药，现在没事了，不过为了保险起见，刚才又吃了些药。"郑芸说，"妈，你也吃点药预防，流感时期要特别注意，爸爸那里你关照着，要不再熬点姜汤给他喝。"

"哎呀，一大清早，你看你唠叨多久了，怎么比我这个当妈的都啰唆呀！"母亲拉长了声音道，"我都没插上嘴问，牛牛昨天睡得怎么样？"

"还不错。"郑芸说着，忍不住抿嘴偷笑，以后可找着让他尽快入睡的法宝了。

牵着牛牛下楼，母亲还追着问："东西都带齐了没有？"郑芸应着。母亲又说："慢点开车，早着呢。"

"不早了，周一早上最堵车。"郑芸把牛牛放在后座上，将牛奶、面包塞在他手里，牛牛还没有完全醒，傻傻地握着食品包装袋，懵懂的样子。郑芸朝母亲挥挥手，发动了车子。

细雨蒙蒙，说大不大说小不小，就是南方的特色，整个冬天只要不下雪，几乎总是这样的雨，出门望天，毛毛的雨，似乎可以冒雨前行，但走进雨中，就发现想法永远是美好的，现实永远是意外的，偷懒不打伞，走一圈必然头发衣服尽湿。这样的雨不但让走路、骑车的人烦躁，开车的人也心烦。若是大雨冲刷了路面，反而好走，就是这两头不着的毛毛雨，刚好打湿路面，却又无法冲走路面的尘沙，轮胎一旦被裹上，便容易打滑，因而提不了车速，还频发刮擦事故。

一路上过来，已经有了几个小事故，刮了车的，挂了电动车的，带了骑单车的，本就拥堵的路一下就成了肠梗阻，磕磕巴巴好不容易快到医院的小街了，红灯处又发生一起追尾事故，好在快赔处理，没耽误多久，但一拐进银杏小街，郑芸发现路口的红绿灯不亮了，一个警察站在那里指挥交通。想是天气潮湿，线路故障。看看表，就快八点半了，再探头看看小街那一头，车辆也是满满地塞着，郑芸想，起个大早赶个晚集，今天恐怕是要迟到了。

就这么想着，前面的车子挪动了，她赶紧跟上，可好，到了自己，警察叔叔一吹哨子，就把车给拦住了。又要耽误一分多钟，郑芸忍不住拍了一下方向盘，发出一声懊恼的"唉！"。

正叹着气，那交警低头望向车内，竟是在看她。郑芸吃了一惊，再去看时，交警已经打手势让她过车了，她徐徐松开刹车，朝前开去，交警已经伸手制止了后面的车，并且向她微笑点头，她忽地一愣，这不是那天放自己一马的那个警察吗？

交警对车总是有着职业性的敏感，他躬身，应该是在看后座的孩子，原来他是特意放她先走的。想到这里，郑芸心头荡起一阵暖流，她匆匆地回头报以感激的笑脸，可是交警的脑袋已经别过去了。

还好，准点到达儿保中心。一进大厅，就发现情形与往日不同，凭空多了一些戴小红帽的年轻人，一个女孩站在门口处，向进去的人发放传单，到了郑芸跟前，她下意识地摆摆手，笑笑就过去了。

街头也老有这种发传单的营销人员，见多不怪了，可是传单发到医院里来，就有些怪，但郑芸可没有时间好奇，匆忙往上课的诊室赶。没走几步，就听见有人喊，回头一看是姨妈护士长。

"郑芸，别急着走。"姨妈护士长说，"你来。"

姨妈带着她进了护士站，看见一个戴红帽的小伙子正在弯腰整理宣传资料，姨妈似乎跟他相当熟络，介绍说："这位是陈炜。"

小伙子直起身，很是壮实英俊，有着一张帅气的脸，浓眉虎眼，笑容里满是阳光。

"他是残联的志愿者组织的小队长，他们的行动宗旨是助残，帮助弱势群体，本周他们都会在我们儿保科，对家长和孩子提供帮助，只要你们有什么困难，都可以提出来，他们会提供力所能及的帮助。"护士长说，"有事找志愿者，这是他们的口号。"

"现在的年轻人，思想境界高，积极投身慈善事业，都是注重品德修养的新一代。"郑芸礼貌地点头，打着招呼，脑子飞快地转着，哪有什么需要他们帮助的呀？

"我听老师说，你腰疼有一段时间了？"护士长问，"现在感觉怎样？"

"咬牙撑呗。"郑芸耸耸肩膀笑着，"好多事都不能假手于人，自己的责任还得自己承担。"

"瞧这心态，当仁不让呢，彪悍的女汉子！"护士长呵呵地笑着，表扬道，"看看我们这大厅里，多数都是愁眉苦脸的，难得你这么乐观，我听说，家庭配合也是你做得最好。以后志愿者们有时间了，可以给大家组织个互助交流平台，相互开导、劝慰和学习，把各自训练孩子的好方法交流一下，可以少走许多弯路。"

"这周你可解脱了！"护士长说着，喊陈炜，"这个任务交给你们了，她腰疼，陪孩子上课要请求支援，你们帮忙吧。"

"没问题！"陈炜说，"那边都分派了任务，我去吧。"

"那怎么好意思……"郑芸嗫嚅道，"不好吧。"

"别担心他做不好，陈炜可是老手了，"护士长说，"志愿者一般每个月来两天，除了队长不变，队员都是轮换的，这次你正好赶上，就让他们照顾一下。"

郑芸探头去看，陈炜已经熟练地抱着牛牛，往诊室去了，跟老师打招呼，也是很熟悉的样子。

"他们还有个副队长，叫杨红，就是门口发传单的那个。"护士长说，"他们都是很不错的年轻人，做志愿者快五年了，都成我们儿保中心的编外人员了，好多训练知识都可以给家长做辅导的。"

"他们不上班吗？"郑芸好奇地问。

"都有工作，每个月都是请假来的，好像一边做志愿者一边还做什么调研。"那头护士在喊，护士长交代了几句，让郑芸休息着，出去了。

郑芸走到诊室外，轻轻推门去看，正好看见牛牛吃完饼干，老师弯腰拿教具，陈炜细心地帮他拭去嘴边的饼干屑，郑芸轻轻地带上了诊室的门，坐在走廊上。

护士长的提议其实很好，组建一个交流平台就好了，大家有什么经验都分享一下，有什么困难也可以互相求助和帮助，只是谁来牵头是个问题。郑芸分身乏力，心有余而力不足，但是这个事情交给志愿者做，还是很不错的，相对于要治疗的家庭来说，他们的时间更充裕，而且他们年轻，熟悉电脑和网络，随时可以搜罗最新资讯，只要有这份心，是可以做得很好的。郑芸甚至想，先组建一个QQ群，可以把美国那边发的资料都压缩放在群里共享一下，这样大家学习起来就方便多了。

要不，等会抽空跟陈炜谈谈。郑芸想，他一定会赞同，因为这个男孩长了一张善良和气的脸庞。

上午多亏了陈炜，一连四节课，都是他带着牛牛上，郑芸省心不少。放学的时候，陈炜还主动送牛牛和郑芸去地下车库，一路上，郑芸说了自己的想法，正好跟陈炜的想法不谋而合:"芸姐,这个想法我们早就有了,原先组建了一个 QQ 群,但是儿童医院家长加入的不多,群里很冷清,现在我们联系了其他省份残联的志愿者组织,想联合起来办个公益网站。"

那多好啊,郑芸兴奋起来:"我有好多国外的资料,都可以给网站,还可以随时更新。"她强调一句:"那也是国外的家长无偿给我的。"随后又补上一句:"药品代购也可以的,不以营利为目的。"

陈炜笑了:"等我们的网站做起来了,一定最先通知你。"

两人一路说着到了地下车库,郑芸好奇地问:"你们还在搞什么调研?"

"自闭症儿童的治疗追踪。"陈炜说着有些黯然,"选了几个孩子,但是最后都没做下去……"

"为什么?"郑芸关切地问。

陈炜说,原因很多。有些家庭经济困难,难以支撑长期的治疗费用,治疗半途而废,就失去了追踪的意义;有些家庭为了孩子的治疗,举家迁往治疗机构所在地,最终失去联系;还有些家庭起先配合得很好,但后来考虑到孩子病症公布,会招致歧视,所以拒绝将来可能会出现的报道;甚至还有些家庭以为这是有偿的新闻,索要钱财……

"芸姐,"陈炜吞吞吐吐地说出了想法,"护士长说你们是高知家庭,很开明,又很配合治疗,还有积极的学习意识,所以,我想和你们建立长期的联系……"他涨红了脸,似乎顾忌着郑芸会误会自己开始的帮助只是为了最后的这一目的。

郑芸心思活络,也不好再说什么,就说道:"没什么,我回家跟孩子爸爸商量一下再回复你好吗,因为他爸爸出差了,要下周才能回来。"

回到家细细想想这件事,郑芸觉得其实她所顾虑的也跟部分家长一样,本来是希望竭力掩盖孩子的异常举止行为,不让周围的人把孩子当成异类,如果要成为追踪报道的主角,那就差不多是昭告天下,他们夫妻丢面子事小,只怕对孩子的将来造成不可逆转的负面影响。

为了牛牛的未来,出于一个母亲的自私,她不能答应陈炜。

会超周四回家了,郑芸看着父母亲一副如释重负的样子,不由得犯了愁。父母一走,会超虽然回来了,基本上还是一心忙工作,也没几个心思在家里,这里外还是她一个人支撑,关键是她还不能在父母亲跟前抱怨,不然父母折回来,听唠叨的还是她。

"会超，打个电话，看看你爸妈什么时候过来？"郑芸说。

会超回答："他们自然有他们的事。"

郑芸瞪了他一眼，不说话了。

到晚上，郑芸到底没忍住，还是说了："你出差就出差，花那些冤枉钱，买那么多东西干吗？"

"带点特产怎么了？"会超说，"你怎么一天到晚钱呀钱的！"

"没钱就是没钱，不要打肿脸充胖子。"郑芸气呼呼地说。

"该给你的钱都给了你，其他的你管不着！"会超冲口而出，"你别把压力转嫁给我，我告诉你，我承受的压力，从来都没叫你分担过！"

"没叫我分担？"郑芸恼了，"你妈住院是谁出的钱？"

"那我爸住院呢？"会超低吼道，"问你要过钱了？"

"你爸住什么院？"郑芸揪住话头不放。

会超无奈，只得说出实情："我爸鼻梁被打断了，在医院里住着呢。"

啊？郑芸一下张大了嘴巴，下意识地跟拆迁扯上了关系。会超也不想再隐瞒了，索性说了实话，原来跟拆迁没有半毛钱关系，本来拆迁不成准备马上回来，结果在车站被人打了，鼻梁断了，打人的就是会超妹妹欠债的高利贷追债团伙……

单纯的郑芸从没听见过这么血腥的事件，分明就是黑社会，可人家打了就跑了，剩下老的进医院，如今已经用了将近一万元，都是会超找同事借的钱。

"我爸妈不让我告诉你，怕你急。"会超说。

这个家真是没有个消停的时候，郑芸无力地摇着脑袋，滑坐到沙发上，心说，我不急，我只想死。

夜已经深了，郑芸还在电脑跟前打字，国资委系统组织政研会论文评选，一等奖一千元奖金，加上单位的等额奖励，相当可观了。郑芸准备了一个月，就是奔奖金去的。

隔壁传来牛牛的笑声，会超用了她教的办法，挠痒痒助睡法，百试不爽。

盯着屏幕，郑芸有些思想不集中。她想起了医院里志愿者的旗帜"星孩志愿者"，想起了陈炜的提议，在每年新学期开学之前，集中版面对自闭症儿童进行追踪报道，让大众了解自闭症，让教育界关注自闭症孩子。这是个多么美好的构想，也许将惠及许多的孩子和他们的家庭，可是，要郑芸走出面对大众这一步，是多么艰难，她从来都不乏勇敢，但唯独没有这份勇气。

以前她一直不明白，为什么要叫自闭症的孩子为星孩？后来她才知道，星星的孩子即自闭症儿童。之所以唤作星星的孩子是因为自闭症儿童有视力却不愿和你对视，有语言却很难和你交流，有听力却总是充耳不闻，有行为却总与你的愿望相违——犹如天上的星星，一人一个世界，独自闪烁。

听上去是多么让人心酸啊，可是现实，更让人心酸……

她对自闭症最初的了解来自一档电视节目，那时候，她还怀着孕，那天调台正好调到这个节目，说的是一对北京的研究生夫妇，生了一对双胞胎儿子，他们发现孩子即便是放在一块儿，也从来不会握手拥抱，一检查，才发现是自闭症。从此夫妻俩开始了漫长的治疗之路，妻子为此辞职当上了全职妈妈，但是孩子的症状改善微乎其微，治疗费用也让家庭不堪重负。

当时郑芸实不忍见，觉得怀孕的时候不应该看这些不好的事情，影响心情和情绪，准备调台，可婆婆要看，还看得津津有味。

后来是接近临产的时候，在街上碰到一个自闭症孩子，斜眼歪嘴，明显不正常的样子，孩子的母亲懊恼道："没出生的时候，就给他起了个小名，叫星星，后来说是自闭症，说是自闭症的孩子就叫星星的孩子，哎呀，我的心都碎了，早知道，起这么个名字干什么哟……"

其他的情形都不记得了，唯独这两件事情，在郑芸脑海里有着不可磨灭的印象。回想过去，她有时候真觉得，生活其实早就给过她预兆，给她打过预防针了，怎么回避怎么躲避，还是落了下来，这也许就是命中注定。

她是多么不愿意相信这样的结果，可是当医生当着她的面，让她见识到儿子不愿意叫爸爸妈妈，不认识眼睛鼻子，无法理解其他同龄孩子习以为常的一切的时候，她对全世界都充满了绝望。

她不敢告诉别人孩子真正的问题，不敢带儿子去公共场所，不敢离开孩子半步，拼命地掩饰他跟其他孩子的不同，巧舌如簧地编制各种借口，她在保护儿子，同时也在隔离儿子。她知道儿子必须学会融入社会，但是她无法去面对那些异样的眼神……

就像那一次，她带儿子上街，在报刊亭买报纸的一会儿工夫，儿子眯缝着眼偏着头，发出怪声，还喷口水……报刊亭的老板娘就是用一种极其同情和怜悯的眼神望着郑芸，递过来纸巾。虽然对方一个字都没有说，更没有揭穿："你儿子……是有毛病吧？"可是那眼光还是让郑芸像针扎了一般，刺痛。

她记得去买菜，牛牛在她身边歪七扭八地晃悠，她扯着他，提着大堆的菜，一手还要去掏钱包，看着他挣脱跑开，旁边卖菜的老奶奶一把抓住他，交给郑芸，好心地说了一句："回家捆了吧，不然今后惹祸，有你收拾的……"好像自己的谎言被当众戳破，郑芸在愕然中感到无比的尴尬，只能喃喃道："他不闯祸的，他很温顺……"

牛牛不懂规矩，教多少遍都没用，有时候他会拿起人家摊子上的玉米、黄瓜、西红柿就啃，咬一口放回去，人就跑了，卖菜的喊呀骂呀，郑芸赶紧解释付钱，久而久之，不大的菜场都认识他了，知道他不懂事，人家也懒得说他了，啃了索性就给了他，钱也不要郑芸的了。郑芸也跟着脸皮厚了，起先还红着脸四下赔钱，现在干脆找零不要了，当儿子下回捣蛋的预付款了，大家竟也相安无事。

菜市场牛牛最爱的地方是卖鱼的摊子，湿漉漉、冷兮兮的，他一蹲下，拖也拖不走，只顾着在摊子上奔走，拿了人家捞鱼的网子在大鱼池胡乱捞，或者把手伸到大大小小的盆里抓鱼，对活蹦乱跳的小鲫鱼又爱又怕的样子，鱼一跳他也跳。捞泥鳅开始是把手放进桶子里，大约是泥鳅滑滑的，抓不住，也学了用小篓子，捞上来再抓，死活还是抓不住，看泥鳅蹦到地上，便呜呜地叫，皮球一样地弹跳，逗得卖鱼的老板哈哈笑。

不买鱼也是要看玩鱼，郑芸经常买几条泥鳅或者一条小鲫鱼，用塑料袋装回来让牛牛养几天，有时候鱼老板也送几条各样的小鱼，牛牛能欢喜好一阵子。

如今在菜场都不用担心他走丢，不见了人肯定在鱼摊子上，再不然，还有卖菜的会替郑芸捉住他。可这都是熟悉的地方，但牛牛将来的生活，不可能就这么局限，要打开他的生活空间，郑芸还充满了心虚……

都说休假时间过得飞快，对郑芸来说可不是这么回事。尽管也就是十来天没上班，但感觉好像过了一个世纪般漫长，郑芸再次出现在办公室里，真有点恍如隔世的感觉。

满书风一般地进来了，看见郑芸，凑过来低声说："告诉你一个大事情。"

郑芸刚抬眼。满书说："王科长女儿去世了。"

"什么时候的事？"郑芸大吃一惊。

"就是上周，"满书说，"王科长大受打击，一直躺在床上，现在还不能来上班。"

"不是一直在医院抢救吗？"郑芸说，"我休病假之前听说还好转了。"

"好转了几天，马上又恶化了，重新回到重症监护室，最后气管都切开了，那个惨呀……"满书一脸不忍，"听说花了十多万，还没救下人。"

唉，郑芸叹口气。她记得王科长那个女儿，长得很甜美的样子，听说学习成绩很好，真是可惜。

"帮我垫了人情钱没有？"郑芸问，"要不我们哪天还是去她家看看？"

"垫了，放心吧，"满书说，"看就不必了，她根本没心思见客，我们去了都被堵在门外，那屋里哭得一个肝肠寸断，听不下去……"满书吸着冷气，频繁地摇头。

"你还别说，听到这个消息，全单位的人都心情不好了，"满书说，"说没了就没了，辛辛苦苦带了这么多年，我当时听了，那个心痛啊，想起早些天还用笤帚抽了我儿子几下，都觉得好愧疚，回家跟我老公说，以后再也不打儿子了。"

郑芸不语了，满书的话实在是说到她心尖尖上了，就在昨天，她还痛揍了牛牛。

说起来，是不能怪牛牛的，但是她就是一下没忍住……

商场负一楼超市旁边，周日这天新开业了一家儿童室内游乐场，海绵泡沫，要脱鞋穿袜子进去，还有人看守，干净不说，管理也挺好，至少不像开放式的那样，对丢孩子这类安全问题不用担心。除了幼儿，别的家长都是把孩子送进去，自己就轻松去逛超市了，出来再来接孩子。郑芸想着这是一个让牛牛接触其他孩子的好机会，可以教他融入集体当中，于是兴致勃勃地带他去了，又怕他因为不会玩其中的一些玩具而受伤，或者是不会跟孩子交往受欺负或者出现其他意外，也就全程陪着。

牛牛兴致很高，在海洋球池里玩，郑芸教他丢球，他总也学不会使用腕力。因为上午才逛过超市，有些累了，郑芸就坐在一旁，看着他在一层、二层之间穿来穿去，只要不招惹其他孩子，也就不管他了。一个稍微大点的男孩想跟牛牛玩，弯腰说了几次话，牛牛都不搭理，最后这个孩子过来，跟郑芸说："阿姨，他为什么不理我？"

郑芸回答："他虽然个子大，但是年纪小，你说的话他可能有些听不懂，你自己去玩吧。"

小男孩没有放弃："阿姨，我可以带他玩呢。"

郑芸点点头，心想，看牛牛什么表现，再去跟朱老师说。

小男孩又靠过去，说着话，拉牛牛的手。牛牛甩开，转背自己玩。小男孩不罢休，再转过来同他说话，牛牛还是坐在小车里，用脚刨地，视男孩为不存在。

男孩过来了："阿姨，他是不是有毛病啊？"

郑芸有些无语了，只好起身，蹲到牛牛坐着的玩具车旁，劝道："哥哥跟你说话，你怎么不回答，看看哥哥也行啊，要不，你起来，小车子也给哥哥坐一下？"她知道牛牛温顺，对玩具也不那么执着，一边说着一边用手拉儿子，牛牛站了起来，郑芸说，"来，小朋友，弟弟让你也坐车。"

"我不坐车，我想跟他玩。"小男孩说。

郑芸灵机一动，告诉小男孩："弟弟最喜欢玩抓人的游戏，你跑，让他追，或者他跑，让你追。"

"那好啊。"小男孩转身小跑起来，"你来追我！"

以郑芸对儿子的了解，这的确是他最爱，也差不多是唯一会玩的游戏，于是一推儿子："去，追哥哥！"

"追"字牛牛是听得懂的，一看小男孩已经在跑了，赶紧撑脚就追，快抓到小朋友的衣服了，乐得呵呵直笑，小朋友稍停，逗他，马上加快速度又远了，牛牛再追，玩得很开心。只有在这样的情况下，他才会出现一点点与其他孩子的互动，但不管怎么说，这也是一个良好的开端，看着他们在软垫上跑着，郑芸也觉得很开心。

过了一会，换成小男孩追牛牛，到底个头高，而牛牛也没有什么策略，就只会傻傻地跑，一下便让男孩抓到了，只好又变成牛牛追人了。

"要不，我们玩捉迷藏吧。"郑芸提议，小男孩很乐意地接受了，于是郑芸又提出，"你是哥哥，他还小呢，你让着他，让阿姨帮他找你好不好？"小男孩考虑了一下，也答应了。

虽然是弟弟先躲，可是游乐场只有那么大，牛牛又不能坚持不动，哪怕郑芸又解释又指导，牛牛还是很轻易地，一下就被小男孩找了出来。轮到小男孩躲了，郑芸把牛牛的胳膊抬起来，脑袋摁下去，数"1、2、3、4、5……"找的时候，哪怕余光已经发现了小男孩，可还是要制造难度，带着牛牛这里翻翻，那里看看：

"呀，哥哥不在这里呢……"

"这个是不是哥哥？不是哦……"

"哥哥到哪里去了？"

直到最后，"哇，发现小哥哥了，他在这里啊，抓住他了！"三个人笑成一团。

"阿姨，我们以后每个星期天下午都到这里来一起玩，好不好？"小男孩显然也觉得很有意思，这让郑芸很有成就感，能给儿子找到一个年纪相当、性格又好的玩伴真是不容易呢。就在刚才，她都产生了儿子是正常孩子的错觉，可见，嬉戏和交流的重要性。

不知不觉就过了两个小时，小男孩的妈妈从超市出来了，带着小孩跟郑芸告别。临别的时候，小男孩说："记得我们说好的哦，先拉钩！"他伸出小指头，牛牛看着他的手，在郑芸的辅助下摆弄了半天还是不成功，因为这样的孩子协调能力不行，无法完成精细动作。

"那我们就握手成交！"郑芸急中生智地说，让牛牛张开手掌，可是牛牛缩手，就是不愿意跟小朋友握手。郑芸有些急了，马上又转换道，"那就跟哥哥击个掌，就这么说定了！"

不由分说地拉起牛牛的手掌，在小男孩很配合地抬掌迎上来的时候，轻轻地拍了下去。小男孩很大气地笑笑，还煞有介事地摸摸牛牛的脑袋："小弟弟，你好笨笨的啊，什么都要妈妈帮忙，你看哥哥就不要做妈妈的跟屁虫。"

"是啊，小哥哥棒棒的，牛牛向哥哥学习。"郑芸夸奖着，看着小男孩神气活现的表情，忍俊不禁的同时又充满了羡慕，她多希望，牛牛也是这样啊，像模像样地端起架子，像个小大人一样训别人，蛮有意思的呢。

小男孩走后，牛牛寂寞了，一个人无所事事地玩着，多数时候都只是在蹦蹦床和秋千上玩着，郑芸见他没那么高的兴致了，便说："我们回家吧。"

牛牛没动，郑芸拉住他："牛牛，我们要回家了，下次再来玩，好不好？"这次牛牛没有抗拒，跟着妈妈到了门口。

"你看哥哥是怎么玩的，要跟哥哥学啊，这样下次就可以和其他小朋友玩了，"郑芸弯腰帮他穿上鞋，带到门边上，又低头套自己的鞋，"你不愿意说话，至少也要看着哥哥呀，不然哥哥怎么知道你愿意跟他玩呢？"

直起腰，装好水壶、汗巾，再一看，牛牛不见了！

"轰"的脑袋一响，郑芸就蒙了。等郑芸回过神来，只看见对面柱子上的镜子里，自己苍白的一张脸。

"牛牛！"她大声喊着，刚才一背的冷汗，现在又急得一头大汗出来了。

没有，触目所及，没有看见儿子。到处是晃动的人影，就是没见儿子。

"牛牛！"郑芸扯开嗓子大声喊，"牛牛！牛牛！"

心跳在短暂的骤停之后，又骤然加快速度，至少每分钟跳160下，又重又快，心脏都快跳出来了。郑芸只觉得脑袋里像进了无数只蜜蜂一样，嗡嗡作响，响个不停，就是没办法安静下来，她捏住拳头，告诉自己，冷静，这个时候一定要冷静。

正当她手足无措的时候，一个坐在边上等孙子的奶奶慢吞吞抬手一指："好像往那边跑了……"

也顾不得怀疑，郑芸拔腿就朝那边追，迎面的人刷刷地过去，每个人似乎都诧异地望着自己，郑芸也知道自己的神色非常不对劲，岂止这样，她一身都是僵直的，眼睛都快瞪出血来了。到了水幕墙那里，她猛地看到儿子在水槽边跑来跑去，不停地朝水里看，这一颗心总算是归位了。

"牛牛！"郑芸大喊一声。

牛牛斜过头来，一脸无辜不说，居然还有点兴奋地指着水里，叫："鱼！"

好在还没出商场，无限的后怕暂时告一段落，一肚子的恐惧瞬间转变成了愤怒，郑芸两步上去，一把扯过牛牛，弯腰就朝他屁股上使劲拍打过去："叫你乱跑！叫你乱跑！"

牛牛哇哇大哭起来。

"以后还乱跑不？叫你乱跑！"郑芸使劲地打着他，狠狠地教训，"乱跑就要打！"

手都打麻了，郑芸才在水槽边坐下，无力地耷拉下两手，望着号哭不已的儿子。也是该打，不打不记事。可是脾气发完了，冷静下来，她又很懊恼，儿子知道什么呢，他什么都不懂，该挨打的，似乎是她自己才对。

"牛牛，不哭了，"郑芸蹲下去，给儿子把眼泪擦干净，对儿子说，"看我的眼睛。"儿子眼睛颤颤地望过来，郑芸一字一顿地说，"以后在外面，一定要牵着妈妈的手，不可以到处乱跑，跑丢了，就再也看不到妈妈了，听见了没有……"

牛牛嘴巴一撇，又哭了。

郑芸默默地把儿子揽进怀里，在他耳边低声重复道："以后在外面，一定要牵着妈妈的手，任何时候都不能松开。"

每一天早上都是如此，带着牛牛去上课，郑芸一个人，从最开始的难熬，到如今已经习惯了。因为儿子牛牛，她的生活已经进入了一个新常态，忙碌忙碌，不停地忙碌。但是生活，还是悄然地有些改变，从银杏路口开始——

每天早上，她的车经过的时候，都是绿灯，她知道，旁边岗亭里是可以临时控制红绿灯的。

她进入儿童医院，再也不用去地下车库，那个保安伯伯会用移动警示桩给她留个地面上的空位，正好对着儿保大楼。

在公婆不在的日子里，刘科长经常允许她在家里完成单位的写文字材料工作。

三个月后公婆回来了，婆婆坚持要郑芸不再耽误上班，而是自己和公公带牛牛去做治疗。

郑芸发现，自己的部门，管理车辆的行政科出现了一个有意思的现象，似乎每天都有出车任务是经过儿童医院的，他们都能替她把老人和孩子捎带回家，郑芸自己几乎很少再中午出动了。

工作论文参加国资委系统的比赛，没有得一等奖，而是二等奖，奖金依旧不菲。

单位宣传稿件的上报数量创下了历年新高，报道系列居然得了集团公司的表扬，年底郑芸荣获集团的优秀通讯员奖。

夏总坐在办公桌后，笑吟吟地说："郑芸，根据你的工作业绩，我们已经提交领导班子，要升你做秘书，拿主管岗位的工资。但是，你知道的，就算批准了，升职考察期还有三个月。"

"这个……"郑芸讪讪道，"我休了那么多的假，只怕对同事不公平。"

"休了假是事实，一部分是公休假，一部分是工伤假，都是合理的，而且也都没有耽误工作啊，我分管的部门只看工作业绩。对于你的能力和业绩，同事们都是认同的，如果他们提出异议，也可以来竞争这个职位。"夏总笑了，"只是秘书这个岗位，没有两把刷子，能做得了吗？"

郑芸惭愧地低下头去，她只能更加努力地做好工作，才能对得起大家。

人逢喜事精神爽，回到家里一宣布，老人也高兴。

刘心美说："炒两个好菜，庆祝一下。"说完就风风火火下厨房去了。

六点半过了，还不见周会超回来，刘心美叫郑芸打电话催，拨着号，会超回来了，进门黑着脸，一句话不说。

"吃饭呢。"刘心美喊。

会超半天不来。

"都等你吃饭呢，磨蹭什么呢。"刘心美抬高了声音。

会超出来桌子跟前一坐，也不吭声，埋头就吃。

"你脸色不好呢，晚上要早点睡。"郑芸说，"十一点以后是养肝的，你肝脏不好，更要注意。"

"就是，"刘心美附和道，"你每天晚上都整什么呢，弄那么晚，郑芸是要做账写东西挣钱，你成天网上瞎逛，耽误时间还不睡觉，没指着你做事，你还不把身体爱护好。"

"什么瞎逛！"会超脱口而出，很有脾气。

刘心美气不打一处来，倏地变了脸色，数落道："你这是怎么了？妈还说不得你了？妈过来给你带小孩、做事，怎么还亏欠了你的，非得看你脸色不可？"

"妈……"郑芸在桌子底下踢踢刘心美的脚，示意她少说两句。

刘心美看郑芸拼命打眼色，便忍住了。

会超不再抬头，草草塞了半碗饭进去，就出去了。

"你去哪里呀？"郑芸追着喊。会超也不答，门重重一带，丢下一屋子莫名其妙的人。

刘心美快言快语地冲郑芸道："吵架了？"

"没有。让他出去走走，散散心，兴许回来就好了。"郑芸摇头，"晚上我再问问他，是不是工作上的事情烦心。你们就别问了，他这性格和这样子，问了也是自讨没趣。"

刘心美闷闷地望着桌子上的菜，有些气不打一处来。水煮牛肉是会超最爱吃的，平时有这个菜，他还有兴致跟父亲小酌两口，今天周建设还准备了酒杯的，结果好好的一顿饭，被他一张黑脸进来全给搅黄了。

一家人索然无味地吃完饭，郑芸翻看着白天的个训课内容，捋捋思路，准备给牛牛上课了，忽然接到一个电话："郑芸，我是贾贝，我现在在你们家楼下，你下来，我跟你说点事。"

贾贝？郑芸是知道的，他是会超的大学同学，睡在上铺的兄弟，从大学毕业一直到现在，差不多十年了，两人一直在一起混，关系挺好的。啥事呢，跟会超说不就行了？

还神神秘秘的，不肯上楼到家里坐一下。郑芸一肚子狐疑，下了楼。

"贾贝，有一阵子不见了哈，你脸色怎么也不好啊？不需要跟我们家会超脸色一致来证明是兄弟吧。"郑芸调侃道，"一看你就知道，股市大跌，直不起腰来，因为你的脸色就是股市晴雨表呀。"这个说法是有由头的，贾贝家里经济条件不错，他本人长期炒股，赚了一些钱，每次同学聚会，贾贝只有两件事可干，除了喝酒就是侃股经。

"你说对了，可不就是亏了，亏大了呢。"贾贝的回答让郑芸愣了一下，稍后也就释然，办公室同事中也有人炒股，多少她也听到了一些，说这次股市大崩盘，跌破了一千六百点，小散户重创，没几个安然脱身的。郑芸对多少点没概念，因为她从来不炒股，没有闲钱，也懒得操那个闲心，她是个只知道踏踏实实挣钱的保守主义者，从来不相信天上掉馅饼的好事，也经不起高风险高回报的惊吓。

估摸着贾贝这是来借钱？郑芸想想，不对呀，他再怎么着，也沦落不到借钱的地步，而且就算要借钱，也该找会超，而不是自己。

"郑芸，我跟你直说了吧。"贾贝接下来，说了一番让郑芸目瞪口呆的话，"会超管我借了十万元，要跟着我学炒股，我想钱不算很多，也就借了。岳父母在外地，年纪大了身体不太好，只有我老婆一个独生女儿，我老婆想把他们接过来住，准备另外给他们买套房子，要我拿钱出来。倒也不是我没钱，因为炒股被套了，不想割肉，就叫会超想办法还钱。"

"会超的股票也给套住了，比我还惨呢，可我这也是没办法。"贾贝说，"郑芸，你劝劝他，要是不想割肉，就你们家想办法先还了钱吧。我这边房子已经看好了，就要交首付了，找会超要了几次，都一个多月了，还说在想办法，这总拖着也不是个事吧……"

贾贝讪笑着，住了嘴。

郑芸默然许久，说："我月底一定还钱给你。"

贾贝走了，郑芸站在楼下许久，一扭头去了水上公园。

会超果然在水上公园，双手抄在棉袄里，站在亲水平台上发呆。郑芸走过去，在他旁边站定，压抑着沉重的心情，深吸一口气，淡然道："你也炒股了吧？"

会超不语。他性格闷也不是一天两天了。

郑芸慢慢地剥开真相的外衣："股市跌得这么厉害，亏钱了吧？"

会超还是不作声。

一步一步探过去:"你哪来的钱炒股?是跟别人借的吧?"

会超斜眼看了她一下。

"贾贝来找过我了。"郑芸咬着嘴唇说。

一阵令人窒息的沉默。

"会超,家里经济紧张,你就算要创收,也应该选择一条稳妥的路啊,如履薄冰的时候,还禁得起怎样的摔跤?"郑芸小心地选择着字句,不想过多地刺激会超男人的自尊,"我知道你也是着急,想让家里增加收入,但是一口吃不成胖子,心急吃不了热豆腐……"

"你想说我无能就直接说。"会超一句话硬邦邦地呛过来。

郑芸默然片刻,细声道:"我没有这么说,就算我平时说话不太注意,但我心里也不是这么认为的,我自始至终都觉得,你是个男人,搞好工作,争取上进就好了,家里的事应该是我来打理,我也尽量不增加你的负担。虽然平时我也抱怨家里开销大,但钱花了也就花了,需要钱我们还可以再挣,踏踏实实地过日子,踏踏实实地挣钱……"

"为了钱,我听够了你的埋怨。"会超怒气冲冲地说。

"你这样负气有必要吗?"郑芸说,"我是埋怨你了,你觉得不舒服,我们可以谈,我以后尽量顾及你的感受,不提。"

"你做得到吗?"会超哼一声。

"我承担那么多的压力,发泄一下不可以吗?"丈夫的态度刺激到了郑芸,她也不禁愤愤了。

会超一摆手:"你当我是你的情绪垃圾桶!我告诉你,我宁愿去挣钱,也不愿意听你数落。"

"好,那你去挣钱!"郑芸也恼了,厉声道,"那我问你,你挣的钱呢,在哪里?怎么一分钱没挣着,还赔了好些钱出去?"

"这次是意外,运气不好,下次不会了。"会超说,"这事你不要管。"

"我不管?贾贝都找到我这里来了,我不管?"因为急切,郑芸喉咙里发出尖厉的声音,"男主外女主内,你要大男子主义你就一个人担,怎么最后担不起,人家还要来找我?"

"叫你别管！"会超咆哮起来。

"人家要我还钱，我不管？人家要是把你告了，你能跟法官说，我老婆不管，法律上允许吗？"郑芸怒火一个劲往上冒，"你做事就不能想想后果？！你借钱的时候跟我商量了吗？你还把我当你老婆吗？我告诉你，你今天就是跑了，你老婆我拖着儿子，还要给你还钱！"

"我就是运气不好而已！"会超气愤难平，抓起一块石头朝地上一砸。

"天上不会掉馅饼！"郑芸说，"你别指望自己运气好，你要是运气好，也不会站在这里干冻着，掏不出一分钱还债！"

"你给我闭嘴！"会超粗着嗓子吼起来。

郑芸再也不说话了，默立许久，转身而去。

一个人走在冬日的风里，天色黑暗，两旁的店面里透出温暖的光芒，可是郑芸知道，这世间所有的温暖都已经与自己无关。她似乎应该流泪，可是她的眼眶干涸，流不出一滴眼泪，甚至都不曾潮湿半分，她压根就哭不出来。她的心里装满了恨，却又不知道到底该恨谁。

恨命运吗？这该死的命运啊，你为何就不能消停一点，偏要给我这么多的刁难？！

回到家里一身疲惫，把事情简单地跟公婆做了交代，她也没有劲头给牛牛上课，早早地就睡了。

那种无法排遣的累，已经渗入了她的骨髓，攫取着她毛细血管里的每一点动力。郑芸感到身体里强撑着的坚持正如潮汐般退去，她真的很茫然，不知道该怎么办。

也许是上天见她可怜，还是开了一条缝出来，就在全家愁眉苦脸无法应对债务的时候，汀州那边又来了电话，说开发商再次通知协调，做了一些让步，也许拆迁可以达成，叫周建设夫妇再回去。

刘心美一边安抚郑芸，一边兴冲冲地收拾行装，跟丈夫一道回去了。

左等右盼，几天过去又没有消息了。郑芸盘算着手头还不到一万元的存款，同会超说："拆迁这事，从来都要折腾好几个来回，估计没有这么容易，我看爸妈的拆迁款你也别指望了，趁早做别的打算吧。"

"还能有什么打算？"会超瓮声瓮气憋出一句话。

郑芸说："你卖了股票吧。"

会超翻了个白眼丢过来。

"那股票,说白了,也不是你的,是借人家钱买的,人家现在要钱了,你就该给人家。"郑芸明知道他会生气,还是要说。

"头发长见识短,"会超哼一声,"现在退出来,只有两万元不到了。"

"凑起我这里的,也有差不多三万元了,其他的,你去找同学借嘛。"郑芸看着丈夫。

"借不到。"会超一口回绝。

"你不去借,怎么知道借不到?"郑芸坚持。

会超没好气地说:"要借你去借。"

"我没同学在这里,都在汀州呢,这么多年没联系,突然去借钱,谁借给我呀?!"郑芸说,"你们同学时常搞聚会,你多找几个同学,每个人少借点,也能凑齐了。"

"我不出去借钱!"会超拿着手上的报纸一甩,气冲冲地进屋了。

郑芸跟着进了屋子:"只有半个月不到就是最后期限了,你还想不想跟贾贝做朋友?这么多年的交情不要了,你出去总还要脸吧。"

"要脸才不去借钱!"会超拧着脑袋,打开电脑,打算不再理睬妻子。

"借钱的事等会儿再说,我先跟你商量,把股票卖了。"郑芸抓住转椅,盯着会超。

会超不耐烦地站起身,准备甩手走开:"我不会卖。"

"你到底要怎样才卖?"郑芸不依不饶,"你还指望翻盘呢?我们同事说了,明年回暖的可能性都不大,家里处处要用钱,你到底想怎样?"

会超一把甩开妻子,冷声道:"我就不卖,今天你给我跪下我都不会卖!"

郑芸一听,只差没气得晕过去,一急之下,也顾不得许多,心一横,"扑通"一声,还真就直挺挺地跪在会超面前了。

会超错愕地盯着妻子,许久之后,黯然地离开了书房。

郑芸从地上爬起来,没事人一样,出去看儿子。牛牛正在看电视。她抹了把脸,坐在沙发上,忽然觉得自己很下贱,怎么就变得这么没皮没脸了?不就是几个钱吗?!

也许是因为心情不好,第二天带牛牛去上课感觉特别地疲惫,整个人都不在状态,下午把牛牛送到父母家,郑芸回到办公室,软软地趴在办公桌上,半天都没缓过劲来。

忽然,手机响起,接通了,传来一个女孩温柔的声音:"请问你是牛牛的妈妈吗?"

"是啊。"郑芸心想,别又是什么教育机构拉生源吧,反正每次一说儿子的情况,那边就特别礼貌地顾左右而言他了。她怎么会不懂呢？今天精神不好，懒得多话，直接问，"请问您是哪里？"

"我们是青岛以琳自闭症康复中心……"郑芸一下子呆住了，她简直不敢相信自己的耳朵。不是有了入学希望，他们是不会打电话来的，一般在网上提交报名表格，一年之后才有可能出来名额，也许是牛牛运气好，才半年就轮上了。

"我们现在通知您，二月份可以入读，录取通知书和注意事项已经发送到您的邮箱，请及时查阅。"

在连声的谢谢中，郑芸挂断了电话。发了一阵子呆，她忽地一笑，笑过之后，便又阴沉了脸。

去以琳半年的费用是八万，朱老师说的都是明白账目，可是郑芸现在不但是两手空空没有一个铜板，还欠债十万元呢。但这个机会，要她轻易放弃，怎么能甘心，这可是牛牛的未来……

就在郑芸一筹莫展的时候，手机再次响起来，一看是婆婆刘心美，郑芸心头升腾起希望，摁下接听键，张口就说："妈，我有个消息告诉你……"电话那头，刘心美也说了一句同样的话。

郑芸按压下心头的激动，笑道："你先说。"婆婆带来的消息一定是好消息，不然打什么电话呢。她这么一想，似乎看到了曙光。

"房子拆不了了……"婆婆第一句话就让郑芸拉出失望的长声："啊——"

"本来开发商跟我们协商，做了让步，都快成了，有70%的住户已经口头同意了，说是不在原地要房就可以按照1.3倍补面积和钱，我和你爸都同意，希望赶紧签，拿了现钱就走人。谁知道二单元有个老太太，非要1.5倍进行补偿，一看这么多人同意，急了，当场心脏病发作，送到医院没抢救过来，去了……后来家属闹，摆了个灵堂在开发公司门口，开发商也觉得不吉利，索性就付了违约金，退出了。"

郑芸听完，心说，这老太太，可也是把我们家害得不轻啊。

那头刘心美还在絮叨，说拆迁没戏了，怕郑芸忙不过来，明天就回来。郑芸哪里还有心思听，整个脑门子都挤满了一个字——钱。

不就是钱吗？但就是钱啊！

会超把一个厚厚的信封放在桌子上："股票卖了，还凑了点零头，一共三万元。"

他说:"你想过没有,我们的房子贷款已经还清了,可以抵押的……"

"抵押的钱干啥用呢?"郑芸无力地看着丈夫。

会超说:"先给牛牛去以琳用,其他的投入股市,抄底。"

"那要是股市永远不好呢?钱还不起呢?银行要收房子呢?我们住哪里去?"郑芸再也忍不住了,嘟囔道,"周会超你怎么就这么败家呢,你忘记了你只有一套房子?你就那么自信你炒股一定能赚钱?忘记自己是个菜鸟了吧!你想一夜暴富你做梦去吧。你要睡大马路你去睡,别害我们娘俩!"

她话意重,但声音低,会超也没有发脾气,只说:"爸妈的房子迟早会拆的,那总还有笔钱。"

"你去死吧。"郑芸看了儿子一眼,压低声音,咬牙切齿道,"你读了那么多书,怎么还跟你那个妹妹一样的德行,除了坑爹坑娘不会其他。你爸妈多大年纪了?就这么一套房子,拆了也就那么几个钱,你用了也就算了,赔到股市里算什么!"

"抵押贷款,你死都别想!"郑芸恨声道,"我就是讨饭、饿死,也不卖这房子,这是留给牛牛的,他将来就算没工作,好歹还有个容身之处。"

会超沉默许久,扔下一句:"那其他的钱你想办法,我不管了。"

看着他就这样拍屁股走人,郑芸气不打一处来。不同意抵押贷款,示威是吧?就算不是示威,要他拉下面子去借钱,那的确比登天还难。逼着老婆出来挑大梁,这样的男人居然还没有绝迹,自己就摊上一个!郑芸心里一百个鄙视周会超,最终还是一甩头,带着儿子出去散步了。

天无绝人之路,丈夫靠不住,就靠自己吧。

月底日近,还差七万元,郑芸不敢跟父母开口,找表妹小薇借了两万元。剩下五万元,她想到了发小陈轩涛,这是她在省城里唯一的朋友了,还是个超级有钱人,凭着那么多年的感情,本着对郑芸的信任,他应该会借钱的。五万元是借,七万元也是借,两万元的区别对有钱的人来说算得了什么?郑芸想着,要跟轩涛开口,就借七万元,先把小薇的钱还了,总归只是欠了一个人的。

怀着满满的信心,郑芸又一次对生活充满了希望,还那么笃定。

难得的大晴天,虽然还是北风,但有了太阳,一切都感觉不同了。

郑芸想着这几日要去见陈轩涛,也不能太邋遢,起了意捯饬捯饬自己。也是许久没有打扮了，带孩子、工作、兼职，生活满满当当连轴转，别说没时间，就是有时间，她也没心情。每天打开衣柜，顺手一拉，扯了哪件就哪件，胡乱套上，好在是冬天不是夏天，棉袄也就那么三件，记得就换着穿，不记得就天天穿。

母亲大约是看不惯许久了，有一天实在憋不住就直说了："你能不能有一天不穿棉袄？"

"那不得冷死呀。"郑芸脱口而出。

母亲都快无语了："闺女，你那么多大衣呢？羊绒的、羊毛的、呢子的，各种颜色，五六件总有吧，都不穿，放在柜子里展览呢？"

"没时间熨，没时间搭配，没有时间……"郑芸连声说，"弄件大衣那么麻烦，要穿紧身裤，还要配靴子，穿得不好就跟农村大娘似的，我带着牛牛，能穿高跟靴吗？怎么省事怎么穿，怎么随便怎么穿，你就别叨叨了。"

周末牛牛不用治疗，爷爷奶奶带他去逛菜市场了，估计一两个小时回不来。

郑芸吃早饭的时候收到了陈轩涛的短信：我们公司周六正常上班，你来我办公室吧。周五下午的短信，今天早上才回，郑芸知道，生意人应酬多，估计轩涛是中午喝高了，晚上喝醉了，到第二天早上终于清醒了。每次找他，从不会及时回信，但也绝不会不回，反正不管拖多久，他总有回应。郑芸也习惯了，短信发出去，就不用管了，到时候自然就回来了。不过，轩涛虽然短信不及时，但约好的办事时间，可从不含糊。

她去过轩涛的一两家门店，没去过他的公司总部，现在也叫集团了。记得他公司的地址，是在最繁华的商业大街写字楼里，以前也曾路过，却没有进去过。每到富丽堂皇的地方，郑芸都感到从头到脚的局促，所以轩涛邀请过几次，她还是没去。

手机又响了一声，轩涛的短信又来了，你还不知道吧，公司去年就搬家了，地址……郑芸再次吃了一惊，公司搬家了，还在经济开发区里呢，看门牌号码是个单门独院，这家伙不声不响的，这几年也混成大实业家了，随即呵呵一笑，富老板也有穷朋友，今天就去见识一下。

终于拉开了大衣的柜门，久违的精致生活扑面而来。她都快忘记了自己曾经也是白领丽人的范儿，从街头可以收获不低的回头率，如今她蓬头垢面，跟市井大妈无异。

但要去的地方有一定层次，怎么着也不能让人看轻了。她不能穿得太寒碜，丢了轩涛的脸，也丢了自己的脸。

取下了天蓝色的大翻领大衣，简洁的式样一直是她的最爱，靓丽的颜色，正好衬她的皮肤；再从箱子里翻出一条淡粉色的大丝巾，满是樟脑味。看着满满一整理箱的围巾，郑芸想起自己这一个月来，除了高领毛衣，就是一条黑色的围脖打通关，不禁苦笑一下。

翻出高跟长靴，居然有了霉点。蹲在阳台上重新上油，冬日早上温柔的阳光透过玻璃窗，洒遍了她的全身。一瞬间，她竟有些想落泪，如果没有牛牛的病，生活该是多么幸福啊。原来，从前的生活是那么的幸福啊，从前的她怎么就从未感受到呢……

靴子擦好了，阳光下锃亮，细细长长的鞋跟，小尖头，简单的淑女风范，立在那里，就有一种慑人的美，不管是上了谁的脚，凭空都会添上优雅的气质。

郑芸很用心地打理了一下头发，梨花头本是很娟秀的，但牛牛开始治疗后，她根本没认真打理过，这回好生拾掇了一下，用卷梳将发尾处理成流畅的大波浪，抹上弹力素，看上去似乎不错。化了点淡妆，再戴上银白色的水钻耳钉，穿好衣服，拎上黑色的包包。虽然只是仿皮的手包，但乍一眼看上去还是很不错的，至少式样大方，主要是实用，最重要的是百搭，省去她不少搭配工夫。

临出门的时候，郑芸站在穿衣镜前左右前后仔细照了个遍，所谓人靠衣装，真是至理名言，此番收拾完毕，走出去也是低调的奢华啊。镜子里的人虽然谈不上很漂亮，但也看着舒服，郑芸有些恍惚。好像消失在时光里的从前那个优雅的、精致的她又忽然间回来了，她无法确认这个影像就是自己，她已经习惯了随意甚至有些邋遢，再也回不到从前。

郑芸最后看了一眼镜子里的自己，是太过郑重其事了些吧？她想，即便是去借钱，还是要穿体面些，否则真有可能借不到钱。现在已经不流行雪中送炭了，人们都愿意锦上添花。

下了楼才想起，车让会超开去加班了，她只能坐公交去。好长时间没穿过高跟鞋，走路都生疏了，半天找不到感觉，郑芸走得艰涩。好不容易到了公交车站，入眼好多人。天气好，又是周末，出行的人多，挤上去了贴着人，两个细高跟撑不了多少力，重心不稳，郑芸抱着杆子晃动摇摆，一路随着开车起步、刹车拐弯摇晃得腰痛都要发作了。

经济开发区位置有些偏，转了两趟车才到。好不容易熬到下车，又走了一段老长的路，好在公司是个大院子，并不难找。站在气派的大门前，郑芸想，可算到了，这劳什子高跟鞋可真不是人穿的,太遭罪了。要不是为了借钱,何至于这样?她郑芸就是蓬头垢面,也有一百分的底气在轩涛跟前清高啊。

大门守卫森严,保安问了话,打电话进去才放行。

大办公楼从外观看上去很普通,楼层不高,大约六层,占地却很宽,郑芸心想,单瞅这栋楼,似乎比自己单位的实力还强呢。轩涛这人的性格有些不显山不露水,估计这大楼也是低调外容奢华内在吧。果然,走进旋转门,大厅金碧辉煌,让人叹为观止。暖气开得太大,一进门郑芸开始冒汗,解着围巾和衣扣,前台小姐穿着笔挺的西装,迎过来:"您是郑小姐吗,找陈总的吧?"她将郑芸接到电梯前,恭声道:"陈总在六楼618房间。"

只有六层,居然也安了电梯。门一开,一股淡淡的茉莉花香飘出来,一个穿制服的女工正弯腰擦拭电梯面板,已经锃亮得如同镜子了,她还拿着白绒布抹呀抹,郑芸进去,看见光亮得没有一点指纹的按键,有些瑟缩,强自镇定,硬着头皮摁下楼层,那女工的抹布马上就过来了。郑芸手臂挽着围巾,局促地站在电梯里,大气不敢出,心想,莫不会等我一出去,就喷消毒剂啊香水什么的吧……

下了电梯,进到走廊,还在看房间号码,就听见那头有人喊:"郑芸,这里。"她抬头一看,轩涛正站在走廊尽头朝自己招手。

"喝茶。"轩涛的办公室很大,偌大的大班椅也才占了不过三分之一的面积,还有一整面墙的书柜,郑芸在沙发上坐下,看见面前老大的一张木茶台,上面茶艺器具林林总总,轩涛熟练地泡茶,手法老到。郑芸看着,问:"我来不打扰你办公吧?"

"说什么话呀,你第一次来,贵客。"轩涛说,"我今天恰好也没什么事。"

郑芸也不知该怎么开口,自己什么都不懂,也一时之间找不出什么合适的话题,只好就事说事,于是摸了一下茶台,傻傻地问了一句:"这是红木的吧?"

轩涛想笑,忍住了,说:"你说是红木就是红木吧。"

那就肯定不是了,不识货叫人看笑话了,郑芸有些窘,赶紧换个话题:"你妈妈还好吗?"

"我把两个老人送到法国旅游去了。"轩涛说,"走了半个月了,还有半个月就回来了。"

去法国旅游?郑芸盘算了一下,一个月那得多少钱?自己借七万元,多少还是有些把握吧。

有事没事地闲扯了几句，电话铃响了，轩涛起身接电话，郑芸便细细地看他身后的书柜，那么多的书，好些都是成套的、崭新的，估计轩涛也没什么时间看。正看着，轩涛放下了电话，循着她的眼光看过去，便说："这都是唬人的呢，假装自己有文化……"

这话说得可太直白了，郑芸忍不住"扑哧"一声笑起来。

"你可别笑，我从小就羡慕文化人，"轩涛说，"就像你这样的。"

"我？"郑芸又笑起来，本想开开玩笑，一看轩涛满脸正色，又想起他没读过什么书，"文化人"三个字可是他的心结，若在平时可以大咧咧调侃他几句，今天有求而来，不得造次，便赶紧岔开话题，正好看见他身后还有一张门，顺口问道，"那间房子是休息室吧？"

"是啊，"轩涛握住把手，大方地邀请，"要不要进去参观一下？"

"内室还是不要参观的好，私人空间，隐私。"郑芸说，"我们领导也有休息室，大同小异吧，但估计你的非同一般，肯定是跟这栋办公楼一样，低调奢华有内涵……"

轩涛认真地听着，静静地看着她，然后淡淡的笑意浮现在脸上："你真是这么看吗？"

"是啊，"郑芸环顾四周一眼，"这儿真是不错，在院子里就感觉挺内敛的，现在的有钱人，不张扬的少了。"

轩涛忽然不笑了，低头倒茶，问："你找我什么事呢？"

一句话，使先前好不容易轻松点的气氛又紧张起来。郑芸虽然之前给自己打了不少气，但真到了要开口的时候，还是觉得开不了口。她咬着嘴唇，内心激烈地斗争着，纠结得厉害。

"你不会是来找我借钱的吧？"轩涛抬起头，盯着郑芸的脸。

啊！郑芸的脸唰地一下红了，她不知道轩涛怎么看出来的，但随即，她又坦然了，无奈地想，这样也好。

轩涛看见她脸上红一阵白一阵，估计自己猜得八九不离十，正想着郑芸这么薄的脸皮，会怎么回答，却听见郑芸蚊子般低声哼哼道："是的。"

他干笑两声，郑芸的脸更红了，但短暂的赧然之后，她低头抓着手里的茶杯，还是鼓足了勇气说："我想借的钱，其实对于你来说，并不多……我希望你能帮忙，借给我。"

她说完，抬起头来，看着他。

这双大又黑的眼睛太熟悉了，小时候，她总喜欢这样大睁着眼睛瞪他。

在幼儿园的时候，他不听话，她就这么瞪他："陈轩涛，你再不坐好我就告诉老师。"

读书的时候，他捣蛋，她就这么瞪他："我告诉你爸爸去，让他教训你！"

读初中的时候，他已经高她一大截，可她是班长，是小组长，他背不出课文、交不出作业、没写完练习、上课开小差，她就这么瞪他："你等着老师批评你吧！"

后来，他不读书了，她在街上碰到他，也是这么瞪他，问："陈轩涛，你怎么就不能好好读书呢？"

倘若她今天也是这样瞪着他，说："陈轩涛，你借钱给我！"那也许他就不会意外了，这是符合郑芸在他跟前一贯的做派，永远是一副义正词严的清高模样，但是此时她没有了意气风发。也许她还想保持自己的骄傲和风度，可是她的眼睛里，再也没有了从前的高他一等，也没有了那咄咄的嗔怪之意，而是在略显瑟缩的期望中显出一些悲凉的无望来。

他记得上次她给他打电话，说要钱急用，去他的当铺当首饰，要他打招呼给个合适的价格，他当时心里就嘀咕，出什么事了，居然落到了要当首饰的境地？现在的人，有个稳定的单位，谁家没有个几万元的积蓄，真有急用，也不至于当首饰，到哪里不也能凑个几万元出来？那除非是无处可借了，才会典当家里的东西，但凡到了这个时候，不是吸毒就是赌博。

可是郑芸不应该是这样的人，她从小就品行端正，是大院里有口皆碑的乖乖女，听话，成绩好，还上进。离开汀州到省城十多年来，虽然再没有像从前那样跟郑芸几乎天天见面，但隔三岔五还是有联系的，十年前，他父母过来常住，六年前，她父母过来常住，两家老人更是来往频繁，毕竟是多年的好友，在省城朋友又少，就当个亲戚走。他从母亲那里听到的郑芸的消息，也还是那样子，孝顺、听话、上进，这么些年，尽管结了婚生了孩子，还是在不停地读书进修。每次母亲说起郑芸的时候，总是只用一句话结尾："我要是有这么个女儿就好了。"

当首饰的事情，是轩涛故意让母亲告诉郑芸妈妈的。多年在生意场上混，轩涛对人已经不敢那么信任，他宁愿让郑芸妈妈警醒，给郑芸敲敲警钟，也不愿意郑芸真的有事，在所谓的泥沼里越陷越深。

只是没想到，当首饰的事情才过去没多久，郑芸就亲自登门了，穿得如此正式体面地来伸手借钱。

要她放下自己的骄傲，是件多么不容易的事情。但，钱逼她放下了。

她为什么要借钱？他觉得自己没有必要知道，不过，既然她来了，就是一个机会。

这个机会，他等了很多年了。

郑芸等着轩涛回复，轩涛一直默不吭声。

不借，你也得亲口说出来。郑芸想着，也硬撑着不动。

终于，轩涛起身了，他走近大班桌，从柜子里提出一个大皮包来，重新坐回沙发上，把皮包放在自己身侧，然后，他说："郑芸，我们从小一起长大的，我从十六岁的时候，就开始喜欢你。可你成绩好，从来都不用正眼瞧我。后来我辍学做生意，一直想着，等我有钱了，就能在你跟前神气，就有资格跟你说，我喜欢你。"

"可我一直也没能挣多少钱，你却考到了省城，我就跟着到省城来做生意，就想离你近一点。后来生意慢慢做开了，我挣了钱，但不多，还没资格跟你平起平坐，你就结婚了，后来，你生孩子，我买了房子和门面，把父母接过来。再后来，我有了许多钱，可你对我，还是那么冷冷淡淡的样子。虽然有事你会找我帮忙，我也都办到了，但是我知道，你心里从来都是看不起我的，觉得我不上进，没文化。"

"今天，你来借钱，我不会借给你，因为我从来不借钱给别人。"轩涛双手按在了茶台上，盯着郑芸的脸。

郑芸的嘴角轻轻地抽搐了一下。

"但是，"轩涛接着说，"我可以给你钱，只有一个条件。"

郑芸的眉头，慢慢地拧了起来，她搞不明白，陈轩涛葫芦里卖的什么药。

"今天，你想要多少钱都可以，"轩涛的笑容意味很深，也很是叵测，"我一扎一扎拿出来，到你满意的时候，你自己，去那间房子里等我。"他抬了抬下巴，朝着那间休息室，"仅此一次，我不会跟任何人说，也不会去破坏你的家庭，干涉你的自由，并且事后，钱的事两清，你也可以当作什么都没有发生过，我们还跟从前一样。"

郑芸终于明白了……

说完这些，轩涛扭头，伸手从旁边的皮包里，拿出一扎钱，放在茶台上，看郑芸一眼。

一万元人民币。

郑芸不动。他看着郑芸，再拿一扎钱出来，两扎钱搁在一起。郑芸看看他，又看看钱，还是没动。

轩涛不急，慢慢地朝外拿钱，就这样一扎一扎，整齐地叠放在郑芸面前。

已经七万元了，触手可及的距离，这是郑芸要借的数目。

七万元人民币，原来是这么厚的一叠呀，就是这样的概念，很直观地享受一回，看钱。郑芸的嘴角划过一丝笑意，她捂紧了一直放在膝头的大衣和围巾，挽起手包，站起身，走出了办公室。

走廊很长，铺着厚厚的地毯，细跟皮靴走得很舒服，但她走得不快。因为，优雅的步姿不能太快，在这一刻，她俯就的、卑微的、纠结的怯弱，都可以放下，高贵重新回到她的身上，她保有了最后的自尊，虽然她不可以用它来傲视生命、傲视金钱，但她，还可以用它来傲视陈轩涛。

进电梯，站定，按下一楼，她的指纹印上去，保洁员马上来擦，便什么都不见了。郑芸感叹道，多好啊，一切干干净净，了无痕迹，就好像从来都没来过这里。

她就这样昂首，走出了大厅，走出了大门。在这一段距离里，过往像电影一般从脑海里映过，这是最后一次回放，放过了，便可以遗忘了，她把它们留在了身后，再不回头。

她设想的种种美好都不复存在了，一切都不会跟从前一样了，那个从小一起长大、一直在身边，她如此信任却一点都不了解的陈轩涛，从此跟她的生命再也没有任何关系了。

活了这么久，她似乎到今天、到此刻才明白，人生的真相难免有时候会以一种极度狰狞的面目出现，一扫之前的重重温情，这只是为了告诉她，生命从来都没有侥幸，没有救世主，更没有奇迹，而作为独立的个体，除了忍耐，除了承担，你所能做的，也许只有抗争了。

贾贝的电话又来了，会超依旧是一副高高挂起的样子，不出去借钱，成天不是上班、加班，就是蜷缩在家里上网。郑芸知道，他对自己逼着他卖了股票一肚子火气，也对自己不肯把房子抵押贷款一肚子怨气，在这个时候，纵然郑芸满腹委屈，也无计可施。

也许是压力过大，在月度会上，郑芸走神了，总经理喊了她两声，她居然没听见没应答，等她缓过神来，事情已经有些难以收拾了，因为总经理问，刚才他说的话记录没有，郑芸的会议记录本上一片空白。

总经理倒是没有当众发难，事后把她叫到办公室，还问了问缘由，郑芸含糊地说，家里的事，欠着债，炒股又亏了钱，急的。总经理苦口婆心地说："你想那么多干吗？一个女同志，不要那么好强……"

好强？这个词语很是刺激了郑芸。我难道是个好强的女人吗？哪个女人不喜欢过舒服的日子，要自讨苦吃？她抿紧了嘴，任由总经理教训，站在男人的角度，站在男权的高度，女人是没有发言权的，她无奈地想，当人们指责一个女人好强的时候，有没有想过，一个女人之所以好强，是因为她没有什么可以依靠，所以才不得不坚强，是男人对责任的逃避，是男人的懦弱造就了女人的自强，怎么这就成了错了呢？

挨了批评自然心情不好，回家又因为一件小事跟会超起了冲突。

在楼下，碰到快递员送货，郑芸带上楼，拆开一看是一堆零食。等会超回家，郑芸把他叫到房里问："你怎么老是上淘宝网购？"

"便宜呀。"会超说得理直气壮。

"上次美国发过来的资料你看了没有，正准备对牛牛进行饮食配合治疗，这些高热量的零食牛牛都不能吃了。再说了，就算不进行饮食治疗，也不能给牛牛吃零食，都是色素、香精啥的，吃了对身体不好，小孩子就应该多吃饭菜，尽量不吃零食。"郑芸说。

"你真啰唆，"会超有些不耐烦了，"不给牛牛吃，我们大人吃可以吧？"

"爸妈没有吃零食的习惯，你也要少吃，吃这些有什么好处？"郑芸问，"你又花了多少钱？"

"不多，三百多。"会超话音一落，郑芸就叫起来："这么贵，你不知道，便宜也能买穷人啊。"

"你穷啊？"会超反唇相讥。

"你欠一屁股债，你不穷啊？"郑芸火了，"你还有资格乱消费？现在家里经济紧张，可买可不买的东西统统不能买，节省一切开支！"

"要省你省，我不省。"会超一副不屑一顾的神情。

"你欠的钱，你不省谁省？你还好意思乱用钱？"郑芸火冒三丈，"你一个星期至少四个快递，人家保安都说你有网购瘾了，你说你乱花了多少钱？我已经忍了你很久了！"

"我就不想影响自已现有的生活水平，我说了，要你别管，抵押贷款，你不听，"会超哼一声，"我的原则，不用别人的错误惩罚自己，你要节省你去省，别要求我！我一个大男人，凭什么听你一个女人的话……"

这是什么话，他还有理了！郑芸越听越气，劈手就是一巴掌，拍在他肩胛上："周会超，你真不是个东西！"会超拧起脖子，恨恨地望着她。

她瞪着他，握着拳头，愤怒地叫起来："贷款贷款！贷了款就不用还？我什么都是听了你的，你的决定对了几次？要你不要炒股，你背着我借钱去炒；要你不要淘宝，你天天淘；要你不要买零食，你一买一大堆；要你去借钱，你不去；要你学着给牛牛上课，你这借口那借口；你说你累，我不累啊？家里的事都压在我身上，你还是个男人吗？"

"我没叫你出去挣钱，你就不能安生点？不要炒股，少去淘宝，这点要求过分吗？"郑芸一口气说完，气冲冲地抓起衣服，摔门而去。

她就这样冲去了院子，疾步如飞，漫无目的地朝前走去。也不知走了多久，有些累了，才缓缓地站定。

面前，是一片江水；脚下，是冬天裸露的河床。潇江两岸，城市的霓虹绚烂，这些热闹都与她无关，她站在江边上，被绝望浸润，找不到出路，那种无望的愤怒再次从心底升腾起来，是我好强吗？我这是好强吗？为什么我可以理解每一个人的难处，他们就不能理解我？尤其想到丈夫会超，郑芸此刻心里满是厌弃，她开始怀疑自己的婚姻，怀疑自己当年的选择……

不远处有块大石头，郑芸走过去，虚脱般地在石头上坐下。望着黝黑的江水，人们不是都说，上天关上了一扇门，必定会为你打开一扇窗吗？可是给她的那扇窗户在哪里呢？

她回想着这些天发生的事情，除了钱，还是钱，她已经使出了浑身解数，似乎再也无路可走。也不过就是七万元，竟然活生生把她逼进了一个死胡同，她想起陈轩涛茶台上那七万元人民币，就这样的厚度，就把她给彻底砸倒了。唉，难怪人家说，这个世界上，什么都可以没有，就是不能没有钱……人都说，有钱能使鬼推磨，更有人说，有钱能使磨推鬼，可郑芸现在，就是什么都没有——没钱，没出路，还没家人的支持——

一无所有。

她想起自己的境遇，再一次悲从中来，只是，眼眶干涩，还是没有眼泪可以流出。家庭是这样的状况，除了付出和疲惫，还有多少温情和安慰呢？孩子是这样，那不可预知的将来，充满坎坷艰难，到哪里去寻找希望呢？工作上，她亏欠了同事太多人情，而她又没有能力偿还，每一道压在心上都让她喘不过气来，什么时候才可以解脱呢？父母这么大年纪，还要没完没了地为自己操心，为人子女，她有何颜面见人？朋友，陈轩涛曾经是她最好的朋友，却在她最需要帮助的时候露出这么下作的一面，他是从来都这么卑鄙，一直掩藏着本色，还是十多年生意场改变了他，让他变成了这样？郑芸根本没有心思去深究，他已经跟自己无关了，可是她却抑制不住地心痛，三十几年的相交，最后撕破脸的，还是一个字——钱！

没有钱，是万万不能的啊。

即便她保有了最后的自尊，但她的心已经被凌迟了千万刀，她最为信任和倚重的，成了她最大的打击，当她从陈轩涛面前起身的那一刻，心都在滴血。她之前所有的信仰，在这一刻轰然坍塌，那七万元真实的厚度，颠覆了她所有的人生观、世界观和价值观，什么高大上，原来在钱的跟前，都这么脆弱不堪一击。

今夜，无风，她孑然一身，身无分文，站在江水之滨。

郑芸慢慢地走向江水。从前读书的时候，冬日曾约三三两两的同学过来，在沙滩上席地而坐，点燃篝火，弹吉他、唱歌、说话，梦幻般的青春就好像这河床。河床依旧宽阔，这些年因为被挖沙船过度开采，早就没有了细沙，露出黄泥的坑洼地面，就好像她曾经美好，如今已经不堪回首的青春，永远都找不回来了。

江水就在脚边，再往前一步，就进到了水里。

郑芸默默地望着脚下的江水，它怎么可以这么平静？就好像世界上的一切都跟它无关，其实它流过这个城市，冷眼看过了多少悲欢离合，可它就是如此沉默，把所有的故事都放在肚子里带走，流向远方。

今夜，你也带走我的故事吧……

郑芸抬头望望天，黑色的天幕，黑得凝重，也黑得沉重，她想，我的生活再也不用沉重了，一切都可以在今夜结束。

"姑娘……"背后忽然响起一个老人的声音，"姑娘，你要是走下去，就没有回头路了……"

郑芸没有回头。

"我每天都在这里散步,今天看见你过来,神色就不对,你一个人在这里待了很久了,我怕你出事,一直在你后边陪着,"老人声音沙哑而沧桑,"姑娘,有什么想不开的呀,人生没有过不去的坎儿,等你到了我这把年纪,就会知道,什么其实都无所谓,不要看得那么重……"

看着郑芸反应并不激烈,老人也平和地劝着:"姑娘,你该是结婚了吧?想想爱人的好啊……如果是跟爱人吵架了,哪对夫妻不吵架呢?有些夫妻还要磨合一辈子呢。"

周会超?郑芸心底掠过一丝寒意。家无可恋,多数是因为他。

老人见她不语,又说:"你应该也有孩子了吧,那更要想想孩子,没妈的孩子多可怜啊,要是找个后妈,先不说后妈怎么样,你忍心把自己的孩子交到别的女人手上?人都说,有后妈就有后爹……"

郑芸心里一刺,一阵锐痛。牛牛,可怜的牛牛,他那个样子,连话都不会说,就跟个哑巴差不多,自己带他都这么吃力,要换了别的女人,不是自己的孩子,先不说是否虐待他,会这么耐心地带他吗?那他的将来,是不是就会被看成智障的孩子,被所有人嫌弃和歧视……

长叹一声,郑芸怏怏地想,我自己都顾不上了,还顾他?横竖都是死了干净,他若是过得不好,也不如早点死了,就都超脱了。转念又一想,儿孙自有儿孙福,也许,他有他的造化,上天若是慈悲,会给他安排好的,倘使上天都不眷念他,那也是他的命,能怨谁呢……

想到儿子牛牛,郑芸心如刀绞,却深吸一口气,把心一横,就算妈妈对不起你,可妈妈也撑不下去了,妈妈太累了,妈妈是自私,只想着自己一了百了……

老人见郑芸还是不肯挪步,便也不肯放弃,依旧劝道:"姑娘,死有什么难的?很容易呢,你只要走下去,一下子就可以去到另一个世界,可是你难保自己不后悔啊。你就这样死了,你父母怎么办?你见过白发人送黑发人吗?好惨的啊……"

"他们辛辛苦苦把你养这么大,多少心血啊,你这样说走就走,真是很不负责任啊,谁给他们养老送终呢?"老人说得声音有些发抖了,"姑娘,你可不能做这么没良心的事情啊，等你被江水泡得发肿，你要你父母怎么接受啊……我每天都在江边散步，那些溺死的人的家里人呼天抢地的样子，你不知道有多惨啊……"

郑芸有些听不下去了，眼泪流了下来。她对得起任何人，就是对不起父母，老人的话都是有道理的，到底还是戳中了她心底最柔软的部位。

"生命多么可贵，不要轻易放弃，我活了大半辈子了，有些事，真的是挺一挺，咬咬牙就过去了，不值得去死。"老人说，"过去了，再回头来看，算什么呀，自己都会好笑，为了这种事情就寻死，真是不值得。"

"天无绝人之路啊，"老人循循道，"上天有好生之德，不会逼你上绝路，只要你自己坚持一下，就能过去了。"

"家家都有本难念的经，人人都有难处，但世界上这么多人，你看有多少人想不开呀，那想死的都是少数，再难，人都能想办法活下去，不然怎么说好死不如赖活着呢。"老人说，"你就比别人差吗？你看你，四肢健全，长得标致，穿得也不差，总比残疾人好吧，总比流浪的强吧，那些人都能活下去，你怎么就不能了？每一只蚂蚁都有每只蚂蚁的活法，穷也好，贱也好，总是能有条出路的，可你不能自己把路走绝了。"

"听话，回家去，好好洗个热水澡，蒙头睡一觉，明天肯定有办法，什么都会过去。"老人话语中透着慈爱，也颇有些恨铁不成钢的意味，"你这孩子，做人不能太自私，你要真是个自私的人，那就去死吧，死了也就死了，我跟你没什么关系，也没什么好可惜的。不过就是人世间少了一个不负责任的人，合着让我也陪着喝了大半天冷风，费了这么多口水。"

郑芸终于回头看了一眼，老人单瘦，站在自己身后不远处，很像父亲的身影。她迟疑了一下，转过身，慢慢朝前走。走出一段距离，再回头，老人还站在原地，看她回头，摆摆手："这就对了，赶紧回家去，爸妈都等着你呢，该有多担心……"

郑芸的眼泪唰唰地流下来，她加快了脚步。

打开门，家里很安静，公婆和牛牛已经睡下，听见牛牛那边已经没有响动，郑芸估计时间不早了，一看，果然时钟已经快指向一点了。居然在外头晃荡了六个多小时，想到明天一大早还要送牛牛去医院，郑芸匆匆洗了个澡，上床。

会超默不出声地贴了过来，抱住妻子，问道："你去哪里了？手机也不带……"

郑芸也默不出声地把他的手拿开，不动声色地挪开些身体。

"明天我请了假，去送牛牛。"会超说，"以后每个星期，我都会固定请一天假，去送牛牛治疗。"

"不用了。"郑芸冷淡地拒绝，"你上班很累，好好休息吧。"

会超默然片刻，又说："从明天起，晚上你给牛牛上个训课的时候，我在边上看，慢慢学。"

"不用了。"郑芸再次冷声回答，"还有一个多月，牛牛就要去青岛以琳了，等你学会，他也过去了，你已经没必要学了，我已经习惯了，也能坚持下来。"

会超再次沉默，过了一会，说："我再也不淘宝了。"

"随便你。"郑芸翻过身，背对着会超。

"你以前从没这样过，今天晚上，你到哪里去了？"会超再次伸手过来。

这次郑芸毫不犹豫地推开他的手，几乎是忍无可忍地回答："去自杀了，准备跳潇江。"

身后彻底寂静了。

郑芸缓缓地闭上了眼睛，也不过就是爱错了一个人，承认就承认吧，不经过这么久，不经过这些事，她也许一辈子都不会察觉到他的自私。她其实并不怪他无能，因为一个男人有没有能力，跟社会给他的资源和平台是密不可分的，这不是他自身可以决定的，所以怪他是没有道理的。但自私就不一样，身为一个男人，怎么可以没有责任感，怎么可以不心疼自己的妻子，怎么可以那么心安理得地在妻子奔波劳累的时候，大爷一般抄手看着，甚至在自己惹了事出来之后，撒手不管，让妻子收拾残局呢？她纵然柔弱，却不得不承担，这所有的点滴累积起来，压迫下来，终于彻底凉了她的心，她的心里再也腾不出空间去原谅他，爱他。

活了三十几年，到今夜，郑芸才大彻大悟，原来爱一个人需要酝酿那么久，不爱一个人却往往只在那么一瞬间。原来那么深、那么深的爱，也可以如此凉薄地收场，消退得如此之快，快得她一时之间都找不出什么具体的、致命的原因。那曾经让她不顾一切、全力以赴的爱情，回头来看，却是那么可笑、那么幼稚、那么肤浅，毫无意义。她曾经天真地以为，他们会一直相爱，永远相爱，一直到死，可是当世事袭来，当她看见他真实的一面，幡然醒悟，原来这么久的付出，她爱的，竟是这样一个不值得爱的人……

这是多么痛的领悟啊，可是她，却感觉不到痛了。她付出了这么多所维系的婚姻和家庭，原来从头到尾，都是她一个人在付出，像个傻子一样地付出，而人家心安理得地享受，没有丝毫的感恩，没有丝毫的体贴，甚至没想过回报她一点点，为她分担一点点，或者说心疼她一点点。她觉得自己应该愤慨，因为太不值得，亏大了，可是她根本没有力气，也没有兴趣，甚至压根就不想愤慨，一切都是这么的没有意义。

郑芸觉得自己的婚姻、自己的爱情、自己的人生，都充满了讽刺。

她不恨他，她只是，从这一刻开始，停止了继续爱他。当世事坚硬了这颗心之后，冷酷也就不可避免，她不用顾忌会伤害到他，这不是对他自私的报复，而是她已经无所顾忌了，她真正地，无所谓了。对于一个死过了一次的人来说，还有什么是有所谓的呢？她可以当自己在那一刻就死了，现在的一切，都是跟自己无关的身外之物，老公是这样，家庭是这样，婚姻也是这样。她今后，要做的事情，只有两件，一是爱儿子，二是爱自己。

再也，再也不要像从前那样活。

跟婆婆两人吭哧吭哧把菜提上楼，中间还休息了一下。刘心美说："年纪大了，不服老不行啊，早两年上五楼还可以一口气爬上去，如今都要歇一次了，再过几年，只怕要歇几次了。"

"时间不急，慢慢上。"郑芸说，"我是腰不好，提了东西就要歇几次才能上去，这个不能硬撑。"

"等以后有钱了，我们也换个电梯房住住。"刘心美忽然说，"早两个星期，会超还表现好，不睡懒觉了，知道主动开车送我们去买菜，今天倒是起来了，却怎么也不肯出门。"

"他爸叫他一块儿去，他说有事。再问，死活不开口了。"刘心美说，"以前不觉得，现在看，他这性格，太闷，还真是不行。有什么事就说呗，一副犟牛相，死不开口，问得眼睛都抠进去了，还是不说话。"

郑芸不吭声，知道婆婆已经看出了什么端倪，暗暗地在他们中间做着调解，她不想说什么，如今她的态度，周会超做什么，怎么做，她都没兴趣管，她只管自己，只做好自己该做的事。她心里，已经把他撇开了，他其实完全可以跟她无关，哪怕他跟她同住一个屋檐下，同睡一张床，她也可以尽量把他撇开，做到视同无物。

到了门口，郑芸也没打算叫门，会超说有事，百分百就是上网，他要是往电脑跟前一坐，屁股就跟被钉死在凳子上了差不多，要等你嗓子喊破他才起身姗姗来迟，还不如自己动手丰衣足食。当她真的从心里不再指望会超之后，日子反而过得舒心了，因为没有期待，就没有失望。

放下一大堆的菜，郑芸折头去换鞋子，再一抬头，忽然看见沙发上坐了一个人。

贾贝？！

再一看，会超耷拉着脑袋坐在贾贝对面的小凳子上。

郑芸的眼睛飞快地从两个人的脸上掠过，贾贝神色还好，只微微有些发红，会超脸色不好，铁青着发硬。她当然知道发生了什么，无非是贾贝上门来要债了。

刘心美已经进了厨房，郑芸跟进去，低声说："妈，爸和牛牛没带水壶，要不，你送水壶下去给他们，也在楼下休息一下。"

"我叫他们一块儿去逛超市吧，正好保鲜膜没有了。"刘心美看了客厅里一眼，叹口气，轻轻地拍了拍郑芸的手背，出去了。

郑芸缓步走到客厅里，在单人沙发上坐下。

贾贝说："你们两口子都在，有些话，请你们见谅，我也不得不说。我们这么多年的朋友，知道你们家现在的情况，也不是非要相逼，或者撕破脸，我家里也是老婆吵吵，没办法，钱，你们还是要赶紧还……"

"今天30号，我说过月底还钱给你。"郑芸说着，起身到隔壁书房里，拿出一个大信封来，递给贾贝，"你数数。"

贾贝有些吃惊，打开看看，数了真是十扎，便笑笑："也是多谢你们了，不然我今天回去，门也难进，老婆的脸也难看。"说着，有些歉意地看郑芸一眼，说："对不起了。"

"贾贝，"郑芸说，"欠债还钱，天经地义，也没什么对不起的，要说对不起的，也该是我们，让你这么着急，又拖了这么久，利息也付不起。"

"说什么利息呀。"贾贝脸红了。

"利息我们确实也给不起，欠你人情大了。"郑芸顿了顿，"你也该回去交差了，早点回家吧，记得你们还要去交房子首付款。"

贾贝应着，出了门，郑芸跟在后面："我送你下楼。"

一路跟下来，到了单元门口，郑芸说："贾贝，我还有句话想跟你说。"

贾贝转头，郑芸盯着他的眼睛，慢慢地、清晰地说："从此以后，再也不要借钱给周会超，如果你下次还借，那你就找他一个人还，跟我没关系，我不会管了。"然后，她慢慢地从口袋里掏出一张纸来，打开，连着笔一起递给贾贝，说："你签个字吧。"

贾贝有些愕然地接过去，看了，抬头看了郑芸一眼，脸色很复杂，喃喃道："我以后再也不会不经过你同意就借钱给会超……"

"说是没有用的，口头承诺法律无法取信，你们是兄弟，虽然不是合伙设计我，我却是你们友情的最大受害者，"郑芸坚持，"这字必须签，签了，我就对你进行了提前告知的义务，请你理解，只有这样，才能从法律上划清权利和义务，免得将来起纠纷。"

贾贝没有再说什么，签了字，忽然说："会超是心急了些，但他人不坏。"

"不坏，并不代表就好。"郑芸的话语有些凌厉，"若想指望他拯救这个家，估计大家都得死。"

"你变了，郑芸。"贾贝喃喃道。

"冷酷了是吗？"郑芸冷笑一声，"如果你活在没有温度的世界中，总有一天，也会变得从里到外都跟周遭一样冰冷。"

贾贝再也不说什么了，转身离去。

郑芸也缓缓转身上楼，温情不属于郑芸，对现在的郑芸来说，每一点都是付出、都是负担、都是痛苦，也许只有冰冷的法律，才是她可以相信，也是唯一可以支撑她的。温情拯救不了她，只有法律，才可以保障她。

搬张小凳子，坐在厨房里择菜，面前投下一大片阴影，郑芸知道，会超出现在厨房绝对不会是来做事的，他对做家务一贯鄙视，别看本事没多少，大老爷们儿的架子不小，照郑芸母亲的话说，那就是大事做不来，小事不肯做。现在回想起母亲当年的话，郑芸不得不佩服父母的眼光精准，自己当年就是被爱情冲昏了头脑，如今自作自受。

她低头做事，不搭理他。

会超在对面蹲了下来："你哪来的钱？"

卖身卖的！郑芸一想起借钱在陈轩涛办公室里受的屈辱，就气不打一处来，只想呛他，但是想想，跟这种人生闲气有什么用，便淡淡地说："你给我了三万元，小薇借给了两万元，我父母那里借给了三万元，夏总借给了一万元，同事们凑了一万元给我。"

会超徐徐地坐在地上，弓起腿，把脑袋埋在双腿之间，不作声了。

"你该干什么就干什么去吧。"郑芸尽量语调平静缓和地说，其实她已经很烦他坐在跟前，看见他这副模样，内心有种愈见愈深的厌恶，但是她不想吵架，所以拼命抑制着自己的情绪。

会超起身走了，过了一会儿，又过来了，递过来一样东西。

郑芸抬头一看，是存折。

她没有接。

"以后我一分钱也不用了。"会超说。

"你做不到的，"郑芸头也没抬，"以前你给过我存折，然后又用信用卡透支，反正挂在一起，直接扣款还钱，另外支付宝你还可以直接充钱，我拿了你的工资存折跟没拿没什么两样。你妹妹有赌瘾，你有网购瘾，你们有成瘾性，我改变不了什么，只能接受。你六千元一个月，说是固定给我五千元做生活费，自己一千元零用，结果呢？要你买的报账，不要你买的，买了也要报账，送人情要报账，请客吃饭要报账，横竖变着法子弄钱走，到最后给我的五千元都可以花光，敢情我还要倒贴……我懒得管你的钱，懒得计算你每个月到底给了我多少，又拿走了多少……"

"算了，你自己管吧。"郑芸说完，不打算再开口。

"借别人的钱总是要还的，牛牛还要去青岛以琳，还是你管钱比较好，你手紧。"会超说，"拿着存折吧。"

"慢慢还，慢慢攒吧，"郑芸摇头，"我都说了，以后不会再跟你谈钱，你也别说我看钱看得重，你想怎么用就怎么用，爱怎么花就怎么花，我不打扰你，不干涉你，你该是要满意了吧。"

"那你要怎么还呀？"会超有些无奈，从妻子的话里，他听出了抱怨，也听出了冷漠和决然。

"打工啊，卖血呀。"郑芸心里哼一声，还可以卖身。

会超呆头鹅般站着，好半天之后，才悻悻道："你是不是恨我？"

"我不恨你。"郑芸看着他的眼睛，平静地说出这么一句话，心里补充道，你不值得我恨。从前钱不紧张的时候，没怎么较过真，如今这种情况，会超的表现，着实让她失望，想起在网页上看到的星座解释，天蝎座的男人，他的钱是不会给老婆用的，真是好的不灵差的中标。

会超再一次把存折递过来："你拿着吧。"

"我不要。"郑芸低头择菜。

"为什么不要？"会超竟然有些发火了，"你想跟我离婚是不是？"

"不想。"郑芸抬起头，盯着会超因为生气有些扭曲的脸，一字一顿地说，"你想听实话吗？实话就是，我当你已经死了。"

会超脸色一紧，瞬间苍白。若放在平时，郑芸会心软，会检讨自己，但是现在，她已经无所谓了。天作孽，犹可恕，自作孽，不可活，今天的这一切，不管是什么初衷，都是他周会超自找的，郑芸心里，甚至有了一丝报复的快意。

"所以，我不要你的钱，还帮你还债。"郑芸说出这句话，感到非常舒服和踏实，可见，心理暗示作用强大，"以后，我也不会指望你做任何事，因为从来任何事我都指望不上你。"

说完这句话，她把没择完的菜一放，起身走了。

周会超，我不用再顾忌你的自尊心，我那么辛苦、那么体贴为你维系的一切，换来的，只有你变本加厉的胡作非为。既然你从不考虑我是否能承担，那么从今天起，我再也不会惯着你，我因你而承担的一切，都会同样返还给你，你自己背。莫怪我逼你，世事逼我，你岂能置身事外！

她从书房里拿出几张借条，叫会超过去签字，说："牛牛去青岛做治疗的钱，学费是一个月一交，最开始去的时候得带两万元，我爸妈也答应借给咱们，但是你必须亲自登门开口。"

会超的脸一下子涨红了，岳父母当年并不同意他们的婚事，因为岳父母是干部家庭，对会超这种工人家庭出身的也颇有些不待见，认为门不当户不对，这些年他对此一直耿耿于怀，但是很不幸的是，家里不争气，他也没争气，依然没能挺直腰杆，反而要被岳父母逼得再次低头。

他默默地签完借条，郑芸又说："你看清楚，每个借条都是有还款期限的。"他点点头，默默地闭上了眼睛。他不知道妻子为什么忽然性情大变，从那次离家出走之后，一夜之间，郑芸就变成了另一个人，一反之前的柔顺，变得冷漠坚硬，令他从心底产生畏惧。

都是钱闹的吗？抑或是牛牛的病？他分明地感到了妻子的恨，对自己的恨，但他想不通何至于此。他也恨妻子，恨她一意孤行，不肯把房子抵押贷款，非逼他去跟岳父母低头借钱，非得熬夜登账写文稿，让他一个人独眠……

寂静的屋子里，两个默然的人，在怨气中疏离。

牛牛去青岛的日子渐渐近了，郑芸有些着急。教了一个多星期了，形状中复杂的圆柱形都认识了，可是长方形和正方形还是弄不清，有时候想起朱老师说的，有时间要开发他的音乐潜能，郑芸只能望而兴叹了，她哪里还有时间教儿子唱歌，她的每一分钟都恨不得掰成五分钟用才好。

最近太忙，忙着整理去青岛的东西，为了省钱，所有日用品都提前打包，尽量不要去那边新购，郑芸每天都多了一项工作，就是列清单，按照清单收拾东西，然后划去收拾好了的物品……车库里堆了几个大纸箱，被褥也装进了编织袋，预备提前一周托运到学校去。

会超则在网上查相关情况，先订酒店，预备先住两天，马上去租房子。好几个租房信息都联系好了房主，提前确定了看房时间。然后就是订机票，即便是夜间最便宜的红眼航班，一个成人也要一千多元的票款，全家人商议，万事开头难，必须把生活布置好，进入了正轨了，才能大家都安心，所以决定会超、郑芸、刘心美带着牛牛先去安排一切，等小两口回来，公公再去。

请假也是个麻烦事，二月十四日就过年了，青岛以琳学校通知二月一日报到，这段时间正是单位年底最忙的时候，请假很是费了一番周折。会超单位的领导比较人性化，看在会超平时加班也多，又是给孩子治病，也就通融了，到了郑芸这里，因为平时请假也多，这次时间太长，夏总和刘科长做不了主，只得报请总经理批，按照单位规定扣工资和奖金也就绕不过去了。

因为请假时间连着过年，他们当然是决定在青岛陪牛牛过年，年假结束再赶回来上班，一家人虽然在异地，但也算团圆了。走之前，郑芸连着熬了几个晚上，提前把单位年终总结和领导的个人述职报告写好，才安心上飞机。

深夜的机场虽然有暖气，坐久了还是脚底发凉，让人打冷战。尽管许多行李已经提前走了货运，但是随身还有三个很大的拖箱，托运行李之后，还有些时间，会超看手机，刘心美有些累了，无精打采地打着瞌睡，郑芸抱着牛牛，心底又冒起了熟悉的焦虑，拍打着儿子，希望他睡觉，但牛牛却因为新奇，瞪大了眼睛到处看。

登机口一大堆人，几乎都熬红了眼睛，眼皮发重，好不容易才听到登机播报，仿佛打了兴奋剂，人群涌动起来。

飞机在寒冷的夜色中起飞，越向无边的黑暗，舷窗里，郑芸看见机翼上五彩的灯，再低头，牛牛已经睡着了。她虽然很累，也很困，却睡不着。儿子小小的身体蜷缩在怀里，一想到从未离开过自己的牛牛，此次要离开自己上千公里，交到自己一点都不熟悉的人和环境中去，她没办法安心。

伸手摸了摸儿子的额头，机舱里有暖气，牛牛捂出了些汗，郑芸解开了他的棉袄，脱下一只袖子，只盖着腹部。她看着儿子熟睡中稚气的面容，不禁难过起来，再怎么不想离开孩子，他们还是必须回家上班挣钱，陪不了一个月，那就只能多陪一天是一天，虽然他们前脚走，后脚公公就会过来，但是一想到留在青岛这人生地不熟的地方的全是老的小的，心里可真不是滋味。担心孩子生病，担心老人生病，担心孩子的治疗情况，担心老人应付不来……应有尽有的担心，这世上只有你想不到的事情，没有发生不了的意外。

郑芸最怕的，就是把牛牛丢了。出发之前，她在裁缝店做了好多商标布条，把信息都绣在了上面，在每件衣服上缝好。做这件事可是煞费苦心，为了防止人家看见牛牛眉清目秀、白净可人起拐卖之心，她还特意注明了：自闭症儿童，青岛以琳，地址……家长电话……好在幼儿园周边都有这种服务，她想要的信息布条能够做出来，为了防止孩子汗多沁润布条致字迹模糊，她选用了最贵的制作方法，所有的字都用电脑机绣，然后亲手一针针地缝在牛牛的每件衣服上。一般幼儿园里用这种东西，都是只缝一边，为的也只是区分孩子们的汗巾和备用换洗衣服，但郑芸就是怕布条标签掉了，狠了劲四个边都缝上，用刘心美的话说："衣服洗烂了，你的标签也掉不了。"

她还把牛牛放在床上，拍了无数裸照，各种有痣的、胎记的地方，统统留存，只怕牛牛丢了，第一时间便能发送出最详细的个人资料。谁让她的孩子不会说话，无法交流呢，这就注定，她要比别的妈妈操心更多。

飞机平稳地降落在青岛机场，夜色中凄冷的感觉挥之不去，领了行李箱，出大厅满是出租车司机在拉客，会超很快就选好了车，把手机中预订的连锁酒店地址调出来，司机说知道，拉上一家四口就驶入了茫茫的陌生中。

感觉路程很远，司机说浮山后是青岛的郊区，都快到海边了。郑芸从来没有看过海，预想冬天海边的夜是多么风大浪骇，实在离她想象中的热带海风相差太远。好不容易出租车减速，进入一个小院子，抬头看，已经到了连锁商务酒店，快捷酒店便宜，但也只能这样了，房间也还算干净。已经是凌晨三点多钟了，一家人随便洗洗，便睡下了。

估计都没睡得很踏实，第二天八点多就出门了。第一次来北方，北方的早晨跟南方相差太大了，没有看见拥挤的人群，郑芸想，可能因为这里是郊区，也可能因为八点已过，大家都进入了办公室，路上闲逛的自然就少了。想找个早饭铺子吃饭，走了一条街，没见着。

会超说，边照地址打听学校的位置，边找饭铺吧。别看地址写得清楚，可到处也问不着，一家人无头苍蝇般游来荡去。郑芸心里就嘀咕了，还说是全国闻名的康复中心，怎么在周边这么没名气？难道是个网络宣传效应？莫不是被骗了？心里越发没着落起来。

一个多小时过去，学校没找着，终于碰上了一个小饭铺，卖小笼包。

"来几笼？"老板问。

刘心美探头看了看灶上的蒸笼，说："可以买半笼吗？"

老板同意，又听刘心美说要三碗豆腐脑。

郑芸心里纳闷，一笼小笼包都不够四个人吃呢，还只要半笼？估摸着婆婆是怕味道不好，到时候不好退货，这毕竟是人在异乡，不懂规矩，还是小心点好。

等蒸笼上桌，郑芸可是吓了一跳！妈呀，那个蒸笼啊，跟他们家平时用的脸盆一样大，半笼啊，数数也有六个，最吓人的不是这个，而是小笼包的个头——南方的小笼包比的是手艺，越是小越是精湛，在家乡小笼包都做得跟水饺似的，皮薄透明，包着汤液，蒸笼也就小小的，一笼十个，摆得散散的，吃一笼郑芸也够了，胃口好两笼下去，就有点撑了。可这小笼包，个头也太大了些，赶得上郑芸的拳头了，这在家乡哪里是小笼包，整个就是正常大小的包子，离小字可远了去了……

好在只要了半笼，郑芸想着自己最多吃一个，拿起咬上一口，忽地觉得不太对劲，甜不甜咸不咸，还黏糊糊的，一股香菇味出来。低头一看，是香菇肉馅的没错，可肉那么大一坨似乎并没有切碎，掺杂着大块的香菇，还勾着芡……最烦的就是勾芡，郑芸觉得恶心，她弄了张纸巾，把馅弄出来，强迫自己吃掉了包子皮。

心想，喝点豆腐脑算了。正好，豆腐脑端上来了，好大一碗，分量是家乡的两倍，倒是超级实在，可凑近了还没喝，就闻到一股子烟熏味，三碗都是这样，这就是北方的豆腐脑啊。郑芸有些傻了，老板娘在喊："你们要喝甜的还是咸的，自己弄啊。"

豆腐脑还有咸的？

郑芸头大的时候，会超已经端了一碗过去配料了，香菜，盐，麻油……他说："你尝尝，我以前出差来过山东，试过咸豆腐脑，还不错。"郑芸哪里敢尝，赶紧舀了几勺糖放进自己碗里，捏着鼻子往下灌，还好，并非想象中那么难入口，总算是吃完了一大碗。

再去看牛牛，这也不肯吃，那也不肯吃，估计是闻着味儿不对，不干了。郑芸把儿子拉过来，对婆婆说："妈，东西都凉了，你赶紧吃，别管他，等会买点饼干给他吃。"

正说着，进来一个高大的老人，喊："两笼包子，两碗豆腐脑。"

郑芸以为他这是要买了带走全家吃，谁知他一屁股坐下，自己干起来，呼啦啦一会工夫，碗空了，蒸笼也空了。看这情景，郑芸吓了一跳，一看他大约七十岁的年纪了，心想，这老人家可是身体好，这么能吃……

老人一抬头，看见郑芸看着他，便笑，用地道的山东腔说："外地来的吧？"

郑芸觉得自己失礼了，脸一红，赶紧点头："是的。"

"一看你们就知道南方来的，吃东西跟喂猫似的。"老人说，"吃得少，个头也小，到北方来，这样根本就不扛冷。"

郑芸一听，也憋不住笑了。

"来干啥的呢？旅游的？可真会选时候，都快过年了，来看雪的？倒是过几天，会有一场大雪了，可以让你们好好地饱饱眼福啊。"老人又问，"你们南方人咋那么稀罕大雪？我们这冬天，那雪一场连着一场，没啥稀罕的。"

会超笑了一下，没吭声。

老人一看牛牛站在旁边，便逗他："是你吵着要来看雪的吧？来，叫爷爷，爷爷就变场雪出来！"

牛牛没有反应，仰着脑袋望着门外，手在桌子上擦来擦去。

老人拉过牛牛,笑道:"叫爷爷,爷爷变戏法给你看。"

牛牛还是没反应,耸耸鼻子眯眯眼。老人看着牛牛,神色凝重起来。郑芸怕他见气,正要解释,老人说:"闺女,说句话你可别生气,你这孩子不对哦。"

郑芸不置可否。老人忽然说:"你们是以琳的吧?"

"以琳!"三个人不约而同地叫起来,这可真是得来全不费功夫啊。

真是无巧不成书,老人就住在以琳康复中心隔壁的老年公寓里,因为吃腻了公寓的早餐,今天早上出来换换口味,谁知正好碰上会超一家人。他没事经常在附近转悠,对以琳熟悉得很,看过许多这样的孩子,自然也就有经验了。

老人很热心,带着他们去以琳,会超这才发现,其实他们一早兜兜转转一直在路口转悠,路过劲松七路几次,只因为没有路牌,而且路口还立着一个拱门样的广告牌,以为跟家乡一样,里头是个建筑市场,没想到进去就是他们要找的路。

走了十多分钟才到,看见一个大院子,外边有孩子玩的摇摇车,还有个小卖部,想必就是这里了。果然,一栋大楼上写着彩色的"以琳"。老人说:"今天是星期六呢,没人上班,你们过去也不会有人接待,知道地方了,就周一再来吧。"

老人还介绍了周边的一些情况,对租房子提了一些建议,这才走了。会超说既然来了,还是去看看,牛牛也发现了摇摇车,非要去坐,一家人就进去了。这一看,果然有发现,小卖部老板听说是新生,很热情,介绍了更详细的情况,虽然没有进到学校大厅里,但在门口,会超发现一张房屋出租的中介广告,抄下了电话。

联系中介,说是下午可以看房,而先前在网上联系的房东也接洽了,午饭前看了两家,都不太满意,中午就在其中一个房子附近的小街上吃饭。首先给牛牛点了一个西红柿炒蛋,会超还点了一个青岛特色菜——网上推荐的很火的疙瘩汤,上桌后郑芸直接晕菜,一盆子勾芡的黏黏糊糊啊……会超说,你来了青岛不吃这个,回去怎么跟人说你来过青岛?鼓足勇气吃了一勺,貌似面粉疙瘩,外加贝壳里面的肉,味道勉强,郑芸个人觉得,跟粤菜里头的冬瓜青口汤是差不多的食材,但卖相实在不咋地。但是北方人的实在由此可见一斑,所有的菜都是大盆的,不管味道如何,分量绝对扎实,童叟无欺。

"鲁菜可是全国名菜啊。"会超说着,端起疙瘩汤喝得津津有味。

郑芸吃了点贝壳肉,却被其中的小沙子倒了胃口,只得跟儿子合着吃点小菜和蛋,凑合着把饭给吃了。

　　为了节省房费，两点前退了酒店，下午拖着行李依旧是看房，到四点左右，勉强定下了一家。房东是个女的，家里住在顶楼，是复式楼，一半用来出租，一半自己家住。用来出租的下层很大，有四室两厅，一般都是合租给两三户人家，会超决定租用两间大的，都带单独卫生间，只是各种器具都要跟别人家共用，稍微有点不方便。其实并非一定急着定下来，没有合适的，他们还可以再住酒店，打动会超的并不是房租便宜，两间一个月才一千两百元，而是房东是个很善良的女人，她说，这样的家庭都挺不容易的，边住边看，住几天都行，到时候按天数结房钱。所以会超就想，先落下脚，慢慢再找合适的房子，只要年前定下来，一家人就安心了。

　　也许是房东有先见之明，住了几天，郑芸就感觉到了不合适。首先是楼层，七楼，她爬着累，每天光上课都要上下折腾几次，牛牛听话还不要抱，如果要抱，郑芸都不知道如何是好，偶尔晚上去逛超市，拎着东西上楼，那可真是一个痛苦。郑芸担心，公婆这样的老人体力不够，常年下来会吃不消，尤其公公还有痛风的毛病，腿不好。还有就是合租，要做饭洗衣，都是共用的器具，迁就别家不是，让别家迁就自己也不是……何况两家人生活习惯不同，还经常要协调关系。好不容易休息了，也只能待在自己的房间里，在卧室中发呆，一天到晚穿得整整齐齐的，却免不了人家随意，看着尴尬……

　　会超也感到了明显的不适，妻子明显地不快，因为房东家不太讲究卫生，尤其是听说那间锁着还未曾出租的房间，原是有个孩子调皮从那里跳下去过，这才关注到房子楼层这么高，居然没有安装防护栏，可是把一家人吓得不轻，另找房子的进程也加快起来。

卷三

要坚持不放弃

周一的以琳非常热闹,新生和家长都在食堂里集中开会,嘈杂得很。老师在麦克风里把报名事项说了一遍,注册交学费之后,所有的孩子都在大厅里排队等测评,老师们领了号就抱走孩子去打分,然后按照分数情况给孩子分班。

在公布栏前找名字的时候,一个家长在旁边当义务解说员,说以琳的小朋友共分为五个大组;每个大组又分为两个中组,共有十个中组;每个中组又分为两个小组,共有二十个小组。分组的标准是按照年龄和程度两个维度。四岁以上的小朋友,一般按其程度分在一至四组的某一个小组里。四岁以下的小朋友,一般按其程度分到五组的某一个小组里。所以,五组通常被称为小龄组。一组的小朋友,一般是功能比较高的,训练时注重学前教育及其与普通教育的接轨,目标是让其尽快离开以琳,进入普通学校。一至四组的十六个小组,小朋友的基本能力大致呈阶梯状排列。五组的四个小组,也是大致呈阶梯状排列。

因为牛牛刚满三岁,只能在小龄组,郑芸在五组的第四个小组看见了牛牛的名字,不禁有些高兴,好在儿子还不是最差的。每个小组都有不同的课程表,郑芸不敢耽误,拔腿就去走廊上找对应的课表,一不小心,碰到一个人身上,却听见那人叫:"你不记得我了?我跟你坐同一班飞机过来的!"

定睛一看,一个卷发女人,但没有任何印象,那女人笑着说:"我当时在候机厅里就看到你了,你们一家人,好像是去旅游,没想到你也是来以琳的。"郑芸点点头,笑笑。女人亦步亦趋地跟着,说:"我叫黄卉,我儿子也是新生,叫周家雄,五岁了,分在四组一班。"

"我家牛牛在四组三班。"郑芸说，"我给你个地址和电话，以后上我们家去玩。"

"房子就租定了呀？"黄卉羡慕地说，"我们还没看好呢。"

"没有，也是暂时的，房东说可以按天计算，我们算着比酒店便宜，就先住下了。"郑芸还想说，一下子就被人流冲开了，于是扯起嗓子叫，"晚上打电话啊。"

黄卉挥手，退去了。

下午上超市买日用品，按照学校规定给牛牛买学习用品。

北方和南方有太多的不一样，南方的夜晚是不夜天，再冷的天都热闹，到处是歌厅、酒吧、夜宵摊子、三三两两的人群，但北方天黑以后，街面上基本就没有人走，街灯拉出个凄长的影子，出个门都瘆得慌。之前不知道的时候，郑芸还跟在家乡一样，吃了晚饭，拉着会超出来走一走，当是坚持一贯的散步，可是街上冷清，两个人走得形单影只的，好像在夜里还出来吹冷风是有些神经。两个人走得抖抖索索，感觉很是怪异，起先把逛超市当成唯一的娱乐，后来发现几站公交车后还有个运动超市迪卡侬，又把那里当成了备选休闲基地。

初到的几天超市逛得多，除了添置东西必须得来，另一个理由也是这里暖和，有点人气。许久以前就知道北方有个很有名的超市品牌，叫易初莲花，而穿过一条半街，就正好有一家这个的超市。周日第一次上这个超市的时候，郑芸还觉得有些远，连着几天走了几趟，慢慢也就不觉得了。

在这个城市住了几天，感觉还是如此陌生，冬日给这个城市的郊区蒙上了一层抹不去的萧瑟，到处都是黄土，灰蒙蒙的街道，感觉好像老家那样的小县城。只有超市，给人一种现代化的气息，这里让郑芸有回到南方、回到了家乡的错觉，她在超市里慰藉自己的思乡之情，也在这里疏导自己身处异地的惶恐和焦虑。

第二天就要正式上课了，刘心美不放心，跟了去，但学校只允许一名家长陪读，刘心美在大门外就被堵住了。

郑芸背着书包，拖着孩子，开始了忙碌的抓瞎，果然是处处不习惯，孩子大人都打乱仗。每节课一般是三十分钟，感统课是一个小时，两节个训课分别安排在上午和下午，课间有十分钟的休息时间。还要注意，隔天感统课和淘气堡课轮换，精细课与情景课轮换，电脑课与VCD课轮换，另外小班还有语言课、艺术课、音乐课、户外课、球技课。而每堂课都在不同的教室里上，课间有限的休息时间里，要让孩子喝水、上厕所，然后按照课表，在一整栋由大工厂改造的教学楼里四处奔波，一会在五楼上个训课，一会去二楼上感统课，然后去三楼上语言课……

到中午，学校规定必须统一在食堂用餐。排队打饭，按班就坐，菜式还是不错的，有大块的海鱼、大块的排骨、白菜，米饭管饱，一瓢子连内容物带汤滴滴答答地搁不锈钢盘子里，郑芸望着那一个头大。硬着头皮去喂儿子，却看见巡堂帮厨胖乎乎的手伸了过来，粗声大气地指着自己吆喝："让孩子自己吃！"她吓得一缩脖子，只好捉了儿子的手，低声说："牛牛自己吃。"

儿子小小地扒了两口，因为他在家从不吃肉，郑芸只好把鱼块用勺子弄成小块，哄着牛牛吃，还好，大块的带鱼并没有小刺，牛牛似乎不反感，郑芸就把米饭弄散，和着肉汤，又让牛牛试。今天儿子合作，把拳头大的米饭吃了下去。她自己则胡乱扒了几口，收拾了托盘和桌面，拉着牛牛赶紧走人。

出了食堂，老师就不管了，几步到了大厅外，刘心美迎上来，关切地问："怎么了？"

郑芸什么都不说，她有些晕，但更多的还是累，这样的生活，目前来说，她是无法适应的，但她更担心的是牛牛能不能适应。

下午如是，放学后回到出租房里，郑芸开始犯愁了，这日子可这么过哟？住也住不好，睡也睡不好，吃也吃不好，陪读还有得折腾，这可如何是好？

这头一天，结实地把郑芸整晕了，她受不了这样的生活。

"多吃点，这些天我看你胃口都不好，可别把身体弄垮了。"刘心美给郑芸夹菜，然后端起碗，准备喂牛牛。

"妈，今天在食堂，老师说我了，不准给孩子喂饭。"郑芸说，"要他自己吃，不然你以后要带他上课，还要喂饭，会撑不住的。"

"累肯定是累。"刘心美说，"要不明天叫会超带牛牛去上课。"

郑芸摇头："还是叫他赶紧找房子，住好点，睡好点，累一点也无所谓的，就怕什么都差一点，那人就扛不住了。"

刘心美点头，转而问学校的情况。总体来说，通过一天的实践，对以琳的教学，郑芸还是很满意的，她详细地介绍了一下情况，说："会超来以琳的这个决定还是没错。"

"就是开销太大。"刘心美叹口气，"人累都不计较，反正是自家的孩子，怎么着都得治，我们大人再苦都得熬下去，只要是为了牛牛好。"

"这时候你就别想钱了，"郑芸说，"想想怎么过得舒服点，好尽快适应。"

刘心美想起她说的午餐问题，便说："要不我们去买两个饭盒，把食堂的饭盛回来吃，这样省了时间，牛牛和你都可以回家吃饭，吃得合胃口一些。"

"那带回来的饭谁吃呀？"郑芸奇怪地问。

"我和会超吃呀。"刘心美说，"反正我也不挑剔口味。"

郑芸无语了。

姜还是老的辣。

第二天去上课，刘心美先郑芸一步，走到门口，看到保卫大爷，摇摇手中的水壶："我给送东西。"保卫大爷居然就让她进去了。等郑芸上到二楼，看见婆婆笑眯眯地站在拐角，说："等你走了，我要带牛牛上课，还是先来熟悉一下的好。"

这一天，郑芸算是轻松的。放学的时候，她特意在门口看了看通知牌，上面还是没有自己的名字，货运的大件包裹还是没有到。郑芸想，晚点到也好，现在的房子肯定不会长住，在房子还没找好之前，大件物品不到，也省个事，不然搬到七楼，到时候又要搬下来。

中午在食堂对付，三个人吃两个人的饭，下午因为刘心美也陪课，没人做饭，晚饭回家才做，就吃得晚。

菜都上桌了，会超还没有回来，郑芸知道，房子还没有看好。他们托付了以琳的中介介绍房子，这个中介是一个老师的男朋友，很朴实的一个男孩子，其他中介都是收月租金的一半做中介费，他只收五百元，总是低于别人。

这几天，郑芸带着孩子上课，会超则到处看房子。天天跟着一堆新生家长看房子，不过几天的时间，各色需求都见识了，中介说，他们家是要求比较高的，因此介绍的房子也首先会挑一挑。

正想着，会超打电话过来，兴奋的声音，叫郑芸去看房子。想是比较满意的房子，婆媳俩也顾不上吃饭，用菜碗扣上，趁着天还没黑，就去了。

房子确实不错，是小高层，带电梯，在一个叫春光山色的小区里，小区不同于街道，很是干净，还有门卫和保安，在周边算是高档小区了。五楼的房子，一室一厅，虽然小但很精致，而且从未出租过，这是第一次出租。看得出，主人是个很精致的人，家具都很小巧，也干净整洁。

回家的路上，郑芸估算了一下时间，从房子到学校，走路才六分多钟，虽然比不得现在租的房子，跟以琳只隔了一道墙一扇门，但小区环境和房子本身都好很多。说心里话，她当时一看就喜欢上了那房子，即便是房租有些贵——除物业费自己负担外，房租一千八。

虽然会超满意，郑芸也动心了，但还是要全家商量。回家的路上，两口子说得热乎，唯独刘心美老是不说话。郑芸问："妈，你到底怎么想的啊？拖久了房子可就让别人租去了。过一个月我们走了，那可是你住的时间长，方便不方便，一定要想清楚。"

"贵了六百呢，"刘心美到底还是心疼钱，"其实合租也没什么不好，有事还有个人照应，老师也说了，这样的孩子有个伴会更好。"

"你还记得我们去超市买碗回来不？才十个碗不到，那么重，提上楼多吃力，以后你天天要买菜上楼，牛牛每天至少两趟，想下去玩都要鼓足勇气，你不要想到眼前，熬一熬就过去了，这可是至少要住半年，天天如此！"郑芸还在劝说，会超见母亲还是不吱声，索性做了主："就定了这房子，住得舒服，人精神了，对训练、学习都好。"说完马上给中介打电话。

才分手不久，中介也没走多远，折回来，收了押金给钥匙。

会超提议："要不我们今晚就搬？"

"行。"刘心美和郑芸异口同声地回答，惊诧着对视一眼，又忍不住相视一笑。

到今夜，来青岛已经六天，从家乡发出货运的大件还没到，垫被、棉被等大件物品还在路上。当时匆忙租了七楼的房子，也是为了节省酒店的房钱，这房钱是省了，人也难免要遭点罪。当初还是房东好心，借了两床垫被给他们，晚上用棉袄大衣凑合着盖，也就这么挺过去了，好在北方的冬天有暖气，屋里很暖和，不至于冻病。也是因为这个原因，房子一定下来，便是一个晚上也不耽误，马上搬家。

可越是这样，越是有些开不了口。那边押金交了，这边要退押金，结算房钱，郑芸心里打鼓，不知道房东说话会不会算数，有些人就是这样，说一套做一套，他们外地人，人生地不熟，房东要是强硬，不予协商扣了押金，他们也没有办法，毕竟当初是口头协议，也没写明了。

可是事情出乎意料地顺利，会超一去说，房东就答应了，结算也很顺利，临别时，还跟郑芸说,当初一见她的模样,就知道住不长久。

"一看就知道她穷讲究吧?"会超开玩笑说。

房东笑:"南方人,太细致了,我们北方人大咧惯了,也是难得合套。"

郑芸的脸禁不住红了,心里越发觉得有些对房东不住,自己一家人才住了几天,却挑剔人家这里那里,说来也是耽误了人家出租给别人,到末了,房东还什么都没说,一点都没为难他们,客客气气送出门。

确实,才住了五天不到,东西还真多,因为是零星采购没感觉出来,这一搬家日用品居然也整了两个大编织袋,其他洗衣粉、衣架啥的还要用给牛牛洗澡的大盆抬下来,还有三个大行李箱。东西虽不少,但天又冷又黑,没地方找人帮着搬,便自力更生。一家三个大人,拖着牛牛,蚂蚁搬家似的,摸着黑来回搬了三四趟,才把东西全部挪了窝。

这会儿坐在新房的沙发上,一家人心满意足,心情畅快。在陌生异乡有了自己的独立空间,再也不需另作他想,便也算尘埃落定了,一直悬着的心也安了。

刘心美说:"北方真是好,不管屋外怎么冷,进了门就是另外一个世界,来回几趟,我都出汗了。"又说:"渴了,烧点开水去……"

郑芸笑道:"妈,你看你这记性,在七楼我们用的房东的烧水壶呀,今天这家里,你怎么烧?"

刘心美愣了,随即笑起来:"啊,那明天还要去买高压锅、炒菜锅、电饭煲、水壶……"

"电饭煲不要买了,我裹在被子里发过来了。"郑芸嘀咕一声,"那货运的东西,怎么还没到,今天都第六天了,说了五天到。"

"幸亏没按时到,"会超感叹一声,"以前总讨厌你事事谋划,今天才感觉到这样的好处来。"

"啥好处?"郑芸斜了他一眼,以为他讽刺自己。

会超呵呵笑道:"我一直想,人家学校代收邮件,你怎么就不能早点发货运,非得掐着日子走……好在没来,不然,我们要搬上那七楼,然后还要搬这儿来一次,腰都会断了……"

郑芸忽然站起身:"今天放学忘记看公告栏了,搞不好到了呢。你们待着,我去学校看看,顺便去小卖部买几瓶矿泉水,应付了今晚上再说。"

"我跟你一起去。"会超起身拿外套。

两人出了门,郑芸说:"你看,租个电梯房多好,老人小孩都省事。"

"就是房租贵。"会超冷不丁冒出来一句,"我知道你挣钱很辛苦。"

郑芸不答,沉默了好一阵子,快到教学楼了,才说,"陪读也很辛苦。"

"明天我去吧。"会超说,"我知道到青岛来这几天,你都没休息好。"

"你明天陪妈去超市和菜市场,把家里需要的东西置办齐全。"郑芸几步跨上教学楼的台阶,大厅里还亮着灯,保安大爷在值守。郑芸趴在玻璃上朝里看,兴奋地喊一声,"到了呢!你看,就是那两个防水塑编袋捆好的,我在货运站看着他们打包的……"

喜滋滋地叫保安大爷开门,却又一次搬不动两个,想着时间不早,保安大爷也要休息了,不好再打扰,还是两个包裹都领了,采取最笨的办法,抬一个走一段,放下,再折回来抬另一个包裹,如此这般,两个人吭哧吭哧抬了一路,终于把两个包裹弄回了家,一身大汗。

嗓子都快冒烟了,才想起没买水,会超又要出门,郑芸叫:"拆包裹,被子里有个牛牛煮面条的小奶锅,还有个电饭煲,可以自己烧开水了。"

包裹拆了,东西散得四下都是,会超先去洗澡,刘心美和郑芸铺床收拾,把寄过来的东西都归位放好,清点第二天还需要添置的物品,列出清单。

到睡觉的时候,问题来了,一室一厅的房子,只有一张双人床、一个长沙发,可怎么睡?会超要睡沙发,最后还是刘心美坚持睡沙发,但三个人挤了一张床也不舒服。第二天会超去买了个双人床放在客厅里,才熨帖。

吃晚饭的时候,刘心美对郑芸说:"你今晚上早点睡,不要再给牛牛加课了。我看你上过好多次了,今天我来试试。"

郑芸点点头,吃完饭,洗了澡,就上床了。这几天折腾下来,疲乏得很,到今天,生活才算是步入了正轨。她闭上眼睛,想早点入睡,可越是这样,越睡不着,只好又睁开眼睛,望着屋顶。

她庆幸着这短时间上蹿下跳不消停,腰椎给力,腰痛竟然没有发作,也算是上天的垂怜了。还能撑下去,那就继续撑下去,为了牛牛。

不去想牛牛的未来吧,不敢想……那就,想想这房子。以后,这里就是自己的新家了,从心底里说,她很喜欢也很满意这里。有道是在家千日好,出门万事难。这几天,她对这句话感受太深了,从前家里条件好,她也算养尊处优,从来不知道租房一族的滋味,这一趟出来,她尝到了艰难,归根结底还是钱。

有了钱,可以不用坐红眼航班;有了钱,就可以租好房子……

这房子真是挺好的,麻雀虽小五脏俱全。雪白的墙壁,电冰箱、电视机、洗衣机、沙发、床,包括飘窗棉垫,一切都是干净的,八成新;卫生间和厨房都很精致;有暖气,暖气片崭新,也不像先前的租屋的有锈,晚上洗了衣服搭在上面,既可以增加房间里的湿度也可以烘干衣服,一举两得。尤其是今天新买了床之后,由婆婆带着牛牛睡,一家人都舒服了。冰箱里菜满了,厨房里锅碗瓢盆也齐全了,晚上这顿饭是真正意义上的开火,郑芸也吃得舒心。

婆婆的体贴,她不是不知道,万事妥当了,她欠的,只是一个好觉。这些日子,没有安定下来,她提着心一直没法安生,今天晚上,是要好好睡一觉了。

其实,婆婆也不容易,得过癌症的人,才动了手术不久,更需要休息。千里迢迢跟到青岛来,虽然暂时不用陪读,没有那么辛苦,但家里的事都是她在打理,也不轻松。在青岛的生活打今天才算正式开始,婆婆也应该要休养几天,尤其带牛牛睡觉也是件烦人的辛苦事。

想到这里,郑芸又开始纠结了。会超过完年就要回去,自己因为单位是生产企业,过年停产时间比较长,但到了农历二月初一,怎么都要回去上班了,即便那时候公公过来,两个老人带一个孩子,在这异乡仍旧是困难重重……她无法不担心。

钱显然不是她最担心的问题,她最放心不下的,还是人。

外头门响,会超已经带了牛牛散步回来了,郑芸估摸着晚上八点了,听见婆婆在吩咐:"要过年了,你明天跟我去置办年货啊,如今安顿好了,我们也要踏踏实实地过个年。还有,邻居提醒我,北方可不像南方买东西那么方便,过年的菜要多准备一些……"

会超在嗯嗯地应着,牛牛的叫声响起来,刘心美还在说话,郑芸这会困意上来了,迷迷糊糊眼皮发沉,睡去了。

这一觉睡得很沉,竟然连梦都没有一个,会超什么时候上床的也不知道,郑芸不记得自己有多长时间没有这么好地睡过了,一觉醒来已经是早上七点,时间尚早。能睡到自然醒总是一件非常美妙的事情，郑芸进到厨房，婆婆正在洗青菜准备煮面条。

"妈，你要多休息，早餐不要弄得这么复杂。"郑芸说，"过年也随便点，别弄得太累。"

"生活嘛，总是要自己过出意思来，不能因为心情不好，就胡乱应付。"刘心美说，"该怎么过还怎么过。"她絮絮叨叨说着过年的打算，年夜饭啥的，郑芸听着，想起公公来，便说："叫爸也来，我们大年三十可以在青岛团圆。"

刘心美摇摇头："前天通了个电话，说是汀州那边有个朋友搞基建的，过年工人都不愿意留，想请他去守工地，也就十天，付一千五的工钱，他今天就动身回汀州了。"

"我也觉得挺好，反正他一个人，在哪里过年不是过年，去工地上，吃住都是老板提供，还拿一份工资，挺划算。"刘心美说，"我还跟他说，要他问问老板，过完年后还能不能继续要他做事。"

郑芸吃了一惊："他在那边做事，我们回去上班了，你一个人怎么带牛牛？"

"一个人怎么不能带，"刘心美满不在乎地说，"牛牛除了睡觉时候不好带，其他时候都听话，你放心，我能安排好的。"

"那怎么行！"郑芸叫起来，"你这么大年纪了，还动过手术，一个人，又陪读又管家，怎么忙得过来？"

"忙得过来，生活马虎一点就行了。"刘心美似乎拿定了主意。

"妈，你别想得那么容易。"郑芸急了，"你知道陪读有多累人吗？你看我，一回家都不想动了，晚上还要撑着给牛牛加课，你怎么撑得下来？到时候，我们不在青岛，你们一老一小，万一有个什么事，哪怕是小病小痛，我们不得急死？！"

"妈看过你陪读，是累，但是妈身体恢复得很好，而且还没腰痛的毛病，指不定比你还强呢。"刘心美说着，弯腰踢腿，努力把精瘦的身子做出很有干劲的样子来，试图向郑芸证明自己的说法。

郑芸真是要抓狂了，她知道婆婆想省钱想挣钱，公公年纪那么大了，有事做能领工钱是很不容易的，一旦抓到了机会，婆婆绝对不会放弃。为了钱，婆婆也真是豁出去了，她这心思一动，要打消可就不容易了。郑芸苦恼了一个早上，一直到去上课，都没想出好办法来。

以琳的早晨永远是人声鼎沸，说实话，一进门，就看到大队的家长背着背包，牵着孩子，那些孩子，多数是默然懵懂的表情，看得多了，郑芸一眼就能分辨出程度的高低。

以琳的课程安排得很紧，才几天的时间，虽然只有课间的交流，郑芸也跟班上几个同学和家长混熟了。最喜欢的那个小女孩叫静茹，长得非常可爱，来自山东淄博，跟牛牛差不多年纪，一上淘气堡的课就特别开心，下课之后被拉出来还一个劲重复"我要去欢乐城"。虽然也是很少说话，但偶尔能准确表达自己的意愿，郑芸估计她用不了多久就会升小组，一个月后，果然升级了。还有个比牛牛大两岁的，因为程度低，也分在低龄组，叫伟博。还有个小女孩毛毛，家庭条件特别好，是保姆带着上课……

每次郑芸看到这些孩子，都忍不住心颤颤地难过。有些严重的自闭症孩子，好大的个子，话都说不好，眼睛也不看人，而父母都是笑眯眯的，不得不佩服他们的心境。每当这时候，郑芸就想起刘心美的话，生活永远就是那个样子，在那里摆着，决定怎么过是你的事，不是生活的事。

第三节是音乐课，按照老师的要求，大人们坐着，把孩子放在腿上，拉着孩子的双手，跟着节奏摇摆，屈膝抬高腿，然后放平腿，让孩子顺着坡度往下滑落。牛牛兴致很高，竟然开心地大叫起来，可是郑芸就苦了。三次反复之后，她的腰肢开始发硬，动作也别扭起来。

这时候，在旁边做辅助的一个女老师走过来问，郑芸如实说了，老师接过去带牛牛做。下课后，郑芸去道谢，老师说："你的孩子乐感很强，你要因势利导，开发他的音乐潜能。"这话儿童医院的朱老师也说过，但是郑芸没有时间去琢磨门道，更找不到方法付诸实施。

另一节课就要开始了，来不及细谈，郑芸要了老师的电话号码，匆忙离开。

到下午，约了老师上家里吃饭，老师竟然很爽快就同意了，坐下一谈，才知道是老乡。

舒可可是一个志愿者，也是汀州师专的学生，多次参加残联的活动，随着对自闭症孩子了解的深入，她对特殊教育有很深的感触，决心投身到特殊教育当中，这次是通过志愿者组织，利用寒假来以琳进行学习，以便将来毕业后进入残联从事相关专业工作。

当听说她每年的寒暑假都来学习，而且学习期间所有的费用都是自理，郑芸吃了一惊，不禁被她的爱心感动，也被她服务社会和弱势群体的决心震撼："你这样的年轻人很难得啊。"

"难得？我们志愿者当中，好多这样的人呢。"舒可可不以为然道，"读那么多书，受那么多教育，就是要让自己成为一个对社会有用的人。我这根本不算什么，我们同学当中还有好多人义务去边远山区支教呢，一去就是两三年。"

"其实这都应该是政府的职能……"郑芸讪讪道。

"也不能完全这样说，"舒可可说，"政府尽职，家庭自救，我们也要积极地行动起来，尽到力所能及的责任，大家一起努力，这样社会才会在最短的时间里越变越好。"

郑芸感动之余，也不免疑惑："你做这些没有回报的事情，家里没意见吗？"

"我家里没意见，因为我父母很开明，"舒可可说，"当然，有些同学会碰到家庭的阻力，但也有家庭很支持。"她说到了志愿者组织，说到了很多志愿者的故事，说到了这些年她参与过的事，说到了跟自闭症孩子以及他们的家庭接触的故事，说到了她为什么会有这样的选择……

郑芸望着她的脸，那么年轻略显稚嫩，但却充满了积极向上的正能量，她不由自主地想到了陈炜，想到陈炜的提议。是的，如果这个社会中的每一个人都不那么自私，只需要在不损害自己利益的前提下，无偿地为他人提供一点力所能及的帮助，这个社会都会因为这一点点小小的善举而改变，变得越来越好。

牛牛的自闭症一旦让别人知晓，会对他将来的生活产生重大影响，而这个影响，在郑芸看来，多数都是消极的、不利的。这就是郑芸无法答应陈炜的唯一的顾虑，也是最大的顾虑。但是在来到以琳之后，郑芸的看法有了很大的改变。

周边的人，对自闭症孩子是宽容的。她记得有一次去逛超市，看见一个孩子拿着气球棒百般无聊地甩来甩去，打到了一个中年女人身上，这时候，孩子母亲赶紧上前，跟中年女人道歉，低声说了句什么，那女人理解地笑笑，走开了。没过多久，在货架边上，奔跑的牛牛又撞上了这个女人，女人身材高大，一把就把牛牛提溜起来。郑芸上前赔不是。听到她的外地口音，女人问了句："以琳的孩子？"郑芸点头。女人再次笑笑，走开了。

牛牛在超市里是不懂规矩的，常常在熟食柜上抓了油炸的食品就吃，营业员也只是看着，有时候会说"不可以哦"，有时候会笑笑，但不会大声呵斥。有一次郑芸没注意，牛牛拿了零食撕开袋子就吃，郑芸只得拿了空袋子去结账，收银员看着空袋子便笑了："以琳的孩子吧……"

以琳的孩子也有在附近走失的，但基本都能很快被找回来，因为以琳开办已经差不多十年，周边的居民都知道这里有群特殊的孩子。在以琳不到一个星期，有个妈妈就教郑芸做卡牌，跟郑芸自己做的基本一样，只是上面很醒目地标注着以琳自闭症中心，她说以后出门戴着这个会方便许多。郑芸一开始有些排斥，但她看着许多孩子都挂着这样的卡牌到处走动，也没有见周遭的人有什么异样的神情，便半信半疑地试了一下。

第一次出门是去迪卡侬商场，在公共汽车上，不知怎么了，牛牛忽然跑过去踩了一个男人的脚，偏偏人家是双白色运动鞋。这举动在一般人看来太挑衅了，郑芸看着那人高马大的男人脸色变了，自己也吓得倒吸凉气，一个劲地说对不起，那男人看了看他们，眼光落在牛牛胸前的牌子上，有点迟疑，旁边的人也七嘴八舌地说："这孩子跟其他孩子不一样，你看他挂的牌子……""人啥都不懂……""你看看这是个什么孩子，你还跟人计较……"男人不响，没事人般坐回座位，一场风波平息了。

郑芸忽然意识到，这个卡牌的确有非同寻常的意义，它里面包含的意思太多了，可以是"大人们，我是无自觉的举动，请你们原谅"，也可以是"我是需要理解、照顾和帮助的"……

但，也有意外——

年前最后一个周末，会超头几天按照刘心美的安排忙着整理房间、置办年货和囤菜，后两天按照郑芸的安排，用电脑笔记本上网收了美国来的邮件，读完了最新的治疗。大意是正在进行一种饮食实验，限制自闭症孩子的蛋白质摄入，可以降低他们的神经兴奋性，可以改善睡眠；然后还要检测孩子的过敏源，对引起他过敏的一切食物都禁食。会超查了一下，正好青岛市有一所医院，是可以做过敏源检测的。

周六这天正好不上课，一家人冒着雪，带着牛牛打出租车去了医院。检测很顺利，十一点就全部测完了。回来的时候雪停了，站在马路边上等车，那一段街道不知道是刚经过洒水车，还是医院或者周边店铺用水冲了地，路面湿漉漉的，上车的时候，牛牛穿着鞋从座椅上拖过去，在雪白的坐垫上印上了一个黑黑的鞋印。司机看见了，一路骂骂咧咧，说是要被罚款，到了下车的时候，死活要郑芸一家给弄干净。

车子抄的近路，下车是在院子侧门，只能走人，不能进车，周边没有人家和店铺，要洗坐垫得回家去取水和刷子，会超跟司机说好话，多给十元或者二十元就算了。结果司机也跟着下车，一把揪住会超的羽绒衣，横竖不干，大嗓门吼叫着，非逼着一家人弄干净，不然不让走。

雪又下了起来，渐渐地大了。

在车前纠缠了十来分钟，会超也脸红脖子粗，两人眼看就要干起来了。郑芸急了，怕身型明显不占优势的丈夫吃亏，强行横在两人中间，跟司机说好话："大哥，你行个方便，我们赔钱行不？你看我们是外地人，到处都不熟，也借不到桶和刷子……"万般无奈之下，只得开口说出儿子的事，博取同情："大哥，我们是带孩子来看病的，你也是医院门口接的我们……我儿子不懂事，他控制不了自己，他有自闭症……"

"什么、什么自闭症？"司机嗓门还是那么大，嘴里呼出大口大口的热气，"哪个去医院不是看病的，你孩子调皮你就得管着，做父母的得负责！不行，你今天就得洗干净了再走！"

郑芸一时语塞，不知如何解释，急得只好胡乱喊道："就算弱智，弱智你知不知道？"

话才出口，忽地右肩上挨了一拳，郑芸猝及不防，一下就被打倒在地，顺着地面上的薄冰，滑出去老远，半天没反应过来，加上穿得多笨重，许久都起不来。

透过凌乱的发丝和飘飞的雪片，她看见司机一脸错愕，而那边，是会超满脸铁青伸出的拳头，那一刻，她的心都成了冰。

"你跟他啰唆什么！"会超咆哮着，脸都变了形。

刘心美抱着牛牛，急得手足无措，在风雪中，陡然间大哭起来："这怎么打了她呀？这可怎么办呀？"她无助的哭声回荡在雪野里，一下子就被风雪掩盖了。

短暂的沉寂之后，司机居然软了，说一句："有火你冲我来，你这人咋地能这样，咋地冲老婆撒气呢？"走过来扶郑芸。刘心美也过来了，抹着泪，把牛牛放到郑芸身边。

郑芸呆呆地站在那里，牵着牛牛。也不知过了多久，刘心美竟然颤颤悠悠提了一桶水过来了，司机一看，连忙接过去，自己刷起了垫子，边刷边说："我就是这脾气，声音大，也不是要打人，只是要你们弄干净……"回头再去看郑芸，竟然一脸的歉意。

雪花大片大片地飘落，慢慢地堆上郑芸的心头。

不完全是丈夫的无能和迁怒刺伤了她，而是此刻自身的弱势让她明白，没有人有义务同情你可怜你理解你原谅你帮助你，你不能指望所有的人都照顾和宽容你的自闭症孩子，尤其是在许多人都不了解自闭症的情况下。宽容是建立在理解的基础上，理解是建立在充分了解和知晓的情况下，如果她永远遮掩情况，避而不谈，而不是致力于让大众了解自闭症，那么今天的事，就很有可能一再地重演，在更多自闭症儿童和他们的家庭中重演。

痛定思痛之后，郑芸决定，配合陈炜开展自闭症儿童的治疗追踪，将自己对牛牛的治疗过程详细地交给陈炜备案，并同意他在合适的时候公开报道。

大年三十才停课，总共休七天。闲着没事，郑芸翻抽屉，看房主原来留下来的DVD碟片，竟然有两本儿童歌碟，她试着放出来，才听了两首，跟会超在院子里玩耍的牛牛回来了，马上跑到电视机前，咿咿呀呀地跟着晃动起来。

老师说过要开发他音乐潜能的话再次在郑芸耳边响起，她把牛牛拉过来，问："想学唱歌吗？"牛牛不说话，眼睛瞥着电视机。

关了电视，郑芸又问："听歌吗？"

牛牛看了郑芸一眼，还是不答。

郑芸不确定他听懂没有，本想掏出口袋里的饼干进行诱导训练，想了想，她唱道："在那山的那边海的那边，有一群蓝精灵……"

牛牛看了过来，郑芸放慢语速，又唱了起来。

"这个太复杂了，你就不能选个简单点的，他要是一下学不会，会有挫败感，那么唯一的一点兴趣都有可能被扼杀。"会超提醒了一句，"先建立他的信心。"

也是。郑芸思考片刻，把牛牛带到推拉门上的贴图跟前，指着天气景物图片，一帧深蓝色的天幕中几颗闪闪的星星，问："这是什么？妈妈教过你的。"

牛牛迟疑了一下，回答："星星。"

"那我们就唱个星星的歌，好不好？"郑芸问。

牛牛停顿了一下，忽然大声说："好——"

郑芸吃了一惊，每次问他好不好，一般都是不回答，要回答从来也不会说不好，只答好，声音不大但很平静，没有感情，但这次，明显的感情色彩体现了出来。她抑制住心头的激动，扳起儿子的脸，慢而清晰地说："你要看妈妈的眼睛，认真听妈妈唱。"

"一闪一闪亮晶晶，满天都是小星星，挂在天空放光明，好像无数小眼睛。"歌曲本身就舒缓，郑芸唱得很慢，牛牛在听，眼神也还是不集中，但他毕竟没有乱动了。郑芸坐在牛牛对面的小板凳上，唱了一遍又一遍，但是牛牛虽然安静，却没有表现出更多的欲望。

就这样放弃吗？郑芸灵机一动，打开笔记本电脑，搜索夜色的图片，然后把牛牛带到电脑跟前，一张张图片地解释，这是天空，这是星星，这是月亮……她不知道儿子能不能理解，但是不管他能不能理解，她都要努力。

晚上，她把儿子带出去，扳着他的脑袋看天，告诉他，这是天空，上面一闪一闪的就是星星："牛牛，星星就是一闪一闪的……"然后，她在他耳边唱歌。

回到家里，她把小夜灯涂成蓝色，留出一个个小点点，点亮之后，小点点投射在墙壁上，躺在床上，郑芸抓着儿子的手指向点点："牛牛，你看，我们家的屋顶上也有小星星了……"

她坐在儿子对面，双手放在脸侧，五个手指头拢起来，再松开，反反复复，告诉儿子："一闪一闪，一闪一闪……"

她指着国旗跟儿子说："这个黄色的五角星，就是星星……"她买玩具星星灯，推动按键，让灯一亮一黑，说，"这就是一闪一闪，一闪一闪……"

牛牛的记忆必须是理解记忆，他目前还处在对名词的深化机械记忆中，但动词总是要学的。郑芸记得，他最先学会的动词就是"抢"。上音乐课的时候，老师用丝巾把很多塑料水果盖起来，坐到一旁弹风琴，等弹奏的音乐一停，小朋友就在家长的辅助下，冲向丝巾，揭开来抢水果，看谁抢得多，老师就奖励。牛牛根本不知何事何意，但是郑芸每次都会抓了牛牛的手，跟小朋友一起争夺，大声喊："抢——"

大约是觉得有趣，牛牛咯咯地笑，慢慢地自己也会去抓水果。后来偶然有一天，郑芸买了冬枣，洗好放在水果盆里，端到桌上，刘心美、会超还有郑芸自己同时伸手去盆里拿，牛牛忽然也伸手过来，说了一个字："抢——"

一家人都镇住了，他就这样学会了第一个动词，并且能配合环境使用了。

所以，短时间没有学会这首歌，郑芸并不泄气，她只是不断地重复，试图让儿子理解抽象的天空和星星，并且多次在儿子耳边唱，早上起来唱，玩的时候唱，没事的时候唱，睡觉的时候也唱……她还告诉儿子："牛牛，你就是星星的孩子，妈妈相信，有一天你也会发光,也会闪亮起来,让大家都注视到你。"说完,搂住儿子,亲他的额头。

年就快过完了,会超要先行回去上班,郑芸再在青岛待一个多星期,也要回去。怎么带牛牛的问题再一次摆上了桌面,公公是不过来了,因为那边的老板答应请他协管工地,虽然只有两千元不到的工钱,但包吃包住,也是一笔纯收入。但是刘心美一个人带,郑芸更加不放心,偏偏刘心美又坚持,这事就僵持不下了。

最后还是舒可可提了个好建议:"以琳有陪读姐姐,专门带孩子去上课。一是有些老人陪读体力跟不上,二是为了避免孩子在家人跟前娇惯,所以让陪读姐姐严格要求。你们可以考虑。"

一听陪读姐姐一个月只要两千五百元的工资,会超毫不犹豫地答应了。父亲有痛风,脚不利索,陪读自然不行,母亲动了手术才恢复,体力也不佳,既然放弃两千元一个月的工资来带孩子也未必带得好,不如就把这份工资加上五百元请个陪读姐姐,也实惠。

这样学费、房租、生活费、陪读姐姐的工钱,一个月的开销就要差不多一万三千元,郑芸在心里盘算,会超的工资加上自己的工资和兼职,勉强够用,债务暂时还不了了,还想省出点机票钱来看儿子几次,估计也难了。

眨眼就到了郑芸要回去上班的时候,陪读姐姐是全天候的,早上来晚上回去,接手了两天,彼此感觉都还不错。郑芸也算是稍稍安心,整理着箱子,一边还提醒婆婆:"妈,你要记得每天记录牛牛的饮食,那些要限制的食品,一样都不能让他碰,尤其蛋白质要禁止。"

"我总觉得,不吃也不是个事,他不肯吃肉,这会连蛋和奶都戒掉,怎么受得了。"刘心美忧心忡忡。

郑芸说:"慢慢加,如果哪天吃了什么就兴奋了,那就下次再不能吃。上次我们试验了猪肝,一次就明显兴奋呢,那就吃不得。下周加点牛奶,没有明显改变就加一个星期,还是没改变,就可以吃了。"

听着她啰啰唆唆,刘心美知道郑芸这一走挠心挠肺地惦记,安慰说:"妈也不是没经过事情的,不用担心。"

郑芸不吭声,拖着箱子到了门口,探头去望,牛牛坐在小凳子上玩汽车,根本不知道妈妈就要离开,自己将有很长一段时间看不到妈妈,一点都不晓得难过。郑芸叹口气，这样也好，没有感情依恋虽然是个毛病，可也未必不是个好事，与其看到他跟正常孩子一样哭闹不休，不如什么都不懂，至少不痛苦。

身后的门就要关上了，郑芸还是忍不住回头，喊一声："牛牛。"

儿子抬起头，直愣愣地望过来。

郑芸招手："过来。"

牛牛跑过来。

郑芸摸着他的脑袋和脸，轻声说："妈妈要走了，你以后要听奶奶的话，听姐姐的话，做个听话的孩子，妈妈就给你买棒棒糖吃。"

牛牛不说话。

"妈妈唱歌给你听，"郑芸盯着牛牛的眼睛，把《小星星》又唱了一遍，说，"牛牛，你要是想妈妈，就看看你的星星，唱唱这首歌……"说完，她用力地搂住儿子，亲了一下他的额头和脸颊。

强忍着眼泪转身出去，婆婆已经关上了门，那里面传来婆婆的声音："奶奶跟你一起玩拼图。"

郑芸再也忍不住，泪哗哗地流了下来，她想，我要是有钱多好啊，就可以留在这里，留在儿子身边了，我要是有很多的钱，多好啊，就可以在家乡建一个自闭症康复中心，就可以把儿子带在身边……

但是她心里更明白，自己所在的城市之所以没有这么专业的自闭症康复中心，不能系统地对儿子这样的孩子进行训练，还是社会对自闭症的了解和重视不够，如果能够对自闭症有足够的重视和治疗支持，每个省都建立这样的康复中心，那么多少家庭就不用忍受分离之苦，这对孩子的成长是非常有益的，尤其是他们这些本就缺乏情感依恋的孩子，更加需要跟家人在一起，培养正常的情感依恋，迈出融入社会的第一步。

两个月的时间悄然过去了，会超有了一次到青岛出差的机会，去看了牛牛。每个星期都通电话，尽管牛牛偶尔也能在那边被奶奶逼着说出一两个字，但是刘心美说他进步很大，已经升小组了。每次听到婆婆说牛牛的长进，郑芸都很欣慰，她努力挣钱，拼命省钱，总算是值得的。而会超带回来的消息更加直观，牛牛长高了，得益于感统训练，也结实了，他并没有忘记会超，进门第一时刻就主动大声地喊了"爸爸"。

郑芸听得心里酸溜溜的，她不知道儿子是否还记得自己，虽然自己是陪伴他最多的人，也是付出心血最多的人。

四个月之后，天气已经入夏，婆婆说，牛牛的睡眠改善不小，还因为每天都去小区里荡秋千，已经学会了"荡"这个动词，而后，对动词的学习忽然加速，一下子"采、提、敲……"都学会了。

有一天周末，郑芸正在洗被单，电话响铃，一看是婆婆的电话，连忙接听，那头并没有声音，郑芸急了，连声喊道："喂，喂……"

那头传来一个怯弱的声音："妈妈……"

郑芸一震，牛牛！

"你刚才唱歌了，再唱一次，给妈妈听……"婆婆的声音传过来。

停顿了许久，郑芸耐心地等待着，终于，听了儿子细细的声音："一闪，一闪，亮晶晶，满天，都是，小星星，挂在……"婆婆在小声提醒，他接着唱了下去，有些磕巴，但一直唱完了。又停顿了一阵子，传来婆婆的笑声。

"你听到了没有？"刘心美的声音兴奋不已，"你是没看见啊，他一边唱，还一边用手做星星闪的动作，唱完之后，他搂住我，亲我的额头和脸……"

牛牛会主动亲人了吗？郑芸轻轻地捂住了嘴巴，把一声惊喜的"啊"堵了回去。

这是模仿，典型的自主模仿，从手把手拉着教的被动模仿走到这一步，花了差不多一年的时间啊，可是不管怎么样，他开始了自觉模仿，这就意味着，他已经有了观察的行为，在离开郑芸的提醒之后，在不自觉中进行的自我观察，这是一个多么好的开端呀，尽管它到得有些晚，可是它就像希望女神的仙杖指了过来，那股金灿灿的光芒投射在郑芸的头顶上，她顷刻间感受到阳光普照，万物生发。

"不知道怎么回事，忽然就开口唱起来了，能整句整句地唱，"婆婆说，"他点着图片上的星星，叫妈妈……"

郑芸的嘴唇不由自主地颤抖起来，她瞬间明白，牛牛想妈妈了，他不知道该如何表达，所以在心里酝酿了无数回，才鼓起勇气唱出了这首歌，他唱得有多完整就想得有多深。在此之前，他在心里默默地哼唱了多少遍了呀，对于一个连说话都需要逼迫的孩子来说，唱出这么连贯复杂的字句，需要多少勇气。他其实就是想告诉奶奶，他想妈妈，可是他不知道怎么表达。

"牛牛，妈妈懂你的意思，"郑芸轻声说，"你想告诉妈妈，你知道是妈妈教你唱星星的歌,你想妈妈了……这就是想,心里想妈妈,思念妈妈……来,牛牛,跟妈妈说:妈妈,我想你……"

电话那头沉默,郑芸不放弃,再一次说:"牛牛跟妈妈说,妈妈,我想你,我想看见你,我想你跟我一起唱歌,一起看星星……"

"妈妈,我想你……"郑芸一遍又一遍地说,用自己的嘴说牛牛该说的话,是老师教的,这是用鹦鹉学舌的方式教会他们最基本的表达。可是,"想"和"思念"这样抽象的词语,对自闭的孩子来说,理解起来太难了。郑芸已经做到了抽象物化的第一步,可是今天,本该是最好让儿子理解"想念"的,可她不在他身边,无法泛化,她只能一遍又一遍地强调,希望儿子能"听想百遍,其义自现",所以,她克制着内心的急切,放缓了音调,又说:"妈妈,我想你……"

不,不能太急,越急孩子越不合作,郑芸想了想,便对着话筒轻轻地唱了起来:"一闪一闪亮晶晶……"唱完之后,她停在那里,等着儿子的反应。

"星星……"电话那头细弱的声音响起,儿子在艰难地发声。郑芸柔声问:"星星怎么了?"

话筒里传来嚓嚓几声杂音,猛地传来牛牛奶气的大声:"一闪一闪亮晶晶,满天都是小星星,挂在天空放光明,好像无数小眼睛……一闪一闪亮晶晶,满天都是小星星……"他唱了一遍又一遍,没有任何错误的旋律,停顿也是掐在郑芸从前换气的位置,声音清晰地从那头传来,虽然还是平板式的歌唱没有多少感情,听上去就像背书一样,如同小和尚念经有口无心,但是郑芸真切地从其中听到了儿子的心声:妈妈,我想你。

他就是想说这句话,他只是说不出来。

郑芸握着电话的手剧烈地颤抖起来。牛牛从来没有说过五个字以上的长句子,也从来没有开声唱过歌,这是他第一次以唱歌的形式说出这么长的语句,不管是不是机械教育的成果,这都是对郑芸的奖励。别人也许不懂,可是她懂,这是儿子特有的表达方式,因为他学不会其他表达模式,他只能按照自己的思维,用一些物状的所指来尝试达到交流的目的。

你怎么能说他不努力呢?他虽然是一只小小的蜗牛,什么都比同龄的孩子慢半拍都不止,但是他也一直在努力地、努力地朝前爬。

儿子小小的身影在眼前晃动,郑芸还记得训练中,他额头上小小的汗珠,他无辜又无奈的神情，他惧怕躲闪的眼神，他委屈着撇嘴哭泣的样子……上天给了她一个特殊的孩子，是因为上天相信，她有能力照顾好他。可是，很多的时候，她使尽浑身解数也无能为力，就像这样的分离……

挂断电话，郑芸的眼泪像瀑布一般落下，这不仅仅是母子连心，还有不断的摸索和尝试，她试图和儿子搭建的种种沟通桥梁终于初显成效，哪怕用的是最土最笨的方法，可是，她知道，这个世界上只有她最懂儿子，那是建立在形影不离的、不断观察和努力基础上的，而对于其他人来说，对于这个世界来说，儿子还是无法与之交流的。没有人会愿意像她一样，花这么多的时间和精力，试图去走进牛牛的世界，而牛牛再多的努力，也只不过是缩小他和这个世界之间大幅差距中的一小丁点，要融入这个世界，依旧那么艰难……

牛牛不在身边的日子里，郑芸一点都没闲着。

从青岛回来，联系了陈炜，配合他开展自闭症儿童的治疗追踪，按照陈炜的要求，把所有从美国拿回来的资料整理归类，将自己对牛牛的治疗过程详细地回忆记录，还根据手头的资料，不断进行完善补充，跟会超商量后，同意陈炜在合适的时候公开报道。

她参加了志愿者组织，也戴上了小红帽，每周六由民政局下面的慈善协会组织，开展弱势帮扶活动，或者去福利院，或者去敬老院；每个月郑芸还请一天假，跟着陈炜所在的志愿者小组去儿童医院儿保所帮忙；每天还要登录自闭症儿童家长的QQ群，上传最新治疗资讯，和家长们交流经验，互相鼓励。

日子依旧忙碌，充实取代了从前的疲惫感，颓废和绝望在慢慢地消退，郑芸感到希望和信心渐渐地回到自己的生活中。

大半年前，当郑芸匆匆走在去幼儿园接牛牛的路上，从小红帽手里接过志愿者宣传单的时候，并没有想到自己这么快就成为他们中间的一员，而且会在4月2日的"世界自闭症关注日"跟大家一起站在宣传点上，向过路的人们发放传单，向驻足的人们进行宣传解释。

晚上看新闻是陈轩涛的习惯，此时他接待一些生意伙伴，在全市最高档的宏达海鲜楼订了包厢，一群人说着话到了七点半，中央台的《新闻联播》之后就是地方新闻，他最关心的就是头条，但今天的头条不是政治也不是经济，是个活动报道，跟他似乎没什么关系，他也还是看着。

"十、九、八、七……一"！嘈杂的背景在大声倒数数字，不远处的城市的标志性建筑瞬间换上了蓝色霓裳。记者正拿着话筒卖力地喊："各位观众朋友们，现在是傍晚六点，今天是第五个世界自闭症关注日，在我身后的潇江广场已经成为欢乐的海洋，一群自闭症儿童在家长的陪伴下跟着主持人倒计时，随后我市的标志性建筑也换上了蓝装，这是我省为纪念一年一度的世界自闭症关注日而举办的'点亮蓝灯、璀璨星愿'自闭症关注日系列活动。省委常委、副省长赵××出席启动仪式并讲话。"

镜头一闪而过，他竟然看见了郑芸！

轩涛的眼睛顿时直了，他全神贯注地盯着新闻，期待着镜头再次扫过，郑芸到底在做什么？

"赵××指出，全社会要形成关爱自闭症患者的良好氛围，怀有爱心、耐心、恒心和信心，帮助自闭症患者走出孤独，融入社会。他强调，政府要完善立法，为自闭症患者及其家庭提供社会保障，保证其在入学、就医、居住、就业、养老等方面享有更多权益；希望更多的志愿者点亮心中的蓝灯，加入到关爱自闭症患者的队伍中来。"

"现场聚集了大部分志愿者，大家可以看到，所有的志愿者都戴着红帽子，穿着蓝色的T恤，手上系着蓝丝带，今天上午，志愿者们在广场上举行了一场'蓝色行动为爱而行'的关注自闭症儿童的公益活动。"记者说，"这座城市，因为有了志愿者而显得特别温情，现在，让我们来采访一位志愿者……"

记者转身，镜头跟着延伸过去，她走近了郑芸。

"请问，您了解自闭症吗？"记者问。

郑芸正弯腰用纸巾替一个自闭症孩子擦拭嘴角的口水，冷不丁被问，也不知道是记者，只当是路过咨询的行人，并未太在意，一门心思只关注着身边的孩子，一边给其他孩子发糖果，一边还拉住另一个有体能障碍，眼见要摔倒的孩子，便头也没抬地回答："了解的。自闭症，又称孤独症，是一种严重的婴幼儿期发育障碍，且出现在全世界范围内，不受民族、人种及社会背景的影响。据美国疾控中心在近年公布的调查数据显示，自闭症的发病率是1%，其病症包括不正常的社交能力、沟通能力、兴趣和行为模式。目前，中国自闭症儿童数约为200万人，未被发现和有自闭症倾向的儿童人数则更多，第二次全国残疾人抽样调查明确将自闭症列为精神残疾。若按照每名自闭症儿童影响一家至少两个大人计算，则至少影响到400万人的生活与工作。"

"作为志愿者，那请问您接触过自闭症儿童的家庭，了解他们吗？"记者又问。

郑芸依旧没有抬头，拿起宣传台上的资料，递给记者："接触过，了解啊……我们期待社会能更多地了解自闭症……"这时一抬头，才发现眼前的麦克风，发现是记者，继而发现了镜头，便呆住了。她的表情真实地映射在镜头上。

记者笑道："您能对大家说说，您了解的自闭症儿童的家庭情况吗？"

郑芸沉吟片刻，认真地对着镜头说："自闭症家庭不仅面临经济压力，还面临沉重的精神压力，亲朋好友、同事邻里的闲言碎语，甚至陌生人的惊诧眼神，让他们无法面对。很多家长都不愿意带孩子上街，因为孩子会突然发出奇怪的声音、大庭广众之下如厕等，让他们无法正视。希望每个人能对身边的自闭症孩子多些包容，多些理解。如果被孩子无意中的怪异叫声惊扰，请给一个善意的笑容，这些微小的'正力量'，会让'星星的孩子'有一个蓝色的天空，也能沐浴灿烂阳光，也会让家长们释然，会让他们有更多的勇气面对未来。"

"我国目前的现状是，80%的自闭症孩子家庭，需要完全自行承担康复教育的开销，1/3的家庭几乎将全部收入用于康复教育，同时康复机构专业程度不高、数量极少，此类家庭经济及教育需求很难得到满足，我们呼吁社会开展自闭症儿童家庭关爱行动，希望社会理解自闭症儿童及其家庭这个群体，带着社会的爱，走进自闭症孩子的内心，让孩子融入这个社会。"郑芸语速很慢，表情严肃。

新闻结束许久了，轩涛还呆呆地坐着，一言不发。

第二天早上的晨报，他看到了醒目的照片，正是郑芸昨日被采访的那个镜头，标题是《爱心蓝丝带 最美志愿者》。

而此时，郑芸正在志愿者之家，埋头做着统计表格，陈炜抱着一堆报纸兴冲冲地跑了进来："芸姐，我们的策划成功了，你看今天省里和市里所有的报纸，都有自闭症的相关报道！你说得没错，要让大众了解自闭症，必须加大宣传。"他平复了心头的激动，郑重地对郑芸说："芸姐，我佩服你的勇气，联合宣传我们提议几年了，就是落不到实处，你去残联联系，那还正常，毕竟我们跟残联联系多，但是没想到你还敢去民政厅，还有报业集团……"

"因为我相信，社会是进步的，政府是愿意有作为的，人们是充满善意的，"郑芸深有感触道，"我们只是抓住了一个契机，感谢世界自闭症关注日。"

2007年12月联合国大会通过决议：从2008年起，将每年的4月2日定为"世界自闭症关注日"，以提高人们对自闭症和相关研究与诊断以及自闭症患者的关注。

如果没有世界自闭症关注日，如果没有残联和民政厅，以及报业集团的支持，志愿者的力量是微弱的，但现在一切都在朝好的方向发展，今年也许民众只是听说自闭症，明年他们或将了解自闭症，往后他们将逐步深入地了解。对于未来，郑芸充满了信心，她一直坚信，这是一个伟大的时代，这是一个伟大的政府，一切对社会现状的良好改善之举，都会得到支持。

她随手拿起一份报纸，在第一版的右下角，有这样一篇报道：

《潇江晚报》实习记者程琦、记者杜君华4月2日报道：今天是第五个世界自闭症关注日，潇江阁今晚彻夜点亮蓝灯，五千余辆出租车后视镜缠绕蓝色丝带。同时，一场关注自闭症儿童的大型现场互动活动在潇江广场举行。一群头戴红帽子、身穿蓝色T恤的志愿者，向路人发放有关自闭症的卡片，并给路人系上代表关爱的蓝丝带。

在潇江广场活动现场，处处飘扬着蓝丝带。蓝色的丝带代表了鼓励、关怀和爱。人们的手腕上系着蓝丝带，工作人员所坐的座椅上系着蓝丝带，放宣传品的竹筐上缠绕着蓝丝带，女孩的头上扎着蓝丝带。小朋友们喜欢的黑猫警长、葫芦娃和小兔淘淘等卡通形象也集体上阵，各自扎起蓝丝带向自闭症儿童表达关爱。由自闭症患儿的画制成的手袋受到市民的追捧，不少市民还在T恤上留下手印。

生活中，我们可能看到一个孩子在马路上不停地哭闹，任由家长怎么劝怎么拉，仍发出尖锐刺耳的声音，情绪难以控制；地铁里，孩子不愿意到站下车，而是盯着闪烁的门灯进进出出地玩，任凭家长怎么拉都拉不住；大街上，一个五六岁大的孩子突然随地大小便，脸蛋却依然天真可爱不知羞耻。面对以上这类场景，你可能会觉得这些无礼的举动是家长没有教育好，但你可能没有意识到，这些孩子可能是自闭症患者。

活动现场的问卷调查显示，了解自闭症的市民占到40%。现场一位志愿者说，来现场的很多人都能说出几条自闭症的症状。但还有一些市民不了解自闭症，现场的一位女士告诉《潇江晚报》记者说："我觉得他们就是胆小，怕和人沟通。如果我要是碰到这样的孩子，我就告诉他们不要怕。"

活动中一位自闭症儿童的家长也说："自闭症孩子的训练过程是烦琐漫长的，对家长和孩子来说，无论是经济上还是精神上，都是一个非常大的考验。如果社会公众能够通过了解给予我们理解、宽容和更多的耐心，尽可能地去关爱我们的孩子，我们将感激一生。"

活动的主办方潇江儿童心智发展中心主任表示，现在社会上的人们对于自闭症的关注度越来越高，并且人们都有意愿帮助自闭症患者，但是却不知道该如何帮助他们。我们现在要做的就是先让公众了解什么是自闭症，进而理解自闭症患者的异常行为，更深一层才能做到宽容和帮助。

郑芸盯着报纸，久久无言。

陈炜凑近了问："芸姐怎么了？"

"写得真好。"郑芸赞叹。

"这篇更好呢。"陈炜说着，将另一张报纸扬了扬。

郑芸劈手夺过去，打开一看，自己的大帧相片赫然在目，《爱心蓝丝带 最美志愿者》，她大声叫起来："这是怎么回事？"

陈炜呵呵一笑："这是我女朋友写的，实习记者莫沙燕，因为这篇报道，她还得到了主编的表扬。"

"哎呀，我不爱做这些沽名钓誉的事情，低调点吧，"郑芸喃喃道，"谢谢你们的好心，我不想出名，也不想借此寻求社会援助，那些比我们家困难的自闭症家庭多的是呢，我们家还扛得住，别人家更需要帮助。"

"芸姐，你想多了，没提到你是自闭症家庭，沙燕的报道也不是因为你开后门做宣传，而是一种新闻的职业敏感性，"陈炜低声说，"你并不知道，当时你在镜头前的表情，那么真诚，感动了多少人。"

刘心美打电话来问，牛牛是否还在以琳继续读下去？分别的五个月中，郑芸只能通过电话关注牛牛的成长，到底是全国负有盛名的训练机构，孩子的行为矫治收效明显，如果不考虑思念难挨的因素，郑芸当然愿意把牛牛继续留在以琳，但最压头的还是各种费用，对于这样一个工薪阶层中等收入的家庭，是跨越不了的拦路虎。而且，欠下的债说好了年内归还一部分，半年没动静，不好意思再拖了。

以琳是好，可是以他们的经济状况，还是读不起。

两口子经过仔细而慎重的考虑，决定让儿子回来，与此同时，夫妻俩也在市里看了几家所谓的自闭症融合教育幼儿园，都是民办机构，有些说得天花乱坠，实际并不规范；有些离家太远，设施不全；有些还不可信……奔波了大半个月，最终选定了恒爱幼儿园。

恒爱幼儿园的园长自己是幼师专业毕业，曾经去以琳学习过，她办学的理念就是融合教育，尽量给孩子创造接触正常社会群体的机会，办学最大的特点，就是挂靠普通幼儿园交叉学习。恒爱的教学楼和挂靠的幼儿园在一个院子里，分别是前后栋，每天上午，由专门的老师带着孩子去正常班上课，让自闭症孩子和正常孩子在一起相处，下午才在恒爱的课堂里进行自闭症康复训练，训练的过程中也是一对一，即一个老师带一个孩子。

参观了教学楼，还试听了一节课，对于教学的形式，郑芸还是满意的，相对其他融合教育的幼儿园，即便这里的学费要三千一个月，她也咬咬牙接受了。

但是新问题也接踵而来，恒爱幼儿园在城东南部，而郑芸家在城西北部，如果牛牛入读，则每天都要穿过整座城市，油费还算小问题，堵车才是大问题。没办法，再一次租房解决。最后敲定的房子在一个单位院子里，安静也安全，位于恒爱幼儿园的巷子入口，每天园车出进都接送，还算方便。

牛牛回家的日子终于到了，公公提早去了青岛打包东西发货运，会超去机场接人，郑芸在家里做饭。

时间一分一秒地过去，无数次听到楼下汽车的声音，一会儿又归于宁静。郑芸把菜端上了桌，去阳台上望望，回来把饭盛好，又去阳台上望望，再回来把他们的杯子里都倒好开水，又去阳台上望望。实在没事干了，把牛牛晚上洗澡要换洗的衣裳拿出来，摆在床上，还去阳台上望望。再不行，把晚上要吃的水果洗干净了，端到茶几上摆好，仍去阳台上望望。最后，她摆出了儿子的玩具，把新买的童谣DVD碟片放在电视机柜最显眼的位置……

剩下的时间，郑芸不知道该干些什么来打发。她坐在凳子上，想着早几天通过电话的黄卉，因为经济原因，她也要带儿子周家雄回老家了，但是下面的地市跟省会不同，要找融合幼儿园根本不可能，她想安排儿子再跟牛牛同学。郑芸答应了，只要她来，自己就带她去看恒爱幼儿园。恒爱招生有限，但跟张园长说说，估计没问题。

黄卉家庭条件比郑芸稍微好一点，因为她父母是做生意的，有个小店面，收入还不错，为了雄雄，一直在补贴他们夫妻俩，也是因了这个原因，黄卉能从单位上停薪留职，专职做陪读妈妈，虽然累，但是能跟儿子在一起，也是最低限度的幸福啊。

其实家家都有一本难念的经，自闭症孩子的家庭更是一本心酸史，黄卉也过得艰辛。郑芸看过新闻，从今年起，国家取消了停薪留职，黄卉要么回去上班，要么辞职。上个月单位最后通牒，黄卉急得不行，给郑芸打电话，哭哭啼啼地说："难道只能辞职？孩子的未来都没有保障，我这个有保障的都要失去未来了……"

郑芸也一筹莫展，还是陈炜想了个主意，三管齐下，一头去残联找蒋副主席，同时他也是志愿者协会的会长帮忙想办法，一头郑芸以黄卉的名义给妇联写信求助，一头还是找自己的记者女朋友。没过几天，《潇江女报》就登载了莫沙燕的报道《一个妈妈的困境》，引起社会的广泛关注。黄卉所在的企业为此保留了她的工作关系，并特批她请长假照顾孩子。

事情得到了圆满的解决，由此说来，黄卉是幸运的，但是大多数自闭症儿童的家庭，没有进入公众视野，特殊照顾也就无从谈起。郑芸记得在儿童医院治疗的时候，曾经认识一个叫广广的孩子，家庭条件非常好，他妈妈也是常年陪伴照顾，片刻不离左右。牛牛去以琳之后，广广也去了广州做治疗，后来再跟他妈妈联系，说又去了上海的一家机构，全家都住在姨妈家。

这些孩子，就像散落四处的蒲公英，而他们的妈妈和家庭，就像种子周边绒绒的花须，义无反顾地跟着他们飘荡。

思绪飘散得很远，有些打不住的时候，听见楼下小孩子的叫声，会超的声音扩散开："牛牛，我们到家了，自己上楼去，看妈妈是不是已经做了好吃的菜等着牛牛了……"

郑芸跳起来，想开门大喊儿子的名字，却忍住了，只趴在门上听。

远远地，脚步声响起，由远及近，到门口了，"咚咚！咚咚！"。

下手这么猛呀，吓人一跳！郑芸笑起来，这小子，哪里是敲门，简直就是擂门。她按捺下心头的激动，缓声问："谁呀？"

门外没有回答。

"是谁在敲门？"郑芸又问。

这次是婆婆的声音响起来："教过你的，回答呀，谁敲门？"

"牛牛！"儿子大声喊。

郑芸打开了门。门开处，长高高壮了的牛牛站在那里，看着郑芸，片刻的迟疑，笑容瞬间堆上了脸庞，这是人世间最生动的表情。郑芸弯下腰，看着儿子，轻声问："我是谁？"

"妈妈！"牛牛大喊一声，就往家里冲。

刘心美一把拖住他："看到妈妈要怎么样做？"

他咬了一下嘴唇，很小心地抱住了郑芸，就在郑芸贴下来的那刻，他又很缓慢很小心地亲了一下郑芸的脸，郑芸马上很用力抱住他，很用力地亲他左右两边脸，说："妈妈很想你。"

他忽然回答："牛牛想妈妈。"

郑芸吃了一惊，愕然地望了婆婆一眼。刘心美笑着问牛牛："哪里想？"

牛牛神情还有些懵懂，但却用手拍了一下胸口，回答："这里想。"

"这里是哪里？说清楚。"刘心美说。

"心——里——想——"牛牛大声说，拖长了声音，还朝后拱了一下屁股，似乎有些不耐烦。

这感觉，乍看上去跟普通孩子几无二致，郑芸一下瞪大了眼睛，妈呀，这变化太大了，这是什么节奏？！难道是自己跟不上了吗？她仔细看着儿子的表情和举动，的确较半年前有了很大的进步，到吃饭的时候，感觉就更明显了。

"我们到家了，要跟谁打电话呀？"婆婆问。

牛牛回答："王辉老师。"

王辉老师是牛牛在以琳的个训老师，非常有耐心的一个女孩子，她对牛牛有个特别亲昵的称呼"大牛"，临走的时候，还给郑芸带了一堆训练资料。

"那还要不要给牛牛的其他好朋友打电话呀？"婆婆又问。

"要的。"牛牛说。

"牛牛有哪些好朋友？"婆婆问。

牛牛想了想，回答："邓亚超、萱萱、毛毛、伟博……"忽然一下叫起来："伟博摔下去了……"

"别乱说话呢，要照情景说话。"郑芸制止道。

"伟博是摔下楼了。"刘心美说着，问牛牛，"伟博怎么摔下去的？"

"爬窗户。"牛牛回答。

刘心美又问:"那牛牛能不能爬窗户?"

"不能。"牛牛答完,又重复一句,"伟博摔下去了……"

"怎么回事呀?"郑芸好奇地问。伟博是跟他们在青岛住一个院子里的孩子,比牛牛大几岁,但程度低,妈妈带着,常来家里走动。

"他妈妈做饭去了,他在窗户边上玩,就从五楼摔了下去,摔得嘴巴鼻子都是血,也不知道怎么回事,那么高掉下去,居然没什么大事,内脏也没受伤,就是腿骨折了……"刘心美说,"就是上个月的事,现在还没有出院呢。"

郑芸叹口气,那孩子很壮实,他妈妈瘦小,这一骨折得成天背在背上,伟博妈妈可就遭罪了。一低头,看见牛牛用勺子舀西红柿炒蛋,还是他的最爱呀,看他的吃相,嘴巴边上全是红红的西红柿汁,不由好笑,问道:"你喜欢吃蒸肉饼,还是西红柿炒蛋?"

牛牛回答:"西红柿炒蛋。"这是回答的惯例,总是选后面的。

郑芸换了顺序,又问:"你喜欢吃西红柿炒蛋,还是蒸肉饼啊?"

牛牛回答:"西红柿炒蛋。"

答案当然不是蒸肉饼,因为牛牛不吃肉。郑芸心里一喜,现在居然能正确选择了。

刘心美在旁边笑:"你以为还是去青岛之前的水平呀,不管你把哪个选择放后面,他都能选对。"她问:"你喜欢吃西红柿炒蛋,还是藕片?"

郑芸知道,这两样都是牛牛爱吃的,她也好奇,牛牛会怎么选。

牛牛回答:"都吃的。"

郑芸眨了下眼睛,问:"没有藕片怎么办?"

牛牛看了一眼桌子上的菜,指着藕片说:"藕片。"

"这不是藕片。"郑芸说。

牛牛愣了一下,指着藕片大声说:"藕片!"

"这不是藕片,"郑芸说,"这是冬瓜。"

牛牛的脸红了,他急了,不知道该怎么办了,陡然间从座位上站起来,退到饭厅中间,捏着拳头,歇斯底里地叫起来:"藕片!藕片!"

刘心美慌忙起身,安抚道:"别急,别犟,妈妈逗你玩的,这是藕片呢。"

郑芸默默地上前,握住儿子的手,柔声道:"牛牛,你可以告诉妈妈,妈妈说错了,这是藕片,不是冬瓜。"她把儿子带到桌前,指着菜碗说:"这是藕片,不是冬瓜。"

牛牛看了一眼菜碗，说："这是藕片，不是冬瓜。"

"对了，就是这样，说清楚就行了，不要发脾气。"郑芸说，"我们坐好，继续吃饭。"

刘心美说："好些地方都进步不小，就是这脾气，几乎还是老样子，犟起来十头牛都拖不住。"

"慢慢调整吧。"会超说着，转换了话题，"关于牛牛回来后的安排，我们有个打算……"

对于送进融合幼儿园，公婆都没有意见，周建设说，再过一个月汀州那边的工地完工，老板下一次工程不知道什么时候进场，暂时没事做了，正好过来带牛牛。

刘心美听了有些闷闷不乐，郑芸猜到又是为了钱的事，便说："会超刚升职了呢，涨了一千多元的工资，现在总体的开销比青岛少，债务能慢慢还了，也不是那么吃紧，该花的该用的，你也别太省。"

晚饭后，都有些累了。公公给牛牛洗澡，郑芸正在看婆婆从青岛带回来的学习资料，会超悄无声息地进来，在郑芸身边站了一会。郑芸见他老不说话，便抬起头问："什么事啊？"

会超瓮声道："这个月新增加多出的工资，不能给你了。"

"又用掉了？"郑芸低头下去，淡淡道，"知道，你是男人，总有些交际应酬要花钱。"她不想跟他吵架，尤其是那次因为钱的争吵伤感情之后，她就尽量避免在他跟前提钱，他给多少她接多少，横竖家里的开销他也是知道的。反倒这样，会超自觉多了，他戒了淘宝，也不出去交际应酬，他们始终把两人的生活费控制在两千以内，其他的钱基本付往青岛。婆婆在那边也省，回程三个人的飞机票三千多，竟然没有额外支出。

但是听到会超这么说，郑芸还是有点不高兴，家里拮据的状态一直到两个月前会超升职，紧张的程度才稍稍缓解，她还债的计划马上就要付诸实施了，会超就有了故态复萌的苗头，她心里又有了恨铁不成钢的焦躁。

"不是，"会超傍着她坐下，慢吞吞地从身后伸出手来，亮出一个长条的暗红色绒布首饰盒。郑芸打开一看，一根细细的白金项链，她差点就叫起来，没事又乱花钱，这东西能吃啊？话都到了嘴边，忍了又忍，还是憋了回去，沉下脸盯着资料，一个字不说。

"明天是我们结婚十周年，我想着送个礼物给你。"会超语气很虚，似乎怕妻子生气,"那些首饰当掉之后,一直没去赎,估计也赎不回来了。"他的话语里有一丝忐忑,似乎在为自己开脱:"好在夏天的项链省料,也不是很贵。"

倒也是一番心意,自己呢,忙得早就忘了什么结婚纪念日。郑芸在心里叹口气,低声说:"谢谢了,很漂亮。"

会超如释重负,伸手在妻子肩头拍了拍,起身离开,走到门口,郑芸的声音轻轻地飘了过来:"以后还是不要乱花钱了啊……"

身边又一个影子立住了,郑芸以为会超又过来了,便说:"你去看看牛牛上床了没有?"

"上床了,"回复的是刘心美的声音,"资料就先别看了,以后有的是时间,这么久没跟儿子在一起,今天你带他睡吧。"

郑芸走进卧室,牛牛已经躺好了,盖着毛巾毯,安静地看着空调上面淡蓝的显示屏,一动不动。真是难得的安静,以前上了床,哪天不是跳啊蹦啊,翻滚来翻滚去的,半年过去还转性了呢。郑芸想着,平躺到床上,像牛牛那样看着蓝光,伸手轻轻抚摸他的肚子,问:"跟妈妈一起唱歌好不好?"

牛牛抬手,指着天花板,一字一顿地说:"没有星星。"

哦,郑芸懂了,这样的孩子,行为刻板,对物体是有着过度依恋的,这种依恋可以促使他们产生安全感。

她起身叫婆婆:"妈,青岛那个小夜灯带回来没有?"

"带了带了,怎么能不带呢。"刘心美在袋子里翻了一阵,拿出来。

郑芸重回卧室,把小夜灯插上,天花板上星星样的小点点显现出来,牛牛在床上发出欢快的笑声。

再次躺下,郑芸说:"我们唱歌吧。"

话音刚落,牛牛就唱起了《小星星》,郑芸和着轻轻地拍巴掌,空调的凉风幽幽地吹过来,这一刻,她感觉幸福极了。

歌唱完了,郑芸支起身体,捏了一下儿子的脸,说:"妈妈捏牛牛的脸,牛牛也可以捏妈妈的脸。"牛牛不动。郑芸抓着他的手放到自己脸上,另一个手在微亮的光线中示范捏的动作。牛牛轻轻地捏了一下,笑起来。郑芸说,"再捏,还可以用点力。"示范一次,牛牛学会了,郑芸说:"互相捏脸,就是游戏,妈妈和牛牛玩游戏,互相捏脸。"

说完，她又捏捏儿子，牛牛也回应着捏她，然后她捏儿子的胳膊，说："捏捏的游戏，还可以捏胳膊。"牛牛也依葫芦画瓢，捏捏。

两人玩了一阵，郑芸说："牛牛，我们不说话，睡觉了。"牛牛还是那么温顺听话，翻身趴着，采用他一贯的睡觉姿势，伸手搂住郑芸的脖子，频繁地扭动着屁股，郑芸忍不住想笑，这是他心情愉快的标志性动作，回到家里的第一晚，只要他开心就好。她没有像往常一般拨开儿子的手，就让他这么蜷着，慢慢地合上眼睛，心想，牛牛，你要是个正常的孩子，该有多好啊。

在家里休息了一个星期，就要去融合幼儿园了，虽然有些舍不得，但总比青岛好，周末接回家，隔三岔五还可以去看孩子，凡事照应起来也方便。

就在郑芸刚松了口气没几天，刘心美打电话过来："这可真是不得了啦，老师打电话来说，他在幼儿园欺负小朋友，还说是游戏……"

不可能啊，牛牛没有暴力倾向。郑芸急急地赶过去，弄了半天终于明白了缘由。牛牛在正常班上课的时候，趁陪读老师不注意，捏小朋友的脸和胳膊，小朋友告状，老师问话，牛牛说："游戏。"郑芸只得一五一十地跟老师解释，这不是儿子的错，是自己的错。

她把牛牛拉到一边，跟儿子说："牛牛，捏别人的脸和胳膊是不对的，别人会生气，你捏妈妈的脸和胳膊，跟妈妈玩，那是游戏，对别人来说，就不是这样。只能跟自己家里人玩捏捏的游戏，自己家里人，就是爸爸、妈妈、爷爷、奶奶、外公、外婆……"

说到这里，她语塞了。这番话对牛牛来说太复杂了，他根本理解不了，根据他的直线思维，捏捏就是游戏，妈妈捏他，他捏妈妈，跟他捏小朋友是一样的，可是他不知道，什么游戏只能限于亲人，捏捏还有轻重程度之分……

"以后妈妈慢慢教你，捏捏的游戏只能跟妈妈玩，不能跟小朋友玩，小朋友会以为你欺负他们呢。"郑芸只得采取最简单的方法，快刀斩乱麻，"不跟别人玩捏捏。"

过了几天，郑芸忽然一下想明白了，牛牛主动去捏小朋友，认为是游戏，这意味着他是想跟小朋友玩，他有了社交需求。这个发现让郑芸激动不已，出现主动的社交需求，并有社交行为，多么难能可贵啊，也许牛牛能因此迈出社交第一步。她决定呵护这个小小的意识萌芽，让它发扬光大。

星期天，院子里的小朋友都在健身器小广场玩，郑芸带着许多糖果和牛牛加入了。

"小朋友们，来吃糖。"郑芸一喊，小朋友都过来了，家长们也都坐在一旁笑，随他们闹。

"要吃阿姨的糖可以，要过去跟牛牛哥哥握个手。"郑芸拿糖在手上诱惑，小朋友嘻嘻哈哈地过去，跟牛牛握手，牛牛开始很瑟缩，握的小伙伴多了，他便习惯了，开始笑。

郑芸拿出棒棒糖："想吃大棒棒糖的，去跟牛牛哥哥抱一个。"重赏之下必有勇夫，对小朋友也是如此。果然，拥抱来了，大的小的，统统过去抱一个，然后来领棒棒糖。

牛牛开心了，在原地像个气球一样蹦来蹦去。

"牛牛，你拿个糖，去给那个小弟弟。"郑芸拉着牛牛过来，嘱咐着，用手指一下那边的一个小男孩，大约比牛牛小半岁，胖乎乎，乐呵呵，脾气性格好，是郑芸同事的孩子。

牛牛有些畏缩，郑芸带着过去，把牛牛拿糖的手举起来："小弟弟，我给你吃糖。"

小男孩看过来，在郑芸的催促下，牛牛说了。小男孩接过糖："谢谢哥哥。"

"你跟我一起玩，好不好？"郑芸教牛牛说。牛牛一字不差地复述。

"好。"果然小男孩答应了。

"我叫牛牛，你叫什么名字？"郑芸又教，牛牛学了。

小男孩回答："我叫小米。"

"小米好，我们握个手好不好？"郑芸一边说，一边要求儿子学。

小米大方地跟牛牛握了个手。

"我们来玩捏捏的游戏，好不好？"郑芸乘胜追击。

"捏捏的游戏怎么玩？"小米问。郑芸解释道："就是你捏我一下，我捏你一下，可以是胳膊，也可以是脸。"小米很有兴趣："那试试吧。"

于是郑芸抬手，轻轻地捏了一下小米的脸，小米也回捏郑芸一下，郑芸捏一下小米的胳膊，小米也捏一下郑芸的胳膊，然后郑芸拿着牛牛的手，捏了一下小米的脸，同时在牛牛耳边强调："捏捏要轻轻地……"小米捏牛牛，郑芸又拿着牛牛的手捏小米的胳膊，小米也回捏。

"捏捏要轻轻地，才是游戏。"郑芸手把手地教着，说着，直到他们俩不再需要自己，互相捏得笑成一团，她的脸上才绽放出由衷的微笑。这才刚开始呢，她要带牛牛融入小朋友当中，要教会儿子怎么跟小朋友打招呼，怎么邀请玩伴，还要告诉牛牛，什么是男女有别，女孩子就不可玩捏捏的游戏……

郑芸知道，她不能把融合的希望都寄托在康复训练上，作为母亲，她是不可替代的，她一定要尽自己最大所能，把牛牛带入正常的社交世界。

这一年秋天结束的时候，志愿者筹措许久的"星星之家"在慈善协会成立了，就在儿童医院附近的区民政局里。这几个月，志愿者小组正在筹备"星星闪亮"的自闭症孩子关爱行动，预计明年年初开始，到时候还要邀请一些康复训练经验丰富的老师过来讲课，组织台湾的专家过来给孩子做测评，家长们举行座谈互相交流心得，郑芸为此依旧经常奔波在银杏街区。

今天她的心情不是很好，黄卉因为对恒爱幼儿园不是很满意，回了老家，走得匆忙，没有细谈，但她心里因此有了一个结。黄卉并不是那种只会当贤妻良母的家庭妇女，相反，她受过良好的教育，是正规的研究生，专职陪读中积累了大量经验，在那么多的家长中，郑芸跟她的探讨是最深入的，她为什么离开恒爱，一定不是冲动，而是深思熟虑过的。郑芸想找到原因，但是她知道，黄卉不一定肯说，一是对同一件事情，各人有各人的看法；二是，她若阐明自己的观点，挡了人家的财路，总还是不地道的。

过了红绿灯，就进入银杏街区了。红灯停下，郑芸想起去年冬日的早晨，寒冷刺骨的世界里，这个路口放行的绿灯曾经温暖了自己整个的生命，不由得心头柔软，正想着，执勤的交警走了过来，她赶紧把车窗放下，看见交警打手势让自己靠边。

拉开车门出来，小伙子站在那里笑："郑芸。"

"你知道我的名字？"郑芸有些惊讶，随即释然，"你认识我的车子呀。"

小伙子摇头："不是因为你的车子知道你名字的，等会你就知道了。你跟我来，我介绍个人给你认识。"

岗亭里，还有一个交警坐着在写什么，小伙子喊："管勇！我说了今天下午她肯定路过这里。"

管勇站起来，魁梧的个子，黝黑的皮肤，伸手过来："你好。"

郑芸有些局促，一下不知道该如何起头说话，只好愣愣地等着他开口。

"他说你以前周一到周五，每天早上送孩子做治疗，后来停了一段时间，这几个月，又每个周六下午两点左右经过。"管勇指指送茶过来的小伙子,又说,"所以我特意来等你。"

郑芸不好意思地笑笑:"是,谢谢你们,从前总是看见我的车来就调绿灯,让我感觉好温暖……因为你们,我特别喜欢这条街。"当然,还有这满满的,即将黄亮耀眼的银杏树。

"那是他,不是我呢。"管勇虽然高大,笑起来却很腼腆,他搓着手,不好意思地说,"我叫你郑老师吧……"

"别,不敢当,"郑芸赶紧说,"你就叫我郑芸,蛮好的。"

"我在电视上看到你了,还有报纸上的报道,挺佩服你的,"管勇说,"其实我们早就见过,你肯定没上心,因为我们从未说过话,但你公公婆婆他们可能认识我……"

原来,管勇也有个自闭症的儿子,叫多多,在儿童医院做治疗,郑芸只管接送,陪课少,也可能见过管勇但确实没印象。听他这么一说,郑芸恍然叫起来:"是了,我听公婆说起过,跟我们家牛牛一起做治疗的,还有个程度很高的小男孩,爸爸是警察,就是说的你吧……说每天都是你送孩子陪孩子,上上下下全一个人弄,可勤快能干了……"

管勇黯然道:"是……孩子确诊之后没多久,他妈妈就跟我离婚了,去了美国……她妈妈是个空姐……"他低头伤感地说,"我不怪她,也难怪她承受不起……"

郑芸心头一酸,赶紧岔开话题:"多多比我儿子小一岁呢,那他现在呢?"

"还在儿童医院继续治疗,"管勇说,"想送他去好点的康复中心,都在外地,我父母早亡,一个人要上班,根本走不开。"他解释说,原来自己在机关,因为儿子的病要治疗,便申请下岗亭,领导照顾,安排在银杏街区另一个出口处执勤,方便接送儿子,而同事们也很体贴,一般上午都会让他去陪读,下午才上班。

郑芸由衷道:"你能撑下来,也真是不容易。"

"我知道你是志愿者,就想问问,志愿者能够给我们这样的家庭提供什么帮助?"他的眼里透出晶莹的光,那满含着期待和希望的眼神,郑芸太熟悉了,她不禁再次心酸,轻声说:"我把你的情况给组长汇报一下,看他们能提供什么支持,再答复你好不好?"

"好。"管勇一拍膝盖,笑得很放松。

一直送到车跟前,郑芸回头跟小伙子说:"我还要郑重地感谢你一次,谢谢你饶过我违章,一路开绿灯!"

"哪里,"小伙子不好意思地挠挠头,"那天你下车说起自己的情况,一哭我就想起管勇来,人家已经这么难了,何必不抬手放行呢,也就算了……那每次换绿灯,也是你来得准时……"他在阳光里咧嘴笑,仿佛全身都闪着金光。

郑芸也笑了,从包里拿出一张名片,递给管勇:"这个地址是志愿者筹办的自闭症儿童之家,叫'星星之家',每个周六下午都有活动,我们明年还会开始启动'星星闪亮'自闭症孩子关爱行动,你离得近,常带多多去啊。"

管勇挥挥手,郑芸在后视镜里看到他越来越远,她知道,管勇会去的,像他们这样孤单又弱势的群体,只有抱团相互温暖,坚强相互支持,才能对抗命运的冷酷。

从星星之家回来去游乐场接牛牛,刘心美张嘴就告状:"这家伙,不知道什么时候学会了吐口水,这段时间老是冲别人吐口水,要打一顿结实的才好!"

郑芸回头看了牛牛一眼,心想,莫不是又从哪里模仿了不好的举动,认为是友好的表示?

进了门,刘心美就拿了尺子来,要打牛牛的手板,公公在旁边帮腔:"也是该打,上周三接他回家,走着走着,他忽然从地上捡起一块砖头就去砸路边停的车,好在我手快,拖住了他,不然就要赔钱了!"

"正好一起管教,"刘心美板起脸说,"最近也不知道怎么了,老喜欢去踩人家的鞋子,越是白鞋子越是要去踩,踩完还笑,我都跟人家解释好多次了,幸亏人家听说他的情况,都没计较,上个星期,还踩了他们老师的白凉鞋……"

不对呀,郑芸心里嘀咕起来,这些不良的行为从哪来的?

尺板打在手上,牛牛哭起来。

会超说:"妈,他又不懂事,你打他干什么?"

"与其将来在外面让人打,不如自己打!"刘心美大声问,"你还吐不吐口水?"

"不吐了。"牛牛使劲揉着被打痛的手板心,抽噎了老半天。

郑芸望着儿子,陷入冥想中,她要找到他出现这个行为的动机,才能疏导和改变他。她最担心的不是儿子捣蛋,因为普通小孩都会捣蛋,尤其男孩子调皮,她担心儿子出现自闭症儿童常伴生的暴力倾向,要真是那样,郑芸的天空就彻底阴暗了。

吃完晚饭去散步,郑芸眼睛瞟着牛牛,脑子里想着他各种行为的动机,一个不留神,儿子不见了。她四下看看，不见人，转身加大搜索范围，忽地听见旁边停着的车子传来"嘭"的一声闷响。汽车顿时呜啦呜啦大叫，鸣响了报警器。

郑芸心头一惊，绕过去看，果然是牛牛闯祸了！

而此刻闯了祸的牛牛，在报警的噪声里呆若木鸡，显然也是吓着了。

就这一眨眼的工夫，他竟然不知从哪里捡了个石头，把人家一辆好好的城市越野的车尾巴给砸了！看着那明显凹进去的砸痕，郑芸叫苦不迭，这可是辆凯迪拉克……

她顿时又气又急，抓着牛牛一顿暴揍，打得牛牛哇哇哭叫。

楼上有了动静，车主下来了。郑芸无法，耷拉着脑袋上前赔礼道歉，首先就说一切损失照赔，心里却止不住肉疼，这到底要花多少钱，大几千，还是上万，或者更多？一想到钱，郑芸都快急得流鼻血了。

"这车我才买了半年不到……"车主是个男的，一看这情形，也傻眼了。

郑芸讪讪地凑近跟前："对不起，要不先找保险赔吧，剩下的，我们全赔。"

那人看了郑芸一眼，不满道："你这故意砸的，保险肯赔？"

郑芸一听这话不友好，火气也挺大，赶紧不提了，细声解释道："真是对不起，是我儿子砸的，他有自闭症，有时候是控制不了自己，我们大人没有监管好，我们道歉，我们赔……"

那男的看着郑芸好半天，猛地一下叫起来："哦，是你啊，我想起来了……那什么，什么志愿者……"

郑芸心头一惊，都过去这么久了，报纸上的形象居然还有人记得，要说志愿者带小孩砸车，上纲上线一闹腾起来，可是要给志愿者组织抹黑了，她一想到后果的严重性，更加不敢吱声了。

"我就说，怎么这么面熟呢……"男人嘀咕着，声音低了下去，"你说自闭症，我知道自闭症，那天我看新闻和报纸了……"他扭头看看一脸木然的牛牛，忽然说："算了，算了，以后看好孩子，算了……"手不停地挥着，也不理会郑芸母子，径直又上楼去了。

这回轮到郑芸呆若木鸡地站着了。

这就不赔了？啥事都没有了？她在感到无比惭愧的同时，心里也涌起潮水般的感动，人们心底都是有善意的呀。

周五下午，开车先去出租的房子接公婆，然后去恒爱幼儿园接牛牛，孩子们四点钟就结束了上课，统一在大教室等着家长。这个点来的家长比较多，郑芸前面有两个家长，都是妈妈。

教室门不大，打开了只容一个人站在门口，郑芸排队站在后面朝里张望。第一个妈妈喊孩子的名字，孩子似乎有些肢体障碍，歪歪扭扭走过来，快到跟前了，"扑通"往地上一摔，妈妈便心疼地喊一声"哎哟"，走上前去一把搂住。第二个妈妈也招手喊孩子，那孩子走过来也有些跌跌撞撞，分明是感统严重失调的类型，快到跟前了也晃到了地上，妈妈笑着抱起儿子，走了。

轮到郑芸了，喊牛牛，牛牛甩着两手，高兴地跳着跑过来，要到眼前了，忽地朝地上一摔，然后脸朝着郑芸，眼睛也看着郑芸。这是明显的假摔……郑芸终于明白了，他是在模仿前面的两个孩子，试图以摔倒来得到母亲的关注或者说是拥抱，可是他并不知道，那是不正常的行为举止。

郑芸心里一刺，很是难过。短暂的思想斗争之后，她选择了漠视，站在那里，看着儿子假摔着不起身，他等她去扶和抱，可是她就不过去，不用行动鼓励儿子不恰当的行为，告诉他，这是无意义的摔倒，她不关注，也不喜欢，不会有任何表示。

牛牛还在地上屈膝等着郑芸，郑芸淡然道："牛牛站起来，地上脏，以后要小心不要摔倒。"

牛牛无奈地站起来，走过来，郑芸蹲下身，指着他膝盖上的脏印痕说："牛牛摔脏了，妈妈喜欢干净的孩子，牛牛不要摔倒。"牛牛也看着自己裤子上的印痕，忽然大声说，"洗掉！"

"对，"郑芸说，"我们马上换掉、洗掉，牛牛就是干净孩子了，妈妈喜欢干净孩子。"然后，她拥抱了儿子。

回到车上，给牛牛换外裤，刘心美说："就一点灰，怎么不能穿呀，干吗非要换呢？"

"回家慢慢跟你解释。"郑芸说着，给牛牛换了裤子，然后再次拥抱了儿子，"牛牛干净了，妈妈喜欢干净的牛牛。"

牛牛吃完饭，在客厅里玩，四个大人还在吃饭。

郑芸把在幼儿园看到的一幕陈述了一遍，说："今天他的假摔，让我想起上次会超加班回来，打开门，他高兴地倒在地上，当时妈说，你看，爸爸回来，高兴得不知道怎么样才好，跪在地上拜呀拜的……其实不是那样，我认为就是对其他孩子的模仿，这个举动也许不是那么扎眼，所以我们都忽视了。"

她把自己应对的方式说了一遍："今天我已经这样纠正了，明确告诉他跌倒在地，妈妈不喜欢，在地上沾到了脏东西，妈妈不喜欢，还要告诉他弄脏了自己一定要换衣服，做个干净的孩子。但就这样一次可能还不能纠正过来，今后我们都要关注他的这个动作，每个人都要及时进行纠正，出现一次纠正一次。"

"对牛牛不好的行为，我们要假装无视，不要用关注或者激烈的态度去强化他的反应，要让他自己觉得做起来没意思，没人搭理，他就自然而然不会做了。"郑芸说，"除了假摔，吐口水、踩鞋子等，都要这样做。"

刘心美点头称是。

郑芸转向会超："我有个想法，跟大家商量，想让牛牛离开恒爱，读正常幼儿园。"

"我知道你想把牛牛带在身边，但是融合还没达到很好的程度，你贸然把他放到正常的环境中，他跟不上正常的孩子，什么都不懂，会遭受歧视，会产生自卑心理，这样反而对他不好。"会超反对。

"他也要承受正常的压力，没有压力就没有动力，"郑芸说，"我今天仔细看了恒爱的孩子，没有一个程度高过牛牛，把牛牛放在那样一个环境中，起不到促进作用，反而是退步。他已经萌芽的模仿能力，没有正确的参照物，模仿的都是一些低等的举动，那不是他的错，因为他接触不到正常孩子的行为，所以他模仿不出正常孩子的行为。因此，我要把他放到正常的孩子当中，让他受到好的影响，我们还可以跟老师沟通，做其他孩子的工作，让他们帮助带动牛牛。"

"你总是想象得美好。"会超不屑一顾道，"事情未必见得如你的意愿。"

"我们总要朝设想的目标努力才是。"郑芸还在坚持。

刘心美慢吞吞地插话："我同意郑芸的意见，试试吧，不行就再回恒爱。"

"你说得轻巧，离开恒爱，就要退房，到时候要回去，又要重新租房。"会超说，"一个劲折腾。"

"有这么个孩子就只能折腾！"郑芸一下提高了声调，"有这么个孩子你就别想省事！"

"反正你带得少，要是行不通，还要回恒爱，我们自己弄，不要你操心。"刘心美旗帜鲜明地站在郑芸一边，把儿子顶了回去。

会超无奈，转向父亲。周建设说："那就先试试吧。"

实验幼儿园条件是好，但郑芸死活不愿意再回去了，看着那公办老师一脸盛气凌人的样子，无端心塞，还是算了。像牛牛这样的孩子，需要特殊关照，还是去收费比较高的私立幼儿园合适，与其说是老师们服务意识强，对家长客气，不如说，你交了大钱你就是大爷，非但不用看老师脸色，还可以给老师脸色看。

当然，郑芸不会这么无聊和市侩，她需要的仅仅是老师有爱心和耐心，能配合家长关照好牛牛，就行了。

谁知选幼儿园的关键点上，单位要求郑芸出差，等郑芸出差一周回来，刘心美已经确定了幼儿园，交了学费，牛牛入读了。郑芸回来后第一次去接牛牛，看见那幼儿园是在一个小区大楼下面的隔层里，常年晒不到阳光，不禁无语了。

"先试一下嘛，才一千元一个月的学费。"从刘心美的话里，郑芸一听就明白了婆婆还是老毛病，心疼那两个钱。

身为妈妈的直觉，感觉不太好，但具体哪里不好，郑芸也说不上来，想想反正暑假班只是托管，也没什么教程安排，先看看也行。

这天早上起床右眼皮跳，郑芸嘀咕着，会超笑她："你还是党员呢，也迷信？"

"是，比不得你，你是科学社会主义专业的博士，坚定的马列主义奉行者，我自然没法跟你比思想高度。"郑芸斜了他一眼。

还好一天过去，没什么事。临到下班了，婆婆电话过来，惶恐不安又气喘吁吁的声音："你快点回来，牛牛不见了……班主任说开始还在，就是家长来得多的那一下，园门大开，老师们没留心，牛牛可能跟着接人的家长出去了，等我去接，就找不着人了，去问班主任，她才知道。牛牛不见了……"

郑芸的心脏一紧，瞬间停止了跳动。

赶到幼儿园，老师们都出动了，到处找孩子，刘心美六神无主地坐在那里，说周边自己已经找了两个来回，还回家去看了一趟，希望牛牛能自己回家，结果扑了个空，只得折回来。会超和周建设分别去了大马路，一个往上头去蛋糕店，一个往下头去超市找，还没回信。四下里家长们七嘴八舌地议论，"早先也丢过一个孩子，幸好过马路被他姨妈看见了……""这幼儿园也太不负责了，丢孩子不是一次两次了……"

班主任老师坐在那里哭哭啼啼。男园长也是刚回来，一头大汗，看见郑芸一脸愧色。郑芸瞪着两只牛大的眼睛瞅着他，要是能吃人，她这一刻，首先就要把他们嚼碎了吞肚子里去，连一根汗毛都不剩下。

一个小时过去了，老师们陆续回到办公室，会超和周建设也回来了，全是两手空空。

郑芸颤抖着手指拨打手机，里面传来程式性的声音："这里是110报警台……"

"我孩子丢了……"郑芸虚弱的声音，如同来自地狱，此刻她，已经坠入万劫不复。

牛牛不见了，这一个多小时里，诚心要拐卖他的人，很有可能已经把他带出了这个城市。郑芸不知道，牛牛此刻是醒着，还是睡着，如果他睡着，会在梦里看到妈妈吗？一个四岁的孩子，话也说不全，他可能会被卖到深山老林里给人家传宗接代，也可能会被弄成残疾带到某个城市某个角落乞讨，还有可能被送往黑煤窑，甚至可能，被当成器官买卖活体……郑芸不敢再想，她抬头，正好看见班主任可怜巴巴地抹眼泪。

哭！哭！哭！哭你个头！早干什么去了！不由得怒从心起，郑芸猛一下站起来，气势汹汹地指着她叫道："你还好意思哭！你不把我儿子找回来，我就杀了你！"

"牛牛妈妈，不要激动。"园长见状，生怕起冲突，赶紧靠近。会超见他伸出双臂护老师，冷不丁就是一拳打过去："你当然不用激动！又不是你儿子！我把你儿子弄丢了，也来叫你不要激动，看你激动不激动！"

场面一下混乱起来，会超揪住了园长，而郑芸抓住了班主任老师，双方撕扯起来，正闹得不可开交时，一个老师的声音传来："找到牛牛了！"

一下子所有人都像被施了定身法，场面瞬间清静了。郑芸才看见老师牵了牛牛进来，刘心美就扑过去抱住了大哭起来。

原来牛牛跟着接人的家长跑出了幼儿园大门，却并没有跑出小区，只是在幼儿园旁边——这栋楼的另一边隔层中的健身器材小广场玩，这是下雨天老师常常带过来玩的地方。大家都在外面找，并没有想到最近的地方，后来一个老师偶然想起牛牛喜欢到这里玩，抱着侥幸一看，竟然真的在。老师发现他的时候，牛牛玩得正起劲，哪里知道因为他，幼儿园里已经乱成了一锅粥。

惊魂未定的一家人抱着失而复得的牛牛回家，晚上园长和班主任老师到家里来道歉，本来还火气很大，一定要向教育局投诉的会超见他们态度诚恳，考虑到自己的孩子也有不听指挥的问题，双方各有百分之五十的责任，接受了他们的道歉，也不进行索赔和投诉。园长和老师千恩万谢地去了,这件事也就结了,可是原先就对幼儿园不满意的两口子还是决定就此换园。

因为有了前车之鉴,这次郑芸谨慎多了,选了一个大型连锁幼儿园,在市里有多个分园,口碑不错,重点是没有发生过孩子丢失的事件。普通班收费是公办幼儿园的一倍,双语班则更贵。带牛牛去体验的第一天,他对双语班墙上的大触摸显示屏发生了浓烈的兴趣,郑芸因此决定给他报双语班,学费每个月二千四。考虑到牛牛的自闭症,各项机能都落后于其他孩子,夫妻俩让他降级上班,本该上大班的,读个中班好了,虽然个头大,站在孩子们中间鹤立鸡群,但他笨乎乎的样子,还是让人一眼就能发现满脸的稚气青涩,总是不及其他孩子。

因为私立的性质,收费贵的宗旨也代表了完善的服务,家长和孩子都被待为上宾,也就无须像从前那样诚惶诚恐,郑芸终于可以有底气跟班主任老师说实话,将牛牛的情况一一说明,希望老师多多给予帮助。

当然,作为一个特殊孩子的母亲,郑芸还是必须有额外的付出。逢年过节,从前给公办老师的打点,也一样给牛牛现在的老师,私立幼儿园老师大约没有得到过这样的礼遇,也就识趣地倾注了更多的关注给牛牛。郑芸还会经常买小玩具和糖果给班上的孩子,鼓励他们同牛牛说话,带牛牛游戏。在她精心的操持下,牛牛成了幼儿园的公众人物,孩子们都认识他,并且乐于关照他,而郑芸只要一走进幼儿园,就会不断听到孩子们的招呼:"牛牛妈妈好……"

一个有缺陷的孩子,让她变成了全能妈妈。

马上就要到农历三月三了,郑芸买了许多鸡蛋回家,刘心美问:"煮荠菜需要这么多蛋吗?"

"用不了,张老师的女儿要过生日了,我给她做个蛋糕,顺便也给牛牛班上的同学做些小蛋糕,"郑芸说,"每个月弄点小点心给他们吃,跟生活老师于妈妈说好了,对牛牛好的、教牛牛说话和做事的小朋友可以多给几个。"郑芸说着,就忙乎起来。

刘心美当然知道她的苦心,无非是想牛牛处在一个和睦的环境中,促进他的社交意识,自从牛牛上幼儿园生活正常之后,她只能看着郑芸忙乎,也帮不上许多忙了,不由感叹道:"搞好关系还是你们有办法,我们老人就没那么活的脑筋。"

"你要不要学做蛋糕?"郑芸笑着问。

"好麻烦呢，学不来了。"刘心美说，"也不想学了，就老三样，做饭搞卫生洗衣服，还能打理。"

郑芸笑笑："那你去休息吧，我忙完了再叫你，班上三十个孩子，估计要烤两次才行。"

"其实应该你去休息，你又要上班又要兼职，还要做这些琐事，"刘心美耷拉下眼皮，"我和你爸，过些日子想回去了。"

郑芸不解地抬起头来，看着婆婆，意识到老人是不是觉得自己不重要了，变成多余的人了，有些失落。她赶紧说："你们回去我们可怎么办？牛牛上幼儿园没人接送，家里会超不做家务，你们在的时候，还减轻我不少负担，至少买菜做饭洗衣服搞卫生不用我操心，你们一走，我忙不过来呢。"

刘心美叹口气："房子又说要拆迁了，本来想拆迁费都给你们，但你爸的意思，还是在老家留个房子，我们回去有个落脚的地方。她在外头久了，也总要回家的，如今什么都没有了，我们做父母的，还是想给她留个安身之所……"

她，指的就是会超那个赌博欠债、拍屁股走人的妹妹。

郑芸不说话，听刘心美继续说："我们准备把八十多平（方）米的房子换成五十多平方米的，补面积的钱，用来做简单装修，可以住人，有剩余的话，就替她还点债。"

这些年，公婆住自己这里，两人的工资存折都在亲戚手上还女儿的债，如今还有差不多十万元没还完，照他们的想法算算，拆迁加换房装修，也剩不下多少钱。其实郑芸也没指望过他们给钱补贴家用，就当他们是农村的公婆，也没有收入来源。

"欠的债总是要还的，你爸那里，工地也答应给他安排事做，我们就打算回去了，这次回去，就久住了，没什么事不过来了。"刘心美说，"我们跟会超谈，要他也学着承担点家务。"

郑芸不好再说什么，便答："既然你们想好了，就照你们的办吧。"她明白，自己的事情总是要自己承担，指望不了别人，公婆能帮忙这么久，也算尽心了，其他的，不能强求。

薄薄奶油的漂亮大蛋糕送到张老师手上，郑芸说："这是我自己做的，都是用的土鸡蛋，没有任何添加剂，你们放心吃。"张老师很高兴，连声说谢谢。郑芸转头找到班上的生活老师于妈妈，把两大袋各种动物造型的小蛋糕给她，交代了几句，就出了教室。

于妈妈跟上来,殷切地道:"牛牛妈妈,可以跟你说个事不?"

她先说了牛牛在班上的表现,又说了自己对牛牛的照顾。郑芸当然领情:"多亏您了,牛牛有点偏食,可是在您手上一点都没瘦呢,真是亏了您照顾得好。"

于妈妈话题一转,细细地说:"牛牛妈妈,都说你能干心地又好,能不能想办法帮我女儿找个工作呀?"

郑芸心里哎呀一声,现在的单位都很难进人,自己的单位虽然是国企,但招工也都在生产一线,估计女孩不肯去。再一问,果然,女孩是应届大专毕业生,学电脑的,根本不愿意去机台上苦累,最次的想法也是做个办公室文员,可偏偏就是这个文员难安排,因为万金油的岗位,谁都可以做,哪个单位都不缺。

她想了想,说:"我尽量吧。"

接下来郑芸可算是使出了浑身解数,几经周折,找了几个工作小女孩都不满意,嫌这嫌那。一个星期后,终于在经济开发区一个领导那里打通了关节,领导轻松一句话,让小女孩去他学生的植物科技公司当办公室内勤,因为公司不大,内勤还兼管着人事工作,听上去很是体面,工资也不错,有两千多元,包中餐,有交通补助。

于妈妈高兴了,郑芸在幼儿园里名头更响了,这自然也为牛牛赢得了更好的成长环境。于妈妈虽然是一个班的生活老师,却将一半精力放在了照顾牛牛一个人身上,闲时教他说话,勤换衣换鞋,带着他和孩子们一起玩,就连接送牛牛,她都在大部分时间代劳。因为住在一条线上,于妈妈每天上班都要路过郑芸的小区,就正好在小区门口带了牛牛去幼儿园,放学后园车会将牛牛送到街口,只需交点园车费,郑芸一下省去很多事。

但是即便是这样,公婆的离开还是增加了郑芸不少工作量。会超经常出差,就算不出差,也基本不做家务,郑芸管了儿子管老公,累得够呛。平时坚持的家庭个训课,也是上一次缺一次,效果就不理想了。

洗衣机还没停,手头上的事做完了,郑芸终于可以停下来喘口气,牛牛拿着画本和笔过来,拉着妈妈的手说:"警车。"郑芸疲惫地说:"妈妈好累的,你自己画好不好?"

"警车!"牛牛大声叫起来。

郑芸无法，耐着性子给他画了个警车。牛牛坐在茶几上涂色，郑芸慢慢地躺在沙发上，倦怠地闭上眼睛。过了一会，牛牛又过来了，推着妈妈。郑芸眼也没睁，无力道："妈妈好累的，妈妈想休息一下。"

身边没动静了，郑芸想着牛牛去玩别的了，也就睡去了。

再一醒来，没见儿子，却闻见阵阵臭味。郑芸知道他拉了大便，厕所水阀坏了，早就要修，不是约好修理工家里没人，就是修理工没空，拖了好一阵子了，只能舀水冲。爬起来去到厕所一看，果然是黄金万两，再一看，不对劲，怎么没有纸？

牛牛长到五岁多了，还不会自己擦屁股，每次喊了要大便后，都是家人守着他拉，拉完了大人给擦屁股。公婆走后，郑芸觉得应该培养他独立、自立，加上天气越来越暖和，五月天穿条薄裤子，也不存在冬天衣服厚手够不着的问题，就手把手教，训练了几次。按说，他也会擦，最多擦不干净。郑芸每次洗衣服，都要用手搓干净牛牛的内裤，因为每天的大便之后，他总是弄不干净的，郑芸也不会一下子要求那么高。

但是今天不对劲，压根没见平时那样一大堆的手纸扔在那里，而是根本没有手纸的踪迹。

郑芸走到书房，问在画画的牛牛："你拉粑粑擦屁股没有？"

牛牛低头不吭声。

郑芸想也没想，转过他的身子把裤子一扒，就闻到一股恶臭，裤子里一坨大便在肛门处夹着，屁股缝里都满了……郑芸又急又气："牛牛，你怎么拉粑粑不擦屁股？这样你自己也不舒服呀，是不是？"

给儿子洗屁股，换裤子，不由得急躁，她教了无数遍了，牛牛却因为躲懒不想擦屁股，宁愿夹着大便，遂把牛牛拉过来，扯着他的手，跟自己一块儿搓："牛牛，你看你不擦屁股，都弄到裤子上了，这么臭，还要妈妈用手搓，多恶心，多麻烦呀……"

低头一看，牛牛无动于衷，郑芸真是生气了，举着内裤伸到牛牛鼻子下："你闻臭不臭？"

似乎觉得味道不好，牛牛别了一下脑袋，郑芸抓着他的手到笼头下冲洗，许是见水好玩，牛牛竟然笑了起来。他不笑，郑芸还无奈，这一笑，可就让她气不打一处来，想也没想，甩手就一耳光打过去，怒道："你还笑？你觉得好玩？你嫌累妈妈不死？我怎么就生了你这么个不省心的东西！"

牛牛呆了一下，猛地把郑芸的手一推，嘴巴撇着，就要哭了。

"你还推我？"郑芸更是恼火，呵斥道，"不知道自己错了呀？就懒了这一下，没想过后面多麻烦？这么臭的宝宝，谁会喜欢？"越说越气，伸手扯下儿子的裤子，照着屁股"啪啪啪"连打了几下，牛牛哇哇大哭起来。

"以后擦不擦屁股？"郑芸揪着他问。牛牛哭叫："擦的。"

虽然是憋了一肚子的火，但想到儿子不是一般的孩子，也无法，郑芸把他提溜出去，自己埋头洗裤子。刚洗完，洗衣机"嘀嘀"地叫，外套也洗完了，郑芸赶紧拿盆装了衣服出来上阳台晒，转身准备去洗下一桶，听见厨房里传来一阵响动，不知道牛牛又在搞什么，赶紧过去看。

他用杯子泡奶粉，白白的奶粉洒了满地。这又如何能怪他，因为自闭症的孩子精细动作不行，这事平时都是婆婆代劳，婆婆走后，便是郑芸泡。看着此情此景，郑芸还不能生气，只能重新拿了一小袋奶粉，弓着身子，手把手地教儿子把袋子剪出一个小斜口，然后慢慢把奶粉倒入杯子。看见儿子去拿冷水壶，郑芸无奈地摇头："牛牛，冲奶粉要用热水。"自己一拿起热水瓶，不禁后怕，好在自己过来了，不然牛牛怎么拿得起这么重的热水瓶？难不成要摔了热水瓶还要烫到人，那可就是一地鸡毛，抓哪根都傻眼……

好不容易弄好了，再三叮嘱儿子，要喝奶记得叫妈妈泡，不能自己泡。回去晾衣服，这才想起应该要先调好洗衣机接着洗内衣，这边洗那边晾节约时间，急赶慢赶又过来开洗衣机，不经意探头一看，洗衣机内筒里居然有一块大砖头！

平时用来压洗衣机出口管的砖头，怎么跑到洗衣机里去了？郑芸气得大喊一声："牛牛！"

儿子跑过来了，一脸无辜加忐忑。

"是你把砖头丢到洗衣机里去的吗？"郑芸问也是白问，牛牛又不会回答。

"哪只手丢的？"郑芸气急败坏地追问。

明知道妈妈这样问，接下来就是打手板，牛牛还是畏畏缩缩地伸出一只手，郑芸心头一酸，他连把手放在背后躲一下都不会，甚至也搞不清丢砖头以他的气力必须是两只手，但是她没时间更没耐心说教，直接用力地拍打了儿子的手板心："下次还敢不敢？"

"不敢了。"牛牛惊恐的眼神再次刺痛了郑芸的心,她强迫自己转过头去,不再看儿子无助的表情。这只是在家里,走出门去,他还会闯多少祸,郑芸根本无法得知,她只知道,随着儿子越来越大,她越不可能把他禁锢在家里,他随时随地的闯祸,未必能得到所有人的原谅,从现在开始,必须让他惧怕惩罚,知道什么是错的,错的就不能做。

开好洗衣机,郑芸又去晾衣服,晾完衣服,客厅里已经不见牛牛,只有冒着热气的牛奶。这眨眼工夫,他又到哪里去了?郑芸狐疑着去找,一看牛牛正趴在洗衣机上傻笑。想起自己盖上了洗衣机盖,怎么这会儿打开了呢?

当下心知不妙,凑过去一看,洗衣机里成堆的泡沫随着搅动越来越多,已经膨了出来……

扭头一看地上,洗衣粉的罐子揭开了盖,里面空空如也,上午才倒的一袋洗衣粉已经不见了,估计已经全部被倒进了洗衣机里。

这下郑芸真是无语了,又累又气的她还想劝说自己压制下心头的狂躁,可是理智这会儿已经不听招呼,她把洗衣机重重一盖,一把拎起儿子,拖到客厅里。

牛牛一副懵懂的表情,还扭头朝洗衣机看,嘴角笑意尚未消退,但他一看到妈妈拿出长尺来,便意识到接下来会发生什么了。

"谁倒的洗衣粉?"郑芸扬起了长尺。

惊恐布满了牛牛的面庞,他支吾着回答:"牛牛……"

"能不能倒洗衣粉?"郑芸大声问。

牛牛不吭声。

"把手伸出来!"郑芸说。

牛牛战战兢兢地伸出双手,郑芸毫不迟疑,长尺"啪"地打下去。

"呜——"牛牛立马哭了,手心里留下鲜红的长尺印痕。

郑芸拉着他,贴墙壁站着,说:"你就这样,立正站半个小时,半个小时不许动,动一下,妈妈就打你。"牛牛一边哭着,一边站着想动不敢动。一不小心动了一下,郑芸的长尺就抽了过来。他抽噎着,眼泪流满了面庞。

郑芸硬着心肠不去管他,回头去看洗衣机,暂停,把衣服都拧干拿出来,放空水,再重新启动程序洗。腰有些隐隐作痛,按说是要去歇一下,可是郑芸没工夫。已经中午了,还要给牛牛做饭呢。

今天中午就简单些,煎个荷包蛋,配些青菜,下面条吧,别说郑芸没有做饭吃饭的力气,就连吃饭的胃口都随着上午发生的事一并折腾完了。

到底是小孩子,挨了打,哭过了,到吃饭的时候,又仿佛什么事都没有了。郑芸看着牛牛自己吃面条,稍感安慰,婆婆离开两个月,她能让牛牛自己吃饭,也是一个非凡的成就。看着儿子无知无觉的样子,专心地吃着面条,郑芸心底漫起一股无名的悲伤。这样的生活开始了这么久,却远远看不到尽头,她坚持坚持再坚持,却不敢想象哪一天就会倒下去,留下这样一个孩子,她放心交给谁?

她缓缓地起身,躺在沙发上,闭上眼睛,眼泪还是止不住顺着眼角流下来,她不想抬手擦,就这样让眼泪默默地流淌。不知过了多久,眼角被谁触动,她睁开眼,看见儿子的小手正在抚摸自己。郑芸疲惫地坐起来,拉过儿子,看着他的眼睛,低声说:"牛牛,你要听话,妈妈真的好累的……"

眼泪瞬间又积满了眼眶,不待眨眼,兀自流了下来,牛牛呆呆地看着妈妈,忽然嘴巴一撇,也哭了。郑芸一把抱住儿子,嘤嘤地哭了起来:"牛牛,妈妈要拿你怎么办?妈妈真的真的好累的,妈妈也快要撑不下去了……"

她不知道要怎么办,虽然她一直在努力,朝着自己心目中预定的方向去努力,但她也无法确认将来。如果说上天也认为她是个坚强的女人,那她只能说,一个人之所以坚强,是因为她知道自己没有任何东西可以依靠。

就着牛牛午睡,郑芸也躺了一会,感觉腰似乎好了些,趁牛牛还睡着,郑芸把儿子的几双鞋洗了。也许是蹲身太久,起来时,郑芸的腰肢就硬了,意识到自己已经不能动的那一刻,郑芸汗如雨下。她只能是半蹲的姿势,费力地一手撑着墙壁,一手顶着腰,身体已经被固定,思维却跑得飞快。

牛牛怎么办?他起床了怎么安排?晚饭怎么弄?

正想着无论如何也要给母亲去个电话,叫她过来照应一下,忽然听见门口响动,有人敲门。

"牛牛!牛牛!"郑芸大声喊着。

儿子穿着单薄的睡衣跑过来了,一脸懵懂,看见妈妈奇怪的姿势,更是瞪大了双眼。

"牛牛,听话,去开门。"郑芸说。牛牛看了一眼她撑着腰部的手,忽然走过来,用手摸着，对着呼呼地吹气。郑芸心头一暖，别说儿子傻，他平时摔了磕了哪里，郑芸老是说吹一吹就不痛了，也没见他认真听，以为他从来没上心，到了这会儿，他竟然也会"吹一吹"，是知道妈妈痛了吗？

"把客厅的门打开，看看谁来了？"郑芸扭头冲儿子说，心里一百个希望来的人是母亲，那可就解决大问题了。

儿子咚咚地跑过去开门，郑芸忍不住摇头，唉，牛牛是不知道问话的……她只能祈祷，要是来的是什么歹人，看见家里这样的情况，一个病人动不得，一个孩子傻傻的，那就直接入室，想干吗干吗了。

"看爸爸给你带了什么？"会超的声音传来，郑芸全身紧绷的力气一下泄了，终于可以暂时放心了。

会超过来，看见郑芸在卫生间里奇怪的姿势，纳闷道："你这是干什么？敲那么久的门，都不去开门。"

"我动不得了，腰病犯了。你先把我弄床上去。"郑芸咻咻地吸着凉气，"你要是再不回来，我们娘俩都不知道该怎么办了。"

客厅里传来牛牛的笑闹声，郑芸平躺着，慢慢地活动，她有一百个理由休息，却也有一万个理由睡不着。已经下午几点了？该是要收衣服了吧，要做晚饭了吧，会超出差带回来的东西要收拾吧，明天牛牛去幼儿园的准备要做吧，晚上的个训看样子又不成了……

会超进来了："你也不能做晚饭了，我带牛牛出去吃。"

"吃什么呀？"郑芸多嘴问一句。

会超说肯德基。郑芸叫起来："那东西不好。"

"不好是不好，还能吃什么？"会超说，"去餐厅点菜吃，基本都有辣椒，也都是地沟油，吃了也是不好。这个至少还是牛牛爱吃的，也难得吃一次。"

听会超这么说，郑芸也就算了，心里叹道，这辈子固执如周会超，对做饭不学不做不问，只怕自己熬到死，都吃不到他煮的一根面条。

父子俩出去了，过了许久，郑芸也活动开了，慢慢地起身，来到客厅里一看，一切都不出乎自己的预料，就跟打了一场大仗过后的境况相似：茶几上、沙发上、地上，都是牛牛的玩具和画，还有彩笔；新买玩具的包装在哪拆的就扔在了哪里；一地的玩具枪海绵子弹；会超的箱包在门口，里面是出差五天的换洗衣服，内衣内裤加袜子，一股子汗馊味熏过来；厨房里，中午的碗，牛奶杯子，统统还是没洗的老样子，丢在洗碗池里……阳台上，衣服还在伸缩架上飘荡；牛牛才换下的衣服，T恤在沙发上，裤子在餐厅的凳子上……

郑芸梗着腰收拾完，把牛牛的书包整理了一下，又慢慢躺回到床上。

客厅里又有了动静，父子俩回来了，脚步声响起，朝卧室来。郑芸静静地听着儿子过来，牛牛打开了灯，郑芸闭着眼睛，猜牛牛会怎么做。

小手软软地摸在郑芸脸上，酥酥麻麻的，牛牛说话了："妈妈好累的，妈妈休息一下……"

郑芸的心一下软了，鼻子发酸。

脑袋边上传来细细的响声，似乎是打开袋子，然后，香香的烤肉味道飘过来，不一会儿，一块硬硬的东西顶在嘴巴上，死劲往嘴里塞……郑芸睁开眼睛一看，儿子正拿着一块炸鸡，用力想弄进她嘴巴里，她张嘴咬住，坐起来，抱住了儿子。

能做到这样，已经很不错了。

第二天，尽管腰还是不舒服，郑芸坚持去上班。搭着扶手上楼梯，王科长从身边走过，慢慢地停下脚步来，回头看看郑芸，冷不丁问："你儿子有自闭症？"

尽管在外已经能坦然面对了，但在单位，郑芸还是讳莫如深，她不希望自己的不幸成为向同事索要照顾的借口，尽管他们曾经不露痕迹地给予过她许多照顾，但她不能张口恃弱凌强，对同事们进行道德绑架，这反而是最最不道德的。

她一下红了脸，又不能撒谎，只得低声回答："是。"

"哦，"王科长站在她前头两阶楼梯上许久，忽然轻声说，"以前的事，对不住了。"

郑芸诧异地抬起头来，看着王科长。

"我前两天去看了部电影，是讲自闭症孩子的，叫《星星的孩子》。"王科长深有感触地说，"看完之后，理解你了，带这样的孩子确实挺难的，这些年，你也真是太不容易了，我，"她走下楼梯，跟郑芸站在同一高度，停顿了一下，一字一顿清晰地说，"我要向你致敬，你是一个坚强伟大的母亲。"

郑芸怔怔地站在原地，望着王科长远去。许久之后，才淡淡地苦笑了一下。

什么叫坚强？那是因为生活没有给你其他选择，你必须每天都在绝望中挣扎，却为了放不下的人和事，不敢死去。什么叫伟大？那是你作为一个人，作为一个母亲的本分，对一份责任的坚守，这些，其实根本就跟伟大没有任何关系。

抬脚上楼，办公室的门就在眼前，她却感到腰间传来一阵剧痛，随后，眼前一黑，什么都不知道了。

醒来的时候，发现自己躺在医院的病床上，母亲坐在一旁打盹。郑芸急着想起身，却动不了，只是惊动了母亲。

"都成这样了，你就消停些吧。"母亲埋怨的话中满是心疼。

"几点了？要去接牛牛……"郑芸急了。

"还是中午呢，下午叫你爸去接。"母亲说，"医生说，你这是劳损引起的，卧床休息就好，不要太劳累。你再躺躺，过会儿去做做牵引，好些了咱们就回家。"

"开了一个疗程的牵引，十天。"母亲顿了顿，补充道，"我替你交了钱了。"看着郑芸要说话，赶紧一句堵过去，"别说你还给我啊，我不要你还。"

郑芸"嗯"一声，放松了躺下。

"我说家里那么多事，叫会超做点不行啊？你一个人那么逞能，全都大包大揽了，让他闲着养生啊？！"母亲话里有气。

"我逞什么能呀，"郑芸也是一肚子憋屈，忍不住抱怨道，"叫他洗个碗，说等会儿等会儿，电脑前一坐就到了深夜，我早上起来一看，碗永远在池子里。要是两人都不洗，看谁撑得住，也不是没试过，最后池子里的碗都长霉了，还是我洗……"

"嘿，这算什么！我去教训他！"母亲一听来了脾气，"他妈治不了他，我丈母娘试试。"

郑芸摇摇头，大凡被母亲照顾得很好的儿子，生活技能都很低下，记得中央电视台有句让她印象深刻的公益广告语就是"别让你无私的爱孕育出自私的下一代"，这句话婆婆刘心美真该看，不只对儿子，对孙子牛牛的照顾，也是有些过了。

看郑芸闭上了眼睛，母亲知道她心情不好，便说："不是妈唠叨你，有些事你就该学着放手，让他做家务，牛牛也让他带。"

"别提了，没什么耐心，牛牛也不愿意跟他。"郑芸说，"妈，你别老拿他说事，说点别的吧。"

母亲换了个话题，问："你晚上还自己给牛牛上个训课呢？"

"只是有时候上,因为家务事多,每周还有几个晚上要做兼职会计呢。"郑芸说,"分身乏术,心有余而力不足,我也是疲于奔命。"

"以后打算怎么弄?"母亲问。

郑芸思忖着回答:"先把零碎的债还了,然后争取请个保姆或者钟点工,这样就腾出了做家务的时间,还是要天天坚持给牛牛上个训课,不能让他跟同龄孩子的距离拉太大了,不然上小学牛牛会很吃力的。"

"我的钱不要你还了。"母亲沉默良久,说,"那兼职会计,你也给我退掉一个,最多做一个,再别做两个了,你想累死你自己啊?!"

"一千多元的工资呢!"郑芸差点脚跳起来。

"我给你行不行?"母亲叫起来,"我每个月补贴你一千五百元行不行?!"

"我不要你补贴。"郑芸一下涨红了脸,"你叫我怎么好意思?!"

"行了行了,就这么定了。"母亲把手一挥,"没什么不好意思的,你从小到大,吃你爹妈的用你爹妈的,也不少了,这样也只不过增加了一点而已,你欠你爹妈的,这辈子横竖也还不起。"

郑芸还想说什么,母亲的话又呛了过来:"你就别硬撑了,真要是累瘫了,再也起不来,我看你还怎么过日子!再多的钱你也挣不了!"

郑芸再也不响了。

母亲又说:"贾姨下周六过生日,邀请你们全家去吃饭,跟我们一起去啊。"

一想到肯定会见到陈轩涛,郑芸头皮发紧,她一百个不乐意地说:"我们就不去了,你说我出差了呗,他们跟会超也不熟,会超自然不会去的。"

"就知道你会这么说,"母亲笑起来,"你贾姨说,轩涛什么事没做好惹你不高兴了,好长时间不搭理他,她说要我做你工作,就是借这个机会,一定要你去,任何借口都不行。"

我不会去的,郑芸这话到了嘴边上,还是吞了回去,换成一句:"到时候再说吧。"

母女俩走到院子门口,正好看见父亲接了牛牛回来,趁着打招呼的时候,牛牛一把挣脱外公的手,撒着欢跑进了院子,父亲要去追,郑芸阻止道:"没事的,院子就一个大门,保安都认识他,不会让他出去,就在院子里,不会有什么事,随他去吧。"

因为郑芸腰不好,大家都陪着她慢慢走,父亲又提起了轩涛,说这次贾姨的生日是轩涛一手操办，定在最高档的宏达海鲜酒楼。郑芸正想着，过寿自然是大场面，自己不去也无妨。父亲又说："就一个大包厢请一桌，只有我们两家人，轩涛说你们全家一定要去。"

惊讶和狐疑充满了郑芸的大脑，她还没来得及捋清思绪，就听见前头花园里传来一个女人的厉声呵斥。下意识就觉得是牛牛惹祸了，赶紧叫父母去看，自己也加快了脚步。

转过小树林，就看见一个女人推搡着牛牛，高声喝骂："真是不像话！你信不信我揍你！"

"怎么了？"母亲问。

"他先打人！"女人气势汹汹地回问，"是你们家孩子吧？我告诉你，我就打了他了！谁让他先打我们家孩子！"

母亲耐着性子问："他怎么打人了？"

"我孩子在这里玩得好好的，他走过来，一声不吭照着我儿子的头一拍……"女人气呼呼的，唾沫横溅，"把我孩子拍傻了怎么办？你们负得起这个责任吗？真是，也不知道好好教育自己的孩子！下次他再这样，我就不只打他一下，就往死里打！你们不管教自己的孩子，我替你们管教！"

郑芸望着女人的孩子，小小的个子，在旁边站着，没什么表情，牛牛拍打的力道应该不是很重，因为这个孩子既没有受惊和委屈的表情，也没有哭泣，只是他母亲护犊心切，不依不饶，郑芸也没有办法，毕竟是牛牛拍人在先。她心里明白，牛牛的拍打对于牛牛自己来说，只是一种友好亲昵的表示，在幼儿园里，他一直这么拍，早上进园就是这样对个子比他矮的小朋友一路拍进去，孩子们也无所谓，并没有多大的反感，还跟牛牛嘻嘻哈哈，今天他也许是想跟这个小孩子玩，所以才会起手拍他的脑袋。

"你说我牛牛拍了你儿子，你也打了我家牛牛了，大孩子打小孩子不对，你一个大人，打小孩就对了？我们也不跟你计较，这不就扯平了，还嚷什么呢。"母亲没好气地回敬了那女人一句，拉着牛牛走了。

牛牛大约被吓蒙了，一直不说话，垂着脑袋任外婆拉上楼。

郑芸进了门，才把儿子拉过来，细声道："牛牛，今天的事要吸取教训哦，拍头是不好的行为啊，你拍了弟弟的头，阿姨说那是打人，所以阿姨就打了你。以后还能不能拍别人的头？"

牛牛迟疑着说："不能。"

郑芸知道，他心里还有很多疑虑，幼儿园里拍头会换来笑脸，刚才拍头怎么会招致打骂？郑芸无法跟他解释，总有些人会对看似正常或者友好的行为有过激反应，现实生活中难免有意外，并不是每个人都是善意的……

但她心里明白，幼儿园是个相对宽容的环境，其实牛牛拍头，从本质上来说，不管轻重都是不好的行为，就让他挨一次打骂，记忆深刻，就此改正，也未必不是好事。

轩涛给贾姨操办的生日宴席，郑芸到底没有去。那天她正好去了星星之家和家长们进行座谈交流，要说去赴宴的时间还是有的，但她还是淡淡地应付了。

一年一度的"星星闪亮"自闭症孩子关爱行动即将开始，关于经费的筹备还是个问题，陈炜提议到潇江广场进行慈善拍卖，残联同意了，媒体也会进行相应的配合。郑芸跟陈炜还在商议细节，旁边传来牛牛的歌声。

陈炜说："牛牛进步很大啊，进门会主动跟我们打招呼了，还能自主判断年龄，看到有些人叫哥哥，有些叫叔叔，爷爷也不会叫错。"

郑芸笑道："再怎么进步还是跟其他孩子差距挺大的，不能横向比，只能纵向比，跟他自己的从前比，那是蛮不错的了。"

"那是自然，"陈炜说，"我发现他特别喜欢有星星的歌，这个月他学会《鲁冰花》的第一段歌了，真是挺好的。"

"那要多谢媛媛，都是她在教。"讲到这里，郑芸忽然想起来，"多多的帮扶志愿者情况怎么样？"

"当时管勇提出来，我们调剂了一个志愿者过去，只要管勇忙不过来，就替他去陪读，但是因为志愿者老换人，不固定，孩子很难适应，所以后来尝试着相对固定就那么两个人带，坚持一段时间后，效果还不错。"陈炜说，"开始是杨红和秋华，计划是秋华多带一些，杨红做后备，因为她是副组长，社团里工作也多。但是多多特别喜欢杨红，依赖她多，换了秋华就不太听指挥，闹情绪不肯合作，只好还是以杨红为主，到最后，多多就不肯要秋华了，只黏着杨红，杨红也好，就完全接下了。"

"小孩子不假装，喜欢杨红也是缘分。"郑芸说，"我觉得杨红挺合适，自己是幼教老师，还参加了不少自闭症康复培训，对训练多多应该是很得心应手的。"

"可不是，"陈炜说，"你没见着多多，进步可大了，拼图飞快，但就是离不了杨红，不见她人就尖叫，只有那时候，你才会觉得，他还是个自闭症孩子……"他轻轻地摇了摇头。

"听说杨红准备成立一个自闭症训练中心？"郑芸问。

"是啊，专门针对三到六岁孩子的初级训练，他们也在筹款中，残联可能会给予一定资助。"陈炜说，"杨红早几天还说，希望志愿者小组多多帮忙。"

"那是肯定的。"郑芸说着，看见门口进来人了，抬着几块蒙布的匾额，连忙起身问，"这是……"

"这是慧子捐赠的油画，用于拍卖的，还有几幅是她书法界朋友的作品，也一并捐了。"陈炜迎上去，朝门外喊道，"慧子姐！"

郑芸是认识慧子的，星星之家的常客，她比郑芸年纪大，有个十三岁的低程度自闭症儿子，基本上每周她都会带儿子正正出现在这里，不管是老师讲课，还是家长交流，都拿个本子很认真地做笔记。

慧子进来了，依旧是麻布长裙的休闲打扮，眼眶边上有一块瘀青。郑芸上前拉住了她的手，慧子笑笑，冲郑芸点点头，颇有些心领神会的味道。因为她的儿子是有些暴力倾向的，有时候发作起来，不管三七二十一就会揍身边的人，慧子不是自己挨揍，就是替别人挡揍，孩子的手没有轻重，她常常是身上青一块紫一块的，但是尽管这样，满脸仍然平和淡定，带着从容的微笑。在星星之家所有的家长中，慧子是最有气质的，不管多么混乱的局面，郑芸从未见慧子慌乱过，也没见她发过脾气，甚至没有大声呵斥过孩子。郑芸一直把她当成自己的榜样，希望做一个像她那样的妈妈。

"十幅画，不知道够不够？"慧子说，"我都裱好了，这样人家买回去就可以直接挂了。"

郑芸好奇地揭开一块布，看见了一幅田园的画面，郁郁葱葱的林木，小桥流水，一幢木房子边上围绕着一圈不知名的野花，大片的绿配上色彩斑斓的小花点点，扑面而来的温馨一下击中了郑芸的内心，她不禁叫道："好漂亮！画得真是太好了！"

"怎么能画得不好？！"陈炜笑道，"你也不想想慧子姐是谁。"

郑芸纳闷地抬起头，看了陈炜一眼，只见他意味深长地笑，再弯腰去看那画，落款的名字——司徒瑾慧。这可是省里有名的女画家呀！

啊！郑芸的嘴一下子张大，半天合不上了，她张口结舌道："慧子姐，你就是司徒瑾慧？！"

"大名司徒瑾慧，如假包换。"陈炜笑呵呵地说。

"我在《潇江日报》上看过你的专访哦，你真是一个了不起的人啊！"郑芸激动地说，"我还记得那篇报道上说，你不但才华出众，还是一个女强人，创办了天沐画社，集智慧、灵气、美貌于一身……"

"那又怎么样？"慧子还是那样一张淡然的脸，幽幽道，"我宁愿自己是个呆子傻子，而把我所有的聪明智慧，都换给我儿子……"轻轻的话语像电视上直播原子弹爆炸，画面宏大却无声寂静。

眼泪不争气地涌出，在静默的人群中，几处啜泣声小心翼翼地响起来，郑芸泪流满面……

"一闪一闪亮晶晶，满天都是小星星……"牛牛忽然大声唱起歌来，还自顾自地拍起了巴掌。

"牛牛唱得真好！"志愿者姐姐媛媛表扬着，使劲地拍起了巴掌，一屋子大人也都跟着拍起了巴掌，只有那几个孩子依旧故我，沉浸在自己的世界里，做着孤独的自己。

慧子走上前，低声说："我要谢谢你，你教我的方法很好，以前我总是把正正关在家里，怕他出去受到伤害，也害怕别人异样的眼光，现在，我不再回避他是个自闭症患儿的事实，有艺术活动也带他出去，如果他出现了不正常的行为，我就跟周围的人解释。你说得对，一旦他们理解了，就会谅解孩子的异常行为，他们都愿意提供帮助，现在我比从前感觉好多了，而且正正也比从前开心多了。"说完，她轻轻地抱住了郑芸，拍了拍她的后背。

郑芸微微地笑了一下，与此同时，闻到慧子身上一股淡淡的茉莉花香，此时的世界是多么宁静温暖。

孩子们在志愿者带领下做游戏，郑芸和慧子把画框摆整齐。

慧子说："我给你画了一幅画，还没画完，画完就送给你，希望你喜欢。"

"必须喜欢，你是名家啊。"郑芸呵呵地笑。

"我儿子十三岁了，还不会说话，也不会叫妈妈，那天，他把你送给他的贴纸星星，粘在了我身上，这是他第一次主动接触我的身体……我想起那几次，你带他做游戏，把星星贴了他一身，然后，你抓着他的手，让他把星星贴了你一身……"慧子脸上浮现起梦幻般的幽迷来，"我跟你学，每天，我都抓他的手，拍我的胸口，跟他说，妈妈，然后拍他的胸口，说，正正。我相信，总有一天，他会叫我一声妈妈的……"

"会的！一定会的！"郑芸肯定地说着，趁着放画框，飞快地拭去了刚流出的泪。

慧子吸了一下鼻子，问："你看了电影《星星的孩子》吗？"

"没有看……"郑芸迟疑了一下，细声说，"我害怕看那样的电影……"

是的，王科长说过之后，她上网搜索了电影简介，也看了预告片，但是不知道为何，一看到预告片里母亲牵儿子的那根绳子，她就感到彻头彻脚的心痛。就像影评上说的那样，拥有一个自闭症孩子其实不是什么生命的礼物，而是命运的磨难，是最艰辛最残酷的事实，选择承担这样一个命运事实的家庭成员，他们的生命历程，平实地说：不易；煽情地说：绽放承重之美。

无数次带着牛牛出门，她都要给自己鼓足勇气，做好心理预设，周遭那些异样的眼光，也曾一次次在无意中让她难堪，她也不得不像其他这样家庭的父母那样，任劳任怨、低调谦卑地几十年如一日，尽量避免不必要的误会和麻烦。自闭症的孩子并非他人想象中那样老是不说话，有时候常常大吵大闹反复嘀咕，说些跟情景无关的莫名其妙的话语，所以也难免发生一些意外的状况。

有一次带牛牛出门坐电梯，在电梯里大小五人相对，牛牛忽然朝着对面的女孩大声喊："沙和尚！"那女孩吓了一跳，随即无措地把自己从头到尾打量一遍，又委屈地看看自己的男朋友，再看看郑芸，窘然道："我，我怎么像沙和尚？"

郑芸赶紧解释："小孩子不懂事，你别听他的，你长得挺漂亮……"

女孩还是涨红了脸，郑芸无法，只得实言相告："我儿子自闭症呀，所以是这样的，他说话常常乱说，词不达意……"她说到"自闭症"的时候，尽管自认为应该坦然，却还是有点不自然的停顿。

女孩赧然的神情稍微好转，她男朋友这时候低声说了一句："那就不要带出来嘛……"然后像看外星人似的赤裸裸地扭头过来盯着一家人看，郑芸顿时不好意思起来，好像是自己做错了什么，局促地低下头去。

出了电梯，会超"扑哧"一下笑出声来："沙和尚！什么灵光让他想到了沙和尚？！"

"你还好意思笑！"郑芸恼道，"你也不看看，弄得人家多难堪！我们自己多难堪！"

"那有什么办法，"会超不笑了，讪讪道，"咱儿子，就是这样的人，你能拿他怎样？！"

"不看是对的，"慧子说，"我想也是不应该看的，可就是忍不住，看一段，觉得受不了，停下，过后再看一段，还是受不了，又停下，断断续续好几回，才看完。"她撇撇嘴，"哭得我那一个稀里哗啦的……哎呀受不了，真是受不了……"一连说了好几个受不了，脑袋不停地摇，仿佛这样就可以把那些悲伤的情绪给摇走了。

"这部电影说的是父亲跑了，母亲带着自闭症的孩子去东莞找父亲，想安置孩子，又为了孩子想找个男人依靠，后来她把孩子扔了，结果后悔了，又去找，最后找到了。"慧子叹口气，"拍得挺绝望的，差不多也是我们这种家庭的真实境况，每天都是痛苦，很少有快乐，面对无法和世界沟通的孩子，父母已经到了一种绝望的境地，你根本没办法拿他怎么样……"

"看完电影，我还上了导演陈苗的博客，给她留言了，向她致敬，谢谢她！"慧子说，"听说电影票房不好，所以才更要向她致敬。这种电影不是为了票房而拍，是为了这些在痛苦中的家庭而拍，展现这样的社会问题，是希望更多人了解和关注这样的家庭，甚至进一步奢望这些自闭症儿童得到一些社会援助。这就是《星星的孩子》这部电影诞生的意义，不期望影响所有人，也不奢望改变社会现状，但发出一种声音，传递一次信息，都有可能得到回应，这也是电影的现实社会功效。"

"从事艺术工作的人，心灵总是相通的。"郑芸由衷地说，"对于我们这些普通人来说，说不上什么大道理，只能是铭记、感恩。"

"影片拍得挺好，看得出导演很用心，他们应该接触了大量自闭症的孩子和家长，影片对自闭症孩子的症状刻画得比较逼真，不做作。就我个人来说，感觉很真实。"慧子说着，神态黯然下去，"孩子就是喜欢圆圆的东西，老是叫'地球'，我以为影片结尾的时候，孩子看见妈妈会叫'妈妈'，没想到，还是叫了一声'地球'……我就不由得想起我家正正来，要是换了他，也是叫不出'妈妈'的，要是叫出了'妈妈'，那就是演戏，不是生活了。"

郑芸默然了，虽然没有看影片，但她理解导演，剧情想要表达的现实是残酷的，有时努力了也还是没结果。虽然这么一来结局就不圆满了，可是现实生活中，自闭症家庭有多少会有圆满的结局呢？现实中的辛酸远比想象中更多。慧子说得对，这是生活，不是演戏，生活永远也不会有戏剧性的结尾，它残忍地、血淋淋地剖开了一切给你看，不怕你胆战心惊承受不起。

"我真是佩服你，还有勇气看这个电影。"郑芸说，"我不敢看，也不愿意去想，会超有时候会说我，试图用忙碌逃避现实。可我还能怎样呢？"她看了慧子一眼，笑道，"我又不是慧子姐这样的女强人。"

"我不是女强人，"慧子怅然道，"我也不知道将来会怎样，我也充满了惶然和无助……我只是，尽力过好当下的每一天，不敢去想将来……"

说到这里，郑芸忽然看见她的眼睛里蓄满了泪，汩汩地流下来，而她脸上所有的五官都缩成了一团，压抑着苦楚："我只希望在我的有生之年，他能叫我一声'妈妈'……"

这个周末会超加班，把车开走了。郑芸带着牛牛离开星星之家的时间尚早，准备坐公交回家。牵着儿子的手，正走着，一辆大车停在了身侧，开始郑芸没在意，后来发现车子一直跟着自己，奇怪地回头一看，摇下的车窗里探出轩涛的脑袋。

真是无聊。郑芸心里嘀咕着，加快了脚步，车子也加快了速度，她四下张望，只想来个出租车赶紧走人。轩涛猜到了她的意图，便喊："这会儿全城出租车交班呢，别想了。"

她扭过头去，牵着儿子继续走。

就快过马路了，轩涛的车一把横过来，拦在了他们跟前。他飞快地走了下来，手里拎着一小袋零食，打开朝牛牛塞："看呀，叔叔给你带了薯片、山楂糕、奶糖，还有旺仔牛奶和好多鱼！"红盒子的好多鱼一亮出来，牛牛就走不动了，眼睛骨碌碌地盯着，甩着两手跳起来。

"叔叔知道你最喜欢坐车了，来，上叔叔的车，叔叔带你去兜风！"轩涛说着，拉开了车门，郑芸想用力握住儿子的手，可牛牛使劲一挣，一蹿就上去了，欢喜地坐在后座上，不停地弹跳，车身震颤不停。

"听话，下来。"郑芸扒着车门，伸手拉儿子。

"你也上去吧，你爸妈中午吃了饭，和我爸妈在酒店里打牌呢，我特意来接你们一起去吃晚饭的，"轩涛说，"赶紧上车，这里不准停车，会违章抄牌的。"不由分说，一把推了郑芸上去，开着车疾驰而去。

车子停下，却不是酒店，而是游乐场。牛牛撒着欢跑去了他最爱的气垫城堡，利索地脱鞋上去，片刻就不见了人影。郑芸坐在城堡充气的门槛上，望着远处夕阳笼罩着的灌木丛，发呆。

轩涛从管理处拿来一张椅子，在她对面坐下，问："你是这辈子都不打算理我了？"

郑芸别过头去。

"我在电视里看见你了，志愿者呢，不错啊，挺上镜的。"轩涛故意说着活跃气氛，"还有报纸，这才多久不见，就成小名人了，说话我都得仰视啊。"

郑芸不吭声，一张冷脸让轩涛顿感没趣。

两人就这样枯坐了一个多小时，太阳下山了，郑芸看看钟，让城堡服务员把牛牛找出来，准备回家了，轩涛默默地跟着后边。气垫城堡边上就是一家肯德基，牛牛拖着郑芸往里面走，郑芸用力拉他："不吃肯德基，我们回家吃饭。"

"肯德基！肯德基！"牛牛尖叫起来，不停地尖叫。

尽管郑芸心情不好，但是看见儿子失控，她也必须得冷静，抓住牛牛的胳膊，加重了语气："我们回家吃饭，下次再吃肯德基，今天回家吃土豆丝，还有苦瓜炒蛋……"

"肯德基！肯德基！肯——德——基——"牛牛捏紧了拳头，抗议似的提高了音量，脖子上的青筋都暴了出来。

郑芸恨得牙根痒痒，控制不住就想揍他两下，但是大庭广众之下，尽管是个自闭症孩子，也还是有自尊的，她不能打他，只能沉默着，等待他自己平复下来，再做劝导。

"牛牛，叔叔带你去吃虾，好不好？叔叔知道你最喜欢吃虾，今天晚上我们就去大酒店吃虾，酒店里还有好大的玻璃缸，里面有好多好多各种各样的鱼，对了！还有大龙虾！"轩涛蹲下来，挥动双手比画着，做牛牛的工作，"牛牛捉一只大龙虾，我们吃牛牛捉的大龙虾，好不好？"

"好——"牛牛直着喉咙叫，竟然痛快地答应了。

郑芸立场再坚定，也拗不过儿子，她只能默默地跟在后面，再次上了轩涛的车。

到了酒店，轩涛把母子俩带到包厢里，四个老人酣战正浓，闹得不亦乐乎，轩涛把牛牛带下去看海鲜池，顺便点菜，包间的套间里只有郑芸一个人闲着，无所事事地看电视。郑芸的心思根本不在电视上，那只是一个她逃避现实的掩体。

身边是父母们的喧闹，眼前屏幕上人头攒动，那是电视的喧闹，转头看看纱帘后的楼下街道，也是车水马龙，似乎到处都是喧闹，可是包厢里却有一股不合时宜的沉静。包厢很大很豪华，中式的红木家具大气稳重，但空空的没有一个人，好像世间的喧嚣到这里都静止了。

缓缓地走到外间餐桌前坐下，屏风把她和老人隔成了两个世界。此刻她是难得的清闲，不用上班，不用兼职，不用挂心家务，不用做饭，不用招呼别人，还不用带孩子，就这么傻傻呆呆地坐着，蓦然之间的空旷，竟然让她有些失落，但随即，她释然了，很享受地沉浸于此。

有多少年没有过这么空闲的时光了，可以无所顾忌地发呆，对于成日里疲于奔命的郑芸来说，何尝不是一种奢侈。

"坐了一个下午了，我要活动一下，让他们三个老牌鬼去玩跑得快。"母亲过来了，"你为什么事生轩涛的气？"

"没有。"郑芸轻描淡写地一口否认。

"没事就好。"母亲说，"轩涛说你不理他，我跟他也是这么说的，郑芸不可能生气，她只是太累了，不想说话。"

"我说你有事，可能不会来，他非要去接，走前还问了我牛牛喜欢吃什么。"母亲说，"我估计你不来，是太累了，想休息，后来一想，来吃饭不是正好，带了那么久孩子，还要回家自己做饭，多辛苦，不如酒店吃省事。"

"你告诉他我在星星之家？"郑芸看了母亲一眼，"你把牛牛的病也说了？"一下想起那包"好多鱼"和那一袋零食，怎么可能那么巧，都是牛牛爱吃的。原来如此。

"你告诉别人也是告诉，我们这么好的关系，没啥的，"母亲说，"你贾姨问，怎么老也不见你，我就说你要干什么干什么，不就是挣钱，给牛牛做治疗这些事，一股脑儿全说了。"

"说了就说了吧，其实也无所谓。"郑芸说，"我就怕贾姨咋咋呼呼。上回当首饰，不就是她咋呼出来的。"

"哪能呢，"母亲摇头，"她听了挺难过的，只说，有什么要帮忙的尽管开口。"

"没什么要她帮忙的。"郑芸说着起身，"我去看看牛牛。"

牛牛喜欢看鱼，小区里的鱼池是他的最爱，拿个柳条，点点划划赖在水边一待就是一个多小时。如果碰上出去吃饭的机会，酒楼里有鱼池和海鲜池，那他必然要去看。宏达海鲜酒楼是市里最大的海鲜楼，当然海鲜池也是最大的，想是牛牛极爱的地方，这一去半个多小时了，还不知道玩得有多畅快，那先前为去肯德基的脸红脖子粗估计也记不得了。

下楼往海鲜池走，远远地就看见牛牛趴在厚厚的玻璃缸上，轩涛揽着他的腰，他伸手抓龙虾长长的须，把大个头的龙虾提出水面，又丢下去，接着又去抓另一只，每只都抓遍了，嘻嘻哈哈笑个不停。过了一会，牛牛跑开，又到浅水池边用手去点水下的蚌壳，看见壳收拢了去，大概也是触到了软乎乎肉绵绵蚌肉，感觉很新奇，自顾自地笑得东倒西歪。接着拿网兜去捞池子里的各种海鱼，捞出来放在桶子里，又倒回去，再捞，手忙脚乱开心不已。轩涛根本不制止他，反而不顾溅湿一身在旁边帮忙，还不停地说着什么，似乎是鼓励牛牛用手去抓小海鱼。

郑芸看得不太真切，只看见牛牛真的伸手抓了个什么，一弹，竟然是虾子，他吓了一跳，然后手舞足蹈，弯腰又去捞……儿子的快乐是那么的单纯，郑芸的嘴角也不由得泛起了微笑。但是，她隐隐也觉得有些不对。

奇怪了，服务员不干涉？郑芸记得，偶尔去一次有海鲜池的地方，牛牛吵着要去看，她带了去都跟防贼似的，只许看不许动，因为服务员一看孩子动手就叫，毕竟海鲜不便宜，弄死了不好交差。

正想着，身边来了个服务员，朝里头看了一眼，就站在一旁不动了，迎面过来一个穿西服的，大约是领班之类的小头头，问："那孩子你也不去管一下？"

"管什么呀！"服务员回答，"他爸跟经理说了，就得让他玩，玩死了的，他统统买单，没玩死，也随咱们收多少钱……经理都不吭气了呢。"

有钱，就是任性！郑芸心里嘀咕一声，也就由着他们去了。

天幕从深蓝转成黑色，时钟也指向八点，服务员通知说马上上菜。

轩涛才带着牛牛走进包厢，两个人的衣服都湿了。好在郑芸带了备用衣服，换上，洗完手，菜也上来了，首先就是三盆虾，基围虾、大明虾和龙虾刺身。牛牛一看见冰盘上那颜色鲜艳的龙虾头立马兴奋了，呼啦啦把转盘转得飞快，到了自己跟前，伸手就去拿。

"这是摆着看的呢，等会可能还要拿去熬粥，别玩脏了。"郑芸想阻止，已经来不及了，牛牛已经把虾头拿到了手上。

"让他玩吧，不熬粥。"轩涛说着，坐到了牛牛身边，"你玩，叔叔给你剥虾。"

刺身牛牛不吃，那基围虾和大明虾估计是专门为他点的，剥虾本是郑芸分内的事，这会儿让轩涛代劳了，郑芸就只剩下旁观了。轩涛剥一个，蘸酱，送到牛牛嘴边，牛牛张口接了吃了，双手还抓着龙虾头，吃玩两头不耽误。

偌大的包厢，十来个人的座位，也就坐了七个人，但菜点得多，不大工夫就摆满了转桌的外圈，竟然多数都是牛牛爱吃的菜，什么大闸蟹、蛏子王、扇贝……过了一会，又上来清蒸多宝鱼，牛牛就叫："多宝鱼！"呼啦啦又开始转桌子。

"牛牛，这是不礼貌的，小孩子不能转桌子。"郑芸这次按住了桌子。

"哎呀，小孩子，讲究那么多干吗，让他吃，只要他开心了，我们都开心了。"贾姨说着，抬手把鱼转到牛牛跟前。只看见牛牛放下虾头，拿了勺子来舀鱼，弄到碗里，看见黑黑的鱼皮，急着吃，索性拿手拈了四下里甩。

儿子这样子太没规矩了，郑芸实在看不下去了，抬手打了他的手背："你这是干什么？妈妈怎么跟你说的，吃东西要讲礼貌，你甩得到处都是，多不好，你可以叫妈妈给你弄……"

牛牛挨了打，嘴巴一撇，作势要哭。轩涛看他眼泪都在眼眶里转了，赶紧说："叔叔给你弄，别哭啊，我们吃鱼肉。"

郑芸不好意思地解释："他平时不是这样的，今天可能是玩疯了，一放开尽兴了，就有些收不住。"

"没事，"贾姨脸上滑过一丝伤感，"郑芸，你吃吧，别管那么多，随他怎么弄，今天要轩涛照顾着，你好生吃顿饭，这都上了几个菜了，你光顾着牛牛，一口菜都还没吃呢，真不知道你平时过的都是怎样的日子……"

"吃饭，吃饭。"陈爸爸赶紧岔开话题。

"等会儿快吃完了，我还有两个菜是打包带给会超的，这会儿你就安心吃吧，"轩涛说，"今天晚上牛牛也不要你操心，我给他剥大闸蟹，这个要趁热吃，我叫他们先上七个，吃完再上七个现蒸的。"

郑芸默默地看了母亲一眼，轩涛不可能知道牛牛爱吃什么，只有母亲知道。她觉得这样惯着孩子不好，但是今天晚上这顿饭，说是给贾姨过生日，其实所有人都是冲牛牛和自己来的，郑芸太明白了。

一屋子人正吃得热火朝天，牛牛忽然从凳子上站了起来，无所顾忌地把裤子一扒，扯起小鸡鸡，说："尿尿……"

郑芸慌忙起身，轩涛已经抱起牛牛下地，牵着他去卫生间，看着儿子手捏着小鸡鸡，白胖的屁股一顿一顿，笨重的双腿被裤子绊住蹒跚地走过去，郑芸羞愧难当，恨不得找个地缝钻进去。从前也有意外的情况，但不及这次，不及此刻，面对着轩涛和他的父母，看见自己如此窝糟的生活状态，郑芸真是无地自容。

她曾经是多么骄傲的一个人，在轩涛面前是多么的意气风发，在贾姨和陈爸爸面前是多么端庄优雅，可是，命运给了她一个这样的儿子，她的从前就这样被儿子的无辜懵懂击溃，在羞愧屈辱中只剩下无语。

郑芸白着脸慢慢地坐下，默默地吃饭，鲜美的海鲜在她嘴里如同嚼蜡。陈轩涛之前用金钱让她感到屈辱，那时候，她还有人格可坚挺，现在，她觉得自己什么都不剩了，在他们的健康面前，在他们怜悯的眼神下，她只有中空的强悍，那么可怜而虚弱。

她不否认，他们是好意，就像院子里的妈妈们在游戏的时候开玩笑，谁谁长大了给我做女婿，点了这个点了那个，必然也会点牛牛，其实她心里很明白，谁会把女儿嫁给牛牛？可是她们就是要那么说，分明也是顾及她的感受，可也就是这种刻意，让她难以忍受，那里面深深的怜悯，重重地刺伤着她的自尊。她们的好心，成为她的负累，牛牛单纯得像一张白纸，对世界、对任何人都不设防，有时候是萌得可爱，有时候也傻得揪心，但她并不希望她们像看待《巴黎圣母院》里卡西莫多一样地看待他，尽管他从现实意义的某种程度上说，的确像卡西莫多。

吃完晚饭，轩涛的司机早就等着，送轩涛父母回家，轩涛自己开车先送郑芸父母，最后才送郑芸母子。从郑芸父母小区出来，他停下车，回头道："郑芸你坐前面来，我有话跟你说。"

郑芸看了牛牛一眼，他一手拿着轩涛买的玩具，另一只手还在大塑料袋里翻其他玩具。郑芸在心底叹了口气，从一开始，吃饭、零食、玩具、送父母回家，都是轩涛刻意安排的，她想抗拒，却没能躲过去。悻悻地坐到副驾驶的位置，扭头望向窗外。

"今天一晚上你都没说话。"轩涛话语低沉，"你变了，是因为我那次为难你吗？"

郑芸不说话。

"牛牛不就是自闭症嘛，有什么了不起，我们治呗，可你不能他自闭你也自闭……"轩涛大概觉得自己话糙了不耐听，赶紧打住，说，"我知道你心里想什么，你为什么要自卑，这不是我认识的郑芸。"

"你认识的郑芸已经死了，在那个晚上跳潇江死了。"她忽然开口说话。

街灯落下来，斑驳的阴影投射在他复杂的神情上，过了许久，轩涛涩涩道："你来借钱，也不告诉我为什么……"

"我去找你借钱，只是最后的挣扎，证明自己努力过了，而你肯借，那是情分，你不肯借，也是本分，你没有错，我也没有怪你。"郑芸淡淡地说，"我只是对这个世界绝望了，让自己死去，然后获得新生。从此以后，我就很明白地告诉自己，你没有任何人可以依靠，一切，都得靠自己。"

她话语里的冷酷，像冰刺痛了他的心，轩涛沉声道："其实你那天走了之后，我就后悔了，让我妈去打听你怎么了，可是你妈嘴紧，说什么事都没有。一直到后来，我在电视里看到你，又叫我妈去问，这次你妈算是没忍住，哭哭啼啼才说出来。我听了心里那一个难受，当时就恨不得狠狠扇自己几个大耳刮子！"

"我去过你们单位楼下几次，就是没敢上去，知道你不会理我，"轩涛抹了一把脸，"我要知道你是借钱干吗用，那还用借，给你也就那么回事……我也不知道，几万块，能把你逼成那样，还有我自己，也真不是个东西！"

"都过去了，算了。"郑芸闷声道。

轩涛吞了口唾沫，认真地说："我希望你还跟从前一样，高高地昂起头，活着。"

"生活会让你低头的，迟早的事。"郑芸冷笑。

拐过去，进入岔路，已经是郑芸住的小区了。

轩涛拿出一张银行卡来，递给郑芸："这里面有二十万元，你爱怎么花就怎么花，钱花完了短信会通知我，我再给你打钱，密码是你的生日。"

郑芸不说话，接了。

轩涛如释重负，下车抱牛牛下来，连着玩具和零食都塞给了郑芸。看着郑芸牵着牛牛走进大门，孤单沉默的背影，他不禁鼻头发酸，折回身上车，忽地觉得屁股底下不对劲，伸手一摸，银行卡——郑芸开始接过去也不过是麻痹自己，转手就扔在座位上了。

他拿着银行卡发怔，心里说不出的滋味，就是感觉难受。听见手机"叮"一声，短信来了，打开一看，是郑芸：我不需要你的怜悯。

他直直地盯着蓝色的屏幕，而后无力地朝座椅上一躺，黯然地合上了双眼。

牛牛显然对新得到的玩具感兴趣，也不吵着要会超帮他画画了，会超从包里拿出一本碟片，递给郑芸："我们一起看。"

郑芸拿过来一看，不禁头皮发紧，越是怕什么越是来什么，躲过了《星星的孩子》，躲过了陈轩涛，这里又来了《海洋天堂》。

"你最喜欢的武打明星李连杰，文艺片的处女作呢。"会超说，"我安排牛牛洗澡，让他先上床，我们可以看碟。"

"你加班累了，你休息，我给他洗澡。等会我陪他睡，他一个人会害怕的，把他单独丢在睡房里，我也看不安心。"郑芸含糊地说着，起身逃也似的走了。

带着牛牛洗澡出来，会超已经在放碟了，片头上显示"献给平凡而伟大的父母"，郑芸陡然想起王科长说的"伟大"，心里一阵难受，不禁有些失神，屏幕上显现出了一片湛蓝的水，那是海洋馆的玻璃，许多鱼类游弋着……郑芸又想起牛牛在海鲜池边看鱼的情景，她一扭头，还是走了，顺手带上了客厅的门。

躺在床上，牛牛还在身边闹腾不止，原本是从美国买了专门给自闭症儿童用的睡眠辅助药，但考虑到是药三分毒，总是对身体有影响，不到万不得已，一般不给牛牛吃。今天可能是吃了海鲜又玩得太兴奋了，半天都无法入睡。郑芸侧身抚摸着他的背，跟他说话："牛牛，今天开不开心？我们在海鲜楼吃的晚饭吧，一个好漂亮的大包厢哦，牛牛还在海鲜池玩了很久，看了好多好多鱼……"

"等妈妈以后有钱了，天天带你去海鲜池玩……"说是这么说，但是郑芸知道，以自己的经济条件，任性不起，就算是去海洋公园看看，那一百多元的门票也不能每周都去。

"海龟！"牛牛忽然叫了起来。

郑芸吃了一惊，他很少这样跟她说话合套，通常是她说她的，他说他的，这冷不丁出来一个"海龟"，难道是儿子对下午的事情有了记忆？她试着问："海龟啊，还有什么？"

"小丑鱼！"牛牛回答。郑芸刚才的欣喜一下没了，牛牛说的根本不是下午经历的一部分，而是彩色画册里的图片内容，大海龟、小丑鱼等。

她想了想，又问："还有什么？"

牛牛摆动着脑袋，说："蝙蝠鱼。"

郑芸这下真是看到了希望，虽然只是上午看过的图片上的内容，但牛牛都答对了，证明他记住了图片，有了回忆的意识。她激动地抱住儿子，连声道："牛牛真棒！妈妈表扬你，来，吃个肉粑粑！"拿起儿子的手臂轻轻地咬了一下，牛牛哈哈地笑起来，双脚踢得床板啪啪作响，忽然一下没有来由的，张嘴唱起来："一闪一闪亮晶晶……"

在牛牛的歌声里，郑芸抬头望向天花板，夜灯投射出来的点点，像极了星星。满天的星星，真是漂亮，儿子稚气的声音响在耳边，她想起儿子从两岁多到现在的时光，那么多的忙碌和惶然，他小小的执拗的身影，昨天还在兀自顾盼，自己追着自己的手臂转圈，今天就长得这么高了，幼儿园说着就要毕业了。多不容易啊，一幕幕浮现在眼前，在这么熟悉的惆怅中，郑芸忽然间感动了，这样的时刻，如果不去想其他，只是和儿子在一起，被他全身心地倚重，其实也是一种幸福啊。

周日早晨起床，郑芸在做蛋糕，会超走过来："我带牛牛去海洋公园。"

"怎么想起去海洋公园？"郑芸奇怪地问。

"牛牛说要去看鱼。"会超说，"你跟我们一块儿去不？"

"不了，一百多元一张票，好贵，省一张票，你们可以多去一次。"郑芸放下手中的搅蛋器，问道，"你说牛牛自己说，要去看鱼？"

会超愣了一下，恍然道："真的哦，他跑到我跟前，扯着我的衣服说，去看鱼。"

"会提要求了，是个进步。"郑芸笑道，"为了鼓励他，你就有求必应吧。"

"我带他去，你一个人在家，休息一下，"会超走到门边了，又回头说，"你看看《海洋天堂》吧，真是不错的。"

收拾完了屋子，准备好了中午的菜，郑芸就没事干了，眼睛瞟一下茶几上的碟，转身走了，想去书房做账，又没到月底，发票凭证都没拿过来，这也是无事可干了，她没头苍蝇似的在屋子里转了一圈，百般不情愿地拿起了《海洋天堂》。

屏幕上开始了淡淡的述说，乍一看李连杰的衣着，没有了武侠风，她有些不适应。一张嘴说话，这男人沙哑的声音，不知怎的就揪住了她的心。当男人说，大福妈妈水性很好，却淹死了，郑芸的周身便牵扯起撕裂般的疼痛，她也想过死，一死百了啊，她也想过这样不露痕迹地死去啊，谁让生命给她这样的绝望呢？可是她到底没有，死需要勇气，活着需要更大的勇气，她庆幸自己没有去死，哪怕活着的每一天每一分钟都是痛苦。

但是，她理解大福妈妈。陪伴儿子这一路，她看到和听到了太多自闭症孩子家庭的故事，有些父亲承受不了，提出离婚，剩下妈妈独自带着这样的孩子；有些妈妈弃之不顾，离家出走；还有两口子都不要孩子，托付给爷爷奶奶或者寄养到乡下；还有的干脆直接扔掉，任其自生自灭；甚至还有极端的父母，与孩子一起服毒……被拖到筋疲力尽的家长，对生活的理解其实早已经跟常人不同……这都不是生活刻意的残酷。

就在早些天，她通过新闻看到全国的弃婴岛即将关闭，那些曾经给过残障儿童容身之处，甚至可以说给过那些家庭合理合法逃避责任的唯一途径就此终结，那些家庭和那些孩子，只有更悲惨的境况，让人无法想象。自己家，从来没有想过要把牛牛当成负累丢弃，因为这是她的孩子，上天把他交给她，一定有上天的理由，她会倾尽一生爱他，照顾他，直到她死。

在儿童医院，她也曾目睹，一个妈妈听到自闭症的诊断之后，一如她当年，旁若无人地号啕大哭，一边哭一边说："我现在还图什么？我就希望孩子死在我前头……"这不是诅咒，而是一份无解的、无路可逃的、万不得已的归宿，是令人战栗的绝望，是一个母亲满含着爱的企望和悲怆的最无奈的心愿。

在星星之家，她见过这样的母亲，辛苦把自闭症的儿子拉扯大，居然还给找了一个媳妇。夫妻俩终于有了孩子，护士恭喜说是男孩，这个母亲一下愁肠百结。愁什么呢？如果是个女孩，将来嫁了人，还能照顾父母，可偏偏是个男孩，谁知道奶奶能不能挨到那一天，谁给这孩子娶媳妇办家当？

一秒都不放过地打算和担忧。就像李连杰饰演的父亲说的那句话："我怎么能放心呢？"听到这话时，郑芸的心被深深地触动到，想让自己不哭，却没能忍住。假设每个人都是善心人，都会对这样的孩子抱有怜悯之情，但仅有怜悯是多么无力，这个处于道德力量上最好看也最鸡肋的词汇，代替不了父母为他做的那么多事。谁能要求别人对他人的孩子像父母一样付出呢？而且还是一个这样的孩子——他始终不能给予你任何回报。

"如果有一天，爸爸不能陪在你身边，你会想我吗？"此时背景音乐响起，那么柔缓，郑芸在默然中泪流满面。他会想念爸爸吗？即便他想，他也说不出，谁也不会知道啊。就像牛牛，母亲对于他全部的意义，就是陪伴，但她缺席，他也只会唱那首"一闪一闪亮晶晶……"甚至都不会用眼睛去寻找她，而听到这首歌，除了郑芸会心碎，旁人，谁会理会？

这位父亲在生命将尽的时日中，唯一的心愿便是让儿子有个归属，为争取哪怕仅有的一丝希望而四处奔波，但总被现实的残酷掀翻在地而无力反击，孤儿院嫌大福岁数大，养老院嫌他小，保险公司不接残障人士的投保，国家社保不管这一块，阴森的精神病院又着实不适合，好在特殊教育学校最后收留了大福。

这恰恰击中了郑芸的恐惧，牛牛的将来再一次不可回避地横亘在她跟前。分别似乎还很遥远，也许将来有一天，陪伴儿子的只有《小星星》的歌，就像大福有一只海龟……郑芸再也控制不住，抱住纸巾盒子，放声大哭。

她一点都不想伟大，她从来的理想，就是做个平凡简单的人，对儿子牛牛所做的一切，都不是冲着要伟大而去的。这个世界对于她和儿子来说，有格格不入的尴尬，也有丝丝脉脉的温情，在照顾儿子的路上，她要安抚儿子还要鼓励自己，改变对自己生活的梦想，放弃继续实现自我的欲望，凄然地站在孩子和世界的中间，充当他们的维系。这其中的寂凉之处，不是挺一挺就过去的麻烦，硬生生就是一辈子。在慢慢走向人生尽头的路上，始终是一个人。

她想起了儿子："牛牛，有没有想妈妈？"

"有——"拖长了的干瘪、没有任何感情的回答。

"哪里想？"这是问过无数次的问题。

儿子仰着木然的脸，不答，她只好抓起他的手，拍拍他的胸口："哪里想？这里是哪里？哪里想？"

他真是想了一会，回答："心里想——"

这是她想要的答案，却不是他心里的答案，但是，只能这样。

影片的最后，有些偏理想化，儿子懂得了生活自理，在海洋馆里工作并且还依旧可以天天游泳、深信海龟就是自己的父亲、会拿起电话倾听。对于普通家庭的自闭症患者来说无异于天方夜谭。郑芸明白，这是善意的谎言，因为人间需要希望。

可是，我的希望在哪儿呢？

她展开纸巾，把脸结实地贴了下去，听见自己的喉咙里再次发出呜咽不止的哭声。

玩了一天的牛牛似乎累了，比平时入睡早。就在郑芸昏昏欲睡的时候，会超的手伸了过来，揽住了妻子的腰："看了《海洋天堂》没有？"

郑芸不吭声，扭头看了一下丈夫，依稀的光亮下，他一副认真的神情，眼光一闪一闪："虽然这个家，似乎都是你在操持，其实我也不是你想的那么超然事外，一直在考虑牛牛的将来。"他默然片刻，忽然说，"我们再生一个吧。"

你饶了我吧！郑芸差点下意识地说出来，好在缓了一步，她淡淡道："再说吧。"

"不要再说了，你都三十多了，再不生就来不及了。"会超低声道，"我知道你不想去给牛牛办残疾证，不想给他贴上标签，我们是可以不办，政策已经出来了，夫妻中一方是独生子女的可以生二胎，我们符合条件。"

郑芸不说话，转过身去，背朝着会超："我想睡觉了。"

"不要回避，"会超的手搭上了她的肩膀，"我们好久都没有好好说过话了，如果你不想生，告诉我原因。"

这一时半会儿的，怎么说得清？郑芸有些烦躁，迟疑了一下，闷声道："结婚十年了，你连洗衣机都不会开，我甚至都没吃过你煮的一根面条……"

她闭上眼睛，不再说话，还是那种感觉，刻骨的累，消磨了她所有的精力。

会超的手，摩挲着她的肩头，犹豫了许久，还是轻轻地收了回去。

这一周，夫妻俩话都不多，郑芸估计会超憋着气，按他的性格，就是这样，但是郑芸却不想搭理他，她的生活已经够烦琐了，丈夫这么大的人，就应该自己排遣情绪，而不是指望和要求她，她只是儿子的妈，不是丈夫的妈。

又一个周末的早上，郑芸醒来的时候，会超已经不在床上了。从走廊上过，顺带瞟了书房一眼，这个时候，他一般都会守着电脑，无非淘宝和看网络剧，今天电脑前竟然没有人。郑芸没有放在心上，往厨房走，看见会超蹲在卫生间洗鞋子。看见郑芸过来，会超说："你教我开洗衣机吧，等牛牛起来，我们陪你一起去买菜。"

这是太阳打西边出来了？郑芸有些意外，旋即释然，会超用一个星期反省了自己从前的家庭义务承担，有所改正，也算进步了。

洗衣机转着，郑芸在沙发上坐了下来："趁着牛牛还没醒来，我们谈谈。"

会超笑了笑，过来了。

"你知道我为什么不想要孩子吗？"没有那么多时间绕圈子，郑芸直奔主题。

"知道，"会超显然是考虑的，他说，"怀孕辛苦，而你生牛牛是剖腹产，再生一般也会剖腹产，上次手术损伤了你的腰，再来一次手术，加上年纪大了，恢复更难，对身体影响也会很大。我以前是大男子主义重，以后我会帮你分担家务的。"

这话倒也实在，郑芸叹了口气："以前还有你妈帮忙，现在她年纪也大了，我妈身体也不好，别说月嫂，就是保姆，我们都请不起长期的，我一怀孕，一生小孩，兼职也不能做了，就算你妈还来照顾，她能管着牛牛就不错了，还能指望她帮我吗？再说一家大小，生活费也不少，一个孩子得多少钱养呀……"

"我的身体，动手术也好，腰不好劳累不得也好，都暂且不管，就算你做家务，那两个孩子的家务，和现在的家务也不是一回事，"郑芸说，"你想过两个孩子的经济负担没有？想过需要付出的精力没有？养孩子不是生下来就完了，还有教育问题，不是那么简单的。牛牛现在，我们还能给他好的生活条件，但是再生一个，不可能还有这样的生活质量，所有的一切都得拆开了给两个孩子，这样对两个孩子都不公平。"

"我想过的，以后钱会紧张很多，时间也会紧张很多，比如你带牛牛去做康复训练，我带小的去早教，都得花钱花时间，我出差多，还是要请妈妈过来顶一下……"会超说，"爸妈住过来，是精力上负担轻了，经济上负担重了，一下子增加两个大人一个孩子，我会努力挣钱的。"

"你怎么挣钱？又去炒股啊？"郑芸一听就要冒火，想想态度不能激烈，便摆摆手，"那就去做生意？你做哪行？投资从哪里来？借吗？求你别再跟人借钱了……"

会超默然了。

"你是不是觉得，债基本上还完了，是可以过得轻松一点了，就考虑再要个孩子，我也能理解你，可是你忘了，这日子，是没法轻松的。"郑芸说，"我想努力存钱，给牛牛准备一套房子，将来他能否就业，可能性不大，结婚也要房子吧，最差的情况，我们和他住一套，另外一套出租，这样他将来不管怎么样也有个稳定的收入，也能活下去。"

会超抬头看了妻子一眼，眼光极其复杂。

"你要是再生一个，抛开其他的都不说，这钱肯定是存不了了，每个月够不够花还难说，买房子就别想了……牛牛的后路没安排好，将来另一个孩子也得埋怨你，他不但没什么资产，还负担这样一个哥哥，将来成家都成问题……这样对第二个孩子公平吗？牛牛是我们的孩子，我们对他有义务，他的兄弟姐妹，对他可没有义务，只有情分。这个社会大家都活得不容易，怎么能要求他的兄弟姐妹像我们一样照顾他呢？"

"那我们俩都死了，谁管牛牛？"会超瓮声道。

"那我们就养生保健，争取多活些年头。"郑芸说，"要是能跟星星之家的包姐一样，给牛牛找个老婆，生个孩子，等孩子长到二十来岁，我们也就可以死了，当然，最好是活到孩子成家。"

会超瞪大了眼睛，望着郑芸。只看到她平时忙里忙外，没想到还抽空想了这么久远的问题。

"其他的都别想了，就是争取多活几年，还有尽量多留点钱给牛牛。"郑芸默然道，"这也算是自力更生，给社会减轻负担吧。"她想起了《海洋天堂》，现实生活中，可没有一个海洋馆可以安顿牛牛，也不会奇迹般地出现个"培智特殊学校"可以收留牛牛。所以，他们只能靠自己，并且不能轻易地死去。

"我们没有安生日子可过，也过不了安生日子。"郑芸说，"现在存款为零，第二套房子从零开始，以后还是能省就省吧。"

"嘀嘀"，洗衣机叫起来，衣服洗完了。

郑芸起身去拿衣服，会超跟着，站在她边上，等衣服都拿到盆子里，他端起来说："我去晾吧。"

穿过客厅，郑芸靠在与阳台交界的门柱上，看着会超晾衣服。会超因为有个能干的妈妈，做家务并不内行，晾出来的衣服在衣架上东倒西歪，让郑芸想起牛牛站立着没有正形的样子。

牛牛出汗多，一天要换几套衣服，所以每次洗衣服都是一大盆。衣服就要晾完了，郑芸忽然说："你想要个正常的孩子，我能够理解，要不这样吧，牛牛归我，我们离婚……"

"你胡说些什么！"会超猛地一下把晾衣竿扔在地上，怒气道，"以后再不要跟我提离婚！"

郑芸默默地转过身去，红了眼圈："我真是不想再生了。"

"那就不生了，我们带好牛牛。"会超软了声音，走过来，用力地抱紧了妻子。

"上周，张老师给我打电话了。"

郑芸话音一落，会超就有些紧张地问："没什么事吧？"

"先是问幼儿园毕业汇演我们会不会去，然后说，排练一直都让牛牛参加了，但还是老问题，在排练的时候不太听指挥，经常是小朋友站好了队形，他一个人乱窜，老师担心演出的时候他也这样……"郑芸笑了一下，"张老师大概是怕被牛牛砸了场子吧。"

"要不就不让他上台了，影响整个班级也不好。"会超说，"老师们有顾虑也是正常的。"

"我去幼儿园看他们排演了一次，也不是很复杂的舞蹈，张老师还算照顾牛牛，让他入队跳，只是站在最后面，没那么显眼。"郑芸低声道，"我跟张老师说，牛牛的自闭症就是要多创造跟众人融合的机会，希望他们能照顾他，毕竟孩子们舞蹈也不需要那么专业，动作也是没那么规范，如果可以，尽量让他上台，如果因为他上台影响了整个班级的表演，我去跟园长解释，不要老师承担后果。"

"后来我去找了园长，园长说考虑考虑。"郑芸说，"我本来还想要求他们给牛牛安排一个独唱节目，就唱《小星星》，弄个舞蹈都这么为难人家，想想还是算了。"

"所以啊，我准备暑假上托管班的时候，请全班的小朋友吃肯德基，大家边吃边玩表演节目，也就让牛牛来一次非正式的演出，在讲台上演唱。"郑芸说，"三十来个孩子，买上几份全家桶，配上果汁和酸奶，再做些小蛋糕去。"

会超呵呵笑起来，暑假幼儿园虽然放假，但是还有上班的父母无法带小孩，仍留在园里上托管班，托管班还是原来的班级，只是不正常教学，老师们也欢迎家长开展此类活动，郑芸在这方面想得很细，确实可行。

幼儿园的毕业演出安排在区政府礼堂，老师们和孩子们都盛装出席，郑芸和会超也早早地赶到了会场。儿子人生中第一个盛典，郑芸比参加自己的任何一个典礼都激动。牛牛的幼儿园读了四年，比普通孩子多出一年，如今七岁多的孩子都上一年级了，他还跟在一堆比他小的孩子中间混着。

冗长的仪式终于结束了，班级依次上台，盼星星盼月亮，牛牛的大四班终于要登场了。会超把摄像机调好，郑芸也紧张地举起了相机。

随着《我不是坏孩子》的音乐响起，一群穿着亮闪闪衣服的孩子出来了。郑芸使劲找，终于在队伍最后排看见了牛牛。孩子们左右跳动，牛牛的位置几乎没变，总是在一个地方原地弹跳，这倒是他擅长的，也不用跟其他孩子配合，郑芸不由得对老师心生感激，也真是为难老师们了，这可真是为牛牛量身定做的角色位置。

孩子们跑动起来，郑芸看见队列倒数第二个，也就是牛牛前面的男孩，拉住了牛牛的手，拖着他到那边，跳了两下，又扯过来，郑芸不禁有些好笑，这可真是牵牛啊。好在牛牛在最后，扎眼的前排都是舞感好的孩子，除了郑芸，确也没什么人关注后面的牛牛，他就这样滥竽充数进行到了节目最后。

最后，是一个不动的造型，考验来了！牛牛可是一分钟都停不下来的，可老师们也真是煞费苦心，造型有三排，高低过去把牛牛也挡住了许多，他还在最后一排，侧面半跪，左边一个孩子双手压着他的肩膀，俯身向后踢腿，右边的孩子一手按着他的脑袋，另一只手做大海航行的方向引领状……反正不管牛牛想不想动，他们都把他结实地按在了那里，直到幕布拉上。

郑芸的眼泪不听话地流了出来，即便是这样困难，老师们还是想尽办法做到了，对于牛牛来说，他得到了跟普通孩子一样的机会，尽管他意识不到，但对于郑芸来说，这意义是非凡的。她飞快地跑到后台，看见一大群孩子叽喳着乱跑，只有牛牛被于妈妈死死地牵在手上，她快步过去，拉住张老师和于妈妈的手，几乎是哽咽地说道："我真心地感谢你们！谢谢！"

幼儿园毕业典礼后，牛牛还送托管班，有天会超正在家里写材料，郑芸突然回来了，一进门就急急地在家里翻找，会超想着她连着一星期都神神秘秘的，忍不住追问："你找什么呀？"

"我找牛牛以前看病治病的资料。"郑芸说，"想着也不能去报销，发票什么的基本上都丢了，结果现在要提交医院相关的证明资料，没有，这可怎么办？"

"你问问妈。"会超提醒道，"她喜欢收点留点东西。"

郑芸一听也是，打电话问刘心美，果然她偷偷留了牛牛一些病历和检查单在自己的衣柜里，郑芸找出来，如获至宝。

会超奇怪地问："你要这些干什么？"

郑芸的回答让他大跌眼镜："办残疾证。"

会超不禁狐疑起来，她不是一直反对给儿子办残疾证吗，以前心里过不了那个坎，会刻意掩饰，向外界含糊其辞，表示牛牛只是内向，常常幻想有一天，灵光一闪，孩子变成正常人，生怕一办上残疾证儿子就被定性了，会受人歧视，怎么忽然一下积极起来了？他好奇地想问个究竟，可郑芸已经风风火火出门了。

他把眼光转向屏幕，一斜眼，看见郑芸的书桌上摆着几本书，凑近了只见摊开的页面上"第三章 教育"的字样，翻过来一看，原来是《中华人民共和国残疾人保障法》，还有几本分别是《中华人民共和国义务教育法》和《中华人民共和国未成年人保护法》，他久久地注视着这几本法律书，似乎明白郑芸又在折腾什么了。

不难体会妻子如此举动的初衷，在会超看来，妻子是没有安全感的，虽然在这个社会上，很多人都缺乏安全感，但是因为有了牛牛这样的孩子，这个家庭更加没有安全感，作为一个普通人，她能想到法律的积极意义，也是没有办法的办法了。按她的性格，凡事都会未雨绸缪，会超对她这种过度的应激反应有些不以为然，但随后，他发现，妻子的担心并不是多余的，生活给他们的意外，远远超出他们预先各种针对性的准备，让他们防不胜防，最后他也不得不承认自己盲目乐观了。

按说接下来的日子该是要轻松些了，因为小学已经找好，就在院子隔壁的小山茶艺术小学，属于公办和民办兼营的小学，上级管理单位是青少年宫，隶属于市共青团。确定这个小学两口子也是很花了一番心思，首先是离家近，好照应；其次是根据幼儿园的经验，虽然没有完全私营的小学，但是这种公私合办的小学应该比公立小学好协调，无非是学费贵些。

但事实并没有那么乐观。在幼儿园的时候，郑芸出差，牛牛也偶尔寄宿，因为有于妈妈在，他还能住着安心，郑芸也能放心，但到了小山茶这个寄宿小学，牛牛面临这个完全陌生的环境，问题一下子就全暴露出来了。

第一天晚上，所有的孩子都集合入校，在班上由老师训话，唯独牛牛一个人跑到了操场上，被校长撞见，校长问："你怎么不进教室？"牛牛哪里知道回答，校长把他带到办公室，叫来了家长。

"这种有问题的孩子，我们是不会接收的。"校长没有出现，但教导主任的话很刺耳，郑芸忍着没吭气，只是反复申明他们会好好管教孩子，临到末了，塞了个红包过去，教导主任的话终于缓和了些，"这样吧，孩子可以先留下，看他能不能适应，如果班上的老师没有提出异议，那我们也不干涉了。"郑芸和会超千恩万谢地回去了。

毕竟是打点到位了，任课老师和生活老师都保持了沉默，郑芸忐忑地等待着牛牛尽快度过适应期。自闭症孩子是认人的，没有于妈妈在，也没有其他熟人，牛牛不肯吃饭，郑芸不得不每天赶到学校给他喂饭。因为每天几次经过校门，给看门的大爷增加了麻烦，他满脸的厌烦，郑芸无法，隔三岔五就给他塞上一包十多块钱的烟，可即便是这样，他仍旧脸色不耐烦。

管生活的副校长也算是开了绿灯，在这所寄宿制的小学里，允许牛牛每天回家睡觉，牛牛成了学校里唯一的走读生，下午下课后就回家，出于感激，所有的生活费和寄宿费郑芸都按同等标准缴纳，从无微词。

但是麻烦还是来了。

学校的民资股东有一天来检查情况，看见牛牛一个人在操场上跑，便问情况，校长说了实话，股东便要求清退牛牛。会超找到校长，希望能读完一个学期，可是校长就是不肯。万般无奈之下，只得采取最后一招，找了共青团的领导给青少年宫领导打招呼，找了教育厅的同学给学校打招呼，本以为这样能通融一下，没想到小山茶学校用公函打了个报告，以安全问题说事云云，坚决要劝退。哪怕夫妻俩联合签名，承诺出了任何安全问题都不要学校负责，校方也不肯做出任何的让步。

眼看牛牛就要失学，郑芸急得睡不着觉，天天奔校长办公室，软磨硬泡地竟然弄到了民资股东的家庭地址，夜里提了礼品带了红包就过去了。可人家连楼道安全门都不给开，郑芸在大雨中站了两个多小时，不停地发短信过去，可那边却置之不理。湿透了一身回家，绝望的郑芸还是不肯放弃，哪怕只有千分之一的希望，她也要为儿子争取。

班主任老师已经通知郑芸领孩子回去，郑芸最后一次找校长，抱定了破釜沉舟的决然："我知道你们成心不想要牛牛，不然那么多领导打招呼，你们都可以不给面子，我也不想您为难，请问一声，到底要怎样的领导打招呼，你们才会让一步？"这话可不是绵里藏针，而是赤裸裸的要挟。说这话郑芸是心虚的，她认识什么大领导呀，纯属走投无路，吓一吓对方。横竖什么办法都试过了，她必须得横下一条心，做最后的努力。

校长的脸色一下子变得很难看，听了有些恼火。虽然不知道郑芸家背景的深浅，但他们夫妻俩有些社会关系，是肯定的。她想了想说："我知道你这么说，是告诉我，不管什么样的关系，你都能找了来，我们总有一个要买账的，可是，我们已经得罪了教育局和青少年宫这些直接领导，其他的，都不是直管的，你找也没用。"

会超轻轻地踢了一下妻子的脚，她惯来乖巧，不是被逼急了，不会采取撕破脸的极端手段，但是他们是公私合办的艺术类小学，只是教育部门备案，不完全归教育部门管，同学已经说得很清楚，也打过招呼，他们买账就买账，不买账你也没办法。领导打招呼，他们公函回复，立意坚决，领导也不好强求。

事情到这里几乎没有了转圜的余地，郑芸可不会放弃："你们是学校，总是要遵守法律的，我已经仔细读过《中华人民共和国义务教育法》和《中华人民共和国未成年人保护法》了，如果你们还这样坚持，我也不会看教育部门和青少年宫领导的面子，那就只能法庭上见。"

校长的脸色更加难看了，口气也更是阴沉了下来："你这是赖上我们学校了？"

"《中华人民共和国义务教育法》第四条规定，凡具有中华人民共和国国籍的适龄儿童、少年，不分性别、民族、种族、家庭财产状况、宗教信仰等，依法享有平等接受义务教育的权利，并履行接受义务教育的义务。《中华人民共和国未成年人保护法》第十八条明确规定，学校应当尊重未成年学生受教育的权利，关心、爱护学生，对品行有缺点、学习有困难的学生，应当耐心教育、帮助，不得歧视，不得违反法律和国家规定开除未成年学生。"郑芸已经通读了这些法律，不用律师壮胆，她也能讲得头头是道。

"你是校长，这些不需要我来提醒吧，"郑芸说，"不是我要逼你，而是你们逼我……"

"我的儿子，只是个孩子，对于他来说，是发育迟缓了点，跟普通孩子有差距，可你们是学校，师者父母心，怎么能这样排斥他？我们家长一定会配合你们的工作，尽量不给老师增加额外的负担，我们要的，只是一个平等的受教育的权利和机会，"说完了硬邦邦的法律条文，郑芸开始来软的，低声哀求道，"校长，不是我们要赖上你们学校，是因为这里老师都很好，有爱心，牛牛也喜欢这里，人心都是肉长的，牛牛除了有点喜欢乱跑，平心而论，他没有其他不良行为吧？老师和同学都说他很乖，他不妨碍别人，也没有其他问题，我们慢慢教，他以后不会再乱跑，会安静地坐在教室里的……"

"校长，您也有孩子，也是当妈妈的人，我真的很希望你能理解我，我只是为我的孩子争取一个上学的机会，"郑芸动情地说，"不管是作为一个老师，还是一个妈妈，您应该都是知道的，这世上哪有一模一样的孩子，怎么会所有的孩子都是一样标准化的？那就是满世界里找，也找不出完全相同的两个萝卜来呀，每个萝卜都是不同的样子，每个孩子也都有不同的样子……"

校长脸色慢慢地缓和了下来，她长长地出了一口气，说："我也很为难，也是没办法……"

郑芸见她还是不松口，干脆使出了最后一招，直逼过去："我们家有亲戚是记者，万一事情真的无法挽回，那我们在去法院的同时，也会在新闻媒体上，对这个事情进行报道，到时候记者来调查，事情也许会涉及学校的声誉……"

她不往下说了，既然你们是号称民办学校，靠信誉吸引生源，那就来个釜底抽薪吧。校长的脸唰地白了。

"你们再商量一下吧。"郑芸掷出了重磅炸弹后便拖着会超离开了。

从班级接了牛牛，走在回家的路上，会超问："你真的打算找记者？"

"是。"郑芸说，"他们的答复若不能让我满意，我就去找《潇江日报》的记者。"

"你说报道人家就会报道？"会超叹口气。

"我已经联系好了，如果他们开除牛牛，记者就过来调查，到时候，学校名称，校长名字，民资股东名字，都会见报。"郑芸坚决地抿紧了嘴，好似跟谁拧着劲。

会超迟疑了一下，说："这么做，是不是有些过了？其实人家开始接收了牛牛，也还算够意思的了，现在劝退，也是各种各样的压力集合起来，他们受不了了，我们还是不要逼人家的好。"

"他们逼我，我就逼他们，难不成真让我儿子没书读？"郑芸恨声道，"这世界如此之大，给牛牛一个读书的座位就这么难吗？都是教育工作者，还是学校，就没有一点社会责任感？！如果没有，那就让社会舆论教教他们，让他们在反省的同时重新温习一下教育的本质。"

"你是在进行道德绑架。"会超默然道，"这样势必反目。"

"他们已经要开除牛牛了，本来就反目了，闹也是要开除，不闹也是要开除，还担心什么呢，索性闹大了，看谁好看！光脚的不怕穿鞋的！我横竖豁出去了，你要我儿子退学，你就得付出代价。"郑芸凛声道，"我不但要找媒体，还要找社区、民政部门，找残联、妇联，找政府，不管花多少时间和精力，花多少钱，找级别多高的领导，怎么去求人，都一定要做到牛牛能读书为止。"

会超怔怔地停下了脚步，仿佛不认识一般地看着妻子，她柔弱的胸腔里吐露出来的字句，带着强大的能量，在一个屋檐下生活了这么久，看惯了她对生活的默默承受和逆来顺受，从来不知道，她骨子里还有这样一种彪悍。为了孩子，一个绝望的母亲，是什么都做得出来的。

吃过晚饭，陈炜的电话来了，约了莫沙燕采访的时间。

又过了一会儿，刘心美的电话来了，跟会超说了好一阵子，郑芸忙着准备给莫沙燕的资料，无暇关心母子俩的通话内容。

在与校长的交涉中，她自始至终都没有提到过自闭症，更没有牵扯到残疾证，实在是害怕因为被校长揪住"残疾"这个辫子，进行彻底的拒绝。选这所艺术学校，是做了很多考虑的，牛牛可以学唱歌，可以学画画，没有升学指标的考核，比单纯的小学要好，最后怎么竟成了这样的结局，郑芸很是难过。

她再次翻开了《中华人民共和国残疾人保障法》，看到"第三章　教育"，那上面许多条款，她都画上了红线：

第二十一条　国家保障残疾人享有平等接受教育的权利。

各级人民政府应当将残疾人教育作为国家教育事业的组成部分，统一规划，加强领导，为残疾人接受教育创造条件。

政府、社会、学校应当采取有效措施，解决残疾儿童、少年就学存在的实际困难，帮助其完成义务教育。

各级人民政府对接受义务教育的残疾学生、贫困残疾人家庭的学生提供免费教科书，并给予寄宿生活费等费用补助；对接受义务教育以外其他教育的残疾学生、贫困残疾人家庭的学生按照国家有关规定给予资助。

国家制定的政策多好啊，郑芸甚至都不需要政府的资助，她愿意自行解决经济方面的问题，不增加国家的负担，而她现在唯一的要求，就是给牛牛一个读书的机会。

再往下看：

第二十五条　普通教育机构对具有接受普通教育能力的残疾人实施教育，并为其学习提供便利和帮助。

普通小学、初级中等学校，必须招收能适应其学习生活的残疾儿童、少年入学；普通高级中等学校、中等职业学校和高等学校，必须招收符合国家规定的录取要求的残疾考生入学，不得因其残疾而拒绝招收；拒绝招收的，当事人或者其亲属、监护人可以要求有关部门处理，有关部门应当责令该学校招收。

每一个条文，都写到郑芸心坎上了，多好的政策初衷啊，她就不明白，怎么就执行不下去呢？更令她寒心和无奈的，还不是公对公无法解决牛牛的读书问题，就是私对私，那么多领导打招呼，都不能撼动学校的决定，可是按照法律规定，应该是"有关部门"可以"责令学校招收"的呀，本是合理合法的诉求，怎么就遥不可及呢，郑芸委实想不通。

法律是她最后的保障，郑芸不得不拿出了牛牛的残疾证。当时去办证的一幕又浮现在眼前。

精神病医院一个星期只做一次残疾鉴定，郑芸牵着牛牛站在走廊上等着。旁边一个妇人探头打量着郑芸，又看看牛牛，说："你也是来做鉴定的？"

郑芸点头，看了一眼她身边那个明显有些智障的高大的男孩。

"我看他蛮好，根本没病，"妇人冲牛牛努了努嘴唇，一副了然于心的神情，压低了声音说，"你肯定是找了关系，弄个假鉴定，办了残疾证准备生二胎。"

这话来得太没缘由，充满臆想，郑芸本该生气，却忽地笑了，这大概是这些年来，她听过的最动听的话语，即便不可信，也太能让她舒心了。

护士已经叫到了号，郑芸带着牛牛进了诊室。瘦高个的中年医生看了病历和检查资料，问了一些治疗的情况，又跟牛牛做了一番交流，和蔼地问："你办残疾证是有什么想法？"

郑芸如实说："他要上小学了，我担心他跟不上班，到时候老师会嫌弃他，所以想办个残疾证，万一成绩影响了班级，把证交上去，这样学校就不会为难老师，老师也不为难孩子。"

"可怜天下父母心啊，就是想得多，"医生点点头，温和地提醒，"残疾证的好处，可不止这一样。"

思绪一下飘了回来，郑芸现在知道，残疾证的好处可真是不止那一样。因为残疾，牛牛就是弱势群体，就可以名正言顺地要求特殊照顾，至少在上学这个问题上，郑芸开始有了点信心。如果人心不可相信，那就只能相信制度。要杜绝人性之中的平庸之恶，只能靠制度，而法律，则是实现制度的最有力手段。

必要的时候，她必须也只能用法律来捍卫儿子的权利。

"星星之家"这天的讲课完毕后，郑芸跟家长们交流心得，说出了儿子读书的事情，家长们深有同感，都各自倒出苦水，这群孩子中能顺利上学的几乎没有。最典型的事件，就是2012年9月发生的"深圳自闭症儿童被19名家长联名'赶出'学校"。深圳宝安区宝城小学19名家长联名写信，要求在该校就读的自闭症学生转学。此事引发关注，通过教育部门和相关部门的协商，学校最终同意长期关注自闭症儿童的深圳某基金会提出的方案，孩子最终回到了学校。

郑芸仔细看过那些报道，起因是19名家长联名签署了一封反对自闭症儿童入学的信送到了学校，信中写道："我们是宝城小学六（5）班的学生家长，上学期，班里忽然转过来一个自闭症孩子。我们的孩子回家后跟我们提起，说他不遵守纪律，不讲卫生，同学都不敢靠近他。"家长们在信里称"我们作为家长，真的很希望自己的孩子能在学校接受最好的教育……自闭症是一种疾病，对于这样的孩子，国家是有特殊学校的，为什么要安插在我们这样的学校呢？……我们请求，为了孩子，也为了那名自闭症孩子，还全班同学一个轻松的学习环境……"，甚至还有家长拨打了当地报社的电话，一名何姓家长向记者怒吼："现在没有攻击行为，不代表以后不会有攻击行为！"

这些偏见与歧视，令郑芸心颤。但是在那个孩子起先学习过的元平特殊教育学校，老师却说："这个孩子的语言能力、沟通能力确实不错，钢琴也弹得非常好，如果继续留在我们这边，真的会耽误这个孩子。"他强调："这个孩子虽然自控力不好，小动作多点，但确实从来没有攻击性行为，没有自残行为。"

"我这样说，这个孩子有自学能力，智商在我们学校里，算是比较高的。我晚上查寝室，他都在很乖地看书、做卷子，偶尔听听音乐，我们教他们简单的加减乘除，对他而言已经是小儿科了。"老师也希望公办的普通学校给孩子一个就读机会，"他已经是自闭症了，非常孤独，要给他就读的机会、融入集体的机会。"

这些朴实的言语，还是换不来19位家长的通融，难以想象在他们狭隘的思想意识中，那根深蒂固的平庸之恶。

通过这篇报道，郑芸关注了常年研究特殊教育的专家、深圳大学师范学院特聘教师张秀娟，这位专家说："如果一个自闭症孩子，长期放在孤立的环境中，那么他的障碍特征永远得不到改善。"并且介绍，在国外，只要自闭症儿童要求去普通学校就读，当地教育主管部门甚至教会组织都不能拒绝，这是所谓的"融合教育"。融合教育是最适应自闭症儿童的教育方法，除了给特殊儿童在普通学校就读的机会外，社区也要给其足够的发展交流空间。也就是说，要融入普通人当中，除了受教育外，还有工作、生活都要进入普通人群中。

根据郑芸收集到的资料，在20世纪90年代的中晚期，我国也提出了"融合教育"，主要方式是"随班就读"。为了实现随班就读这个目标，国家1994年就提出了'特殊儿童随班就读试行方案'，在天津、山东等地进行试点。2003年，我国出台相关指导性文件，要求轻度自闭症儿童随班就读，有条件的学校和地区要接受中度自闭症儿童，但普遍存在的情况是并没有落实好。2012年广东省教育厅也在相关文件中明确规定，特殊儿童可进入普通中小学随班就读，并要求学校提供适合其特殊需要的个别化教育场所。这意味着，特殊儿童可以进入普通中小学，与普通中小学学生在同一个环境里读书学习。

其实现实远没有这么乐观，以郑芸的亲身经历来说，那只能是想象中很美好，看上去都不怎么地——理想很丰满，现实很骨感。

在准备给莫沙燕的资料中，有这样的数据：据美国疾控中心（CDC）在2009年公布的调查数据显示，自闭症的发病率是1%，并有逐年增高的趋势。根据最新统计数据显示，中国自闭症患者已超1000万，0到14岁的儿童患者达200万。若按照每名自闭症患者影响一家至少两个大人计算，则至少影响到400万人的生活与工作。

一边是自闭症越来越高的发病率，一边是未曾及时跟进的社会保障和收效甚微的特殊教育培训，这不是郑芸这些妈妈们能够解决得了的问题，却是她们必须面对的问题。

看着郑芸一声不吭地想心事，旁边一个妈妈凑了过来，低声问："你打算怎么弄啊？"

郑芸无奈地说："还能怎样，寄希望于媒体，实在没有办法了，就只能打官司。"

"只怕赢了官司，输了学校；得了舆论，开罪了老师。有这样一个孩子，怎么都是输家。"那妈妈摇摇头，"没有最弱势，只有更弱势。"

郑芸皱着眉头问："你是怎么看呢？"

"我能怎么看呢，只是听说过一些事，觉得告诉你比较好。不是谁都有深圳孩子那样的幸运，有什么基金帮扶，我们这里可没有基金。"那妈妈说，"我当年为了孩子读书，也是铆足了劲争取，找关系找律师，那一个折腾，只差没上天了，结果一个学法律的亲戚劝我说，争不过的，还是算了……他告诉我，他碰到过为了这事打官司找媒体的父母，结果呢，记者真是有正义感，推出了一个报道，叫《让特殊孩子见证教育的宽容度》，事情得到了大众关注，最后也解决了，重新回到学校读书，可是孩子从此在学校里被另眼相看，被孤立，老师们不待见他，同学也不理睬他，甚至在教室最后面单独给他隔了个座位出来……就算孩子不懂事，家长怎么受得了，最后不得不转学。"

"家长够闹腾，没有学校会喜欢这样的'刺儿头'，这孩子在转学的过程中，还遭受了更多教育界的隐形排斥，很多学校以各种借口拒收，都知道他父母钻牛角尖，只怕请神容易送神难，所以孩子后来只能去外地借读，那还是求爷爷告奶奶的一番波折。"那妈妈看了郑芸一眼，心有余悸地说，"道理都在我们这边，可我们就是赢不了，为了孩子，任你多硬气的人，也只能忍气吞声。"

郑芸沉默了。

她的话何尝不对，他们就是这样一群要直面现实残忍的人，明知不合理，明知可以改变，明知如何去改变，却又不能改变、改变不了，只因为一个投鼠忌器。处在循环的因果中，现实的迁怒最后被伤害的只能是无辜的孩子，只能是最没有自我保护能力、最需要保护的孩子。

这如何不让郑芸深深地顾忌！

回到家里，会超说，校长打电话过来了。

"怎么打给你了？"郑芸很奇怪，学校的事一直都是自己在接洽。

"你看你那仿佛竖了一身刺的样子，"会超说，"人家怎么敢给你打电话……"

郑芸心底一刺，想起了那个妈妈口中的"刺儿头"，不由得有些恼火，白了会超一眼，问："他们说什么了？"其实她心里，已经大概知道了结果，只是还残存那么一点希望。

"他们商量了,可以让牛牛上完这个学期,但下个学期,他们还是劝退。"会超说得很慢,估计郑芸会跳脚。

"什么叫劝退?"郑芸哼一声,"我早就问过律师了,义务教育法写得很清楚,你可以劝,我就是不退,你还就不能开除我!"

"理是这个理,可是都这样了,牛牛还待在这个学校里,也没什么意思了,"会超担心地说,"要是校长老师打击报复,歧视排挤他什么的,我们不在跟前,他也不会告状,最后还不是自己难受……"

想到那个妈妈的那番话,郑芸再次沉默了。

"就这样吧,郑芸,我已经回复小山茶艺术学校了,同意他们的处理意见。"会超说,"你也别急,我跟妈妈商量了一个办法。"

郑芸抬头,怔怔地望着会超。她不甘心啊不甘心,一百、一千、一万个不甘心,但是,还能怎样呢?

"妈妈找过她原来上班的学校了,因为改革并校,校长们都换了,但是看在她是退休教师的分上,新校长还是答应让牛牛试读。"会超说,"为了避免牛牛上课乱跑,妈说她跟他一起上课,做他同桌。"

"那不是要回汀州……"郑芸偏过头去,眼泪不争气地流出来,虽然是婆婆带,没什么好担心的,但是一想到儿子要离开身边,她还是很难过。经过了这么多事,他们一直在一起,郑芸不想再跟牛牛分开,可是现实不允许,而她必须接受,没有选择。再多的爱,也不能把牛牛禁锢在家里,郑芸知道,他必须回到人群中,学习适应人群,只有这样,他才会进步,才会有将来,所以,他必须去学校,跟同龄孩子在一起,模仿、学习、成长。

"妈妈带你应该没什么不放心的吧,虽然送回了老家,可再怎么说,也比青岛近啊,现在有高铁了,一个小时多的车程,我们有时间,就回去看他,"会超安慰妻子,"牛牛不在,你还有时间做你的自闭症儿童追踪调查,也算是给自己放个假吧。"

郑芸闷着脑袋,好半天才说:"等他能安坐在教室里,我们还是想办法把他转回来读书吧……"

"只要有学校接收,是可以回来读书。"会超说,"只是条件,要论适合牛牛,还是那个小学比较好……他的班主任老师,自己有个残疾弟弟,很理解这个事,也愿意配合妈妈,然后牛牛的学习,妈妈自己也可以辅导,虽然他学习起来可能会很费劲,但妈妈当过老师,总是比你专业……"

这些话很中肯,郑芸也承认,毕竟,能够找到一所小学接收牛牛这样的孩子,真是太难得了,还有一个这样的班主任老师,夫复何求!上天似乎很厚待牛牛,而郑芸,除了庆幸还是庆幸,只有一点,很难接受跟儿子分离。交给任何一个人,她都无法放心。

说好了在小山茶艺术学校读完这个学期,但既然已经闹得不愉快,夫妻俩还是怕孩子吃亏,所以赶紧地就去了刘心美原先任教的小学联系。地市的小学条件当然不能跟省城的相比,但让人感到安慰的是,新任校长虽然没有见到孩子,听了牛牛的情况介绍,觉得可以接收,同意奶奶陪读。见到了班主任罗老师,知道她有个残疾弟弟,娶了个弱智妻子,而他们的孩子一直是罗老师在带,是个很有责任感和爱心的老师,她还说会尽量创造机会,让同学们带着牛牛一起活动。郑芸这才安心,满怀感激地踏上回程之路。

牛牛的转学很快都办好了,说好下周就去上课。郑芸收拾牛牛的东西,会超见她一直不说话,便安慰道:"我知道你不放心,但是他总要长大,你也总是要跟他分离的。现在先别想他要去好久,就想,寒假他就回来了,也就两三个月的时间,还可以想,过半个月,我们就回去看他。"

"寒假回来,不也才一个月,然后又要过去读书,又是四五个月呢。"郑芸说着,手头上的动作又慢了些,"要不,还在小山茶待完这个学期吧,说不定,过了这个学期,他就适应了,也不乱跑了,小山茶也就不会说什么了,下个学期还能继续报到上学……"

人家只想着"送瘟神"呢,会超想说,但怕刺激到郑芸,话到了嘴边,最后改成了:"汀州的学校你去过了,校长和老师都很配合,多难得啊,牛牛需要那样的环境,我相信在那里,他会进步很大的。"

"牛牛也需要妈妈,小孩都需要跟妈妈在一起。"郑芸咕哝着,声音低下去。

"要是他在那边也不适应,我们就接回来,以后也不上学了,就待在家里好不好?"会超蹲在郑芸跟前,摸着妻子的膝盖,"可我们总得试一试,不行再说,不然,将来又后悔。"

郑芸不说话了,迟疑了一下,便加快了手里的动作,衣服一摞摞放进打包袋里。

虽然先只准备一个学期的东西,但衣服、玩具和学习用品整理起来,还是打包了四大箱，提前托运到汀州。公公知道他们工作忙，自告奋勇来接牛牛，定好了时间，夫妻俩送到高铁站。

会超背上了双肩包，站在门口喊牛牛："去跟妈妈拜拜。"

郑芸已经出来了，站在门口，牛牛玩着心爱的警车玩具，没有抬头看妈妈。

"牛牛，"郑芸叫他，还是不抬头，无法，她拿掉他手中的玩具，说，"你就要去爷爷奶奶家读书了，跟妈妈告别一下，抱一个。"

牛牛自从被拿走了玩具，就斜眼看着门框，听郑芸这么要求，走过来两步，面无表情地轻轻抱了妈妈一下。郑芸反手死死地搂住儿子，过了好一会儿，才放开。叹口气，把小警车重新递给儿子。

"你不去了吧，不是那个公司的账催着要出来吗，你忙你的。"会超说着，牵着牛牛下楼，听见身后门关上，郑芸的脚步声跟了下来。

到了楼下，上了车，会超见郑芸一副惶然纠结的样子，又说："你还是不要去了。"话音刚落，她已经上了车。

一路上，就听见郑芸在后座跟牛牛说："你去了新学校，要听老师的话，有什么好吃的、好玩的，要跟小朋友分享，要给他们吃一点，跟他们一块儿玩……"

"要听爷爷奶奶的话，不能一个人跑出去玩，不要跟不认识的人走，不吃不认识的人给的东西……"

"牛牛，妈妈问你，我们家住哪里？"这个问题，郑芸几乎天天问，临到分别了，她也不会忘记。

牛牛磕巴着，答了出来。

"再告诉我妈妈、爸爸叫什么名字？"家里人一个一个问过去，还好，牛牛的机械记忆还不错，都没有答错。

会超知道，郑芸还没完，果然，后面的问题又来了："爸爸电话号码是多少？"

要是换了别的小朋友，被隔三岔五这样问几次，保准不耐烦了，牛牛就是这点好，性格温顺没什么脾气，由着郑芸去，她问，他玩着警车，看似心不在焉，倒也都答对了。

后视镜里，郑芸不响了，费力地把儿子挪到身上，抱进怀里。会超看着这一幕觉得有些滑稽，七岁多的孩子，还长得壮实，有七十来斤，体积可不算小了，郑芸自己才一百来斤，后座那么宽，又没有其他人，她非要把儿子抱在腿上，真是一根筋。他忍不住说："你把他放下去吧，这样坐怎么会舒服。"

郑芸犹豫了好一阵子，才把牛牛放下去，用手揽着儿子，望向窗外。

"牛牛，你看，到银杏街了，好多好多银杏树啊，金黄的叶片，真漂亮……"郑芸扳起牛牛的脸要他看窗外，"你还记得不？那时候妈妈开车带你去儿童医院，我们每天经过这里，早上去看朱老师，中午就回家了……"

牛牛看着满街的银杏树，微微皱着眉头，忽然，他笑了起来，用手指在车窗玻璃上点点，然后咯咯地笑了起来……

他想起了什么呢，笑得这么开心。是想起了医院老师的呵护，还是妈妈每天的陪伴，或者他眼里只有简单的叶落，而没有其他任何联想？也许他记不住从前的快乐，但他肯定不知道眼前的分别，郑芸想，其实什么都不知道，对他来说，真的是件幸运的事情，无知无觉，就没有痛苦和伤悲；活在当下，没有过去和未来，就没有恐惧和忧愁。她只能说，这样也好。

眼前是纷落的银杏树叶，又是一年的秋天了呀，她无数次走过这条街的场景，仿佛就在昨天，仿佛就在眼前。郑芸在满目的金黄中恍惚，那些飘落的叶片就像她生命中的每一天，看似没有穷尽，但终有落尽的一天。

他们家绿色的小轿车从金黄的叶片中穿过，这时的景色像极了他们母子的命运。如果说秋天是郑芸生命的写照，那么，绿色就是牛牛生命的颜色，郑芸就像这整个的银杏树荫，竭力笼罩着他；她的话是树荫下的风，吹过去又吹过来；她的心如同银杏叶片一下围绕着他落下，每一片都是离开他的不甘心，而他安静地、故我地奔向未知的远方，不停留也不回头。

在高铁站进站口见到了周建设，他一早过来接牛牛回去，两个多小时到家，还能赶上午饭。

郑芸牵着牛牛的手，一直送到护栏前，还不愿松开。

"郑芸……"会超喊。郑芸答："还有四十多分钟呢，急什么。"

她蹲下来，最后抱抱儿子，然后说："你给妈妈唱个歌好不好？"

"好——"这是牛牛的经典回答，不管你问什么，只要结尾是"好不好""行不行""对不对"……他的回答，一定是张嘴就来的，拖长音的一个肯定字眼，标注一张没有表情的脸。

"唱吧。"郑芸鼓励道,"妈妈给你鼓掌。"

牛牛把脸上的五官都挤到一起,须臾松开,然后举起两只手,开唱:"一闪一闪亮晶晶……"他大声地唱着,两个拳头跟着旋律一张一合,脑袋也开始左右偏摆。

周边有人驻足观看,少顷便离开,但大多数都行色匆匆,视若无睹。

郑芸旁若无人地拍着巴掌,等牛牛唱完,郑芸抱住儿子,亲吻像雨点般落在他的额头和脸颊:"唱得真好听!牛牛真棒!妈妈最爱你!"

"再唱一首好不好?"郑芸问。

"郑芸,"会超低声催促,"要进站了。"

"不差这一点时间,"郑芸坚持着,对牛牛说,"我们还唱《鲁冰花》好不好?"

"好——"牛牛还是一贯的长音。

"他都说好了,"郑芸冲会超说,"就只唱这一首了。"

哪次问他,不就是回答一个"好"字?!会超默默地望着妻子,不阻拦了。

"咦……咦……"歌曲前面部分该是没学会,牛牛尖着嗓子拖出音律来,过了一会,忽然就进入了状态,"天上的星星不说话,地上的娃娃想妈妈,天上的眼睛眨呀眨,妈妈的心啊,鲁冰花,啊……啊……夜夜想起妈妈的话,妈妈的心啊,鲁冰花,啊……啊……"

只有唱歌的时候,长长的句子才不会磕巴。郑芸想笑着表扬儿子,心头却酸涩难挡,牛牛,你真的会想妈妈吗?会记得妈妈说的话吗?

会超一声不吭地拉开了郑芸的手。看着公公把儿子带进了站里,郑芸的双手死死地抠住安全栏,眼睛一直盯着他们的背影。

"我们回去了。"会超说着,拍拍妻子的手背,虽然她脸色无异,但由那抓着安全栏凸起的骨节可见妻子的内心。

突然,她松开了安全栏,快步走向进站口的另一侧,那一侧,是大块蓝色落地玻璃墙,郑芸以极快的速度趴在了墙上,两手罩在眼眶边上,朝里望去。

公公带着牛牛已经过了安检,正乘电动扶梯上二楼候车厅。牛牛拿着白底蓝条的小警车,嘴里念念有词,郑芸知道,他一定在絮叨,有事找警察叔叔……望着旁若无人的孩子,她的眼里开始浸出一层淡淡的泪光。然后,她撇着嘴,抑制不住地哭了起来,双肩剧烈地抽动着,在玻璃前面捂着胸口,蹲了下去。

对面玻璃里的倒影，她满是泪水的脸和身体都有些变形，似乎是心里难以言状的痛苦揪扯着她，如同她错位的人生投射在人世间，只有一个人的扭曲，与世界无关。身后纷乱的人群步履匆匆，有人侧目而过，却没有人关心她为什么痛哭，而会超则一脸无措而又尴尬地站在旁边。

离开高铁站，夫妻俩心情都不好，一路无语。

熟悉的手机音乐响起，郑芸接通，那头传来陈炜兴奋的声音："芸姐，我有个两个好消息要告诉你，你先听哪个？跟自己有关的？还是跟自己有关但关系不太大的？"

郑芸想了想："跟自己关系不太大的吧。"

"杨红元旦结婚，已经订好日子了。"陈炜说，"她说这个周六跟你提，要请你给她铺婚床。"

元旦结婚，日期已经很近了。杨红结婚倒是不意外，适龄女子总是要结婚的，但是请自己铺婚床，可就意外了。风俗里，请去铺床的女人，一定是贤惠福气的女人，说到这里，郑芸有点心虚，她有这样一个儿子，怎么能说是福气呢。她当然希望杨红生个健康聪明的孩子，自己去铺床，似乎不妥。

郑芸一下口吃了："开，开玩笑呢，请我铺床？"

"知道你顾虑什么呢，我们是新时代的青年，都不在乎那些东西，"陈炜声音很大，"她猜到你会拒绝，要我先来跟你做工作，你可别推辞，她说就要你，你是她的红娘呢。"

"红娘？"郑芸纳闷了，我啥时候给杨红介绍过对象？！

陈炜在那边笑得高深莫测："你认识新郎呢，没有你，他们都不认识。"

郑芸更加迷糊了，正要问，陈炜已经按捺不住说了："管勇啊。"

"啊"一声之后，郑芸禁不住绽放出会心的微笑。是她把管勇带进星星之家，是她建议杨红帮带多多，没想到，最后他们走到了一起，多难得啊。

原来这就是跟我有关但关系不太大的好消息啊，郑芸好奇地问："那另一个跟我有关的好消息呢？"

陈炜清了清嗓子，一本正经地宣布："今年的年度志愿者工作评比，在志愿者和家长的集体投票中，你是得票最多的，经志愿者协会集体讨论，残联表决通过，报送共青团，推荐你参加市级'博爱之星'的评选。最终名单出炉，只有十人，今天在《潇江日报》上公示了，你排名第三。"

郑芸吓了一大跳，心情一下惶然起来，马上想到会有人说自己假公济私，会有人说自己借病儿扬名，会有人说自己伪善，会有人质疑自己的动机……想到一连串的烦恼将接踵而至，她立马推辞："我只是因为牛牛有自闭症，所以才加入志愿者组织，主要是为了拯救自己，顺带帮助别人，做了一些自己力所能及的事情，没有那样的思想高度，谈不上博爱……我也不是追求名利的人，不想当名人，算了吧，算了……"

"呵呵，算不了啦，"陈炜说，"沙燕跟我说，上次牛牛读书做采访的事，你临阵脱逃，她能够理解，这次采访的首发权，一定要归她，算是对她的补偿，我先跟你说定了。"

"不是，那……"郑芸急切地想回避掉，"我觉得，博爱之星，杨红比我更合适，我做这些事，是因为我自己有个自闭症孩子，只是推己及人而已，而她更有爱心，身为幼师不但做好了自己的本职工作，还主动学习特殊教育，做志愿者多年不说，你看她对多多，视同己出……"

"推不了啦，"陈炜笑道，"最初的提名就是杨红拟的，她说你是星星之家最重要，也是出力最多的创建者。"

"出力最多的更不是我了，是慧子姐，在经费方面，她可没少出力……"郑芸说这些话，都是真心诚意的，不论从哪方面说，她都觉得自己离"博爱之星"差距太大了。

"慧子姐也说了，你贡献出来的资料，还有归纳总结发布的经验，都是无形资产，"陈炜爽朗的笑声传过来，"瞧你这高风亮节的，还推呢，反正名单已经公布了，推也是你！"

陈炜的开心一点也没有感染到郑芸，知道在自己不知情的情况下木已成舟，郑芸只能在电话这头默然。

久无回应，陈炜这才明白郑芸并不乐意成为"博爱之星"，也就不开玩笑了，正色道："芸姐，我知道你不想出风头，但是你要想，这也是个好事。以你对自闭症的了解和这么多年的经验，将来如果你真的出名了，可以借自己的名气和影响力为自闭症儿童和他们的家庭做更多的事，那也不辜负大家给你这个名誉和这份信任。"

是的，这是更重的责任。郑芸长吁一口气："好吧，先谢谢大家了，我一定继续努力。"

陈炜的电话刚挂断，快递的电话来了，说有个大包裹送达，郑芸回复说，先请院子里门卫代收，她回家自取。

包裹出乎意料地大，一看寄件人，是慧子姐，看着包装，郑芸猜到了大约是慧子姐之前说的，送她一幅画。

画了这么久，想是有多么用心，这个知名的艺术家会送她一幅什么画呢？郑芸充满了期待。

编织袋拆开，布包打开，牛皮纸撕去，竟是包了几层，这幅作品见到天日的这一刻，郑芸的心脏骤然间停止了跳动，十多秒之后又狂跳起来！

这幅油画画的是郑芸和儿子牛牛，母子俩并排坐在星空下的草地上，穿着白色T恤的牛牛表情是一贯熟悉的木然，微微仰着头，竖着一根手指，指着天上的星星，而郑芸则穿着一件绣着黄色星星的白衬衫，略微偏着头，脸上挂着浅笑，默默地盯着儿子，在他们的头顶和身后，是深蓝渐偏黑色的天幕，天空中，无数的星星在闪亮……

画作的名称叫《星星亮晶晶》。

画得如此传神，郑芸的眼泪哗哗地流了下来，她感动地把慧子随件寄来的卡片贴在胸口，卡片上只有一行字：爱，让星星闪亮。

她喃喃道："谢谢你，慧子姐，我很喜欢这幅画。"

摄影棚对于郑芸来说太陌生了，但进入了也就打消了神秘感，原来就是一个灯光隆重的布景棚。在主持人的鼓励和带动下，紧张而局促的郑云渐渐放松下来，对着镜头开始录制节目。

"在之前的采访中，我们的这位博爱之星，一直在谈自己钟爱的志愿者事业、自己关注的自闭症儿童及家庭，还有对政府部门寄予的期望，作为与残联联系紧密的志愿者，她希望全社会形成关爱自闭症患者的良好氛围，怀有爱心、耐心、恒心和信心，帮助自闭症患者走出孤独、融入社会；期待政府完善立法，为自闭症患者及其家庭提供社会保障，保证其在入学、就医、居住、就业、养老等方面享有更多权益；期盼更多的志愿者点亮心中的蓝灯，加入到关爱自闭症患者的队伍中来；号召更多的人参与蓝丝带行动，了解和关心自闭症患者及他们的家庭；呼吁教育界对自闭症孩子倾注更多的关爱与重视，积极尝试和开展融合教育……"

"通过对她的采访，我们加深了对自闭症的了解，我们也相信，她的努力一定会得到社会更多的响应。"主持人微笑着转向镜头，"在采访的最后，我们希望能听她说说自己……"

聚光灯下，主持人妆容精致的脸朝向郑芸："面对电视机前的观众，说说您的心声好吗？"

郑芸多想说，请社会创造一个机会，让牛牛回到自己身边来读书，在母亲的陪伴下长大，但是她忍住了，面对镜头，她要代表诸多自闭症儿童和他们的家庭发言的志愿者，她不能这么自私，不能只说自己，而忘了为他们代言；她不能展示自己的绝望，而让他们更加无力和无助；她必须给他们希望，这是她的责任所在。

她深吸一口气，说："人人都有梦想，中国梦对于我来说，就是快乐和充满希望的生活；带给孩子快乐和希望，带给他人快乐和希望，就是我的生活目标。"

"未来的路还很漫长，我们在陪伴中与自闭症孩子一起成长，在这个艰难的过程中，学会面对，学会坚强，学会坚持，同时也感受到爱的力量、人性的美好和社会的进步。我们接受他人的爱和社会的善意，以感恩的心，用更多的爱回馈社会，我坚信，社会会越来越好，生活会越来越好，我们会越来越好！"

采访到此结束了，郑芸还未起身，音控室的门就打开了，工作人员举着她的手机进来："郑芸姐，您的电话响过几遍了，为了不妨碍节目录制，我们没有打扰您，现在赶紧回电话吧。"

郑芸急急地打开未接电话查看，徐丽芳的号码显示来电六次，她心里"咯噔"一下，不知出了什么事，匆忙回拨过去。

"你可回电话了，我都快急死了，"徐丽芳的声音又大又急，"我刚带着敬靖宇从怀安中学出来，他们学校也不肯接收……敬靖宇就要满十四岁了，失学都快两年了，这已经是第五所中学了，老是不肯收，我实在是没有办法了，你可不可以帮我想想办法……"

找残联，找妇联，找社区，找民政局……还是要这样一个一个部门地找下去，就像当年把他弄进去读小学一样，徐丽芳认为，当年郑芸作为一个普通志愿者能够做到的，现在她成了博爱之星，做到就会更加轻易了，可是她并不知道郑芸心里的无力和无助，牛牛现在还不如当年敬靖宇那么幸运，都不能留在妈妈身边上小学，而要辗转异地，靠的并不是社会扶助和政策照顾，而是人情关系。

可是郑芸怎么能说呢，她怎么能让徐丽芳更加绝望呢？

徐丽芳还在电话那头无助地哭泣，声音隐约地传到周边，面对主持人热切而探询的眼光，郑芸想寻求帮助却顾虑重重，她害怕那些无处不在的平庸之恶，害怕堂皇之下教育隐性的壁垒，害怕媒体曝光后孩子会遭遇排斥和歧视，害怕横亘在他们跟前那看不见摸不着却注定了坎坷万状的将来……

即便是成了博爱之星，她又掌握了多少话语权？手机那边哭声还在继续，郑芸再次感到了现实的沉重和自己的无力，她也不知道该怎么办……

敬请继续关注"星星系列"第二部《星星眨眼睛》和第三部《星星会微笑》。

谨以此文，向所有关心自闭症孩子及其家庭的爱心人士致敬！

感谢长沙市共青团、长沙市志愿者协会、长沙市残联！

感谢长沙市岳麓区民政局、岳麓区残联、观沙岭街道办！

特别感谢湖南省儿童医院儿保科全体医护人员！

特别感谢青岛以琳自闭症康复中心全体教职工，尤其是王辉老师！

特别感谢湖南省郴州市第十二完全小学全体老师！

致读者们的一封信

各位亲爱的读者：

大家好！

按照惯例，小说写完，一定给你们写封信，把诸多问题交代清楚。

经过两个多月的奋斗，这部小说终于完结，感谢大家一路的支持与鼓励，感谢编辑的一路"威逼棒打"的催更，虽然在工作之余的写作很辛苦，为了完成这部小说，每晚都要码字到凌晨，牺牲了所有周末，博客也停写，没有进行其他创作，但总算如期写完，到今天才如释重负。时间仓促，一次成文，未及修改，可能质量不尽如人意，尽管时常提醒自己克制写作，但仍免不了网文口水较多的毛病，请大家见谅。

这部小说是讲述自闭症儿童及家庭的"星星系列"，全系列计划为三部小说，分别是《星星亮晶晶》《星星眨眼睛》《星星会微笑》，现在完成的是第一部。我从2005年开始网络写作，到现在已经整整十年，在这十年中，多是写古典题材，近年尝试写现代题材，但涉及社会问题的，还是第一次。这部小说，也是作协系统的重点扶持项目作品。

为什么要叫星星系列，是因为自闭症儿童被称为星星的孩子，为他们写一部小说，不考虑网络阅读收益，也是本人长久以来的心愿。所以，这部小说全文连载，结局也全部发布，能否出版，则一切随缘。

《星星亮晶晶》主要写牛牛读小学之前的生活，《星星眨眼睛》写牛牛的学习生活，《星星会微笑》侧重于写长大的他跟社会的融合。现在完成了第一部，余下两部将在五年之内陆续完成，因为这个系列小说基本是非虚构写作，要根据原型人物的生活来书写，我们关注牛牛的成长和他的家庭，也结合了对其他自闭症孩子和家庭的大量采访，素材积累需要时间，所以系列完成可能会要较长时日。

确定系列小说的三个标题，也是有原因的。自闭症儿童没有经过治疗的，多数都没有表情，不懂得指令也不会听从。比如，他会自主眨眼睛，但当你发出"眨眼"的指令时，他仍旧漠然睁着眼，不会有任何反应，所以星星只会"亮晶晶"，不会眨眼睛。到第二阶段，经过训练的孩子，他们会理解指令并照做，尤其是简单指令，这个时候的孩子进步了，就会"眨眼睛"。再往后，经过长期的训练，孩子会出现不同的表情，最典型的表现就是微笑，对他亲近的、喜欢的人，对视并展露微笑。这是一个细微的表现，也是一个极其漫长的过程，在常人眼里如此平常的事情，对他们和他们的家庭来说，则异常艰难。有些孩子，甚至一辈子都无法微笑。

写这部小说是一件很心痛的事情，许多个夜里，都会随着文字流泪，内心有太多的诉求要表达，但是现实，还是一贯的漠然。展现某些弱势群体的真实生活，也许琐碎了些，沉重了些，不为想要轻松阅读的人群所喜欢，但生活就是如此，无法永远逃避。

希望能借这部小说，让更多的人了解自闭症，让更多的人关心自闭症儿童和他们的家庭，更希望，政府能重视这个群体的社会保障，给他们创造相应的条件，保障他们的权益，让他们见证社会的宽容，感受制度的温暖，在和睦的环境中，与正常人群实现有效的融合，回归社会。

再一次感谢所有的读者！

永远爱你们的天下尘埃

2015年6月28日